面向21世纪课程教材
Textbook Series for 21st Century

世界文学名著选读

第五册

陶德臻　马家骏　主编
傅希春　陈　挺　副主编

高等教育出版社·北京

内容提要

本书为面向21世纪系列教材之一,与《外国文学史》相配套,共五册。第一册为亚、非文学;第二册为古代至18世纪欧洲文学;第三册为19世纪与20世纪初欧、美文学;第四册为俄苏文学;第五册为20世纪欧、美、大洋洲文学。

本书特点为:1.容量大。这套作品选读较全面地介绍了古今世界名著,包括黑非洲文学。2.体例新。对入选作品采取逐章缩写的办法,同时摘选重要章节。读者可以通过阅读缩写(楷体字排版)在短时间内了解原著的情节,又可通过节选(宋体字排版)了解原著的写作风格。对部分短篇小说和诗则全文照录。

本书除用于教学外,还适合各界世界文学爱好者使用。

图书在版编目(CIP)数据

世界文学名著选读. 5/陶德臻,马家骏主编. —北京:高等教育出版社,1992.1(2020.9重印)

ISBN 978-7-04-003506-3

Ⅰ. ①世… Ⅱ. ①陶… ②马… Ⅲ. ①世界文学－作品－介绍 Ⅳ. ①I106

中国版本图书馆 CIP 数据核字(2011)第 233493 号

出版发行 高等教育出版社	咨询电话 400-810-0598
社　　址 北京市西城区德外大街4号	网　　址 http://www.hep.edu.cn
邮政编码 100120	http://www.hep.com.cn
印　　刷 北京市密东印刷有限公司	网上订购 http://www.landraco.com
开　　本 787×960　1/16	http://www.landraco.com.cn
印　　张 16.5	版　　次 1992年1月第1版
字　　数 320 000	印　　次 2020年9月第28次印刷
购书热线 010-58581118	定　　价 22.30元

本书如有缺页、倒页、脱页等质量问题,请到所购图书销售部门联系调换
版权所有　侵权必究
物料号　3506-00

目　　录

〔法国〕阿拉贡:《共产党人》……………………………………… 1
　　莫里亚克:《蝮蛇结》……………………………………………… 27
　　萨特:《禁闭》……………………………………………………… 36
　　尤奈斯库:《秃头歌女》…………………………………………… 42
〔英国〕高尔斯华绥:《福尔赛世家》……………………………… 47
　　艾略特:《荒原》…………………………………………………… 58
　　乔伊斯:《尤利西斯》……………………………………………… 62
　　奥凯西:《给我红玫瑰》…………………………………………… 67
〔爱尔兰〕贝克特:《等待戈多》…………………………………… 77
〔奥地利〕卡夫卡:《变形记》……………………………………… 86
　　茨威格:《象棋的故事》…………………………………………… 91
〔德国〕布莱希特:《伽利略传》…………………………………… 96
　　伯尔:《莱尼和他们》……………………………………………… 105
〔意大利〕皮蓝德娄:《六个寻找作者的剧中人》………………… 120
〔丹麦〕尼克索:《红莫尔顿》……………………………………… 126
〔美国〕奥尼尔:《琼斯皇》………………………………………… 146
　　德莱塞:《美国的悲剧》…………………………………………… 154
　　福克纳:《喧哗与骚动》…………………………………………… 177
　　斯坦贝克:《愤怒的葡萄》………………………………………… 189
　　海明威:《丧钟为谁而鸣》………………………………………… 201
　　海勒:《第22条军规》……………………………………………… 217
〔澳大利亚〕劳森:《把帽子传一传》……………………………… 232
〔智利〕聂鲁达:《诗歌总集》……………………………………… 238
〔哥伦比亚〕马尔克斯:《百年孤独》……………………………… 244

共产党人

作者阿拉贡（1897—1982）是法国诗人、小说家。参加过两次世界大战。1928年加入法国共产党。曾多次出访苏联。他的创作一度受超现实主义影响，后逐渐形成独特风格。1957年获苏联列宁和平奖金。代表作品有：散文集《巴黎的乡人》、以《现实世界》为总题的系列长篇小说等。

《共产党人》（1947—1951）是一部以二次大战为背景的巨型长篇，写的是发生在1939年2月至1940年6月间的事件，共分六册，约140万字。第一册（1939年2月—9月），描写苏德互不侵犯条约在法国各界所引起的巨大反响；第二册（1939年9月—11月），描写法国对德宣战后，实际处于无战事的莫名其妙状态；第三册（1939年11月—1940年3月），写苏芬战争期间法国政府的种种表演；第四册（1940年3月—1940年5月），写达拉第政府的垮台，英国代理人保尔·雷诺的组阁；第五册（1940年5月），写5月10日希特勒突然出兵荷、比、卢，七天之后便逼近巴黎，遭受惨败的法国上下一片混乱；第六册（1940年5月—6月），英法30万联军撤回英国本土，巴黎宣布为不设防城市，拱手相让，而共产党人正积极组织抗德力量，变帝国主义战争为争取独立的民族战争。整部作品以真实历史事件为背景，以共产党人的英勇斗争和赛西尔与让·德·蒙塞的爱情故事贯穿始终，结构紧密，场景变换迅速，文笔流畅，风格幽默。

译文：第一册，叶汝琏译，作家出版社，1956年7月北京第1版；第二册，金满成、冯俊岳译，作家出版社，1957年10月北京第1版；第三册，金满成译，作家出版社，1957年10月北京第1版；第四册，冯俊岳译，作家出版社，1958年6月北京第1版；第五册，冯俊岳译，人民文学出版社，1959年1月北京第1版；第六册，冯俊岳译，人民文学出版社，1959年2月北京第1版。

第 一 册
一九三九年二月至九月

序 幕

五天以来，那些遭到失败的人象一股暗淡的浪潮，从国境的几处缺口涌进来了。这些西班牙人原以为在东比利牛斯省会遇到同情和援助，哪知道只有军警的凶神恶气。中学教员皮埃尔·高麦宜受知识分子救济委员会主席儒勒·巴朗瑞教授的委托，前来救护那些逃难的教授和学者。他在一片惊慌和混乱的人群里奔波往返，暗地里在察寻那些不能入境的党的同志。

第1—11章

　　银行经理的女儿赛西尔对自己一向过惯的生活渐渐地厌烦起来。她记不起在什么时候和怎样第一次发现丈夫弗莱特、她的父亲以及所有她认识的人都是些可怕的人。弟弟尼古拉年轻轻的就荒唐成性,和他的同学让·德·蒙塞简直不能相比。蒙塞出身贫寒,一九三九年他刚满十八岁。因为偶然的原因在赛西尔家住了一段时间。这少年以不可遏制的狂热爱上了美丽而忧郁的赛西尔,赛西尔也以同样的激情热爱着他。只是两人一个羞怯,一个矜持,还不曾跨越情人的界限。

　　惠斯慕勒在他的别墅里自杀了。这个大名鼎鼎的银行家经营着英德两国的业务。阿姆斯特丹交易所股票的狂跌使他的银行瞬息间倒闭。这意味着英国即将对德宣战。这事发生不久,苏德签订和约的消息象风似地传遍法国。

第 12 章

　　迦雅雨夫妇匆匆忙忙地回到巴黎。全国好象爆发了一场暴风雨。惊惶、恐惧压在大多数人身上。突然间,报纸都大喊大叫起来,好象收音机的声音给人不小心一下开得太大了一样。所有的咖啡馆,所有街头巷尾闲谈的处所,所有的玩纸牌的桌子上,所有少数朋友的交际场中(例如打高尔夫球的人们的谈话或者交易所周围酒吧间里的谈话),都一下子带上激怒的、要把一切都加以清算的口气。所有那些素来就彼此怀恨在心的人,那些有过矛盾而暂时暗中撂在一边的人,现在都突然在桌子周围、在广场上、在公事房里、在穷乡僻壤里当面吵开了。还有的人以为已经熄灭了的怨恨,吞咽下去了的愤怒,遮盖起来的憎恶现在都复活了。人们脑子里塞满了的其实是别人在上次大战之后搞出来的傻事,罗加诺①呀、白里安②呀、"二·六"事件呀、莱茵区③呀,自然还加上三六年的罢工喽。家庭也都成为争取权威的中心了:有些父亲被儿子看成毫无理由的人,心里头有了气,对他们的儿子又使用起说什么就什么,不许反驳的权威来了。有些儿子呢,对父母大嚷大闹,说被他们出卖了。战争的来临、死亡的威胁、延续好几个月的可怕的谣言,一切都并在一起来摧毁这个民族的神经系统。在这一切当中还有那股自以为有机可乘的人们的得胜的叫嚣。本来憎恨战争的人民,突然间,开始愿望战争了,希望它象闪电一样把暴风雨之前的叫人受不了的气氛来一个结束。有什么出路呢,不单在国际形势上,而且在可怕的危机、喧嚷、纷争上,除了巨大的不幸,集体的灾难,还有别的什么出路呢?这样,孩子们只要经过一次惨

---

① 指1925年英法德比在瑞士罗加诺城所签订的公约。
② 白里安为法国资产阶级政客,"罗加诺公约"之订立即为其斡旋所致。
③ 指1936年3月7日希特勒侵入莱茵不设防地区。

剧，他们就觉得再没有法子活下去，他们将再不能够跟他们的母亲说话了，再不能在邻居面前出现了，所以他们打算向各路逃奔，追随波希米亚人去，或者跳楼自杀。但是并不是所有的人都这么年幼无知。那种内在的报复精神并不是自己可以控制的。在巴黎街头奔跑的人群，在香榭丽榭游行的队伍，高声叫喊的少妇，穿着军服的军官，带着乍听起来仿佛有点矫揉造作的粗暴的声调的年轻人，冒火的店老板，举止不安的、突然从人行道上出现的混进学生群和穿着很好的妇女群里的人物，……他们在巴黎歌剧院广场上或者在圣日尔曼·戴·卜列大街上，在共产党报馆周围，在政治机关附近活动；这一切并不是偶然的或直觉的愤怒表示出来的唯一效果。每天，报纸都带来一个叫人更加惶惑的强有力的理由，一些照片，几条大字标题，使得法国人莫名其妙，认不清谁是他们的敌人，竟把昨天的同盟者看成他们明天的侵略者了。最受人攻击的是左派而不是右派；因为整个国家已把苏德的亲近，苏德的条约看成一种灾祸，人家甚至说它就是布尔什维主义和法西斯主义的军事同盟。那些把苏联怀恨在心的人们，他们在苏德互不侵犯条约中看出来的是所谓"群众的错误"的鲜明表示，是左派政治的破产，是他们有理由的一种证据，而他们却被人叫作乱党，叫作"讨厌的家伙"，"讨厌的家伙……"唉！唉！……在这个恐怖的夏天，那些迷失了方向的人，他们信不过他们的耳朵，他们亲眼看到了他们一生的理想的瓦解，见到了他们在自己身上所培育的伟大感情的瓦解，见到了他们的关于社会、历史、善、恶的观念的瓦解。在他们面前，在各种信仰的不可思议的状况中，一种无边的嘲笑声起来了。这种嘲笑声表明少数人对群众的无耻的胜利；同时，在这种混乱和恐怖里面，多少正直的人心里这样想：一切走上了绝路，离开了正轨，必须牺牲那根本挽救不了的，来保存其余的……最重要的……。就在这些正直的人眼里看起来，战争再也不象是不可能的，说不定，战争还能使人一下子醒过来，促成法国人的联合吧……。一九一四"神圣同盟"的记忆对于一些老"共和党"具有一个富有希望的新的意义。他们心里想：这一回，我们分裂了……但为了拯救民主，必须联合那些找机会攫取统治权的家伙……必须集中所有的力量……必须把受骗的工人从共产党们的领导下争取过来……必须使那些乱党转过身来反对德国……在去年，假想战，动员令，不是用来粉碎十一月的罢工的吗？这回又是动员令，不一定是战争呵！希特勒在恫吓，我们看吧，希特勒在恫吓。万一宣战的话，那还是打不起来的。希特勒恨的是英国……动员令把整个国家放在达拉第的统治下面，而达拉第又是个"共和党"……。全体支持达拉第！在这些日子里对总理就跟对宗教一样有一种信心。甚至，在没有多久还把他叫作刽子手的那般人……也全体支持达拉第！一些叫人惊奇的嘴巴都喊着那些拥护的口号。一些自以为是世界上最公正的人在恳求人民跟随达拉第了。达拉第，达拉第……他庄严地在电台上广播。他有那种真诚而严重的语调，带点渥克吕斯省的口音。这个人就是我们昨天看见他从共和国广场到民族广场,在勃鲁姆跟多列士之间,举着拳头的人①。全体支持达拉第……正如整整一年以前,多米尼克·马洛对"不动产银行"的德·艾格弗宜先生说的一样。全体支持达拉第……拥护慕尼黑式的和平。拥护跟着条约之后,跟着俄国人的出卖之后而来的明天的战争呵……战争的责任,谁能够否认该由斯大林和莫洛托夫来负呢? 我们要是宣战,那是被迫的。全体支持达拉第……。达拉第就是法兰西呵。在偏僻乡下的小房子里,在收音机的周围,焦虑的一家一家的人都在倾听陆军部长,这位新的神人的广播。幸好我们有达拉第。全体支持达拉第! 他刚刚把吉罗都召来帮忙,于是,从诺尔省到南方,从彼尔多到斯特拉斯堡,在那些各式各样的,而却又相似的法国人的住宅里,一群群受惊的、不安的、想知道究竟的人,都默默地聚集在收音机的周围,在邮电局印的日历旁边,来倾听隐秘的、恼人的广播,这种话语,在千万大大小小、老老少少的听众,包括矿工和葡萄收获者,出租椅子的女人②跟大兵,客商同哲学家在内的听众听来,就是"祖国"的官方的发言,"苏姗娜和太平洋"③的修词吧。张口结舌的人们从吉罗都的广播里知道特洛亚④之战也许要进行啦……

第 13—16 章

怎么去理解这个问题呢? 跟谁请教,跟谁去谈呢? 玛格丽特·高微萨小姐极想找个人谈谈。她是律师瓦特兰的女秘书,也是小组的人,已经四十多岁了。和她同一小组的巴特里时·奥飞拉则吓破了胆,竟然去外交部要求差事,他还是《人道报》的编辑之一呢! 在街上他遇见一起骚乱。正在散发《人道报》传单的布理扬老爹被军警打了,他的残废人车子翻倒在路旁。老爹望见奥飞拉便喊了一声,奥飞拉却装着没看见赶紧逃了。

"人民之家"的成员恰在巴黎灯火管制的第一夜开会。街道上黑漆漆的一片。高微萨小姐赶到时,大部分同志已在那里了。大家谈论着《人道报》被查封的经过。纪佑穆·瓦里耶把新婚的妻子也一同带来了。他将被征入伍,妻子米舍琳替代他在小组的工作。娇羞可爱的米舍琳立刻赢得大家的好感,这事儿就算定下来了,尽管她并不是共产党员。

第 17—22 章

让·德·蒙塞的姐夫罗拜尔·迦雅原先在"苏联之友"做过事。镇压共产党人的风声渐渐吃紧,同志们便到首饰店来找他,请他帮助收藏一些文件。迦雅

---

① 1936 年,为了庆祝"人民阵线"政权成立的日子,在巴黎举行了由多列士、勃鲁姆及达拉第引导的示威游行,从共和国广场出发向民族广场前进,达拉第表面上高举着拳头向沿途欢呼的群众致敬。
② 在公园等公共场所出租椅子的人。
③ 吉罗都的小说。
④ 荷马的史诗"伊利亚特"中的名城,此城围攻十年不下。此地有喻大规模战争的意思。

不是党员,警察一直未找他的麻烦。可这些文件让他如坐针毡。他让妻子伊娥纳把帐本送到诺瓦西的娘家,自己则做贼似地把文件扔进了塞纳河。

从西班牙回来的拉乌尔·布朗沙仍然在威思奈汽车工厂配件车间做工。车间代表大会象往常一样定时召开,但开会前很混乱。浴室的存衣间里,一些人在互相争吵。布朗沙只听见战争、和平、协定、共产党这些字眼,社会党人也夹杂在里面起哄。一个工头抿着嘴一旁观看,一副幸灾乐祸的样子。

多多满脑子无政府主义思想,在酒吧间他冲着布朗沙喊叫,说战争是由俄国人的条约挑起的。既然斯大林把希特勒引向了英国和法国,那么共产党声称的和平就是骗局。法国的共产党居然还支持条约,简直昏了头。布朗沙心情沉重地竭力向工人们解释。但大家的头脑都很混乱,只感觉战争逼近的恐怖。

第 23—24 章

儒勒·巴朗瑞回家比平时略晚了些,三个女儿象往常那样关切地围绕着父亲。这位诺贝尔化学奖的获得者。世界著名的和平主义倡导人,在条约签订后也迷惑了。"人权同盟"的一部分科学家写了一份反对苏德条约的声明,巴朗瑞犹豫之际签了名,心里却很痛苦。来他家请求解释的高麦宜没有过多地追问,只是默念着几天之内发生动摇的那些人名。现在,又添上了巴朗瑞!

第 25 章

总动员令很快下达了,许多人接到了通知服役的路证。赛西尔的丈夫弗莱特把路证换成了留用证,就是说他不用上前线了。这使得赛西尔突然想到自己其实很盼着丈夫去送死。蒙塞的身影总在她眼前晃动。让的姐夫迦雅被征入伍了。伊娥纳亲自送他去火车站,显得既缠绵又忧伤;而迦雅已有了武夫的神气,好象他原先就渴望斩断与非军人生活的联系。

一切的一切,都预示着不可避免的流血。这一次的流血又是怎样的规模呢?

第 二 册
一九三九年九月至十一月

第 1—4 章

从早晨起,法国已进入战争状态,但巴黎人似乎还不了解是怎么回事;这好象一个人已经发烧,却自以为只是天气有点热一样。巴黎露天咖啡厅的慕勒少校和贝纳德帝少校,象聊天气似地谈论着波兰战事和马奇诺防线。只要墨索里尼保持中立,忙于攻打波兰的希特勒是顾不上法国的。既然如此,何必要主动进攻呢?

《人道报》编辑阿芝·巴邦达尼现在已是巴邦达尼中尉了。到达古罗米埃没几天,他的房间就被人搜查过两次。一些人跑来向他提出各种问题,仿佛记者就应该无所不知,何况是个共产党记者!巴邦达尼在这儿没有发现其他党员,只有同情共产党的瓦特兰律师可以交谈。他感到孤独,时刻提醒自己要履行一个共产党员的责任。

右派议员多米尼克·马洛处在难以忍耐的兴奋之中。马上就要发生战争和马上就要作部长这两件事连在一起,对于单独的一个人真是吃不消。九月九日,达拉第召回了贝当元帅。元帅认为墨索里尼想要赖伐尔作内政部长,在埃塞俄比亚事件期间,赖伐尔始终是搞好罗马关系的一个人。十一日,张伯伦突然到了法国。于是内阁的人事又有了新的变动。等十四日新的内阁宣布之后,不仅是社会党,所有各党各派中有野心的官场人物都感到失望。马洛实在是空欢喜一场。

第5—6章

从雷维纳律师家出来,高维萨小姐立刻着手作油印的准备。按照小组出纳员乌依曼所作的计划,传单的内容是:解释苏德条约,党对于战争费用问题所采取的态度,建议召开国际会议来重建和平,十四区的问题,特别免役人员的地位,每周四十五小时工作制,减少加班工作时间……米舍琳在党不过十五天,但高维萨小姐觉得同她一道工作很顺手,不象勒麦尔或书记洛贝克那么麻烦。油印出的《人道报》质量自然不及从前,纸很坏,字迹也不很清楚。在西蒙·德·戈岱勒侯爵的客厅里,这份不成样子的报纸受到贵客们幸灾乐祸的嘲弄,而对于远离巴黎在军中服役的同志们来说,便是沙漠中的及时雨了。

第7—11章

在拉柏琳营中,纪估穆·瓦里耶作为骑兵在此服役。经过一段时间的谨慎试探,他找到好几个自己的同志。军医吕西安·塞龙布来之前还是党的候补中央委员。他换了好几处地方,总是不到一两天就让人知道了身份。因为他名气太大了。不少军官先生们想用他们的政治议论压倒这位共产党议员,塞龙布虽不是口若悬河的人,却能泰然自若地回答他们的问题,并且纠正他们所提出的事实和日期的错误。渐渐地,大家都认为他是个好人了。在解散共产党组织的消息传来时,那些军官先生们反而同情起他来。

第12—15章

内阁会议关于解散共产党的决定刚刚做出,警察就进行大规模的查封、搜捕和审讯,甚至不能等到第二天政府公报发出以后。显然他们是待命而行的。"人民之家"、"苏联之友"、"妇女联合会"、"人民救济会"以及各个工会办公处等所有党的常设机构都在一夜之间被查封,有人被捕,有人逃走。党组织活动转入了地下。米舍尔同妻子分居,又不好明说是党的安排。塞龙布的夫人贝纳德蒂看望丈夫只能呆两、三天,要安排的事太多,否则就不能适应地下工作。高维萨、罗丝·杜塞利埃和米舍琳都被通知改换姓名,接头地点和油印传单的地方也经常更换。

这个非常时期一开始,罗丝便马不停蹄地去各地旅行。她想通过"青年女子协会"来恢复党的联络网。她去过波尔多、沙朗特省、罗尔亚省、里昂……即使她去访问的人并不是共产党员,她也差不多到处受到热烈的欢迎。当然,也有个别胆小鬼和对党失去信心的人将她拒之门外。人们是何等兴奋地接受给予他们的那些传单和资料啊!各种各样的问题包围着罗丝,不用说,是为了更加狠狠地驳斥那些无耻之徒。除此之外,罗丝还要尽量寻找和掩藏党的中央委员们。在巴黎,大约还有十五个中央委员必须从警察手中救出来。

第16—20章

"假如世上有一件事是我所能想象得到的话,一件我所能想象到的事……而结果却是……如果有一件事……"尼古拉不清不楚地说。

"这又该用酒来祝贺一下,是不是?有时你身上一文不名了,你会说反正有女人倒贴我……既够两个吃喝,三个人也会够的……"

若瑟特一面说一面勉强地冷笑了一下,她的抹了口红的嘴好象是一个吻痕,非常奇怪;不过尼古拉的那个身体健壮、带点戆里戆气样子的同学让·德·蒙塞却讨她欢喜……而让·德·蒙塞呢,这时如同在梦境中一样,他是以明知考试不能及格的心情在念书,因此及格的问题……从夏天宣战以来,赛西尔的消息一点也没有。九月间,他由于绝望曾埋头于书本之中。他一边痛定思痛,一边努力温习化学。这些都是他在舒阿西所经历的各种悲剧中的一幕。他的父亲为战争激动得不得了,只是拿他的红醋栗和胡萝卜的园地来出气……象战争初期那几天的警报是没有了,但是父亲的怨声叹息却没有停止。摆在让面前的威胁是,如果他考不及格,父亲免不了要咒骂一场,而让自己也深信会考不及格。这件事虽然没有使他睡不着觉,不过却使他非常烦恼。为了不再去想赛西尔,他拚命地读书。果然,当他拚命看书的时候,他便不再想起赛西尔了。真的,在那种灯光受到限制的晚上,拚命去读,他只好耗费自己的眼力了。生活在这防空的环境里,一边是那个随时出现的带着警笛的防空组长(他本是个爱好养鸽子和世界语的人,在做了居民防空组长以后,他终于能够发挥自己的特长……这个家伙留着往上翘的唇须),一边是怕得要命并拚命节约的德·蒙塞太太,说句老实话,真有说不出的苦痛。夜里他常常做些奇怪的梦。他始终无法对这次大家都感到莫名其妙的战争关心起来。这次战争一点战争的样子也没有。现在他既然学会了看报,他就拚命去看那些奇怪的报纸,看完之后,他只感到惊讶。究竟相信谁呢?一切都是显而易见的谎话,都是伪装。德·蒙塞太太不愿打开她那些已经装好、随时可以带走的行李,找一本书就必须东翻西翻,如果你打开的正是一床被褥的话,樟脑球就要弄得在地板上满地滚了……此外,人们所讲的和报纸上登载的并不一致。人们讲的也是些令人难于置信的事情,例如说人们在前线各个堑壕里演奏音乐,还有那些宣传牌和在扩音器中发表的声明,以及波兰走投无路和人们称为盟友的两个国家在打扑克争胜负。在我们这个地方,兵士们是反对英国人的。每去买一回纸烟,你便会听到一通惊人的闲话。大家,连那些最单纯的人在内,都讲些前一天本区发生的事,大家对这些事都感到莫名其妙:例如有些人无缘无故地被逮捕了,因为说了一句醉话,或者是因为在邮局排队时说了一句侮辱达拉第的话……有什么可说的,这是警察统治的时代呀。这种情况在巴黎郊区更特别可以感觉到。让拚命地读书,以免去胡思乱想。后来,恰和预期的相反,他竟考取了,而且成绩非常之好。

  他犹豫不决,不知是否应该回舒阿西去。他是又惊讶又疲倦。终于考取了。这件事是意想不到的,不过却没有什么用处。他步行走到特罗卡岱罗宫去,他决心不经过亨利·马丁路……然而他还是走了亨利·马丁路。这一次赛西尔却不在高坡上的树下。这一次看不到她穿的那件水绿色的连衣裙了。栗树荫下再也看不到她的情影了。在那边的狗也不是赛西尔的狗了。他抬头一望,看见赛西尔楼上的玻璃窗都糊上了防轰炸震动的纸条,不过都是关起来的。他白白地等了一阵,赛西尔并没有走到阳台上来凭栏远眺。他在那里待了一个钟点,过路行人都斜眼瞅着他。他现在是毕业考试及格了,因此……脑子便没有什么地方可用了……既已及格,……他以后就不用再那样用功了……赛西尔又把他的心占住了……那位看不见形影的赛西尔……她既然在他心上,他怎么能够看得见她呢?天气十分好。亨利·马丁路上的天气永远是好的,那是连太阳也依依不舍、去而思返的地方。天气真是太好了。窗上的棂档就象是贴在他的爱情上的封条一样。这样说我还是爱她?我还在爱她。我生活中只有她一个人,只有她才能使我的生活有意义……世界上没有上帝,也没有魔鬼,虽然有战争,但是人们并不在打。现在拥护和平被认为是犯罪,谈论"祖国"被认为是不懂事事……他是多么渴望回到赛西尔的那层楼上去呵。在那里,他会坐在她脚下的缎子作的大圆软凳上,而她则一定在替自己的丈夫织毛袜。在这个时候,所有的妇女都在为自己的兵士们织毛袜……他在自己心上又找到了赛西尔,他知道她不会再离开他了……有两个月,不,不完全是两个月,他欺哄自己,但是没有用。他宁可为赛西尔而痛苦。他那埋首读书的两个月,简直是人间地狱,可是他现在已离开了这个地狱。不过,一过诸圣瞻礼①,他必须学医……早上,到医院去,……然后上课……那时我的心上是否还有给赛西尔居住的余地呢?这个赛西尔,我曾把她从心中驱逐出去,但是没有用,她又重新回来了。为了能对这些新的生活条件具有

---

① 诸圣瞻礼节为11月1日,学年一般从此时开始。

热情,就必须对于一个前途稍具信心,也不必管那是什么前途。谈到前途,在一九三九年十月下旬,一个十九岁的大学生能有什么前途呢?这时天色渐渐暗了。让从来时的方向回头走,重新走回亨利·马丁路,然后在那蓝色的、塔脚分开的巴黎铁塔面前沿着通向塞纳河的台阶走下去。巴黎的这种美景只能使人想起人们的卑怯。你看他们为了偷生,都准备随时把首都丢掉!他想起了他在等待考试结果发表期间所听到的人们讲的那些话……他从陆军大学步行走到蒙巴纳斯区。引导他走的只是那赛西尔的影子,只是那不时在脑中浮现的赛西尔,只是那在夕阳映照下都很象赛西尔的每个过路的女人。十月的夜晚渐渐地深了。他感到身上有点冷。"多姆"咖啡馆尽管障着防空幕帘,他还是想到了里面的灯光和温暖,于是他走了进去。

战时的"多姆"咖啡馆和在平时并没有什么两样。虽然它的玻璃窗上挂上了黑色窗帘,咖啡馆到底还是咖啡馆。咖啡馆内一连串的景象并没有变,只是男顾客稍微少了些,嘈杂声也稍微少了点。往来里面的,有种种不同国籍的可怜人,这时除了一些常来的顾客外,还有一个卖毯子的小贩。灯光比以前暗了。他想,这里又是一个没有赛西尔的场所……当他正在这样想的时候,有个人叫了他一声,这个人正是她的弟弟,赛西尔的弟弟,是尼古拉,他和一个姑娘在一起。这个姑娘很漂亮,直直的金色头发往后梳着,一双淡青色的眼皮,眨个不停,他原以为她是个讨厌的女人,然而她马上就对他微笑了一下,表示欢迎。

从"多姆"咖啡馆出来,蒙塞糊里糊涂地被这个若瑟特带到她自己的房间。一觉醒来,蒙塞心里有说不出的内疚,觉得自己欺骗了赛西尔。

赛西尔的生活总是那样舒适、喧嚷和无聊。她哪怕暂时抛开一下有关蒙塞的念头都做不到。两个月的离别之后,她鼓起勇气敲响了蒙塞的姐姐伊娥纳的家门。如果蒙塞还在巴黎,他只能在姐姐家住着。她对这个有着和蒙塞一样眼睛的陌生女人倾吐了自己所有的情感,把她和蒙塞相爱的经过一点不漏地全倒了出来。只是蒙塞不在这里,伊娥纳帮不了她什么。

女仆欧日尼的弟弟约瑟夫·吉戈瓦受了重伤,住在凡尔登附近的一所医院里。赛西尔驾车送欧日尼去医院。看到的情景是可怖的。约瑟夫两臂没有了,眼睛全瞎了,只有半个鼻子和部分脸。他是在洛林战役中被伤成这样的。看来,真的要爆发战争了。

第 三 册
一九三九年十一月至一九四〇年三月

第1—14章

让·德·蒙塞自从作了若瑟特的情夫以后,他的思想就处于极端混乱的状态之中了。在十一月的最初几天,他被派到布鲁塞医院救护队去当实习生。医院,课程,解剖工作……一个新世界在青年人面前展开。这个年轻的孩子把生活分成两部分:一部分属于他所梦想的赛西尔,另一部分则属于床上的那个女人。他动不动就请他的医学院的同学进咖啡馆,十分骄傲地把属于自己的美人儿指给他们看。

瓦特兰做了后勤连部的指挥,仍然每星期两次回巴黎。有位叫波尔达夫的老头来到事务所,颤巍巍地请求瓦特兰律师帮帮他。他的孩子加入了青年联盟,因为一捆油印的传单被警察抓住了。那帮混蛋把两枚大针刺进孩子的脚后跟……瓦特兰回到驻地,又听说达拉第发布了一个通告:军队中的嫌疑分子在服务证上都要标出 R.P 的字样,对他们应采取特殊方式来安排。瓦特兰邀请迦雅散步,跟迦雅谈起那个孩子,还有通告。迦雅的态度令律师吃惊,因为他一个劲儿地辩白自己并不是共产党员。并没有人要把他怎样呀?迦雅有点儿脸红了。律师看不起他是有道理的。从来到密尔香这鬼地方的第一天起,迦雅何曾睡过一个安稳觉?谁知道那些了解他底细的人什么时候突然降临呢?

洛贝克和米莱伊就在屋里被逮捕了。警察进门的时候,纸呀、蜡纸呀、油印机呀,乱七八糟全摆在那儿。还有什么好说的?更糟的是那个西班牙人安东尼奥偏偏这个时候来敲门。三个人便一起被带走了。

第15—19章

1939 年 11 月,国会的各次议会连续召开。共产党议员被特许参加这些会议,而会议的中心内容就是讨论取消共产党合法地位的问题。会议厅的极左面,原先属于共产党议员的席位,早被从上一层座位下来的社会党占据。议程已规定艾蒂安·法戎有发言资格,议长赫里欧勉强同意把法戎的发言定在次年的 1 月 16 日。

1940 年 1 月 16 日,……这是一个重要的日子!

法戎上了讲台了。他看了一下这个斗兽场,也望了一下所有的野兽。会议的时间很长,等着发言是一件苦事;可是现在他上了讲台,可以发言了。他望见那面的第一排上有慕东,有塞布龙……,在他们旁边,便是那一些脱党分子……"

"有人提请议会通过罢免前共产党议会党团的议员一案,理由是这些议员不顾任何镇压,不肯否认他们的过去,他们的理想,和他们的被人用蛮横手段解散了的党……"

大家听法戎的话听得很清楚。他开始的声音异常平静,他也不指手画脚。巴斯多赫利把手放在让的膝头上。

"你们这一次准备通过某种法案来打击的议员,除少数以外,早已被排斥在议会之外了。实际上政府在十月初已下令逮捕了他们,完全按照普通刑事犯看待,不加审判就把他们监禁起来了。我要提出坚决的抗议反对这样非法地监禁这些议员……"

法戎用南方人的口音说到"坚决的"这一形容词的时候,从右翼和中央方面发出了一片抗议的声音。最初时的沉默不见了。那半圆看台上的看客都希望这个走绳索的人一下跌下来,而且没有保险网保护他……。但法戎却能在混乱声中以更高的声调继续说下去:"我要求释放被人以非法手段监禁起来的法兰西议员……"很奇怪,那些喧嚣声所造成的浪潮,好似搬动木器时偶尔发出的声响一样,一下停止了。……"我要在这讲台上向我的被监禁的同事和朋友表示兄弟般的敬意。……"喧哗又起来了:有的是在那里惊叫,有的是在那里表示忿慨。赫里欧主席不得不摇铃干涉了:"先生们,这是司法的事情……"

"……在某些人由于怕受打击而声明脱党的时候,我却要证明我今天要完全拥护我们的党……"

有人在叫:"他们并不需要你的教训!"讲这话的大约就是那某些人中之一。演说者继续说:"至于我们,我们始终是忠于我们共同的理想的,我们绝不动摇!"

喧嚣之声变得更其普遍了。共同的理想!绝不动摇!把他送进文新尼监狱去!这是议会的一种耻辱!……。让轻轻地轻身向巴斯多赫利说:"就是这样了……"巴斯多赫利点了一点头。

果然不出所料!正如弗拉商所说,艾蒂安大约已说到人家不让他说下去的地方了。他以同样安详的声音,希望能够继续说下去,希望能从大海的手里夺回一点土地:"说到政府向我们提出的议案,我还是要把我前次在议会中说过的话重复一遍:我要求议会把这个议案视为根本不能接受,直截了当地置之不理。如果说这是有关法律的问题……"这句话没有受到阻碍,浪潮带着一种流沙的声音而低落下去了。这些话似乎有点近于议会的词令。

"……我敢请大家注意:你们主张剥夺掉他们的特权的那些议员,从他们当选以来,从来没有受过任何刑事处分。罢免这些议员是毫无理由的,而且也是非法的。但是,先生们,照我的眼光看来,这还只是这个问题的次要方面,因为,在今天,把碍眼的人丢到牢里是十分容易的。这例子我已经举过许多了。我觉得最重要的是大家不应当忘记,不管别人高兴或不高兴,我们都是普选出来的人民代表。我们既然是受了人民的委任,我们认为只有人民才有资格宣布我们的代表资格是否有效,我们只是向人民负责。你们今天妄自替代人民,竟敢横暴地剥夺一部分法国人民所举出的代表的权利。提出对我们的罢免案来付表决,那就是明目张胆地违反民主原则,而你们还竟敢自称是这一原则的保卫者……"

围绕着讲台四周围各部都发出了埋怨的声音。风潮又回来了,风潮就在面前了。赫里欧主席的手好象在阻挡风暴:"希望你们不要打断他讲话……"

"真的,政府用不着等待今天,它早就把那已经很微弱的民主自由消灭了。资产阶级民主,今天谁都看得出来,那才是一把真正的刀。你们今天准备好要拿来对付我们的措施,那无非是非法逮捕了未服兵役的共产党议员后的次一步行动……"

让以为必定又有狂叫了,但这一次却并没有出现。无疑的,退落了的浪潮,大约还会再一次奔驰过来的……

"……有四位合格地被召入伍的议员,你们诬告他们是某些事件的负责人而把他们无理地驱逐出了国会,实际上这些事件是他们的敌人挑拨起来的。你们今天准备来对付我们的措施,乃是这一种诬告和驱逐的次一步行动……"

你瞧,你瞧,海潮果然又来了!它在那里奔放,它弥漫了右翼。在这许多叫声中,演说者的手第一次举起来了。他把手放在水瓶①上,仿佛要抓着这东西的样子。在讲台下面有一些议员在指手画脚。但这一次倒不需要主席的降魔法力了……②

"共产党和工人阶级的强大的工会遭到解散,工人阶级的工会的某些代表遭到了逮捕,同时政府还创立了集中营,颁布了所谓嫌疑犯条例……你们今天准备来对付我们的措施,无非是这一系列措施的次一步举动……"

"送他到莫斯科去!"有一个社会党议员咆哮起来了,"把他们统统枪毙!"

"……千千万万的工人受到迫害,原因是他们不肯在大资本家的专横措施下面屈服,而你们呢,你们却作了大资本家的辩护人;今天你们准备采取来对付我们的措施,无非是这样迫害了工人后的次一步行动。无疑地,你们想替迫害共产党和罢免共产党议员的行为作辩护,你们想根据国际性的某些事件,例如苏德互不侵犯条约的签订……"

"侵犯条约!"在鸟叫声和"乌!乌!"声的喧嚣中,这四个字是从社会党的坐位上发出来的。塞布龙从他的位子上转过身来一看,认出说这四个字的同事来了,他的名字叫马可司·勒热尼。

"……是互不侵犯条约!"法戎清清楚楚地说,仿佛是要把问题弄得更明确。他的手这时是更显然在摩抚那个玻璃水瓶了……在下面,有人在往后退。慕东好象要跳起来帮忙的样子,但结果他还是坐下了。

你知道,慕东③真是人如其名,一向是个很安静的人呢。

"……你们所说的苏联对芬兰的侵略……。先生们,你们中间有好些人和我们一样知道得清楚,芬兰的领土在巴黎和伦敦人士的眼光中看来到底代表甚么东西……"

"毫无道理!简直是耻辱!别说话!滚出去!"

"……在巴黎伦敦人士的眼光中看来,芬兰领土就是扩大战争,一旦进攻苏联的一个军事基地。……"

在旁边集合起来的人群,越向讲台这面挤过来了。各方面都是忿怒的呼声

---

① 讲台上有一个水瓶,为演说者准备饮料用的。
② 指主席使用铃子制止叫声的那种办法。
③ 慕东,法文 Mouton,即绵羊的意思。

和挑衅的笑声,……。大家看见演说者的手已紧握住水瓶,他说了一句站得远一点的人就不大听得清楚的话。"谁第一个过来……"大约站得近的已听懂了他这句话,浪潮稍稍后退了一点。并没有一个人准备首先出马。有人只是在他自己的位子上喊:"听了他这样的宣言以后,我希望委员会把申明脱党的最后截止日期还是定为十月一日!"

法戎于是说:"日期定在哪一天,在我简直不起作用,我认为我还不至于叫人感觉到我会否认我一生所崇拜的东西……"

这一句话使大家都平静下去了。这是这一篇镇静的演说中第一句带了个人风味的话。结尾的 r①,法戎卷舌读的方式向例是不同于别人的。……他现在可以继续说下去了:"大约是我所指出的阴谋已经被人揭穿,所以某些人今天摇身一变而为民族独立的选手了;但从前西班牙共和国被国际帝国主义扼杀时,这班人是参加那扼杀的活动的。……"

他转身向着左面社会党的席位上呼了一口气。大家没有什么举动,法戎也放弃了他的水瓶;他只转身向着各部长的席位上说:"使用政府自己的材料来反驳它的论点,这是极其容易的。在政府不久以前才公布的黄皮书中,我们可以在参考文件第一百四十九号上读到当时外交部长庞奈同德国驻巴黎大使谈话的记录:'最后,我向大使说,他可以亲眼看到法国政府后面正形成一种举国一致的运动。选举可以取消,公共集会可以停止,不论何种形式的外国宣传可以弹压,共产党人要严加管束。'共产党人可以严加管束……。这是一九三九年七月一日的记录,换句话说,也就是早在苏德互不侵犯条约签订前几星期的事……"

啊!浪潮又一次向讲台冲过来了。塞布龙和慕东把手都拍痛了,尽管四面八方都在威胁他们,尽管那里有兽一般的叫声,还有人连拳头也举了起来。这个议会是不能容忍别人引用官方的文件的,我们应当相信,……法戎的声音提高了,控制了会场:

"这样看来苏德条约只是一个借口。迫害是早在条约未签订以前已决定实行的。今天的司法部长庞奈先生无非是实行前外交部长庞奈先生去年七月一日对德国大使所说过的话。认真说来,你们对我们所采取的措施的用意何在,法国大多数的劳动人民是不会不知道的……"

在左翼席上发出来的一些叫声中,浪潮似乎停了下来,至少没有那么汹涌了。……"你们的迫害,"法戎继续说,一面重新转身望着各社会党议员,望着他们的高贵的代言人沙塞尼,"你们的迫害使劳动人民明白了目前战争的真正性质,在你们正在取消国内整个自由的时候,你们竟敢厚颜无耻地说这次战争是……"

"吊死他!太胆大了!禁止他说下去……"

---

① 指前面一句话。法文最后一个字的字母为 r。r 在法文为卷舌音,说时喉头小舌略微颤动。

"……说这次战争是保卫自由的战争……"

狂叫声使人听不清楚法戎的最后的话。他突然看见政府席上，内政部长萨劳先生，两手撑着头，鼻孔象小望远镜似地翘着，随后他甚至站立起来了……

"对我们的罢免和你们破坏社会立法①、实行特别所得税、压迫农民及小商人、提高生活费用的政策之间的因果关系，劳动人民当然会发现的……"

怎么？怎么！有人在狂叫。在那面，这一排和那一排的人互相叫喊起来了。法戎密切注意到这位可敬的萨劳先生的一举一动，他现在走到主席位子旁边的那一道门了。他附着耳朵向一个传达员说了一句话。发生了甚么事呀？他想叫人逮捕我……法戎继续说，决定利用可能利用的每一秒钟的时间："这种打击劳动群众的政策所以能展开，我们认为是得到议会中各党派——包括社会党在内——的支持的……"

左面简直象爆炸了。有人在发出讥笑之声，有人在狂叫，也有人在吹口哨。可敬的沙塞尼先生、斯比纳斯先生、保尔·富尔先生，气得发昏。马可司·勒热尼再一次大出风头："我们早就料到他有这一手，"他含讽刺地说，"这倒叫我们返老还童了！"

"的确，"演说者回答他说，"一切事情真是又回转去了。你们平时宣扬的是阶级斗争，但在这动乱的时期，发生了象今天这样的战争或者象一九一四年那样的战争的时候，你们却只是跪在国内的帝国主义面前……"

勒热尼先生站在沙塞尼先生的旁边回敬了他一句："就因为我们是法国人，没有别的理由！"沙塞尼先生点头表示同意。

"……你们企图，"法戎继续说，"叫劳动人民接受别人给他们的打击，这是你们的事，我不管。但我对议会中的各党派所起的作用要这样来衡量……"

"不要说话！"可敬的安德洛先生叫起来了。"战死的人看着你呢！"这里还有许多别人听不清楚的字眼……

"我真瞧不起你们的这种谩骂！"法戎又说。

"你是瞧不起战死的人！"马梭突然说出了这一句话，他说这句话时带了一种出于内心的嫌恶的表情。总之，这种东拉西扯的说话，法戎也不屑于再作回答了。再说，内政部长先生这时坐在政府的席位上，很文雅地捂着他的鼻子……现在得赶快作结论了……

"你们之所以要解散人民的团体、打击人民的优秀的保卫者是因为你们很明白人民是绝不赞成你们的这种政策的。政府方面的先生们，今天你们可以迫害我们，监禁我们中间的一些同志，把他们赶出国会去……但是你们无法粉碎法国人民的和平意志，他们坚决地要保卫他们的社会福利，因为这是他们过去斗争

---

① 社会立法指国家由法律规定的工人福利，给薪休假，劳动保护等。这里特别指一九三六年人民阵线时代共产党率领工人所争取到的社会立法。

的成果；他们还想在社会方面、经济方面、政治方面的道路上大大前进。尽管你们有法令，采取了迫害措施，但人民大家的这一意志终要表现出来。这一意志总有一天会比你们还强大。关于我们，我以我个人的名义，以被监禁在桑德监狱里我的同事和朋友们的名义，我还要再申明一次，我们将对工人阶级的事业，法国人民的真正利益，社会主义的理想忠实到底。……"

说到这里，从沙塞尼、勒热尼、斯比纳斯、保尔·富尔各位先生那方面又发出雷一般的吼声了。社会主义！只有我们，只有我们才配！他也敢讲社会主义！他们闹的那么厉害，以致传到中央和右翼方面，法戎所说的最后的一些字句，都听不见了。

"……我们自始至终承认，我们同苏联一道代表了工人阶级的真正事业，真正忠实于共产主义事业！"

第20—21章

让·德·蒙塞用了点门路居然旁听了议会的发言。和他同居的若瑟特离开他之后，她的女朋友西微亚纳却赖着不走了。这个妓女倒没勾引蒙塞，但她一身的脏病，倒叫蒙塞每天都要照料她。在议会的旁听席上，蒙塞惊喜万分地发现了赛西尔。在厅外的楼梯口他们只是紧拉着手，没说几句话。赛西尔叫他象从前一样六点钟左右来。当蒙塞幸福地回到寓所时，发现那个患病的西微亚纳已经咽气了。这桩说不清的倒霉事让他大大吃了苦头，谁会相信这年头还能有什么骑士精神！大家费了不少周折才把他弄出警察局，条件是他必须服役。更倒霉的是，当他好不容易跨进赛西尔家门，还没来得及解释这两个月为什么失踪时，赛西尔的弟弟尼古拉不知从哪儿冒出来。这个蠢东西大谈特谈西微亚纳的暴卒，追问有关细节，并把若瑟特也扯了出来。蒙塞窘得满脸通红，当着尼古拉又不能说什么。赛西尔面无表情地听着这些谈话，等他们一起走后，便伏在柱子上痛哭起来。赛西尔再不肯见蒙塞了。

第22—24章

爱德华·阿瓦涅上校在无穷尽的等待中消耗了生命。有了妻子，有了孩子，然后是失去孩子，再失去妻子。在指挥这个团时，他已是六十七岁的孤独老人了。这个乌合之众的团队，也许在战争时会显出英雄本色，但是现在……不管怎么说，阿瓦涅防线不能放松。那几个五十多岁的老兵用绝食闹着退役，只好让他们走。巴邦达尼中尉是个明事理的人，尽管他是共产党员，警察局一直在找他的把柄。阿瓦涅上校向巴邦达尼讲解了关于弗兰德地区防线的设想。整个说起来，这是诱使敌人进圈套的陷阱，无论德军从哪方面进攻，这套防御系统都是有效的，巴邦达尼望着兴奋不已的老上校，没有说出心里的怀疑。难道真会有战争么？苏芬和谈必定导致希特勒的进攻吗？所有人都觉得阿瓦涅上校有点不正常。谈什么防御系统,真是可笑!没过多久,这位谁也不理解的老头突然被调走,他的防线布置也就半途而废了。

第 四 册
一九四〇年三月至一九四〇年五月

第1—6章

　　三月中旬,达拉第内阁倒台了。说到底,是因为他对芬兰的援助问题优柔寡断。唐宁街失去了信心。保尔·雷诺出任内阁总理。这当然是月初的星期三邱吉尔拜访巴黎的结果。议会结束的当天,对三十五名共产党议员的审讯也开庭了。在军事法庭里,半小时前,马塞尔·维拉尔律师便起身对达拉第和庞奈拒绝出庭对证一事提出了抗议;他们是由辩护人方面指定的见证,但是他们却以阁员的身份以及1812年帝制时期的一个法令为根据拒绝出庭。固然,赫里欧议长也曾仅以议员的不可侵犯性为借口而拒绝出庭,然而作为议会规则维护者的赫里欧却不尊重议员不可侵犯性这一规则,在去年10月叫人把那些他所讨厌的议员逮捕了。

　　法院驳回了辩护人方面的要求,并宣布禁止旁听,不过仍答应了另一个要求,就是承认在退庭去进行研究以前被告有陈述意见的权利。被告席上的高纳文发言了。

　　高纳文所辩论的是检察官方面提出的不公开审理的问题。他不认为公开辩论会对国防带来损害。他说:"关于国防问题,只有我们是看得清楚的,巩固国防并不在于建立在数百万尸体和成堆的废墟上的军事胜利,而恰在于维护和平……"

　　瓦特兰听了这些话全身抖颤了一下;这些话和高纳文接着所讲的那些话更延长了他自己刚才的思想,他自己都不太清楚他是在听高纳文讲话还是在听自己讲话……栏杆后面只是头几排显得整齐的旁听群众的头影,和那从审判员席位上照射下来的薄弱的灯光,就象在他的缥缈的思想和他自己之间形成了一个长长的舞台,他是从一个陌生人的说话声中又想到了自己的这种思想的。审判长提醒发言的人说,现在讨论的不是有关苏联的问题,而是禁止旁听。"我,"高纳文抗议说,"我正在讨论的是给赫里欧议长的那封信,既然那封信提出了有关苏联的问题,我想我们就不能略去这个问题而不加以讨论。我是说法苏之间的友谊现在仍然是我们国家独立的保证,同时也是我们法国以及全世界人民和平的保证;因为我们在维护和平的时候,我们所保卫的并不仅仅是法国人民的利益,我们所保卫的是全世界人民的利益。是的,在我们的信中,一点没有危害国防的地方……"

　　瓦特兰听着这种呼声。在别的时候,这种时常使他感到讨厌的共产党所惯用的把一切都和苏联牵扯在一起喋喋不休的说话方式,早会使他耸耸肩头了事了。不过现在他却想到了在塞纳河左岸窗前有一个安静的花园的部长办公室里的那次谈话,他想到了部长关于轰炸巴库计划的议论,想到了人们可能不动声色地就进行这场骇人听闻的战事……本来已经够暗的法庭,这时更加黑暗了……

高纳文又发言了,他说话的时候对每个字的音节都咬得十分清楚:"我要追随我的朋友们之后,我和我的辩护人一起要求法庭不要宣告禁止旁听。这种要求,从下述的意义说来,可以说是出于对个人利益的考虑;我之所以坚持要把一切真象公开,一方面是为了维护我们国家的声望,为了使我们国家仍能在世界上保持大革命的国家和人民自由的肇始者的国家的身分;另一方面,这是因为我对我个人的名誉看得很重。这也许是个弱点,是在目前许多人都没有的弱点。不过我,我是断然要保持我的名誉的纯洁,我断然要保持我的同胞对我的尊敬和保持法国人民对我的尊敬的。因此我请求你们不要宣告禁止旁听……"

这真是个令人感动的时刻。那些被告都确信公开辩论可以拯救自己的名誉,他们唯一所害怕的就是黑暗;而在这次奇异的审判中,人们已经预先亲身尝过这种黑暗的味道了。那个站在瓦特兰前面的小个子女实习律师嘟哝着说:"不过,究竟为什么不开灯呢?"在下一个被告发言的时候,电灯仍旧没有开,接着在那个说话打嘟噜的被告(他是谁?我想他大概是维尔台克·罗舍……)陈述的时候也是如此,不过当他在要坐下去的时候,他说:"如果你们打算干什么卑鄙的勾当,那么请在黑暗中干吧,请宣告禁止旁听吧……"刚说到这里,庭丁便跑去扭开开关,于是天花板亮起来了。整个法庭都哄了起来,大家都你看看我,我看看你地相互望着。这时小槌子在审判员的桌子上敲了一下,被告弗朗梭瓦·皮佑被许可发言了……

这个人简直是个演说家,而不是一个律师。他属这一类的人物:甚至在愤怒的时候也不大声喊叫,但是说出来的话却很有力量。他身材并不魁梧。他说话时脸上差不多总带着笑容,用以作为自己的话的标点,即使所说的话中并不含有使人发笑的地方,也是如此。瓦特兰特别注意听皮佑的讲话,因为他所谈的问题,对瓦特兰来说正是一个难题,这就是服从共产国际的指示的问题。

"……预审审判员,莫瓦萨克上校有一天曾对我们提出了这个问题。共产国际的纲领中曾写着共产党人应该挺身去反对战争……好,各位审判员先生,你们读一读共产国际的纲领吧!对我们来讲,只有一种战争是为共产主义所谴责的:那就是帝国主义战争。共产党人是赞成解放战争和独立战争的。如果你们愿意采取共产国际纲领的这种论据的话,我们可以指出现在所进行的战争正是一种帝国主义战争……"

在重见光明的法庭上听着皮佑的讲话,瓦特兰才更好地理解到政府何以要求禁止旁听,以及政府所害怕的是什么。根据他的作为一个法学专家和政治家的体会,他一开头便认为这种禁止旁听的要求是个严重的过失,从像他这样的一个人眼中看来,的确是个严重的过失。不过现在他却懂得政府所害怕的是什么了。

"马克思,"皮佑继续说,"马克思在一八四八年距今快要一个世纪以前就说过：'有一个怪物在欧洲徘徊着,这就是共产主义。'唉,过去曾有不少人设法想沿路去阻挡它,而这些人比目前想设法阻止它的人更为重要,不过他们终于没有达到目的。你杀掉一个共产党员,便会有十几个新的共产党员出来接替他……"

瓦特兰现在懂得了政府所害怕的是什么。政府所害怕的不是泄漏国防机密的危险,而是宣传,他们所怕的只是这个而已。什么宣传呢？就是那几个失去自由的人从他们被放置的不名誉的被告席位上可能掀起的宣传。这种宣传可能使那些发动了这次审判并以为自己可以代表祖国的人们陷于危险境地。其实祖国恰是要听这些话和这种宣传的。政府害怕思想的力量,为了对付这种力量,它就搬出了镇压的工具,搬出了警察,这些它还嫌不够,它还需要箝人之口,使人保持沉默,使一切保持秘密……

第7—11章

约瑟夫·吉戈瓦受伤住院已经有四个月了。最近三星期赛西尔和欧日尼天天来看望他。本打算只呆两天,结果却不想走了。赛西尔每天都陪伴着约瑟夫,给他读报,描绘外面的景物和气候,甚至干些洗衣扫地的脏活。她这种突如其来的献身精神,很可能是自私自利的另一种形式。她几乎想不起蒙塞了,或者说不愿意想到他。她和约瑟夫在一起有一种说不出的愉悦。约瑟夫把她视为知己,并且把自己是共产党员的秘密也告诉了她。赛西尔感到这便是约瑟夫如此勇敢而乐观地承受残酷命运的精神支柱。若不是丈夫弗莱特在巴黎的意外事件,赛西尔还不会想到要离开凡尔登。

第12—13章

4月8日是星期天。这天的德国报纸报道说,英法两国原来准备远征芬兰的军队将被派往挪威,以便把挪威和瑞典也拖进对德战争中去；在瑞士,"苏黎世新闻"转载了戈培尔的狂妄预言,说六月前半个月就可以占领巴黎,七月一日就可以签订和约……第二天夜间,也就是4月8日到9日的夜间,德国军队占领了丹麦,并于黎明以前开进了哥本哈根。海军部队也同时侵入了奥斯陆峡湾,挪威政府从它的首都逃走了,登陆的希特勒军队则在这里设立了奎斯林政府。法国外交部里,部长们和将军们都被一种大难临头的气氛包围着。军人们把过失推到英国海军部头上。既然我们在挪威上了当,应该立即恢复在比利时的军事行动。另外关于在莱茵河敷设水雷的问题也不能再犹豫了。

第 14—15 章

弗莱特在自己屋内被人打成重伤,调查的结果似乎对他很不利。赛西尔从没多问丈夫婚前的生活经历,谁能料到这个威思奈庞大家产的继承人会被那么多低级下流的案件牵扯进去呢?不仅同几桩桃色杀人案,同克利西广场事件,同罗赛里兄弟被杀这类著名案件有牵连,而且直接或间接参与了纳粹各种团体的秘密行动。当然,所有这些丑事的主犯都不是他,而是那个可恶的勒·包赛克,就是他把弗莱特打昏在地。弗莱特毕竟是娇弱的公子哥儿,有些事是不得已。赛西尔坐在丈夫的病床旁,总要把弗莱特同约瑟夫作比较。同是陪伴病号,感觉却很不一样。她又常常想到蒙塞。这个年轻的小伙子固然有错,但自己那样待他未免过火了点儿。一旦战争打起来,蒙塞可能象约瑟夫那样被打成重伤,甚至死掉……赛西尔一想到这一点,必就紧缩得发痛。

第 16—17 章

5月9日早晨,保尔·雷诺向国家元首报告说,他决意罢免甘墨林将军。达拉第挺身为甘墨林辩护。这一幕的背后是因为英国方面的张伯伦内阁正受到攻击。内阁总理认为阁内既然存在这样的矛盾,他理当辞职。原则上,内阁会议应在第二天下午召开,待赫里欧议长晋谒总统后,内阁总理将在会上公布辞职决定。这样,在5月10日黎明,当希特勒向荷、比、卢三国突然发起进攻时,相邻的法国既没有政府,也没有总司令。

就在前几天,警察逮捕了让·德·蒙塞的姐姐伊娥纳,理由是她参与了共产党地下组织的活动。正在度蜜月的瓦特兰律师赶到巴黎,准备为此案辩护。远在佛兰德地区的德·蒙塞已经跟救护队向比利时进发。这个救护队在布拉兹中尉军医的率领下,在陌生的比利时境内转来转去,好不容易到达指定地点。在山谷的一处僻静别墅里,蒙塞居然发现了赛西尔的照片!此时的赛西尔正在照料伊娥纳的两个孩子。赛西尔从被洗掠的伊娥纳家里偷偷取走蒙塞一张残破的照片。这两个多情的人儿几乎是同时拥有了对方的第一张照片。

第 五 册
一九四〇年五月

第 1—8 章

布勒亚上尉的骑兵队站在国境线前面不能前进了。因为在吉维尔德那边,比利时的宪兵不得不把埋在砂土中的反战事障碍物排除掉。就在这天早晨,分布在从海洋到阿尔登纳省之间的部队都向前开进了。当吉罗将军率领的第七军带着战车、卡车和马匹沿着海岸往荷兰方面移动时,布朗沙军团已到达了迪勒河阵地,让·德·蒙塞和他的同伴都是这个军团的成员。安齐柴军团的司令部设在艾纳河上一个叫作塞奴克的小小地区。安齐柴将军为了鼓动士气,发明了"循环换岗"的战时策略,即把士兵们经常性地调换军团和阵地,军官们原封不动。缪斯河沿岸的堡垒工事也有一些,但似乎没有应付重大事态的准备。

5月11日,德国的先头部队已进入东格勒。前进中的庞大的法国后续部队对前方发生的事丝毫不清楚。他们所看到的只是运往后方城镇的第一批伤员,一群一群的象迷路的羔羊似的难民,以及那些不大喜欢说话的、溃败下来的比利时军人。开战后的第三天,在南面的塞木亚河方面,法国军队的撤退业已开始。比约特将军的军团已经把所有的飞机都派出去了,乔治手中并没有飞机,甘墨林手中也没有。负责空军的是驻在若阿勒的乌依曼。要得到飞机必须经过一定的程序,比方说柯拉或布朗沙都应该向比约特申请,而比约特又必须向驻地在拉斐德的乔治去申请,乔治在这种情况下则须给坐镇文新尼的甘墨林打电话,甘墨林又得通知乔治……这样,为了弄到一架飞机,便需要五个钟头……而在五小时当中,目标早已发生变化了!

从第二天早晨起,来自东格勒和列日方面的敌人对小吉特河和麦艾涅之间的防线发起了攻击。维尔西尼中尉率领着战车队向敌人开炮,好几辆战车已经起火。拉乌尔·布朗沙和德·蒙塞在被炸得不成样子的村庄里来回奔跑,尽量把还没死的伤员抢救出来。从这天早晨起,所有的将军差不多全部开始移动了。他们互相追随,彼此寻觅和迁移他们的司令部。柯拉将军在维尔凡和西玛依之间跑来跑去,大家不知道把该送给他的情报送到哪里去。德国战车部队于九点半钟到达了皮塞芒治,并在这里越过了法国国境。这样,在塞木亚河上从阿勒起到拉弗莱止所形成的那个缺口从前一天夜里起便已经是个既成事实,而把柯拉的北非骑兵队和安齐柴的轻骑兵切为两段了;这时安齐柴的轻骑兵一直还坚守着阿勒,但是敌人的战车却绕道进入了森林。上午十一点钟,德军的战车到达了色当的郊外,缪斯河战役的序幕揭开了。三十多架敌机在第五十五师防区上空盘旋了一个钟头,在九点钟稍过一点的时候,至少有同样多的飞机把劳古尔炸平了。

一切情况都好象发生在恶梦中。第四天夜里,所有部队都离开了本来的岗位,变得面目全非。第五天天刚亮时,艾舍贝里加莱和敌人遭遇了。拉乌尔开着救护车,在溃退的士兵和逃命的百姓人流中同蒙塞走散。沿途经过的城镇,其景象几乎一模一样地惨不忍睹。没完没了的轰炸和挤满公路的无穷尽的人群,弄得他没法儿喘气。

就在5月14日,罗拜尔·迦雅突然被通知到指挥部去一趟。原来是为伊娥纳的事!这种不合时宜的盘问终于打碎了迦雅长期以来的谨慎,他说:

"你听到我们周围的炸弹声音吗,我的上尉?请你看看这些不幸的人,他们在路上被敌机扫射,而自己又妨害军队前进……假如你把那种行动叫作前进的话！就在这样的时刻里，你跑来对我提出你的这些问题，来试探我，想把我弄成罪犯。我的上尉，你究竟是不是一个法国军官？"

啊，对不起，请稍等一下。上尉刚才还听任迦雅发泄心中积愤，因为他认为从这种波涛般滔滔不绝的话语里会突然脱出他那想要取得的口供来；而且，说到底，上尉不失为一个心理学家……但是这句话，我是不能容许的……

"我的上尉，假如你只稍微理解我问话的意义的话，你便不会认为那是对你的一个侮辱，而看得出那是我对我的国家和军队的一种尊敬！我不是共产党员，这是一件事实。但是你们，你们不去打希特勒。你知道希特勒对一个共产党员意味着些什么吗？"

"共产党人是希特勒的盟友，中尉。"

"撒谎！希特勒的盟友，我告诉你吧，就是现在对共产党人提起控诉的你们……你们逮捕一个按照自己良心行事的女人……因为她相信她这样作是对的……"

"你记下来了吗，伍长？而你，中尉，你认为你的太太按照她的良心……作得很对吗？"

突然，迦雅答话的对象不再是上尉调查员了。他想起了那一天巴邦达尼向他所提出的问题。他觉得自己是在答复巴邦达尼。

"嗳，不错……她作得很对，因为她是个正直的女人，她是谎言所吓不住的女人！"

"好了，"上尉说，"现在你总算表现得好些了。你去吃饭吧……对，坐下来吃吧！"

现在迦雅的感觉是非常奇怪的：一方面他的心跳得不得了，同时他又觉得异乎寻常地镇定。他觉得他的情绪是又兴奋，又沉着。他想，难道一个人就是这样，渐渐地开始供认了吗？他过去从来没有想到过的，这次却说出来了。他一直只是讲，自己按也按不住。他想假如他不讲，他会为自己感到羞耻的。这样，他把经常不肯对伊娥纳，或对瓦特兰和巴邦达尼讲的话都讲出来了。他讲的一些是他从前所不会讲的。他就象一个共产党员一样在那里讲。他的话就是一篇真正的演说。假如罗拜尔有变成两个人的可能，情况也不会和这次有什么两样：就是他是一个人在说话，而在他心中，有另一个人在那里听，如同一个证人一样，听的人是中央市场钟表首饰店的老板罗拜尔·迦雅先生，而说话的人则是法国军官迦雅中尉。他说的就是这个。上尉对他讲的十分感兴趣，他低声地对伍长说："要全部好好记下来！"他所以要这样吩咐一下，是因为伍长这时已经把笔停下来，嘴张得大大的，两眼盯着迦雅，竟会听到这些话，他简直不相信自己的耳朵了。他又重新笔录起来，样子显得十分没有主意。

"不可根据我不是共产党员以及我这样说了出来的事实……"迦雅中尉说，"就得出结论，说我不赞成共产党人和如你们所说的伊娥纳，即迦雅太太，我的妻子所给与共产党人的帮助,至于她是怎样给与他们帮助,我是不知道的。从宣战的头一天起,就是八月底,共产党人就说过政府将不会对希特勒作战,说政府所以要下动员令,以及要演一场莫名其妙的战争喜剧,只是用来结束'人民阵线',砍掉工人运动的领导,以便毫无拘束、大刀阔斧地来干自己的勾当。这种滑稽戏演了八个月之久,足够使一个象我这样的人,平时对实际政治行动不大关心,有时又对一个使我迷惑不解的策略感到十分愤怒的人,擦亮眼睛了……你们并没有去打希特勒,你们只是打了共产党人,换句话说,打了工人。由于这个理由,你们剥夺了我们军队中战斗性最强的成员……你们在八个月当中使我们的军队士气日趋低落……你们从来没有对他们谈起过希特勒……他们不知道在这里是为何事,他们是在精神上毫无准备和军事上毫无组织的条件下被你们带到这个屠杀场来的……请从窗口看一下这支军队吧,我的上尉!它正在溃逃呢。"

伍长听了情不自禁地朝窗口看一看,窗口在中尉坐位的对面,这也是由于上尉一直在应用他的心理学的关系,两位讯问员是背着光线而坐的……伍长这一看,那窗外一群一群的带枪或不带枪的人,一些把老百姓乱推乱挤的队伍,以及一些只愿抢着在人群中走,甚至不管自己的士兵是否业已跟上来的军官等,一句话,一幅溃乱的景象都看到了。这种景象好几个钟头以来一点没有改变。然而这时外面一定出了什么事,因为所有的人都狂奔乱窜起来,就象有人突然把手摇鼓风机转了起来一样。没有炮的炮兵们都从车上跳了下来,把车子扔了。妇女们拚命地跑,孩子们摔在地上。机关枪不断地向这片人海进行扫射,他们则东奔西跑,有的跑向田野,有的在马路当中就躺下来,还有受伤和死亡的人……三架敌机只是在十字路口的周围转来转去,忽而上升,忽而下降,上下翻腾,如同游戏,又象在那里作一场死亡的竞赛或表演一场死亡的芭蕾舞。飞行员低空飞行着,对那些凄惨的呼天号地的人群仍是追击不舍。伍长看到有个五十岁左右年纪的女人,满脸是血,眼睛瞎了,照直向窗口走来……她的头发有一边已经散开……穿着黑衣裳,看得出来是个农妇……虽然机关枪不停地在那里响,他却把这个女人指给上尉看,一边说:"我的上尉?"什么事?伍长是不是疯了?忽然他用手把脸捂起来,边哭边喊说:"妈妈!妈妈!"当然啦,这个女人不是他的母亲……但是他不知不觉就这样喊出来了。那个女人只管朝着房子走,脸碰到了窗户的玻璃,就慢慢地沿着墙壁倒下去了。

这时上尉站了起来。他是否是走向门口去呢?

就在这一刹那,忽听见嗖的一声,整个世界都崩毁了。你耳朵里只听见噪杂喧哗之声,屋柱也好,屋顶也好,"喀嚓""喀嚓"地都塌下来了,尘土和粉墙的细屑扑进了你的嘴和你的眼睛,死,死,现在缠扰着你的除了死以外,没有其他的思想了。天上的霹雷打在人间的司法上面了。

第 9—15 章

荷兰投降了。安齐柴给乔治打电话,清清楚楚地告诉他:巴黎无法防守了!内阁总理保尔·雷诺把这个不幸的消息告诉邱吉尔。他只是反反复复地说:"我们打败了……"邱吉尔答应到巴黎来直接和雷诺谈谈,他估计情况并不象雷诺所说的那么糟。但在外交部的大草坪上,一堆堆文件正在熊熊燃烧,甘墨林黯然地对英国首相说:"什么也没有了……"希特勒即将攻进巴黎的消息象风一样吹遍整个城市。据说就是明天——5月16日,巴黎将落在敌人之手。老威思奈到蒙吉部长那里探听虚实。据说是共产主义和共产党在部队的影响,致使法军一败涂地。因此前一段时间对共产党头目的搜捕还很不够,抓了一些小兵卒而已。威思奈听不进这些胡扯,他只想知道政府将如何处置他的工厂。要知道,摧毁工厂有可能使工人再来一次巴黎公社的!纽勒芒将军却含含糊糊地暗示他,应该设法同俄国人搞好关系,这样才能使战争继续下去。

在通往巴黎的漫长战线上,德军势如破竹,而法国军队则是有史以来从未有过的混乱。

第 六 册
一九四〇年五月至六月

第 16—18 章

康布莱被占领了,贝罗纳也被德军占领了。阿尔伯从昨天晚上起就已失守,接着亚眠已成为敌人的下一个目标。当天晚上十点钟,德国人把第九军的司令部打得四分五裂,到达了卡特莱,至早晨两点钟,吉罗将军在卡特莱附近的某个农舍院子里作了俘虏。敌人的意图不再令人费解,他们是想先开到海边,来切断我们配置在诺尔省境内的现代化部队。这一来巴黎倒可喘口气了,它暂时还不会被德国人视为头号目标。矿区的工人照常上班,圣喀军上尉风尘仆仆地追踪消声匿迹的共产党人。在5月19日,当巴邦达尼率领他的战斗小队到达杜埃时,意想不到地被师部扣留。这又是因为他被人认出是《人道报》记者!手下的五名战士也都是自己的同志。他们在德军后面迂回,总是在实在顶不住的情况下才向后撤,现在倒先做了法国人的俘虏!

第 19—23 章

法国的魏刚将军从贝鲁特回来了。英国军队也源源不断地开赴前线。这一切真令人欣慰。蒙吉部长亲自召见苏联作家爱伦堡,希望改善法苏关系,得到苏联的飞机以及其它物质。但不知是谁暗中下令搜查爱伦堡的住宅。蒙吉大为光火。这些讨厌的家伙永远不明白什么叫外交手段!

布朗沙对实施魏刚攻势的可能性发生怀疑。首先，英国军队并没有在运河线上把轻机械化师换下来，其次，为准备27日的攻势已经去和阿尔特玛耶的第五军团汇合的两个英国师现在刚刚整队后撤。5月25日诺尔省的战况便使将军们放弃了魏刚攻势。为了安慰布朗沙，魏刚给他打了一份古怪的电报："为了挽救一切可以挽救的东西，特别是为挽救你负责维持的军旗的荣誉，你可自行采取一切决定。"布朗沙考虑几个钟头，便命令所属部队烧掉所有军旗和军徽，以免落入敌手使法国军队的名誉蒙受耻辱。

5月26日，从比约特将军失踪以来，英、法司令部的意见第一次取得一致。现在大家提出的问题不再是反攻，而是向海岸撤退。撤退的路线均已分好。属于英军的是里尔那边的公路，法军的是南边的公路并且经过里尔一直通往阿芒梯埃尔。于是所有部队开始向海边移动。

第24—30章

这天夜里，防守奥阿尼的部队接到了向里尔撤退的命令。战斗还在继续，德国士兵每到一个地方便把居民从他们的房子和地下室里赶出来，打死男人；让妇女、儿童和老年人走在前面，掩护他们前进。当德国人到达奥阿尼的中心，即那个位于古堡、教堂和市政府中间的广场上时，他们在机关枪的掩护下将它占领，好些矿工和职工被射死在音乐台上。敌人把尸体堆在一起，放火烧起来。

就在离这里几幢房子以外的一条通往桥去的街上，在一片断壁残垣的环境中，沿着墙过去，……在两所燃烧着的房子的中间，靠左面便是那幢叫作"莱富洛拉里"的别墅。从这里传来了一种惨不忍闻的声音，它是那样的强烈，使人相信那不可能是人的声音，不过那是什么动物在那里这样号叫呢？茫无所知是比亲身去冒险更为使人害怕的。这种号叫声，叫那些男人们不由自主地由队列跑出来，他们一直向别墅的石阶上爬。在别墅门口站岗的纳粹近卫队用枪挡住他们，把他们推了回来。不过他们却看到了。他们不可能不看到。

他们看到的是绑在安乐椅上的一个人，这个人年纪很轻，身体健壮，金发，头上什么也没有戴……是一个英国军官。从早晨起他就被绑在那里作为纳粹近卫队戏弄的目标。一个军官用鞭子抽了他的脸一顿。他的额头和双颊上都被打出了一条条的斑痕。他们就象刚才在德·克莱尔克古堡的院子里对那些尸体一样，在他活活的身上和他所在的房间周围浇上汽油，点起火来。他们往这个人身上倒汽油，就象人们用水桶往一个醉汉头上浇冷水一样。那队列中的人所听到的那种惨叫的声音于是就开始了。那是一种无休无止的惨叫，一个人在内心的惨叫。我不是说人叫了，而是说从这个人的身体内发出了叫声。就是烧着的东西在叫，而不是人在叫。想想看这个活生生年轻的肉体，他肌肉刚强，精神饱满，不久以前他在萨利斯布里平原上打马球是打得那样地好……以致不少的姑娘们都双眼盯着他，而对一个他也许会向其微笑一下的女人，她们还会嫉妒……惨叫声从火焰中传出来,如同一盘香酒烧蛋吱吱地发响一样。而现在人群只是头向左面偏着从旁边走过去,人群就在这里,当场听见那种巨大的、惨绝人寰的、继续不断的叫声;这种叫声完全说明有人在那里犯罪。不过人群依然只是把头偏向左面,……就象在一个阅兵台和一座铜像前面走过一样……孩子们都把眼睛睁得大大地:他们从来没有看见过烧人,他们永远不会忘记德国兵所给予他们的印象了。

当那个利伯古尔和奥阿尼人的行列到达古利埃尔的时候,已经是下午两点钟左右了。尽管下着雨,古利埃尔的火却仍然未熄。

并不是所有从奥尔尼出发的人都全部到达这里了。他们当中有十七个人,只走到半路,那些骑着马押送他们的易于发怒的家伙突然觉得他们活得太久了,或者是早晨的大屠杀并没有使这些纳粹近卫队队员尽兴,或者他们所放的火和人肉烧焦的气味又叫他们冲动起来,究竟是什么原因,大家无从知道,不过他们总是把他们杀害了……这十七个人最初被赶在马前,赶进巴特里桥那边的头几所房子的一所房子里,那是一所带有花园的小房子,花园四周筑有围墙,在这季节里还有玫瑰花,一句话,是个恬静的园地,在这里,他们对这十七个人,就大过其瘾地动起手来了。他们叫这些赤身裸体或差不多赤身裸体的人自己掘自己的坟墓,接着他们就用身上所有的一切可以用来打人的东西毒打他们,如枪托啦、脚啦、刺马距啦、拳头啦和铁铲等,打得十七个人的脸不象个脸,躯体血肉模糊,不成人形。于是他们再把机关枪玩起来,在花园里从这头到那头全面扫射了一通,扫射后,连玫瑰花也不剩了。

尾　声

6月6日星期四的早晨,蒙吉部长得到共产党中央委员会的一份文件,全文如下:

共产党认为对法西斯侵略者放弃巴黎就是卖国,认为组织保卫巴黎是全国人民的首要的义务。为此,应该:

(1) 改变战争的性质,使其成为为独立、为自由而进行的全民战争;

(2) 释放那些被投入狱中和送入集中营的共产党议员、党的干部和上万的工人;

(3) 将那些在议会,各部,一直到在参谋部中活动的敌人的间谍立即逮捕,加以严厉的惩罚;

(4) 这几项初步的措施在人民中间将掀起热烈兴奋的情绪,因而可以促成应该立即宣布的全民总动员;

(5) 应该把人民武装起来,使巴黎成为一个永不可破的要塞。

小蒙塞的确是和自己在花园里散步了。赛西尔还没有从惊愕和狂热中清醒过来,她一刻不停地讲呀,讲呀,忽然冒出一句:"告诉我,让……那么,你真的活着吗?"蒙塞从布勒斯特乘火车赶到巴黎,又乘火车赶到贡舍。他坚信一定能找到赛西尔,只是未料到这么快、这么轻而易举!

就在赛西尔和蒙塞重新相见的6月6日,魏刚放弃了"誓不后退"的观念。鉴于敌人已兵临巴黎城下,还起用了日后成为投降人物的邓茨将军。6月9日,内阁会议决定政府撤离巴黎。巴黎的各个监狱均将疏散。共和国保安队将把那些共产党员沿着撤退的道路押走,就同圣喀罕从劳斯监狱挑选出来的那些囚犯一样,那些人当中的大部分在阿伯维尔附近被杀害了……

赛西尔和蒙塞肩并肩坐在楼上半开着的窗子后面,他们身上映照着从东方升起的曙光……

(穆小琳)

蝮 蛇 结

作者弗朗索瓦·莫里亚克(1885—1970)是法国当代著名作家,曾获1952年诺贝尔文学奖。主要作品有长篇小说《和麻疯病人亲吻》(1922)、《爱的荒漠》(1925)、《黛莱丝·德克罗》(1927)、《蝮蛇结》(1932)等。

莫里亚克擅长描写金钱力量导致的婚姻和家庭危机。《蝮蛇结》写一个守财奴家庭内部的勾心斗角。主要人物路易是大律师和百万富翁,爱财如命,心胸狭隘。他断定妻子和子女都在觊觎他的财产,便处处设防。子女们则费尽心机把风烛残年的父亲软禁在家中,还密谋把他送入疯人院。老头子为对全家进行报复,打算剥夺子孙们对财产的继承权。整个家庭象一个毒蛇窟,围绕着财产继承问题展开生死搏斗。全书分为两部分,都用第一人称写成。第一部分是路易给妻子伊莎写的一封长信,第二部分是路易的自叙,到末了才附有路易死后其儿子罗贝尔和外孙女雅尼娜写的两封信。

译本:汪家荣、薛建成译,外语教学与研究出版社,1980年版。

这个全家人的仇敌,这颗已被仇恨和吝啬吞噬的心……在他惨淡的一生中,阴暗和欲望挡住了他的眼睛,使他看不见近在咫尺的光明。他心中追求的真正目的,你们只要有耐心和勇气听完他临终前中断的自供,就自然会明白的……

第 一 部 分

每当我失眠时,我就想象当你在我的空空如也的保险柜里发现这封信时,一定会大吃一惊。这封信唯一的内容就是炮制了将近半个世纪的报复。这颗定时炸弹已安装得妥妥贴贴,我因此感到十分得意。

我已跨入六十八个年头了。在生日这一天下午四点,我午餐用的托盘和残羹剩菜,还摆在桌子上,招来了许多苍蝇。我白白地打着铃,没人答应。女儿热娜维埃芙,儿子于贝尔以及他们的孩子们,每逢生日总有蛋糕、小蜡烛、鲜花……可对你,我的老婆伊莎,过生日时我什么也不送,这主要是出于报复:在我们四十年同床异梦的痛苦生活里,你居然能够做到不说一句稍稍贴心的话儿。

我是个穷寡妇的独生子,母亲接受了一笔田产,那是一大片贫瘠的土地,她勤俭持家,精打细算。童年,我过分用功,一双眼睛只用来死死地盯住竞争对手。母亲虽然节俭,给我的钱却超过了需要,甚至怂恿我去挥霍浪费。我得了咯血病,但不必为前途担心,因为母亲已有了一笔可观的财产。我善于辞令,母亲让我学了法律。我对宗教的憎恨是真挚的。中学里第一次圣餐给我的感觉是一种无聊的俗套。我收到的最后一束生日鲜花是母亲用她那变了形的手摘来的,但是,与你们丰多代什家的结识动摇了我们母子之间的关系。

我先注意到的是你的母亲。她美极了,袒露着的颈项,胳膊和双手都使我心绪缭乱。可有一天,我发现你的母亲一扫从前的傲气,低声下气地与我的母亲谈话,而我的母亲则粗声粗气。我第一次介入有关生意经的谈话,你的母亲得到了她所要求的延长纳租的期限。那以后,我得到了丰多代什这个豪门世家对我的微笑。我注意到了你,伊莎。你们家中没有任何人给我俩的谈话设置障碍。我十分谨慎地隐瞒了自己对宗教的态度,陪伴你和你家人去做弥撒。我感到幸福,我母亲却表示怀疑,于是我对母亲逐渐产生了一种近似仇恨的反感。婚约定下来了。"为了和睦相处",你拒绝与我母亲共同生活。母亲表示把底层的客厅都让出来,她只住四层楼的一间卧室,但我乘机说:"你听着,妈妈,伊莎认为最好还是……"。晚上,你问我:"您的母亲怎么啦?"

我们的婚姻并不幸福。如果你当真没有爱过你婚前的情人罗多尔夫的话,我倒可以不再为一个少女因感情冲动而丧失了贞洁的一时过失而痛苦。可是我已经产生了疑问:"这样的热恋过了还不满一年,她怎么又会爱上我呢?"可怕的念头使我的心骤然冰凉:一切都是虚假的。我站在镜子前,又恢复了本来面貌:一个没人爱过的人,一个世上没人疼过的人。我一口气跑到书房,取出给你擦过眼泪的手绢,系上一块石头,扔进池沼里。我望着你,心里充满了仇恨的苦味儿。

爱情已经崩溃。我俩的结合就象狐狸掉进了陷井一般。自从有了孩子,你的眼睛就是为孩子长的,你疏远我,而我则沉缅于秘密的淫乱生活之中。我曾企图从你手中夺走孩子以惩罚你,你则警告说要分居,这意味着将你的陪嫁退还,而我早就习惯于将此视为己有。一想到我将不得不放弃这些股票我就不寒而栗。

我们俩是何等地贪钱!你除了为孩子们着想之外就从来不贪财。但为了使他们富裕,你或许会把我谋杀。至于我,我承认,我爱钱,钱能使我安心。只要我仍然是财产的主人,你们就动不了我一根毫毛。"象我们这么一大把年纪的人,不需要多少花费了,"你常常这样说。这可真是大错特错了!一个老人只有掌握着财产他才能生存。我怕自己变成一贫如洗的人。我觉得储存金币永远没有尽头。金币吸引着你们,可金币保护着我。今天是耶稣受难日,晚上全家都会上这儿来。我愿意看到全家聚会,我觉得我一个人公开地对付他们全体反而比私下个别谈更有力量。四十五年来我一直占领着各个阵地,可是只要作出一次让步,全线就会崩溃。面对吃着斋的全家,我故意啃着牛排,以此表明:你们休想在我活着时候来刮我的油水。

我不认为我是从那不幸的夜晚后的第一年起就开始恨你的。我对你恨的起源是由于我逐步发觉你对我冷若冰霜,你的眼里只有那些爱啼哭、爱嚎叫又贪婪的小生命,除此之外,什么也不存在。你甚至没有发觉我年纪不满三十就已成为门庭若市的一位商务律师,已经被人们誉为本市律师界的一位后起之秀,而波尔多律师界负有的声望,在法国仅次于巴黎而已。从受理维尔纳夫案件起(1898),我还显示了一位重罪法庭大律师的才干(同时精通两类不同业务的律师是十分罕见的),而唯独你对我的辩护词引起的举国一致的反响无动于衷。也是在这同一年,我们的不和变成了公开的吵架。如果说这起著名的维尔纳夫案件使我一举成名,那么它也是一条勒紧了使我窒息的绞索:以前或许我还存在过某种指望,这一案件使我确信在你的眼里就根本没有我这个人了。

维尔纳夫夫妇——你还记得他们这件事的梗概吗?——结婚了二十年之后,他们仍炽热地相亲相爱,这已成为有口皆碑的事了。人们常说"和睦得象维尔纳夫夫妇一般"。他们在离市区不远的奥尔农有一所宅邸,和十五岁左右的独生子生活在一起,很少接待客人,只要他俩呆在一起就心满意足了:"就象小说里读到的爱情",这是你母亲常常说的一句口头禅,而她的外孙女热娜维埃芙把这句话的奥秘化为己有了。我敢打赌你对这一惨案早已忘得精光。要是我再给你讲一遍这个惨案,你就会讽刺我,就象在饭桌上当我追述我以往的考试和会试的情景时一样……但我还是要讲!一天早晨,仆人正打扫着楼下的房间,只听见二楼一声枪响,一声惨叫;他冲上楼去;主人卧室的房门紧闭着。他无意中听到了轻微的说话和低沉的搬动家具的声响;还有急促地奔向卫生间的脚步声。过了一会儿,由于他不停地转动门把,插销脱落,门打开了。维尔纳夫躺在床上,穿着衬衣,浑身鲜血淋淋。维尔纳夫太太披着散乱的头发,穿着晨衣,手里拿着一支手枪,站在床边。她说:

"我打伤了维尔纳夫先生,赶快去把医生、外科大夫和警察分局局长请来。我不会离开这儿的。"

从她的嘴里除了下述供词外什么也得不到:"我开枪打伤了丈夫",当维尔纳夫先生恢复讲话能力后也立即证实了这点。他本人竭力回避提供任何别的情况。

被告不愿挑选律师。我是维尔纳夫夫妇一位朋友的女婿,我被法庭指定为她辩护,可是我每天探监都没能从这位固执的女人那儿得到什么情况。有关她的最荒诞不经的说法在城里到处流传;而我呢,从第一天起就毫不怀疑她是无辜的;她把责任全揽在自己身上,而她那十分疼爱她的丈夫也居然忍心让她自己指控自己。哎!要那些享受不到爱怜的男子去探索别人身上的狂热爱情该有多难呵!夫妻间的恩爱完全主宰着这个女人。她并没有向她的丈夫开枪。她会不会用自己的身子挡住丈夫,不让某个前来求爱并遭到回绝的男子伤害他呢?可是出事前夕谁也没到他们家里去过。他们家又没有任何一个串门的常客……总之,我没打算把这个老故事再给你重讲一遍。

直到我该出庭为她辩护的那天早晨,我已经打定主意对此案持否定的态度,只要阐明维尔纳夫太太不可能犯有她自控的罪状就行了。审讯结尾时,年轻的伊夫上来作证,他母亲用一种恳求和焦急的眼光逼视着他,直到他儿子离开证人席为止。正是伊夫的证词,或者更确切地说(因为这个证词是毫无价值的,没有给案件提供任何的线索),正是母亲投向儿子的那种目光以及儿子离席后母亲流露出来的某种松了口气的神情突然揭开了此案的秘密:我揭露了儿子,这个对父亲得到的爱异常嫉妒的病态少年。我以扣人心弦的逻辑,慷慨激昂地作了一个至今依然闻名的即席讲演。F教授由衷地承认他的理论体系的精华来源于我的这篇发言,这篇发言同时使青春心理学以及青春期神经官能症治疗学这两门学科的面目为之一新。

我之所以回忆这段往事,亲爱的伊莎,并不是因为我奢望四十年后的今天能激发你在我取胜时,你都没有感到的钦佩,那时,经济界和司法界的报纸都刊登了我的照片。然而,正是在我这飞黄腾达的时刻,你所持的冷漠态度使我充分地估计到你对我的遗弃和我的孤独已经达到了何等程度,与此同时,我在几周内见到了并维护了这位身陷囹圄的、富有自我牺牲精神的妇女。她这样做与其说是为了营救自己的孩子,还不如说是为了营救她丈夫的儿子、维氏的继承人。正是受害的丈夫恳求她说:"你把这事的责任全部承担下来吧……"她把爱的情操提升到了顶峰,因此不惜让世人相信她正是谋害她唯一的心上人的凶手。这是夫妻的恩爱而不是母爱推动她这样做的……(后来的事实完全证实了这一点:他们母子分离了,她以种种理由始终远远地回避了他。)我本来是可以象维尔纳夫那样享受爱的温馨的。在受理此案期间,我也见过他多次。他有什么胜过我的地方呢?或许是因为他相当漂亮,出身高贵,可他也不见得很聪明。审判结束后他对我的敌视证明了这一点。而我呢,我的才华过人。假如我那时有个疼爱我的妻子,还有什么更高的职位我不能胜任呢?一个人很难单独地保持着自信。我们必须有一位裁判为我们的毅力作证:由他来记录获胜的次数,计算得分的总和,由他在发奖日给我们戴上花冠,——就象从前举行授奖仪式时那样,我手捧着得奖的书本,两眼寻找着在人群中的妈妈,她在军乐声中把金黄色的桂冠戴在我刚剃光的头上。在维尔纳夫案件时期,她已开始衰老。我是逐渐才发现的:她对一只一见我就狂吠的小黑狗发生了兴趣,这就是她衰老的第一个迹象。她对来访的客人,除了谈论这只狗之外几乎没有别的话题。她也不再听我讲述我的情况了。

再说,在我一生的这个重要转折关头,我妈妈本来也无法替代曾经拯救过我的爱情。她的毛病就是爱钱如命,她把这个毛病传给了我;这种贪钱的欲望已经溶化到了我的血液里。否则,她要把我长期固定在一项如她所说的"赚大钱"的职业上,是非要作出一切努力不可的。因为那时,文学吸引着我,各大报刊杂志相继来聘请我,在地方市政选举时,所有的左翼政党都愿意推举我作为拉巴斯蒂德市①的候选人,(递补我接受提名的那个人轻而易举地当选了),我抵制了自己这种雄心的诱惑,因为我不愿放弃"赚大钱"。

　　这也是你的愿望,你曾经向我流露你永远不离开外省。一个当真爱我的女人本应珍惜我的荣誉。她本该向我指出,生活的艺术就在于舍弃一种低下的欲望去追求一种更为高尚的欲望。那些愚蠢的记者们因某某律师利用其议员或部长的身份捞取一些微薄的外快而装得愤愤不平,他们最好还是去赞赏另一些人的品德,这些人善于巧妙地把自己的欲望区分为不同的等级,他们宁肯获取政治荣誉而不去从事最赚钱的买卖。如果你那时真的爱我的话,你本可纠正我那置眼前利益于一切之上、不能为追逐权势的踪影而放弃微薄酬金的毛病,因为在我看来不存在没有实体的踪影,踪影就是一种实体。唉,结果是什么呢?我象街角上的副食品商店老板那样只能用"赚大钱"来自我安慰。

　　现在我剩下的仅仅是:经过那些可怕的岁月挣来的这些钱。对于这些钱,你还发疯似地要我放弃。啊!一想到我死后仍由你们来享用这笔钱,我就难以忍受。这封信一开头我就告诉你我曾作了一切安排让你们一个子儿都捞不到。我已经向你透露我已放弃了这样的报复……然而这是过分低估了我心中潮汐般的仇恨。当它退潮时,我的心肠就软下来……当它涨潮时,它那浑浊的波涛又把我覆盖。

　　复活节的今天,你们为了你们的菲利竟向我发动了旨在侵吞我财产的进攻,我再一次看到了家里的这帮人,男女老少一个不落地围坐在门前窥伺着我。此时此刻,我的脑海里萦绕着你们瓜分遗产时的情景——为了争夺遗产,你们必将大打出手:因为你们就象一群狗,你们准会围着我的地产和证券相互厮咬。地产将归你们所有,可是证券已经没了。我在这封信的第一页对你说到的那些证券,我在上周涨峰时已抛售一空:从那以后,证券每天都在跌价。所有的船只,一旦我把它们抛弃,都将沉入海底;我从来就没有失算过。数以百万计的现金,你们也会拿到手的,要是我同意的话,你们一定会拿到手的。有几天我甚至想横下一条心让你们一个子儿都拿不到……

　　我听见你们这一伙喊喊喳喳地上了楼梯。你们站住了;你们议论着什么,毫不顾忌我还醒着(反正我是个聋子);我看见房门底下摇曳着你们的烛光,我听出菲利的假嗓门(似乎他还处在变嗓音的发育期),我还听见突然收敛起来的年轻妇女格格的笑声。你斥责他们;你准是对他们说:"我肯定他没睡……"你走近我的房门;侧耳细听;你从锁孔中往里张望:我的烛光暴露了我还醒着。你回到这帮人中间;你准是低声地对他们说:"他还没睡,他在听你们的谈话……"

　　他们踮着脚尖一个个地走开了。楼梯发出格格的声响,房门一扇接一扇地关上了。在复活节的夜里,家里住满了一对对的夫妻。而我呢,我还可以做这些

---

① 位于法国比利牛斯省。(译者注)

嫩枝的活树干呢。大多数父亲都是受到敬爱的。你是我的敌人,而我的孩子们全跑到敌人一边去了。

这一仗现在终于打响了。我没有气力再往下写了。然而,我讨厌睡觉,讨厌躺下,即使我的心脏状况并不妨碍我睡觉也是如此。象我这么大年纪,睡眠会引起死神的注意,不应该装作死去的模样。只要我不躺下,我觉得死神就不会降临。难道我对死的恐惧就是肉体痛苦,就是咽最后一口气的痛苦吗?不,我所恐惧的就是化为乌有的痛苦,即只能用负号来表示的那个乌有。

当我们的三个孩子都还年幼时,我俩相互的敌意还没有暴露;可是家里的气氛是沉闷的。你对我的冷漠,对我的一切所持的毫不介意的态度使你并不因这种家庭气氛而苦恼,你甚至连这种气氛都没感觉到。

再说我也从来不呆在家里。为了在十二点准时赶到法院,我每天十一点独个儿吃午饭。律师事务忙得我无暇他顾,我能支配的业余时间极少。我猜得到我把这些时间用来干什么了。为什么这种放荡的夜生活单调得如此可怕?为什么它连通常用来作为自我开脱的借口都没有呢?为什么它变成了赤裸裸的丑恶而没有丝毫的感情和伪装的爱恋可言呢?我本来是会很容易有一些为上流社会所赞赏的那种艳遇的。象我这样年轻轻的律师怎么可能不经历某些感情上的挑逗呢?商人与律师相比,许多年轻妇女无疑更愿意去拨动后者的心弦……然而我早已失去了对异性的信任,或者更确切地说,我早已失去了能博得她们任何一人喜欢的信心。我一眼就识破了她们的用心,觉察了她们沆瀣一气的计谋,看穿了她们对我的诱惑。我预感到她们每个人都千方百计地要为自己谋取一个优越的社会地位,一想到这点,我的心全凉了。我是个有身份而不被人所爱的人,这是个悲惨的事实,此外,我还是个多疑的富翁,担心受骗,怕人利用。这些我为什么不能坦率地告诉你呢?你啊,我早就给了你"补贴费";你非常了解我,因此不会指望还能从我的手里拿到比规定的数目多一个苏①的钱。这笔钱是个相当可观的齐头数,你从来没有超支过。在这方面我感到没有什么可担心的。可是别的女人怎样呢?我是属于这样一类蠢人,他们相信世界上有两种女人,一种是无私而钟情的,另一种是一心只贪金钱狡诈狠毒的。似乎在大多数女人身上,对爱情的向往和要别人资助、保护、宠爱的需求是不能并存的……

我活到六十八岁才更清晰地看到我之所以拒绝所有这些人其实都不是出于我的什么道德观念,而是纯粹出于我的猜疑和吝啬。这种清晰的回忆在某些时候会使我惊恐得嚎叫起来。我和几个女人的往来之所以一开始就夭折,无非就是两个原因:或者是由于我内心的多疑,误解了别人对我最纯洁的求爱,或者是

---

① 法国旧时辅币名,相当于二十分之一法郎。(译者注)

由于我的那些你最清楚不过的怪癖使我变得非常可憎:同饭店的侍者和马车夫可以为几个小费争得面红耳赤。我喜欢事先知道我该付多少钱。我喜欢一切都事先规定好价格;我敢于承认这样羞愧的事儿吗?在放荡的夜生活中最使我高兴的莫过于按定价付款。在象我这样的人身上,爱情的欲望和乐趣之间还能存在什么联系吗?对于爱情的欲望,我已不再设想哪一天可以得到满足;这种欲望只要一抬头我就马上把它压下去。当意志在爱情中起着决定作用的时刻,当我们在爱情的边缘上尚可对相互遗弃还是言归于好作出抉择的关键时刻,我就变成了专事破坏一切感情的艺术大师。我先办最容易办到的事——即按事先谈妥的价格就可办到的事。我最恨被人诈骗;可是该付的钱我都如数付清。你们都怨我吝啬;尽管如此,我还是不愿赊欠;一切交易我都用现金付款;这一点我的供货人都知道,并对我十分称颂。欠债的念头,我是无法忍受的,哪怕是一笔微不足道的款子。我对"爱情"就是这样理解的:一手交钱,一手交货……多么恶心啊!

不,我是故意说得夸张些;我在自己给自己抹黑:我爱过别人,或许也被别人爱过……那是1909年我的青春即将流逝时发生的事。何必要隐瞒这次艳遇呢?你逼着我立即作出抉择的那天,你已经知道这件事了,你准会记得的。

就是我在预审庭营救过的那个身材矮小的小学女教师(她因杀婴罪而被追究刑事责任)。她最初是出于感恩而委身于我的;可是后来……是啊,是啊,在那一年我尝到了爱情的滋味;可是我的贪得无厌使我丧失了这一切。我把她搞得很难堪,最后几乎使她陷入悲惨的境地;我要她必须随时听候我的吩咐,不准她见任何人,我可以在我极有限的空闲时间里随心所欲地把她叫来,然后打发她走,然后又把她叫来。她变成了我的玩物。我对物的占有、享用和任意摆布的癖好扩展到了对人也是如此。似乎我理应占有一批奴隶似的。只有这么一次我认为找到了符合我要求的这种牺牲品。甚至她的眼神我都加以监视……很抱歉,我忘了曾经答应你不谈这些事情的。她后来到巴黎去了,因为她实在无法忍受了。

"如果你只是和我们大伙儿合不来,那还好说,"你经常对我念叨,"可是大家都怕你,躲你,路易,这一点你自己也很清楚!"

是的,我是很清楚的……在法院我始终是孤家寡人、独来独往。他们拖到最后才把我选进了律师同业公会理事会。他们宁肯要了所有的傻瓜之后再要我,我总不能在这样的情况下接受这个首席律师职务。其实,我对这个职位又何尝不感到眼红呢?可一旦接受了这个职务,就不得不讲究排场,接待客人。这种显赫的职位是个花费很大的差使;实在是得不偿失。而你呢,你为了孩子们的未来劝我担任这个职务,你从不为你自己提出任何要求:"为了孩子们你就干吧。"

在你们的控制下,我病了将近一个月之后,现在又拿起这个本子给你写信。只要我一病到不能动弹的时候,全家立即就在我的床边缩小了包围圈。你们一个个都在场，监视着我。

我了解自己的心，这颗心无异于盘缠在一起的蝮蛇结，它被这些毒蛇压得喘不过气来。这颗心渗透了毒液，可它们在麇集着的蝮蛇底下跳动着。这个蝮蛇结，它难解难分，除了用刀砍、用剑斩之外别无良策。

第 二 部 分

我和家里人的关系全破裂了。再给伊莎写信已没有必要了。现在我到巴黎来寻找我那陌生的儿子罗贝尔。不管怎样，他没有参加你们的阴谋活动，他在远离我的地方长大成人，他不可能恨我。但他是如此平庸，当我见到自己的怪影站在我面前时，我对自己是多么怨恨。罗贝尔只有一点和我不同：他连最低等的考试都通不过。我带给他的这笔财产远远超出了他那贫乏的想象力，使他懵然不知所措；他不相信这会是真的。我要罗贝尔用他的名义到一家银行去租用一只保险柜，我把我的财产转入其中。他给我立一张开启保险柜的委托书，并且向我保证在我寿终正寝之前不动用这笔财产。但罗贝尔头脑不开窍，怕冒风险，是个胆小鬼。

我又偷听到全家人关于遗产的争吵。外孙女婿又在骂我是"一条老鳄鱼"。外孙女则对伊莎说："姥姥，您总不忍心继续再当他的同谋吧。没有您的同意，他是不能剥夺我们的继承权的。您的沉默是对他的纵容。"儿孙们为了获得继承权已经急得焦头烂额，慌得火烧火燎。他们想说服伊莎同我打官司，还密谋派人跟踪我。然而我的妻子已经体力不支，再也经不住了。她说，"我真想躺下长眠不醒"。我从她的眼神中发现一种无法形容的厌倦。将近半个世纪以来，我们俩互相对峙。而现在，在这个闷热的下午，两个冤家对头，不顾如此漫长的争斗，却因共同面临着风烛残年而感到一种相互的联系。我俩除了期待着到达死亡的岬角外，什么也没有了，什么也不再存在了。

她来找我谈话。她猛地拽住我的手臂，说："为什么你恨你的家庭？"

我说："是你们恨我。或者确切地说，是我的儿女们恨我……"

盘缠在一起的毒蛇不在我身上；它们已经游出了我的体外，它们盘缠在一起，对我围成一个可怕的圈子。

一天早晨，在一家餐馆里，很偶然地，我发现自己的儿子罗贝尔也来了。我跟踪罗贝尔，发现他，还有我的女婿阿尔弗雷德，同罗贝尔一起进了教堂。我看着罗贝尔这个蠢才的颈背，他的脑袋垂得越来越低。他一开始肯定提出："平分秋色……"，他自以为是强者。然而一旦被他们摸着脾气，这个傻瓜只得缴械投降，除了认输之外毫无别的办法。而我呢，我是唯一看到这场搏斗的见证人，只有我心里清楚这场搏斗是完全徒劳无益的。我看着他们离开，以为没有什么惊奇事了。可是我错了：当阿尔弗雷德和罗贝尔走到门口时，罗贝尔把手伸进圣水缸，接着，转身朝着主祭坛，在胸前划了个大十字。

又见到罗贝尔时，我问他："他们究竟给您多少钱？一百万？五十万？还要少，这怎么可能！三十万？二十万？"罗贝尔连连摇头，样子十分可怜。"不，给一笔年金，……每年一万二千法朗。"罗贝尔是我的最后一张王牌，我总是暗算着剥夺那些人的继承权，可是现在连这种可怕的乐趣也享受不到了。要是能带着这些金币、现钞、证券重回人间就好了。

伊莎死了。以前每当我考虑问题的时候，浮现在我眼前的妻子总是这样一个形象：她作为我的遗孀，戴着黑纱，她因为我的尸骨未寒就去开启那只保险柜而忐忑不安。即使天体发生紊乱也不可能比伊莎的暴卒使我更为吃惊和难受。她死得太早了，她还没了解我，她只知道我是个魔鬼，是个刽子手，而不知道在我的内心深处已经出现了另一个人。

一场冰雹让我的葡萄园大受损失，但我已经无动于衷。自从我决定把遗产分给子女之后，我已经没有什么可怕的了，我一辈子做了欲望的俘虏，现在总算摆脱了它的羁绊。我要加紧步伐走向儿女们的心田，我要跨越把我们分离的鸿沟。盘缠在一起的毒蛇终于被砍断了：我要在他们爱的温馨中加速前进，这样，我咽气后，他们在合上我的眼皮时就会失声恸哭。即使品德最高尚的人没有他人的帮助也不能单靠自己学会爱怜别人：做到置一切讽刺嘲笑于不顾，置人们的过错尤其是愚蠢于不顾，必须掌握一个已经在人间失传的爱的秘密。我正在寻找能够单独地胜利完成这个使命的那个人；他自己必须是所有灵魂中的灵魂，一切爱怜之情的炽热中心……

路易死了。他的儿子罗贝尔在一封给热娜维埃芙的信中谈到：路易的转变是"精神错乱的典型症状：迫害人的癖好，教徒般的妄想。"他认为父亲身上没有真正的基督教的痕迹，而是一种假神秘主义。"把他事实上的失败转变为精神上的胜利；装出一副无私而超脱的样子……嘿！他还能有别的法子吗？不，在这一点上，我不会让自己上当受骗……"。路易的外孙女雅尼娜在一封给罗贝尔的信中则这样写道：老爷是"哪儿有他的财产，哪儿就没有他的心"；而我们（路易的儿女、家人）是"哪儿有我们的财产，哪儿就有我们的心。我们头脑里想的就只有这笔受到威胁的遗产。"

（陈慧、张静）

禁 闭

作者让-保罗·萨特(1905—1980)是法国哲学家、剧作家和小说家，存在主义文学的主要代表。一生共写了50多部文学和哲学著作。

哲学小说《恶心》(1938)是他的成名作，描写主人公罗康丹对荒诞世界的"深深厌倦"，宣传了存在主义思想。他的创作高峰期在第二次世界大战中间以及战后一段时期，先后出版了多卷本小说《自由之路》(1945—1949)，剧作《苍蝇》(1943)、《禁闭》(1944)、《死无葬身之地》(1946)、《可尊敬的妓女》(1947)、《肮脏的手》(1948)，哲学论著《存在与虚无》(1943)、《存在主义是一种人道主义》(1946)、《辩证理性批判》(1960)等。一般认为，他的戏剧创作的成就高于小说。

《禁闭》是一出典型的存在主义戏剧，写一男二女共三个幽灵在地狱里勾心斗角，互相折磨。地狱是人间的象征，剧本的主旨是宣扬"他人便是地狱"。作者一方面形象地展示了资本主义社会中人与人的关系的阴森可怖，另一方面又把这种特定历史条件下的人际关系抽象化、绝对化，鼓吹社会达尔文主义。

剧中人主要有：伊奈司，生前是个女同性恋者；埃司泰乐，是个荡妇，曾亲手杀害了自己的女儿；加尔森则是临阵脱逃的胆小鬼，被人逮住枪毙。

此剧为独幕剧，分五场。

译本：李恒基译，收于《萨特研究》，中国社会科学出版社，1981年版。

第 一 场

加尔森被一个招待员领进了一间第二帝国时期风格的客厅。在这个地狱里，他找不到想象中的刑具。无所谓睡眠，灯不会灭。有电铃，但不响。

第 二 场

无人理会加尔森。

第 三 场

伊奈司被带进了屋，她把加尔森当作刽子手，只问他："佛洛伦斯呢？"加尔森大笑，他觉出了对方对自己的反感。他建议彼此礼数周到些，伊奈司让他闭嘴。

第 四 场

加尔森捂着脸，埃司泰乐一上场就看着他，以为他没有面孔。伊奈司把自己的沙发让给埃司泰乐，但埃司泰乐认为只有加尔森的沙发勉强还凑合。

第 五 场

　　三个鬼魂说着闲话。埃司泰乐说,她嫁给了父亲的朋友,没有与情人私奔,于是得肺炎死了。加尔森说,他曾从火中救出过妻子,但因在战争中办和平主义报纸,结果给枪毙了。埃司泰乐认为,出于偶然,"把咱们凑在一起"了。伊奈司说,"这样可以节省一名人员","咱们之中,每一个对其他两个人就是刽子手。"加尔森说,只要不说话,就能得救。

　　埃司泰乐耐不住,急欲找镜子,以判断自我的存在,伊奈司用自己的眼睛给她受用,但埃司泰乐仍不满意。

　　加尔森认为说实话可以消灾,于是又说出了虐待妻子的事。伊奈司呢?她喜欢表弟的妻子佛洛伦斯,但有一天晚上,佛洛伦斯拧开了煤气开关,两人同归于尽。伊奈司说,"我活着就得让人痛苦",她是"一把烧毁人家心灵的火。"埃司泰乐给情夫罗杰生了个女儿,罗杰很高兴,但埃司泰乐不高兴,她把孩子从阳台上抛入湖中,罗杰伤心透了,迎面给自己一枪,把脑袋都打飞了。

　　埃司泰乐好象看到了自己的另一位心上人与别的女人在跳舞,她受不了,要求加尔森搂着她,保护她。伊奈司主动召唤道:我的活水,我的水晶,到这儿来。埃司泰乐朝她啐了一口,说:"我不过是张人皮,——这张人皮却不是供您消受的。"

　　加尔森转而表示要埃司泰乐,条件是信任他,埃司泰乐说:"啊,你一定干了什么坏事,才这样需要我的信任。"加尔森说出了事实的全部,他临阵脱逃,但在国境线上被逮捕了。人人都说他是怕死鬼,他却希望埃司泰乐能"肯定"他的勇气。埃司泰乐说她爱货真价实的男子汉,而他却从头到脚都是怕死鬼;纵然如此,她还是说:"就算你是个贪生怕死的小人,我也爱你;这还不行吗?"伊奈司却说埃司泰乐之所以要他,不过是因为"她急需一个男人。"加尔森说:"你们俩都教我恶心!"他用力捶门,想要逃出去。

加尔森:开门,开门呀!我宁可受遍毒刑,挨夹棍、拶子、烧化的铅水、夹肉的钳子、勒脖子的绞带以及种种烧、烤、炮、烙、割、剐、磔裂等大刑。那怕被鞭子抽,挨礓水浇,弄得遍体鳞伤、皮肉寸断,也比忍受这思想上的痛苦,比受这痛苦的阴魂百般戏弄、弄得你不疼不痒、难以名状,强得多呀。(他抓住门把,使劲晃着门。)你们开不开门?(突然间,门自开了,他差一点摔趴下。)啊!

〔静场良久。

伊奈司:怎么着,加尔森?您要走就走吧。

加尔森:(慢条斯理地):我弄不明白:这门儿为什么竟然开了。

伊奈司:你还等什么?走吧!快走呀!

加尔森:我不走了。

伊奈司：你呢，埃司泰乐？（埃司泰乐不动；伊奈司大笑。）怎么样？谁走？咱们三个人中间谁走？路已经通了，谁不让咱们走呀？哈！真笑死人！咱们谁也离不了谁。

〔埃司泰乐从后面朝她扑过去。

埃司泰乐：谁也离不了谁？加尔森，快来帮帮忙。快来。咱们把她拖出去，把她关到门外去；临了，她就明白了。

伊奈司：（挣扎）：埃司泰乐！埃司泰乐！求求你！别抛弃我。别把我扔到门外走廊里去，别扔掉我。

加尔森：放开她！

埃司泰乐：你疯了？她恨你。

加尔森：我是为了她才不走的。

〔埃司泰乐放开伊奈司，惊诧地望着加尔森。

伊奈司：你为了我？（顿。）好，那就快把门关上。开着门，这里更热上十倍。（加尔森过去关上门。）你为了我？

加尔森：是。你知道什么人才叫贪生怕死。

伊奈司：我知道。

加尔森：我知道什么叫痛苦、羞耻和恐惧。曾经有过这么一段日子：你把自己看透了，弄得灰心丧气、寸步难行；过了一夜，你又变得没有了主意，变得不明白头天得到的启示究竟有什么意义。是啊，你熟悉痛苦的代价。既然你说我是贪生怕死，你一定是有根据的了，嗯？

伊奈司：对。

加尔森：我应该说服的不是别人，而是你：你是我的同类。刚才，你以为我真的会走吗？我不能由你抱着那些想法，那些对我的全部想法，留在这里洋洋自得。

伊奈司：你当真想说服我？

加尔森：我没有别的办法。我已经听不到他们的议论了，这你是知道的。不用说，他们已经同我断绝了关系。全都完了：事情已经成为定局。我在世上已经什么都算不上了，连个胆小鬼也算不上了。伊奈司，现在只有咱们几个在一起：只有你们俩在想到我。而她又起不了作用。可是，信不信由你，只有你，只有恨我的你，才能救我出苦海。

伊奈司：怕不那么容易吧。仔细看看我：我这脑袋顽固得很哪！

加尔森：需要下多大功夫，我就下多大功夫。

伊奈司：哦！你倒是有功夫。有的是功夫。

加尔森：（扶住她的双肩。）听我说：人人都有目的，是不是？我一向对金钱、美女不放在心上。我只想做一个男子汉。一个硬汉子。我的赌注全都压在这上面了，一个选择了走艰险道路的人，难道会是贪生怕死的吗？一个人的一生，怎么能单凭一件事来断定呢？

伊奈司：为什么不能？你做了三十年的大梦，老以为自己有智有勇；你对自己的千百种缺点短处从来都不放在心上，总以为英雄人物怎么干都是允许的。那时候你多不拘小节呀！可是后来，弄到大难临头，人家把你逼得无路可走，你……你就跳上了去墨西哥的火车。

加尔森：我不是做英雄梦。我是自愿选择了走这条道路的。一个人自己愿意做什么人，就是什么人。

伊奈司：拿出证据来。证明你过去并非梦想。只有行动才能断定人的愿望。

加尔森：我死得太早，人家没有给我时间，让我作出我的行动。

伊奈司：人总是死得太早——或者死得太晚。然而，结束了的一生在那儿摆着；象帐单一样，已经记到头，得结帐了。你的一生就是你的为人，除此之外，你什么也不是。

加尔森：毒蛇！你对什么都有说头。

伊奈司：说下去！说下去！不要丧失勇气。要说服我其实也不难。找一点论据，费一点口舌就是了。（加尔森耸肩。）哎，怎么样？我早说过，你不堪一击。啊！你现在要付出多大的代价呀！你是个贪生怕死的小人，加尔森，你是个贪生怕死的小人，因为我说你是，听到了没有，我说你是！然而，你看，我其实多软弱无力呀，不过是一口气儿；不过是一道看着你的眼光，一种想着你的惨淡的思想。（加尔森张开双臂，朝她走去）哈！那双男子汉的大手张开了。可是你希望抓到什么呢？思想是用手抓不到的。得了吧，你没有别的办法：只有把我说服。我抓住你了。

埃司泰乐：加尔森！

加尔森：什么？

埃司泰乐：你还不报复？

加尔森：怎么报复？

埃司泰乐：搂住我，她就会大喊大叫起来。

加尔森：这倒是真的，伊奈司。你抓住了我；我也抓住了你呀。

〔他向埃司泰乐俯下身去。伊奈司大叫。

伊奈司：哈！胆小鬼！胆小鬼！干吧，从女人身上找安慰去吧。

埃司泰乐：吱哇乱叫吧，伊奈司，吱哇乱叫吧。

伊奈司：你们可真是匹配的一对！你看他那只大手，掌心贴在你的背上，抚摩你的皮肉，你的衣裳，可惜你看不到。那只手湿乎乎的，他在出汗。他会在你的衣裳上留下一滩蓝茵茵的印渍。

埃司泰乐：由你吱哇乱叫吧！加尔森，把我搂得更紧些，教她气死。

伊奈司：对，对，紧紧地搂住她，搂住她！把你们的热气掺合在一起吧。爱是挺美滋滋的吧，嗯，加尔森？象睡觉一样，暖和，深沉，可是我决不会让你睡着。

〔加尔森作了一个动作。

埃司泰乐：别理她。亲我的嘴；我把整个儿身子都交给你了。

伊奈司：那你还等什么？照人家说的办吧。贪生怕死的加尔森,怀里搂住了杀害婴儿的凶手埃司泰乐。谁下赌注？——胆小鬼加尔森会不会亲她疼她？我看见你们了,看见你们了；我一个人就代表一群人,代表众人,加尔森,你听见没有？我代表众人。(念念有词。)胆小鬼！胆小鬼！胆小鬼！你想躲开我？休想！我决不会放过你,你打算从她的嘴唇上寻求什么？遗忘？可是我决不忘记你,我决不。你得说服我才行。得说服我。来吧,来呀！我等着你呢。你看,埃司泰乐,他松手了。他象一条狗那样听话……你休想把他弄到手。

加尔森：这里老也不黑？

伊奈司：永远不黑。

加尔森：你老是能看到我？

伊奈司：永远看得到。

〔加尔森放开了埃司泰乐,在房里走了几步,走近铜像。

加尔森：铜像……(伸手摸。)已经到这样的时候了！铜像在这儿摆着,我瞪眼看它,我明白我是在地狱里。我跟你们说过,这一切都是早就安排好的。他们料到我会在众目睽睽之下站到这壁炉跟前来伸手捏住这尊铜像。那一双双眼睛象是要把我吃了……(突然转身。)啊！你们不过才两个人哪？我刚才还以为有好多人呢。(笑。)原来这就是地狱。我万万没有想到……在你们的印象中,地狱里该有硫黄,有熊熊的火堆,有用来烙人的铁条……啊！真是天大的笑话！用不着铁条,地狱,就是别人。

埃司泰乐：我的爱！

加尔森(推开她)：别缠着我。咱们之间,有她挡着呢。只要她看得见我,我就没法爱你。

埃司泰乐：哈！我要叫她看不见咱们。

〔她从桌上拿起裁纸刀,扑向伊奈司,连击数刀。

伊奈司(边招架边笑)：你干什么？干什么？疯了？你明明知道我早已经死了。

埃司泰乐：死了？

〔她丢下了刀。静场片刻。伊奈司拾起刀,朝自己身上猛击多下。

伊奈司：已经死了！死了！死了！刀子没用了,毒药没用了,绳索也没用了。早已经完了,你懂不懂？咱们永远在一起了。〔伊奈司笑。

埃司泰乐(大笑)：永远,我的上帝呀,这有多滑稽！永远！

加尔森(望着她俩,亦笑)：永远！

〔他们三人都一屁股坐倒在各自的座位上。静场良久。他们已不笑,只面面相觑。加尔森站起来。

加尔森：那就这样继续下去吧。

〔幕　落〕

（陈慧、张静）

秃 头 歌 女

作者尤金·尤奈斯库(1912—   )是出生于罗马尼亚的法籍剧作家,是荒诞派戏剧的主要代表作家和重要的理论家,1970年被选为法兰西学院院士。

独幕剧《秃头歌女》(1950)是尤奈斯库的成名作。它的上演曾引起观众和批评界的莫大惊愕和热烈争论。这是一出很古怪的戏,没有完整的剧情,没有明确的冲突,也没有具有个性的人物。连剧名也荒唐不经,同戏剧内容毫无关系。全剧共11场,写的是两对英国夫妇一场莫名其妙的东拉西扯的胡话。西方评论家认为,这出戏是"明确无误地反现实主义,同时还含有反现实本身的意向",其意义在于"勇于宣布字句是没有意义的,人与人之间的一切沟通都是不可能的"。

尤奈斯库此后又写出了《椅子》(1952)、《未来在鸡蛋中》(1953)、《阿美戴或怎样摆脱它》(1953)、《新房客》(1957)、《犀牛》(1959)等40来个剧本。他还写了不少关于荒诞剧的理论文章,收在《意见和反意见》(1965)等集子中。他的作品主要表现存在主义的"存在荒诞"的思想。他说,"荒诞是指缺乏意义……和宗教的、哲学的甚至直觉的根源切断联系之后,人就不知所措,他的行为就变得毫无意义、荒诞不经和没有用处。"这实际上反映了当代西方资本主义社会中一部分知识分子的精神危机,以及面对危机找不到任何出路的极端苦闷的心理。

译本:史亦译,《西方现代派作品选》,上海师范大学出版社,1985年版。

第 一 场

英国式起居室中,一切摆设均是英国式的。人是英国人,穿戴打扮是英国式的,有着英国式的沉默,钟也按英国式敲十七下。史密斯夫妇分别坐在两张英国式扶手椅里。史密斯先生在看英国报,史密斯太太缝着英国袜子。

史密斯太太谈起他们的晚餐,前后矛盾,语无伦次。史密斯先生则一直在看报,嘴里喷喷作响。他们又谈起一个叫博比·沃森的病人,但叫此名的人甚多,他们始终弄不清是哪一个博比·沃森死了。史密斯先生认为自己不能回答太太所有的傻问题,这使史密斯太太感到受了侮辱。她指责男人们叼着香烟,搽粉涂红。史密斯先生只好拥抱了自己的太太并吻了她,他们这才和解了。在此期间,钟无规则地敲过几次。

第 二 场

女佣玛丽上场,向主人报告她渡过了一个非常愉快的下午。她还报告主人,马丁夫妇来了。史密斯夫妇赶紧去换衣服。他们二人下。马丁夫妇上场。

第 三 场

玛丽责备马丁夫妇迟到,让他们坐着等待,然后自己下场。

第 四 场

〔人物同前场,缺玛丽。

〔马丁太太和先生面对面坐着,没交谈。他们腼腆地互相微笑着。

马丁先生:(下面的对话必须以一种缓慢、单调略带唱歌调儿的、毫无变化的声音说)请原谅,太太,不过要是我没搞错,我好象在什么地方和您见过面的。

马丁太太:我也是,先生,我好象在什么地方和您见过面的。

马丁先生:太太,我难道不是在曼彻斯特偶然见到过你吗?

马丁太太:这非常可能。我呢,我就是在曼彻斯特城出生的!不过,先生,我记不清了,我不能说我是否在曼彻斯特见过还是没有见过您!

马丁先生:我的上帝,这多么怪啊!我也是曼彻斯特城出生的,太太!

马丁太太:这多么怪啊!

马丁先生:这多么怪啊!不过,太太,我离开曼彻斯特城差不多五个星期了。

马丁太太:这多么怪啊!多么奇怪的巧合啊!我离开曼彻斯特城差不多也有五个星期了。

马丁先生:我乘的是早上八点半开,四点三刻到伦敦的火车,太太。

马丁太太:这多么奇怪啊!多么奇怪啊!多么巧合啊!我乘的也是这班火车,先生!

马丁先生:我的上帝,这多么怪啊!太太,我很可能是在火车上见到您的吧?

马丁太太:这很可能,这点不能排除,这也许是真的,总之,为什么不呢!……但是我一点也记不起来了,先生!

马丁先生:我旅行坐的是二等车厢,太太。在英国,没有二等车厢,可是我旅行仍然坐的是二等车厢。

马丁太太:这多么奇怪啊!多么怪又多么巧合啊!我也是,先生,我旅行也坐的是二等车厢!

马丁先生:这多么奇怪啊!我们很可能在二等车厢内相遇的,亲爱的太太!

马丁太太:这事很可能,而且一点也不能排除。但是,这件事我已记不很清楚了,亲爱的先生。

马丁先生:我的座位在八号车厢第六室,太太。

马丁太太:这多么奇怪啊!我的座位也在八号车厢第六室,亲爱的先生!

马丁先生:这多么怪,而且是多么奇怪的巧合啊!我们可能在第六室相遇的吧!亲爱的太太?

马丁太太:总之,这很可能!但是我记不起来了,亲爱的先生!

马丁先生：说实话,亲爱的太太,我记不起来了,但是我们可能就在那儿相见的,要是我想得对,我觉得这事很有可能!

马丁太太：哦! 真的,当然罗,真的,先生!

马丁先生：这多么怪啊! ……我的座位是三号,靠窗口,亲爱的太太!

马丁太太：哦,我的上帝,这是多么怪,多么奇怪,我的座位是六号,靠窗口,在您的对面,亲爱的先生!

马丁先生：哦,我的上帝,这多么怪,也多么巧啊! ……那么,我们是面对面啰,亲爱的太太! 我们大概是在那儿见过面的。

马丁太太：这多么怪啊! 这是可能的,但是,我记不起来了,先生!

马丁先生：说真的,亲爱的太太,我也记不起来了。可是,我们很可能是在这种情况下相见的。

马丁太太：确实如此,但是我一点也不能肯定,先生。

马丁先生：亲爱的太太,请我把她的手提箱放在网架上,接着向我道谢并允许我抽烟的那位夫人,不就是您吗?

马丁太太：是啊,这可能是我,先生! 这多么怪,多么怪,也多么巧啊!

马丁先生：这多么怪,多么奇怪,多么巧啊! 那么,我们可能就在那个时候认识的啰,太太?

马丁太太：这多么怪,也多么巧啊! 这很可能,亲爱的先生! 可是,我不相信我还记得这件事。

马丁先生：我也不相信。

〔沉默片刻,挂钟敲二下,又敲一下。

马丁先生：我到了伦敦以后,我住在布朗菲尔德路,亲爱的太太。

马丁太太：这多么怪,多么奇怪啊! 我到了伦敦后,我也住在布朗菲尔德路,亲爱的先生。

马丁先生：这多么怪,那么,那么,我们可能就在布朗菲尔德路相遇的,亲爱的太太。

马丁太太：这多么怪,多么奇怪啊! 总之,这很可能! 可是我记不起来了,亲爱的先生。

马丁先生：我住在十九号,亲爱的太太。

马丁太太：这多么怪,我也住在十九号,亲爱的先生。

马丁先生：那么,那么,那么,那么,我们可能在这座房子里面相见的啰,亲爱的太太?

马丁太太：这很可能,但是我记不起来了,亲爱的先生。

马丁先生：我的套间在六楼,是八号,亲爱的太太。

马丁太太：这多么怪,我的上帝,多么奇怪啊! 多么巧啊! 我也住在六楼八号套间,亲爱的先生!

马丁先生：(沉思地)这多么怪,多么怪,多么怪又多么巧啊! 您知道,在我的卧室里有一张床。我床上铺着一条绿色的鸭绒被。这间有床和绿色鸭绒被铺床的卧室在过道的尽头,厕所和图书室之间,亲爱的太太!

马丁太太:多么巧啊,我的上帝,多么巧啊!我的卧室也有一张铺了绿色鸭绒被的床,它在过道的尽头,厕所和图书室之间,亲爱的先生!

马丁先生:这多么奇怪啊,多么怪,多么离奇啊!那么,太太,我们住的是同一间房子而且睡的是同一张床啰,亲爱的太太。我们可能就是在那儿相遇的!

马丁太太:这多么怪,多么巧啊!我们可能就在那儿相遇的,也可能在昨天夜里,但是,我记不起来了,亲爱的先生!

马丁先生:我有一个小女儿,她和我住在一起,亲爱的太太。她两岁,她头发是金黄色的,她的一只眼珠子白,一只眼珠子红。她很漂亮,名叫艾丽斯,亲爱的太太。

马丁太太:这多么怪,多么巧啊!我也有个小女儿,两岁,一只眼珠子白,一只眼珠子红。她很漂亮,也叫艾丽斯,亲爱的先生!

马丁先生:(同样缓慢的、单调的声音)这多么怪,多么巧啊!奇怪!这可能是同一个女孩,亲爱的太太!

马丁太太:这多么奇怪啊!这很可能,亲爱的先生。

〔较长时间的沉默……挂钟敲二十九下。

马丁先生:(长时间沉思后,慢慢地站了起来,不慌不忙地朝马丁太太走去,马丁太太因为马丁先生庄严的神情而感到惊讶,也慢慢地站了起来;马丁先生还保持着那种少有的、单调的、略带唱歌调门的声音)那么,亲爱的太太,我认为毫无疑问,我们曾经见过面了,您就是我的妻子……伊丽莎白,我又找到您了!

〔马丁太太不慌不忙地靠近了马丁先生。他们毫无表情地互相拥抱接吻。挂钟重重地敲了一下。挂钟声音敲得很响,使观众大吃一惊。马丁夫妇却没有听见钟声。

马丁太太:唐纳德,是你,darling!

〔他们同坐在一张扶手椅上,互相拥抱着并睡着了。挂钟又敲了好几下。玛丽踮着脚慢慢地出场,一个手指放在嘴上,并且对观众说话。

第 五 场

玛丽宣布马丁夫妇并非真正的夫妻。证据是他们谈到的女儿虽相象却不是同一个人。马丁先生的小女儿是右眼珠子白,左眼珠子红,而马丁太太的小女儿却是右眼珠子红,左眼珠子白。最后她自称是福尔摩斯。然后退场。

第 六 场

挂钟想敲就敲。马丁夫妇又坐回原位,他们希望今后能象以前那样生活。

第 七 场

史密斯夫妇上场。他们根本没换衣服。沉默、犹豫了好久后，主客人之间开始交谈。前言不接后语，对话彼此互不相干。马丁太太讲了一个人系鞋带的"特别"的故事。这时门铃几次响过，开门却没有人来。他们争论起门铃响代表有人还是无人的问题。两位夫人坚持门铃响说明肯定没人，两位先生却持反对意见。这时门铃又响，消防队长走进来了。

第 八 场

消防队长向大家问好。他们还在为门铃问题争个不休。消防队长促使他们和解。最后一致同意：门铃响时，有时有人，有时没人。消防队长希望有火情，因为他们目前的公务相当不妙，没有火情，也赚不到钱了，他问是否炉中有火。他们开始讲起许多奇怪的故事。有《狗和公牛》、《公鸡》、《蛇和狐狸》、《花束》等。消防队长最后讲了感冒，他要看看钟点，但史密斯先生告诉他，钟喜欢闹别扭，老是指示出和现在钟点相反的时间。

第 九 场

玛丽上场。她认为现在该轮到她讲一个故事了，可却遭到客人和主人的非议。她认出了消防队长，二人拥抱又遭非议。消防队长解释说是玛丽熄灭了他最初的火花。史密斯夫妇认为"一切合乎人情的都是可敬的。"玛丽固执地要求要为大家背一首《火》的诗。诗中道，一切一切都起了火。她边背诗边被主人推出了房间。

第 十 场

消防队长要到城那边去救火。他走前顺便问起秃头歌女的情况。史密斯太太说："她总是老样子打扮，戴着帽子。"消防队长退场。

第 十 一 场

两对夫妇又开始了互不相关的对话。他们感到神经紧张，挂钟敲打声也更激动了。接下去又是莫明其妙的对话，先是以冷冰冰的、敌对的声调讲，后来互相靠近，狂喊、举拳，做出互相扑打的准备。对话愈加令人莫明其妙，不知所云。灯光熄灭了。黑暗中声音反复着，变得越来越快："……不从那儿走，从这儿走，不从这儿走，从那儿走……。"

话声突止，灯光复明。他们对换角色，重新开始第一场的对白。

幕落

——剧终

（陈　慧、邴巨昆）

福尔赛世家

作者约翰·高尔斯华绥(1867—1933)是19世纪和20世纪之交的英国现实主义小说的代表作家之一,在英国文学史上具有重要地位。1932年获诺贝尔文学奖。高尔斯华绥出身于一个富裕的律师家庭,曾入牛津大学学法律,1890年获得律师执照,但他并没有真正充任律师职务,而是用两年时间去国外旅行,在旅途中结识了康拉德,受其影响,开始文学创作。

高尔斯华绥的主要作品是长篇小说三部曲《福尔赛世家》、《现代喜剧》和剧本《斗争》等。

《福尔赛世家》是高尔斯华绥最杰出的作品,包括《有产业的人》(1906)、《骑虎》(1920)和《出租》(1921)三部长篇小说。三部曲中又包含了两个中篇插曲《残夏》和《觉醒》。作品以福尔赛一家三代人的家庭生活、婚姻纠葛为主线,展开了19世纪80年代中叶至20世纪20年代英国社会30余年的广阔画卷,批判了资产阶级那种贪得无厌的占有欲、专横的控制欲及其食利寄生的丑恶本质。第二个三部曲《现代喜剧》包括《白猿》(1924)、《银匙》(1926)和《天鹅曲》(1928)三部长篇小说。在内容上,《现代喜剧》承接《福尔赛世家》,以福尔赛世家中第三代人的生活和经历为中心展开故事,同样有两个插曲:《默默传情》和《过客》。

译本:周煦良译,上海译文出版社,1978年。

有产业的人

1886年6月15日下午4时左右,福尔赛一家的六男四女除小儿子悌摩西和嫁给海曼的小女儿苏珊外,全部率领子女聚集到长房老乔里恩家,庆祝老乔里恩的孙女琼和建筑师波辛尼的订婚仪式。按照惯例,这个家族中有人诞生、订婚、结婚时,各房的人都要到场。这次来的有二房詹姆士和他的独生子索米斯、索米斯的妻子伊琳;三房斯悦辛;四房罗杰和儿子乔治、欧斯代司;五房尼古拉,他的儿子小尼古拉、亚其保尔德;安姑太、裘丽姑太、海丝特姑太。大家互相聊天,从不同的角度议论琼和波辛尼的婚姻。琼把波辛尼介绍给他还没有见过的人,于是波辛尼结识了伊琳。

福尔赛一家的祖上是农民,到老乔里恩这一代发达起来,积聚了一百多万镑财富。他们的下一代在发财致富方面比他们更精明,索米斯就是其中最典型的一个,他是个律师,用各种手段聚敛财产,到第一次世界大战结束时,他的财产已达到25万镑左右,被人戏称为"有产业的人"。他喜欢收藏名画,有着强烈的财产意识和占有欲。在他的眼里,昂贵的名画和美丽的妻子是他引以为荣的两宗

"产业"。伊琳是一个穷教授的女儿,为了逃避冷酷的后母,匆忙结了婚,婚后才发现自己错误地嫁了一个毫无感情的丈夫。索米斯打算在风景秀丽的罗宾山买一块土地,请琼的未婚夫波辛尼担任设计师建造一座"与众不同"的房子,想以此笼络伊琳的心。但是他们的关系是无论如何也难以改善了,他无法象占有名画那样轻而易举、顺顺当当地占有伊琳。他们的家庭生活从表面看来是富丽堂皇的、平静的,但内里却是非常不协调的。

索米斯和住在这伟大伦敦城里千百个和他同一阶级同一年代的开通人士一样,都知道红丝绒椅子已经不时新,都知道近代意大利大理石人群雕象是"过时"的玩意儿;而且,都能够尽量使自己的房子赶得上时髦。这就是索米斯的房子:一个铜门环样式就非常别致,窗子已经全部改装成向外开,窗口都吊着花草箱,里面栽满了耳环草;屋子后面是一座绿砖铺的小院子(是这座房子的特色),四周放了许多绯色的八仙花,都栽在孔雀蓝的大花盆里。一张皮革颜色的大日本阳伞几乎挡着整个院子的尽头;这样可以遮着院子外面好奇人的视线,使屋子里住的人或者客人坐在伞下一面喝茶,一面从容地察看索米斯最近搜集来的小银盒子。

屋内的装潢以拿破仑时代和威廉·莫里斯①为主。就面积而论,房子也相当宽敞;有无数的小角落,收拾得象许多鸟窠一样;许多小银器摆设就象下的鸟蛋。

在这一般说来是十全十美的环境中,却有两种考究的心理在抵触着。女主人的考究是孤芳自赏,顶好是住在一座荒岛上;男主人的考究就好比是一种投资,是为了自身的发展而经营它,他所遵守的规律也就是商业竞争的规律。是这种商业竞争的心理使索米斯早在马罗堡中学做学生时就考究起来,他是第一个在夏天穿起白背心,冬天穿起花呢背心的人;在公共场所出现时,他决不使自己领带缩到硬领上面去;给奖日要当着一大群人朗诵莫里哀之前,非要把自己的漆皮鞋拂拭一下不可。

他逐渐变得象许多伦敦人一样,一定要做到无疵可击;你决不可能想象他有一根头发弄乱,一条领子没有浆平,或者一根领带打得不直,便是相差这么八分之一的英吋也不行!不洗澡决计不能出门——洗澡也是时髦;而那些出门不洗澡的人,在他的眼中是多么可鄙视啊!

可是伊琳,你可以想象得到,却象一些水神在路旁清流中浴着水,纯粹为了消受一下凉爽,和在水中能照见自己美丽的身体。

在这遍及整幢房屋的矛盾中,女的退却了。就象当年撒克逊民族和凯尔特民族继续在国内进行着斗争时一样,在气质比较容易接受外来影响的一方就逼

---

① 威廉·莫里斯(1834—1896),英国诗人兼社会主义者,在1861年曾和一批人从事于屋内装饰业,起了很大影响。

得接受一种传统的上层建筑。

因此,这座房子便变得和千百幢其他有远大目标的房屋非常相似,人家提起来都说:"索米斯·福尔赛夫妇的那座顶爱人的小房子,很别致呢,亲爱的——的确考究!"

原来索米斯平日是读詹姆士·毕波第,汤姆斯·艾根和爱曼尼艾尔·斯巴几诺莱蒂的小说的;这些作家,事实上是伦敦中上流人士稍稍自命风雅一点的,都会读的;虽则房屋装饰是不同性质,可是用这句话来形容却一样适当。

在八月八日的傍晚——离那次远征罗宾山不过一星期之久——就在这所"很别致呢,亲爱的——的确考究"的房子的餐室内,索米斯和伊琳在坐着用晚餐。星期天的晚餐吃热菜也是这个人家以及别的许多人家共有的一点出色时髦玩意。结婚的生活一开始,索米斯就定下这一条家法:"星期天佣人一定要给我们预备热晚餐——他们除掉拉手风琴之外,并没有别的事情干。"

这条家法并没有引起革命。原来佣人都忠于伊琳——这在索米斯是相当可恨的事情——伊琳呢,虽则把一切根深蒂固的传统都不放在眼里,但对人性喜爱热食这个弱点却认为有权利享受一下。

一对幸福的夫妇坐在那张漂亮的花梨木的餐桌那儿,并不对面坐,而是斜坐着;吃饭也不铺桌布——这也是一种出色的考究玩意——两人到现在为止,还没有说过一句话。

索米斯喜欢在晚饭时谈生意,或者谈自己买了些什么;只要他有话谈,伊琳的沉默并不使他感觉不安。今天晚上他偏偏觉得讲不出口。整整一个星期来,他心里一直都盘算着造房子的事,现在打定主意要告诉她了。

既要把心里话讲出来,然而又感到心神不宁,这使他深深烦恼;她没理由使得他这样——夫妇是一个人。自从坐下来之后,她连望都不望他一眼;不知道这半天她肚子里究竟想些什么。一个男人象他这样地工作,给她赚钱——对了,给她赚钱,而且心里还带着创痛——而她却坐在这里,望着——就好象看见房间墙壁合拢来那样望着,这令人太难堪了;足可以气得一个男人站起身离开餐桌。

粉红灯罩的灯光落在她颈子和胳臂上——索米斯喜欢她穿露肩的晚服吃饭,这给他一种莫名的优越感;多数亲友在家里吃晚饭时,他们的妻子顶多穿上自己最好的便服,或者吃茶的长服,哪有这样排场。在这片粉红色的灯光下,她的琥珀色的头发、白皮肤和深褐色的眼睛形成奇异的对照。

哪一个男人能够有这样美丽的一张餐桌呢,这样色彩深厚,还放了象星星一样的娇嫩的玫瑰花,紫红颜色的玻璃杯和古色古香的银器皿;哪一个男人能够有坐在桌子旁边的这么美丽的女子呢?在福尔赛家的人里面,感激并不是一件德行;他们全是一脑门子的商业竞争和常识,根本就没有功夫想到这上面来;所以索米斯这时候只感觉到一种几乎象是痛苦的气忿,觉得自己并不能真正占有她,并不能象自己权利规定的那样占有她;他不能象伸手摘下这朵玫瑰花一样,把她摘下来，嗅出她心里的真正秘密。

在其他的财产方面，他的银器，他的画，他的房子，他的投资，他都能感到一种隐秘而亲切的感情；在她身上，没有。

在他自己这座房子的墙上，到处写着有字①，都说她天生不是他的人；他的生意经气质抗议这种神秘的警告。他娶了这个女子，使她成为自己的人，现在却说他顶多只能占有她的肉体——其实能真正占有她的肉体也好，他连这个也开始怀疑了——在他看来，这简直违反一切法律上最基本的规定——财产法。如果有人问他可要占有她的灵魂，这问题当会使他觉得幼稚可笑。可是他的确就想如此，而墙上的文字却说他永远不会做到。

她永远不做声，永远推一推动一动，厌恶他但表面却不露痕迹；她好象深怕自己的一言一动或者一个暗示会使他误解她喜欢他似的；所以他问自己：难道我要永远这样下去吗？

他跟他这一代多数的小说读者一样（索米斯就是酷爱读小说的），人生观往往带上文学的色彩；他染上的见解是，这不过是时间问题。到后来，丈夫总得获得自己妻子的欢心的，便是在那些以悲剧结束的小说里——这类书他本来不大喜欢——那个做妻子的临死时总要说些感动的忏悔的话；或者如果死掉的是丈夫的话——这种想法太丧气了——她也会悔恨交集地扑倒在他身上。

他时常带伊琳去看戏，出于本能地选择了那些描写现代交际生活中夫妇问题的话剧，所幸的这些问题和真实生活中的夫妇问题并无相同之处。他发现这些戏的收梢也是一样；便是里面有个情人，结果也仍旧是大团圆。索米斯看着戏时，倒是时常同情那个情人；可是等到跟伊琳坐上马车回家，还没有到门口就被他发现这样是不行的，还幸亏那出戏有那样的收梢。当时有一种类型的丈夫很时髦，就是一种刚强，比较粗卤，然而极端正常的那种男子；这种人在剧终时特别顺利；索米斯对这种人实在不同情，如果不是因为自己的处境，甚至于会对这种人表示厌恶。可是他迫切需要做一个顺利的甚至于"刚强"的丈夫，这一点他是深深知道的，因此虽则这种厌恶的根源出于他的隐秘的残忍天性，可能由于造化的反常作用造成的，他却从不吐露出来。

可是伊琳今晚却是异乎寻常地沉默。索米斯从来没有看见她脸上有过这样的表情。本来异常的东西总是引起人们恐慌，所以索米斯也着慌起来。他吃完最后的一道小吃，催促女佣用银畚箕把桌上的面包屑扫掉。女佣离开室内之后，他把杯子斟满了酒，就说：

"下午有人来吗？"

---

① 暗用《旧约·但以理书》伯沙撒王受天遣事：当时忽有人的指头显出，在王宫与灯台相对的粉墙上写字，……上帝已经数算你国的年日到此完毕。你被称在天平里显出你的亏欠。当夜迦勒底王伯沙撒被杀。

"琼。"

"她来想些什么?"这是福尔赛家的一种口头禅,认为人家不论到哪里,总是想些什么。"来谈她的爱人吗,我想?"

伊琳没有回答。

"在我看来,"索米斯接着说,"好象她待她爱人比她爱人待她好。她总是到处跟着他。"

伊琳的眼光使他感觉不安起来。

"你讲这种话没有道理!"她高声说。

"为什么不能说?谁都可以看得出来!"

"他们看不出,就是看得出来,这样讲也不成话。"

索米斯再也沉不住气了。

"你真是个好妻子!"他说,可是暗地里却弄不懂她的回答为什么这样激烈,这跟她平日为人不象。"你跟琼太热火了。我可以告诉你一件事:她现在擒到海盗,才不把你放在心上呢,你慢慢就会明白。可是你们将来也不会时常见面了,我们要住到乡下去。"

他很高兴借一番发作把这项消息揭露出来。他指望对方会惊叫出来;可是话说出之后,伊琳仍是一声不响,他又着慌了。

"你好象并不感觉兴趣,"他逼得又加上一句。

"我早知道了。"

他狠狠望她一眼。

"谁告诉你的?"

"琼。"

"她怎么会知道的?"

伊琳没有回答。他弄得又沮丧又不好过,就说:

"这对波辛尼是件美事;可以从此出头了。我想琼全部都告诉你了吧?"

"对了。"

又是一阵沉寂,于是索米斯说道:

"我想你是不想去的,是吗?"

伊琳没有回答。

"我真弄不懂你想些什么?你好象在这儿永远住得不满足。"

"我满足不满足反正跟造房子没有关系,可不是?"

她拿起那瓶玫瑰花走了。索米斯仍旧坐着。难道他签定那张合同就为了这个么?难道他预备花上万镑左右的钱是为的这个么?波辛尼那句话他又想起来了:"女人都是魔鬼!"

可是没有一会,他的气就稍稍平复下来。事情可能弄得还要糟些。她可能大发其脾气。他原来指望的并不止这一点点的不快。总算是运气,有琼替他打破这个僵局。她一定是从波辛尼那里打听出来的；他早就该见到这一点了。

他点起香烟。伊琳总算没有大哭大闹！她会自己转弯的——这是她最好的地方；她冷僻，可是并不别扭。那张油光刷亮的餐桌上歇着一只甲虫；他一面向甲虫喷着烟，一面冥想着那座房子，耽心没有用处，赶紧造好了，她将会坐在日本阳伞下面做着针线，一直坐到天黑。一个美丽的温暖的夜晚……

事实是那天下午琼眼睛笑眯眯地跑了来，说"索米斯太好了！对菲力真是一件美事——他恰恰就需要有这样一个机会！"

她看见伊琳脸上仍旧是不开心和茫然的样子，就说下去：

"当然是你们在罗宾山的房子。怎么？你难道不知道吗？"

伊琳原来并不知道。

"哦！那么，我想我不该告诉你的！"她不耐烦地望着自己的好朋友，又叫道："你看上去好象毫不关心似的。我知道，我一直巴望的就是这个——他一直要找的就是这种机会。你现在可以看看他的本领了；"这样一来，她就把事情的经过全部吐了出来。

自从她订婚之后，琼好象对自己好朋友的处境已经不大感到兴趣；她跟伊琳在一起时都是谈些自己的私房话；尽管她对伊琳的身世充满怜惜，可是有时候仍旧不免在微笑中露出一点又象是怜悯、又象是瞧不起的神气，那意思好象说：这个女子在自己一生中铸成这样一件大错——这样可笑的错误。

"连内部装修也由他包下来——由他一手经办。这简直——"琼大笑出来，小身体快活地颤动着；她举手击一下白纱窗帘。"你知道我甚至还求过詹姆士爷爷——"可是忽然不愿意提起那次不快的事情，她又停止不说；过了一会，看见自己的好朋友简直不大理会这件事，就起身走了。她走到人行道上时回过头来看看，伊琳仍旧站在门口。她招一下手，表示告别，可是伊琳并没有答礼，只是用手摸着额头，慢慢转过身去，把门关上……

不一会，索米斯走进客厅，从窗口窥望着伊琳。

她坐在日本阳伞的影子里，一动不动，雪白的肩上的花边随着她胸口的微微起伏颤动着。

可是这个沉默的人儿，在黑地里坐着一动不动，好象有股温暖劲儿，一股蕴藏着的热情，就好象她整个的人都在激荡着，而且在她的内心深处正在起着某种变化。

索米斯乘人没有瞧见，又溜回餐室去了。

伊琳和波辛尼是一对感情充沛、气质相近的年轻人，在建造罗宾山住宅的过程中，他们一见倾心，相恋起来。这个消息不胫而走，族里的人很快就知道了。詹姆士怕有失家风，找儿媳伊琳作了一次严肃的谈话，但毫无效果。琼为此深感痛苦，尝试用各种方法将波辛尼拉回到自己身边，也没有成功。琼的祖父老乔里恩也为此受到打击，自从老伴去世、独生子小乔里恩出走后，琼成了与他相依为命的唯一亲人。他为琼的痛苦焦躁不安,最后决定给儿子小乔里恩写封信,要他找波辛尼谈谈。

小乔里恩自己也有过不幸的婚姻,14年前他抛下琼的母亲,与一个外国女子私奔,早已被福尔赛家族唾弃。直到6年前琼的母亲去世,他的第二次婚姻才获得认可。14年来,他一直过得很窘迫,但却丝毫不向家人屈服。现在接到信,他感到为难,但又觉得不好推脱,于是去找波辛尼。结果并不理想,他不仅没有说服波辛尼离开伊琳,反而对他们产生了怜悯和同情。

在这场恋爱风波中,索米斯是最失常的一个。看到伊琳和波辛尼打得火热,他既愤恨,又烦躁。他既无法使妻子回心转意,又不愿放弃这属于他的"产业"。一天夜里,他对伊琳粗暴地行使了做丈夫的权力,迫使伊琳出走。同时他还向波辛尼实行报复。他向法院起诉,控告波辛尼超支了原商定的建造费。正当法庭准备宣判的时候,传来波辛尼被汽车撞死的噩耗,案子只好不了了之。伊琳失去了波辛尼,极度悲痛,无所依托,只好回到索米斯家,但索米斯仍旧无法占有她的感情。

插曲《残夏》写6年后的事。伊琳和波辛尼的恋爱风波已经过去。索米斯以为罗宾山的住宅不吉利,将它卖给了堂兄小乔里恩。小乔里恩与父亲言归于好,全家住进了罗宾山。随后,小乔里恩夫妇携琼出国旅行,只有老乔里恩和两个孙子留在家中。一天,伊琳来罗宾山凭吊逝去的情人波辛尼和旧日的恋情,遇到了老乔里恩。老乔里恩得知伊琳早已离开索米斯,靠教授音乐独立生活,他原谅了曾给琼带来痛苦的伊琳,在遗嘱中留给她一万五千镑。不久,老乔里恩在罗宾山住宅里安然逝世。

骑　　虎

老乔里恩死后,小乔里恩的妻子也相继去世。乔里恩和女儿住在罗宾山上,伊琳仍过独立生活。

12年过去了,索米斯已放弃了和伊琳和好的梦想。他当时45岁,急切地想要儿子,以便继承遗产。他看上了租他房子开饭店的法国老板娘之女安耐特。但要结婚,必须先和伊琳解除婚约,他借故找到小乔里恩,请他转告伊琳离婚之意。

小乔里恩受托去找伊琳,伊琳欣然同意离婚。但按照英国当时的法律,只有证明一方与人私通或有了情人才能解除婚约。索米斯不能拿12年前伊琳和波辛尼的旧事作为今日离婚的理由,因此亲自去找伊琳,希望她主动承担法律上的责任。他看见伊琳美丽如故,"占有欲"又强烈地冒了出来,立即改变主意,要求伊琳和他回去。伊琳害怕他再次行使丈夫的"占有权",立即逃上罗宾山,向小乔里恩寻求保护。小乔里恩知情后,虽然对索米斯更加厌恶,但也感觉难以插手。

索米斯开始对安耐特冷淡,转而进攻早已与他离异的妻子。他买了一只价值450镑的钻石别针作为生日礼物送给伊琳,企图使她回心转意,但遭到伊琳的拒绝。伊琳为逃避索米斯的纠缠,远走巴黎。小乔里恩对伊琳由怜悯而产生了爱情,随即跟到巴黎。两人情投意合,在巴黎度过了一段愉快的日子。

索米斯发现了伊琳和小乔里恩的关系,雇了一名私人侦探,跟到巴黎,监视他们的行踪。这时,小乔里恩接到儿子乔里参军的电报,告别伊琳,返回伦敦。索米斯的侦探在巴黎并未发现伊琳和小乔里恩有任何越轨行动的证据,将这一情况告知索米斯,索米斯便去找小乔里恩,打探消息,遭到厌弃。他赶到巴黎,想劝说伊琳回家,遭到拒绝。他一无所成,颓然返回伦敦。伊琳怕他再来纠缠,也悄然返回伦敦。

小乔里恩接到波尔战争前线来的电报,得知乔里患急性肠炎住院的消息,非常焦急。他的两个女儿好丽和琼赶到前线去担任看护。小乔里恩自己也打算去前线,然而,他的心只有一半在儿子身上,另一半却在伊琳身上。这时,回到伦敦的伊琳向他表示她已无路可走,他们的感情已经成熟,于是决定结合。索米斯得知这一消息,愤而诉诸法庭,想在法庭上使他们丢脸。但他们宁可上法庭,也不肯向索米斯妥协。

索米斯走后,小书房里一片寂然。

"多谢你那句好谎话,"乔里恩忽然说。"出去吧——屋内空气和刚才不同了!"

两个人沿着长长一堵朝南的高墙默默然来回走着,墙上栽的是一排剪修得很整齐的桃树。在这条草径和长满毛茛花和牛眼菊的倾斜草地之间,老乔里恩曾经种了些疏疏落落的龙柏;十二年来,这些龙柏已经长得很茂盛了,那些深绿的螺旋形状望去简直象意大利。着雨的灌木丛里小鸟轻飞,燕子掠空而过,迅疾的小身体闪出灰青的光彩;蝴蝶在相互追逐。经过适才痛苦的一幕,大自然的静穆特别给人一种清新的感觉。墙上的日光似水,沿墙脚跟是一条窄窄的花床,满种着木犀草和三色堇,蜜蜂传来一阵低微的嗡嗡声,杂着各种各样的其他声音——失去小犊的母牛嗥声,草地尽头那棵榆树上布谷鸟的叫唤。在这一切的后面,哪个会想到十哩之内就是伦敦的起点呢?——那个福尔赛的伦敦,有它的财富,有它的贫穷,有它的污秽,有它的嘈杂,有乱石堆成的美丽岛屿,也有可厌的砖头和灰泥塑成的灰色大海!这个伦敦曾经目击过伊琳的早年悲剧,目击过乔里恩自己的穷困日子;一个蛛网似的伦敦;一个占有欲的华丽的贫民窟!

两个人散步时,乔里恩心里却在盘算着那句话:"我希望你待他会象你待我一样。"这要看他自己。他信得过自己吗?造化可会容许一个福尔赛不把自己爱慕的人当作奴隶呢?他有资格把美人托付给他吗?还是让她仅仅做个客人,高兴来就来,暂时占有她一下,接着就走开了,等到她自己愿意时再回来?"我们天生就是破坏者!"乔里恩想,"又深沉,又贪婪;生命的花朵交在我们手里是不妥当的。让她愿意找我才找我,愿意的时候才来,不愿意的时候丝毫不要勉强。

让我只做她的一个支持者,她的落脚点——永远——永远不要做她的笼子!"

她就是他那个梦里的美丽缝隙。他现在要不要钻到幕子外面捉着她呢?可是梦里的那个为无数占有欲所形成的厚帘幕,在他自己那个小黑点子和索米斯心里为占有天性所环堵的厚帘幕——是不是非要拉开才能使他进入光明境,并且找到一种不仅仅属于感官的东西呢?"啊,"他想,"世界上有些东西到手反而会毁掉,我只要能懂得这个道理就行了!"

可是晚饭时,他们却得计划一下。今天晚上,她回旅馆,可是明天他得带她上伦敦去。他得吩咐自己的律师——杰克·海林在起诉的过程中,一点不要有所留难。示儆性的赔偿、法律上的申诉、讼费,随便他们好了——开庭就赶快结束,让她赶快脱离火坑!明天他就去看海林——两个人一同去看他。之后——就上国外去,这样当然在证据上不会留下任何困难,因为她那句谎话将会成为真话了。他转身看看她;在他爱慕的眼中,坐在那里的好象不仅仅是个女子。她是宇宙间美的精气所聚,深邃而神秘,是那些老画家齐珊、乔奥裘尼、波蒂奇里都知道怎样去掌握着,并且借来表现在他们那些女子的脸上的——在他看来,好象在她的额上、发上、唇上和眼睛里全刻划着这种缥缈的美。

"而这个将是我的了!"他想。"真使我害怕!"

晚饭后,他们又到走廊上去吃咖啡;暮色太可爱了,两人在走廊上坐了好久,一面观赏夏夜徐徐降临。空气还很温暖,而且闻得出菩提花的香味——今年夏天菩提花开得早。两只蝙蝠带着微弱的神秘声音在飞翔。他把椅子就放在书房落地窗口上,许多蛾子都从他们身边飞过去,扑向书房里的暗淡灯光。没有风,二十码外的那棵老橡树一点声息没有!月亮从小树林后面升起来,差不多快圆了;于是日光和月光交斗起来,终于月光战胜了,把园子里所有的颜色和气质全改变过来,沿着那些石板移动着,到了他们脚下,爬上来,把他们脸上颜色也改变了。

"啊!"乔里恩终于说,"你恐怕很倦了;我们还是动身吧。叫女佣带你到好丽房间里去一下,"他去拉一下铃。女佣来时递给他一封电报。他眼望着女佣领伊琳走了,心里想:"这个电报一定早一个小时或者更早些就来了,可是她不送给我们!这还不清楚吗!哼!反正事情不久就要闹开了!"他拆开电报读着:

罗宾山。乔里恩·福尔赛——令郎六月二十日逝世,并无痛苦。敬致唁。一个不认识的人署名。

电报从他手里落下来,他转一个身,一动不动地站在那里。月光照在他身上;一只蛾子扑上他的脸。他天天都经常想着乔里,偏偏今天没有想到他。他茫然向落地窗走进去,碰上那张旧圈椅——他父亲坐的——就在椅子靠手上坐下来;身子向前伛起,凝望着夜色。他的孩子!象烛焰一样忽然灭掉;离家万里,离开自己的亲人,孤孤零零地,在黑暗里!他的孩子!从那么小的时候起一直就跟他那么好——那么亲热!二十岁了,象草一样割掉——一点生命都不剩!"我并不真正了解他,"他想,"他也不了解我;然而我们相互爱着。只有爱是要紧的。"

一个人在那边死掉——孤孤零零的——想着他们——想着家!这在他福尔赛的心里好象比死还要痛苦,还要可怜。没有躲避、没有保护、最后连爱都没有!这一想,他所有根深蒂固的部落天性、家族感情和舐犊之爱——过去老乔里恩身上最特出,在所有福尔赛家人身上也最特出——都因为儿子这样孤独地死去而激动起来就象受了重创一样。在作战中阵亡要好得多,那样他就来不及盼,望他们去,或者叫唤他们,就象儿子在昏迷状态时可能会做的那样!

月亮这时已经移到老橡树后面去了,给橡树添上一重怪诞的生命,那神气就象在遥望着他似的——他儿子过去就喜欢爬这棵橡树,而且有一次还从树上跌下来,跌伤了,可是没有哭!

门吱呀一声。他看见伊琳走进来,从地上拾起电报看了一遍①。他耳朵里传来一阵轻微的窸窣声。看见伊琳挨着他跪着,他勉强向她一笑。她伸开胳臂搂着他的头贴着自己肩头,身上一阵温香将他裹了起来,慢慢占有了整个的他。

小乔里恩的女儿好丽同她的表兄法尔在前线结合。小乔里恩和伊琳结了婚。1901年5月他们生了个儿子,取名乔恩。索米斯和安耐特也结了婚,他们生了个女儿,取名芙蕾。安耐特经过难产,已不能再生,索米斯从此便将全部心思放在抚养女儿上。

出 租

1920年,法尔、好丽夫妇回到伦敦,小乔里恩两年前患了心脏病。索米斯和伊琳离婚已20年,双方再未见过面。

五月的一天,伊琳、乔恩母子和索米斯、芙蕾父女偶然在一家画店相遇。他们的会面使双方都十分尴尬,但芙蕾和乔恩却一见钟情。精明的芙蕾感到其中必有奥妙,回家后追问父亲,索米斯只能含糊其辞。伊琳回家后,把白天的遭遇告诉给小乔里恩,夫妇俩都为此事感到担忧。

与此同时,由于偶然巧合,乔恩和芙蕾不约而同地到法尔和好丽家做客。法尔夫妇知道他们的身世以及双方父母之间的纠葛和芥蒂,想方设法保守过去的秘密。乔恩和芙蕾在法尔家小住时产生了爱情,并相约暂对父母保密。

双方父母逐渐察觉了两个年轻人的心思。伊琳和丈夫商量是否应将往事告诉儿子,但终感到恐怕不能获得他的理解,于是决定带他出国旅行两个月,暂时避避。乔恩和芙蕾正在热恋之中,听到这一消息,十分不快。他们难舍难分,约好经常通信。这时,一位出身名门的男爵孟特追求芙蕾,索米斯不表示反对。但

---

① 根据上文,电报应当落在走廊上,这是作者疏忽。

芙蕾心有所爱，对孟特置之不理。

伊琳母子出国后，小乔里恩心神不宁。琼劝父亲将往事公开，小乔里恩觉得女儿的意见是对的，但感情上还是倾向于妻子。

乔恩思念芙蕾心切，以身体不适为由，与母亲提前回国。乔恩和芙蕾见面后带她回到罗宾山住宅，碰到伊琳，彼此都感到一种说不出的别扭。后来芙蕾终于弄清了真相，但她要得到乔恩的信念并未因此有所动摇。

芙蕾心生一计，与乔恩幽会，竭力引诱乔恩和她发生关系，以造成既成事实，迫使双方父母同意这桩婚姻。乔恩胆怯，不敢越轨，使芙蕾大失所望。她无法可想，只好回家向父亲求助。索米斯正在为妻子有外遇而苦恼，听了女儿的诉说，更加痛苦。乔恩心思恍惚，来找姐姐好丽。好丽认为芙蕾继承了她父亲的秉性，占有欲太强，劝兄弟和她断然绝交。

小乔里恩和伊琳去看板球赛，与索米斯不期而遇。伊琳看到索米斯不时露出痛苦不堪的神色，小乔里恩知道隐情不能再遮掩，回来后便写了一封长信给乔恩，将当年那段恩怨和盘托出。信刚交给儿子，心脏病猝发，溘然而逝，乔恩获悉真相，写信给芙蕾，婉言谢绝了她的爱情。

芙蕾接信后不愿罢休，立即到罗宾山争取乔恩。伊琳让儿子自己决定，乔恩委决不下。芙蕾又搬来父亲帮助求婚。索米斯来到罗宾山后，引起伊琳极大的痛苦，乔恩目睹此状，终于下定决心，按父亲的遗愿，和芙蕾决绝。芙蕾一气之下嫁给了孟特。乔恩母子再度出国。自此，罗宾山的房子挂起了牌子，宣告"出租"。

（刘象愚）

荒　原

作者托马斯·斯特恩斯·艾略特(1888—1965)是西方现代最杰出的诗人和批评家之一。1948年诺贝尔文学奖获得者。他的创作为西方现代诗歌开创了道路。艾略特出身于美国密苏里州圣路易一家大砖瓦商家庭，早年曾在哈佛大学读书。他的创作受法国象征主义和庞德倡导的意象派的影响。主要作品有长诗《阿尔弗瑞德·普鲁弗洛克的情歌》(1915)、《荒原》(1922)和《四个四重奏》(1939—1941)。此外，还有《大教堂凶杀案》(1935)等剧作和一些重要的理论文章。

《荒原》是现代诗歌中一部里程碑式的著作。它不象传统的浪漫主义诗歌那样由诗人直接抒发主观的情绪，而是通过一系列客观对应物将诗人的主观情绪外化；它也不象传统的浪漫主义诗歌那样通过明确的意象来抒情，而常常是采用复杂的象征和隐喻来暗示某种意蕴；它也不象浪漫主义诗歌那样采用美好的、崇高的意象，而往往采用丑恶的、病态的意象来影射现实；最后，在结构布局上它跟浪漫主义诗歌也不同，表现出思维的不连贯性、跳荡性和非逻辑性，它的时空是以蒙太奇式拼接起来的，呈现出立体交叉的复杂模式。

《荒原》的主题是展示第一次世界大战后西方文明的危机和传统价值观念的没落，反映整整一代人的幻灭和绝望。它把西方现代文明比作"荒原"，在一定程度上揭示了西方资本主义社会生活的某些本质。《荒原》共434行，分为五章。

译本：刘象愚译，选自《中外现代抒情诗鉴赏辞典》，学苑出版社，1989年版。

"我亲眼看见古迈的西比尔吊在一个瓶子里，孩子们问她，'西比尔，你要什么？'

她回答说，'我要死。'"

献给埃兹拉·庞德

最卓越的匠人

一　死　者　葬　仪

四月是最残忍的月份，在死去的
土地里哺育着丁香，混和着
记忆和欲望，又让春雨
拨动着沉闷的根芽。
冬天使我们温暖，把大地

覆盖在健忘的雪里,用干枯的
球茎喂养着一个小小的生命。
夏天令人吃惊,从施坦博格西吹来
一场阵雨;我们在柱廊下暂避,
太阳出来继续赶路,走进霍夫加登,
喝咖啡,闲聊了一个小时。
我根本不是俄国人,生在立陶宛,纯德国血统。
我们幼年时,住在大公爵那里——
我表兄家,他带我出去滑雪橇,
我很害怕。他说,玛丽
玛丽,紧紧抓住。于是我们滑下去。
在山上,你感到自由自在。
大半个夜里,我读书,冬天到南方去。

什么树根牢牢抓着大地,什么树枝
从这片乱石的垃圾堆中长出?人子呵,
你说不出,也猜不到,因为你只知道
一堆破碎的意象,那儿阳光灼热,
枯树没有荫凉,蟋蟀的叫声也不让人宽心,
干石间没有流水的声音。只是
在这块红岩下有影子,
(走进这块红岩的影子中吧),
我要让你看一样东西,既不同于
早晨你身后迈着大步的影子,
又不同于黄昏你身前迎你而来的影子;
我要让你在一把尘土中看到恐惧。
  清新的风啊
  吹回故乡,
  我的爱尔兰小孩
  你留连在何方?
"一年前你先赠给我风信子;
他们叫我风信子女郎。"
——可是当我们从风信子花园,回来晚了,
你双臂抱满,头发打湿,我张不开
口,我的眼睛也不管用,我不死,
也不活,什么都不知道,
注视着光亮的中心那一片寂静

空虚而荒凉是那大海。
索索斯特利斯夫人,著名女相士
患了重感冒,可仍然是
欧洲人所尽知的最有智慧的女人,
她带着一付邪恶的纸牌。这里,她说,
是你的牌,那淹死的腓尼基水手。
(这些珍珠曾是他的眼睛,看!)
这是贝拉多纳,岩石的夫人,
一个机敏善变的夫人。
这是带着三根杖的人,这是"转轮",
这是那独眼的商人,这张牌
上面一片空白,是他藏在背上
不许我看见的东西。我找不到
"那被绞死的人",害怕水里的死亡。
我看见一群人,绕着圈子行走。
谢谢你,如果你看到埃奎通夫人,
告诉她我自己带着那张占星天宫图:
这年头人就得这么小心。
没有实体的城,
在冬日拂晓的黄雾下,
一群人流过伦敦桥,那么多人
我没想到死亡毁了那么多人,
叹息,又短又稀,吐了出来,
每个人的目光都固定在自己脚前。
流上山,流下威廉王大街,
直到圣玛丽沃尔诺斯教堂,那里报时的钟声
敲响九点的最后一下那阴惨的一声。
在那儿我看见一个熟人,我叫住他:"斯坦森!"
你曾同我一起在迈里的船上!
去年你在花园里种下的尸体
抽芽了吗?今年它会开花吗?
还是突来的寒霜扰乱了它的苗床?
呵,把这"狗"赶远些,它是人的朋友,
不然它会用爪子再把它刨出来!
你!虚伪的读者!——我的同类,——我的弟兄!

二　对　弈

此章共 96 行。描述了现代社会的两个场景：上流社会的奢华和堕落，下层社会的猥琐和淫乱。二者的地位虽然有天壤之别，但在贪欲和腐败上却难分彼此。"对弈"的标题包含了辛辣的讽刺。诗人在写第一个场景时，引入了娇艳的埃及女王克莉奥佩特拉和迦太基女王狄多，以她们的富丽堂皇来象征一个上层家庭的奢华，同时通过翡绿眉拉遭姐夫强奸后被杀而变成夜莺的典故，把上流社会的丑恶和罪恶具体化。第二个场景集中在一家低贱的酒巴间中。诗人通过一对下层妇女的闲聊，揭示了下层社会的纵欲和淫邪。

三　火的布道

此章共 139 行。先写泰晤士河上没落的景象，接着写伦敦城内的三个场景：粗俗而阔气的商人请人到以搞同性恋而臭名昭著的大饭店吃饭；一个女打字员和一个小职员有欲无情地做爱；一家小酒巴内外嘈杂、混乱的情状。随后通过三个泰晤士女儿的歌进一步写人欲横流的现代文明。最后以荒原上的人向基督、佛祖大声疾呼，请求把他们从欲火中救拔出来结束，点明了"火的布道"的含义。

四　水中的死亡

此章仅 10 行。通过腓尼基水手淹死于水中的形象进一步讽劝世人清心寡欲，脱离苦海，也含有深深的惆怅和虚幻的出世意味。

五　雷霆的话

此章共 113 行。再次展示荒原上没有一滴水，万物枯寂的可怕景象。通过代表上帝和佛祖的"雷霆的话"，召唤人们恢复宗教信仰，做到"舍予、同情、克制"，以此来解救荒原的危机。

（刘象愚）

尤 利 西 斯

作者詹姆斯·乔伊斯(1882—1941)是西方现代著名小说家,现代派文学的宗师之一。

乔伊斯出生于都柏林的一个犹太人家庭,曾就读于都柏林大学,后来游学欧洲大陆,以教书为业。

乔伊斯的创作突破了小说传统的内容和形式,开创了一种新的小说形式,即意识流小说。意识流小说不讲究塑造人物、编织故事、描写环境,而着力于挖掘主人公的深层意识乃至潜意识活动,往往采用复杂的象征和颠倒错乱的时空结构,给人以艰涩、朦胧的感觉。他的主要作品有《都柏林人》(1914)、《青年艺术家的肖像》(1916)、《尤利西斯》(1922)和《芬尼根们的守灵》(1939)。

《尤利西斯》是乔伊斯的代表作,也是一部典型的意识流小说,主要模仿荷马史诗《奥德修记》的结构,写三个人物一天内18个多小时的活动和内心世界。

译本:刘象愚译,选自《外国现代派小说概观》,江苏人民出版社,1985年。

斯蒂芬·德达路斯和两个朋友同住在都柏林湾海滩上一座叫做马泰娄的塔楼上。1904年6月16日清早8时左右,他们起床后,梳洗完毕,一个叫巴克·莫里根的朋友准备好早餐。这时一个老妇人送来了牛奶。用完早餐之后,斯蒂芬来到都柏林郊外一座名叫达尔基的小镇中学教历史课。在课堂上他就公元前3世纪希腊名将皮洛士和罗马军队的战争提问学生、讲故事、猜谜语,帮一个学生解数学题。校长狄西付给他报酬,和他聊了一会儿,托他带封信给报社。斯蒂芬从学校出来,在都柏林湾的海滩上散步。任凭意识流淌着①:

感知可见事物的必由之途:至少通过眼睛可以获得思想。这儿我要读的将是万事万物上面的署名②,海鱼卵和海藻,渐渐袭来的海潮,那只长了锈的靴子。鼻涕似的脓绿色,蓝银色,锈色:五颜六色的标志,透明物的屏障③。可他又补充

---

① 选文节译自《尤利西斯》。
② 这是德国神秘主义者雅可布·伯默(1575—1624)的说法。他认为人间的万事万物都是上帝创造的,因此上帝在每样东西上都署了名,人们只有用心灵的眼睛去阅读,才能理解其含义。下面提到的长了锈的靴子,是与他同住在海边塔中的巴克·莫里根丢弃的一双靴,这双长了锈的靴子现正穿在他的脚上。
③ 从外界丰富的色彩的变幻他想到了亚里斯多德《灵魂论》中的一个观点,即颜色是防止物体透明的一层屏障。接着他就想到了亚里斯多德本人。

说:在机体里。那就是说他首先意识到它们是机体,然后才意识到它们是上了颜色的东西。怎么意识到的? 用他的脑袋去撞的,没错。那很容易。虽然他秃了顶,又是个百万富翁①,可还是知识渊博的大师②。机体内透明的屏障。为什么要在机体内呢? 透明,不透明。假如你能把五指伸过去,那就是一个大门,假如伸不过去,那就是一个小门。闭上眼睛看吧。

斯蒂芬闭上眼睛,以便听他的靴子踩在海藻和蚌壳上发出的吱吱声。不管怎么说你正走过它。是的,我正在走过它,有时还迈着大步。一个非常短的时间的空间通过一个非常短的空间的时间。五,六:一步接一步。一点不错:这正是感知有声事物的必由之途。睁开眼睛吧。不。主啊! 万一我从那俯瞰海面的悬崖上掉下去③,那就必然是从一个又一个的位置中穿过。我已经习惯了在黑暗中④走路。我的梣木剑形手杖就挂在身边。用它轻轻敲击地面,他们⑤就是这么干的。我的两只脚穿在他⑥的靴子里就象长在他的腿上一样,一下又一下。实实在在的声音,那是蒂迈欧的槌子敲击出来的⑦。我要沿着桑迪芒特海滩走进永恒去吗? 脚下踩着,劈,啪,啪。喧闹的海是无限的财富。迪西老师⑧对此十分了解。

难道你不到桑迪芒特来吗,

牝马,迈德琳⑨?

你瞧,这韵律开始了。我听见了。一首第一音步缺非重读音节的四音步抑扬格进行曲。不,是马蹄奔驰的得得声:牝马,德琳⑩。

---

① 传说亚里斯多德身体单薄,小眼睛,秃顶,并且从他的学生亚历山大大帝那儿接受了一份相当可观的财产。
② 原文意大利语,取自但丁《神曲》中地狱篇对亚里斯多德的描绘。
③ 《哈姆雷特》第一幕第四场中霍拉旭对哈姆雷特说:
"殿下,它万一把殿下引到海里,
或把殿下引到了俯瞰海面
峭壁千丈的一个悬崖上,
......   (卞之琳译文)
④ 指他仍然闭着眼睛。
⑤ "他们"指盲人。
⑥ "他"指靴子的旧主人巴克·莫里根。
⑦ 蒂迈欧是仅次于上帝的神,他按照上帝的意志用木槌把世上的万物敲成姿态各异的形体。
⑧ 迪西是一所学校的校长,斯蒂芬在这个学校教历史课,他曾与迪西老师大谈爱尔兰的历史。这节前面一节正是写上午十点左右斯蒂芬在学校活动的情况。
⑨ 这是当时流行的民谣的头两句。桑迪芒特是斯蒂芬正在散步的海滩的名字。
⑩ 这首民谣的韵律是不完全的四音步抑扬格,第一音步只有一个重读音节,没有非重读音节,原文及其韵律是:
   Wón't you còme tō sándymòunt
   Mádéline thē màre?
"牝马,德琳"(deline the mare)以两个抑扬格音步模拟得得的马蹄声。

现在,睁开眼睛吧。行啊。那就睁开一会儿吧。从现在起一切都消失了吗?如果我睁开眼,那我就永远处在不透明的黑暗中了。够了!我要看看我究竟能不能看见。

现在看吧。那是与你无关的全部时间:万古如斯,永无止境的世界。

她们①从莱希台地上小心翼翼地走下阶梯,那些无知的时髦女郎们,她们下到倾斜的海滩上,成八字形的脚松弛地陷入淤塞的沙子里。她们象我,象阿尔吉②一样,朝着我们强大的母亲走下来。第一位笨拙地甩动着助产士的挎包,另一位的伞戳进了海滩里。从市中心南面的破败地区跑出来痛痛快快玩一天。弗洛伦丝·麦克凯布夫人③,住在布莱德街上的那位已故帕特克·麦克凯布的遗孀,人们都深深地哀悼他。象她那样的姐妹中有一位也曾经把我这么呱呱哭叫着拉进人间。从虚无中创造世界④。她那个挎包里装着些什么东西?大约是一次堕胎手术时悄悄塞进包里红毛线中的一根蜿蜒的脐带吧。这些连接过去的一切的带子,把所有的肉体缠结在一起的电缆线。这就是修士为什么那么神秘的原因。你想成神吗?瞧瞧你的肚脐吧。喂,我是金西⑤,请接伊甸园。ט A001⑥。

人类始祖亚当的配偶:夏娃,裸体的夏娃。她是没有肚脐的⑦。看看吧。洁白无瑕的肚子,鼓得大大的,一个绷紧的羔皮纸面的圆圆的盾牌,不对,是一个高高耸起的白色谷物堆,光辉灿烂,永生不灭,屹立在那儿,从永远到永远⑧。造孽的子宫。

我也曾经孕育在子宫那罪恶的黑暗中,他们不是为了生我才造我,那是一个和我的声音、我的眼睛一模一样的男人,一个呼吸中夹着死灰味的幽灵般的女

---

① 这时斯蒂芬看见一群助产士正从台地朝海滩走来。
② 19世纪英国诗人阿尔吉农·莫理·史文明曾在《时间的胜利》一诗中把大海比作母亲:
　　"我愿回到伟大亲爱的母亲那儿,
　　　大海啊,你人类的母亲和恋人。
　　　我愿走向她,没人做伴儿,
　　　接近她,吻她,和她结成一身。"
③ 斯蒂芬想象其中的一位助产士也叫佛洛伦丝·麦克凯布,后者是她认识的一位先生的遗孀。
④ 从自己的出生联想到上帝创造世界乃是从虚无中创造一切。
⑤ 金西是斯蒂芬的浑名,莫里根总是这么叫他的。
⑥ 斯蒂芬从肚脐联想到它连结了一代又一代人类,可以追溯到亚当和夏娃,随即又想到从自己的肚脐出发,以缠结的脐带为电话线,可以向伊甸园打电话。电话号码ט A001,其中ט为希伯莱文的第一个字母,A为希腊文第一个字母,表示初民的数字、字母。
⑦ 圣经《旧约》中一说上帝创造了亚当之后,又从亚当的胸部抽了一根肋骨创造了夏娃,因此人类的始祖是没有肚脐的。下面的"盾牌"、"谷物堆"均是在想象中对夏娃的肚子所作的类比。
⑧ 斯蒂芬由夏娃的肚子联想到托玛斯·特拉赫恩(约1637—1674)在《沉思的若干世纪》一文中对伊甸园的描述:"谷物是光辉灿烂,永生不灭的麦子,它不用种,也不用收,它屹立在那儿,从永远到永远。"但他突然转念,认为这一比喻不妥,于是下一个念头便是"造孽的子宫"。

人①。他们紧紧地搂在一起,然后再分开,满足他们情欲的冲动。我没有出世前上帝叫我按他的意志降生,现在可能不要或者再不要我服从他的意志了。上帝有他永恒的法则。可是难道圣父、圣子都是从同一种神圣的物质来的吗?可怜的阿利乌斯②究竟要在什么问题上做出结论呢?他毕生就一体变异加基督的本质③这样一个大问题进行论战。倒楣的异教徒头儿。在希腊的一间厕所里他咽了最后一口气:毫无痛苦地死了。头上戴着装饰着珠子的主教帽,手里拿着权杖,正襟危坐在他的宝座上,一个被剥夺了主教职位的主教,披肩僵硬,背部和下半身的血都凝滞了④。

风儿在他的四周欢跳,寒意刺骨、充满渴望的风。海浪正在涌上来。白鬃海马,大口咀嚼着,发出一片噪声,驾着生气勃勃的海风,曼纳南的骏马⑤。

我可一定不能忘记他给报社的信⑥。那么以后呢?"船家酒店",十二点半。顺便象一个不中用的浪荡子弟一样拿那笔钱好好地玩一玩。对了,就这么办。

勃罗姆早晨出门到一家肉店去买他极喜欢吃的腰子,记起11点要参加一个友人的葬礼,回家后,发现邮差送来了两封信,一封是他的女儿给他的,另一封是妻子毛莱的经理人给毛莱的,信中附着她将演唱的节目单。他和妻子一面吃早餐,一面谈论灵魂转世的问题。勃罗姆饭后从家中出来,在城中游逛。他先到利菲河南岸的码头上转了一个圈子,然后来到邮局,寄了一张明信片,收到一张明信片和一封信。从邮局出来,碰到一个熟人,边走边聊,互相问候家人。勃罗姆说他的妻子将要在一个音乐厅演唱。他们还谈到一位老朋友的死。那位熟人说他未必能去参加葬礼,如果他去不了,请勃罗姆替他在参加者的名单上签个名。他们分手后,勃罗姆先进了一座教堂,随后又来到一家药店,最后进了一家土耳其浴室。在浴室里他又碰到一些熟人,大家边洗边聊,十分惬意。洗完蒸汽浴后,勃罗姆去参加那位老朋友的葬礼,随着送葬的队伍来到墓园。

中午时分,勃罗姆来到报社做广告,恰巧斯蒂芬也来送迪西那封信。报社里各色各样的人进进出出,他们曾经遇到一起,参加几个人的谈话,但仍未相识。

---

① 这里的"女人"即他的母亲。她病笃时形容枯槁,呼吸中夹着腐臭味。这一幽灵般的形象不断地纠缠着斯蒂芬的思想。
② 斯蒂芬从人类的始祖想到了自己的出生,从自己又联想到了上帝的"永恒的法则",即人类正常的传宗接代的方法。但这一方法难道对上帝不适用吗?为什么圣父和圣子是一体的?圣子又是从哪里来的呢?从对"三位一体"的神学观念的怀疑,他又想到埃及三世纪神学家阿利乌斯。阿利乌斯认为圣子就没有圣父那样神圣,在当时被视为异端邪说。
③ "一体变异加基督的本质"是乔伊斯造的一个混合字。
④ 阿利乌斯瘁死在厕所中。斯蒂芬设想他死时的情景。事实上阿利乌斯从未做过主教,这里纯系想象之词。他很可能把他与其他反对三位一体的异教徒联系起来了。因为父子关系也是他意识中常出现的一个问题。
⑤ 传说中曼纳南是凯尔特人的海神,他的马是白鬃马。这里即指白色的海浪。
⑥ 斯蒂芬与新闻、文学、出版界有较广的联系,因此,迪西校长托他转交报社一封信;"船家酒店"是他和莫里根相约中午聚会的地方;那笔钱指西迪校长今付给他的工资。这几件事是前两节中谈过的。

从报社出来，勃罗姆径直向一家熟识的酒店走去，在那儿用过午餐，然后去国立图书馆查广告。这时斯蒂芬和他的几位朋友也在图书馆。他们在一起谈论文学、艺术和哲学。勃罗姆与他们并未相遇。午后3时左右，勃罗姆、斯蒂芬以及作品中的其它一些人物，如神父、水手、毛莱的经理人、酒店老板、斯蒂芬的友人等在都柏林不同地区的街头上游荡。他们相互交叉、碰撞。读者在这里可以看到同一时刻不同空间的画面。4时左右，勃罗姆来到奥蒙德饭店的酒巴和音乐室，毛莱的经理人波伊兰也在那儿，他正动身到勃罗姆家去找毛莱。勃罗姆于5时左右来到柯尔南酒店，为刚死去的朋友的人寿保险金来找马丁，接着又去看了故友的遗孀，晚8时左右来到海滩上小憩，欣赏三个坐在岩石上的姑娘。晚10时左右，勃罗姆来到国立妇产医院，看望一位临产的妇人，遇到了喝得烂醉的斯蒂芬及其朋友。勃罗姆一直尾随着他们。午夜，他们来到了红灯区的一家妓院，这时已接近次日凌晨一时。勃罗姆携斯蒂芬回家，他们大约在二时左右到家，迅速睡去。小说在勃罗姆的妻子毛莱朦胧的意识流动中结束。

（刘象愚）

给我红玫瑰

作者旭恩·奥凯西(1880—1964)是20世纪爱尔兰著名的戏剧家和小说家。

奥凯西出身于都柏林一个贫苦的工人家庭,从小目睹了贫民区充塞着的饥饿、疾病、瘟疫、酗酒等种种不幸,对下层劳苦大众的悲惨生活和艰难处境有深切的理解和同情;多年做劳工的亲身经历更增强了他刻苦自学、决心为改变这种不公正的社会环境而奋斗的决心。他信仰马克思列宁主义,积极投身于爱尔兰的民族解放运动和工人运动,用自己的创作不遗余力地为工人阶级的解放而奋斗。

奥凯西的创作以戏剧为主,有剧本四大卷,此外还有自传体小说6部。早期的剧作主要是《枪手的影子》、《朱诺和孔雀》、《犁和星》,这些作品反映了人民起义、工人运动以及现实生活中的真实场景,为当时面临危机的爱尔兰戏剧注入了新的生命,因而赢得了广泛的赞誉。后期的剧作以《星儿变红了》和《给我红玫瑰》最为重要。这些作品以革命乐观主义的精神描写了在共产党领导下的工人运动,充满了对理想的憧憬和对胜利的信念。

《给我红玫瑰》(1943)是奥凯西的代表作。作品通过对一场有组织的罢工斗争的描绘,塑造了一个为工人大众的利益敢于冲锋陷阵、不惜牺牲生命的热血青年的光辉形象,鞭挞了代表资本家利益的巡官、工贼等凶残、丑恶的人物,说明已经觉醒的工人群众只要坚持自觉的、有组织的斗争就必将获得最终的胜利这样一个道理。剧作充满了高扬的乐观气氛和对未来的坚定信念。全剧分四幕。

译本:黄雨石译,载《奥凯西戏剧选》,人民文学出版社,1982年版。

第 一 幕

位于都柏林贫民区的布莱顿家,两间一套的住房。这是一个仲春的黄昏,正下着大雨。幕启时,在破烂、阴暗、简陋的房间里,阿亚孟正和他的妈妈布莱顿太太演诵莎士比亚戏剧《亨利六世》中的一个片断,为即将在罢工斗争中举行的募捐演唱会做准备。这时房东老头布兰伦来敲门,阿亚孟母子以为他是来收房钱或者打听爱尔兰银行牢靠不牢靠之类的事,因而没有给他开门。阿亚孟讨厌这老头总为他那不多的几个钱絮叨,但又承认他不是吝啬鬼,每逢圣诞节这老头总给孩子们买玩具,星期天也总给教堂捐钱。老头还曾为阿亚孟写的一支歌谱曲。阿亚孟喜爱艺术,充满了求知的渴望。他爱上了巡官的女儿谢拉,对生活抱着乐观坚定的信念。这天晚上,他正等朋友马尔加尼来送一本题为《宇宙之谜》的书,几位邻居来要肥皂粉,以便把一尊圣母像洗一洗;阿亚孟的母亲去照料一位生病的邻居老太太,这时谢拉来了,她希望和阿亚孟严肃地谈一谈,劝他退出工人运动。阿亚孟却迫不及待地向她表达思念之情,他说谢拉是"欢乐、优美、可爱的形象,是一朵鲜艳、绯红的美丽的玫瑰花。"他们的谈话先是被房东老头打断,后来又被来唱歌的歌手打断。这支歌是阿亚孟写的,名为"给我红玫瑰",旋律优雅,饱含炽烈的爱情,引起了大家的赞美。谢拉始终没有找到机会和阿亚孟作严肃的谈话,怏然离去。先前那几位邻居中的一个慌慌张张地闯入,说她们的圣母像突然不翼而飞。

第 二 幕

　　景同前。大约夜里十点,雨已经停了,天上出现一轮明月。阿亚孟的母亲已经从邻居家回来了。房东布兰伦老头偷偷拿走了那尊圣母像,并把她上了色,整饰一新,现在准备把她放回到原来的地方去,阿亚孟母子责备他不该偷偷拿走穷人的保护神,害得邻里们惶惶不可终日。这时鲁瑞和马尔加尼先后来找阿亚孟。鲁瑞送来要阿亚孟推销的纪念会门票,马尔加尼来送书。他们为马尔加尼蔑视一切神圣事物的观点争论。谢拉来敲门,阿亚孟把众人轰入里屋,打算单独跟谢拉谈一谈。

谢　拉　(半晌后)你没有什么话要跟我说吗?
阿亚孟　(语调缓慢,冷冷地)今天我在桥边等了你很久;可你没有来。
谢　拉　我来不了;原因我也跟你说过。
阿亚孟　我感到非常孤独。
谢　拉　(柔和地)我也是,阿亚孟,甚至面对着上帝的神圣的脸我也感到很孤独。
阿亚孟　谢拉,咱俩坐在一个金色的独木舟中,不管天气晴和还是险恶,已经漂过了许多的河流,有时候我们的脸上溅满了冷得刺骨的水花。可是你仿佛永远在倾听着令人恐怖的天使拍打翅膀的声音。所以你要跑出去寻找安全,到人群拥挤的大路上去行走。
谢　拉　你这样来欢迎我,实在未免太冷淡了,阿亚孟。
阿亚孟　如果你愿意,你可以用一个瘦骨嶙嶙、满脸胡须的圣徒的冷淡的抚摸,换得如雨点般落在向上仰着的饥渴的嘴唇上的火热的亲吻。(大声地)你应该同那呼号的群众一起前进,鼓起他们的勇气,跟着他们一起呼号!
谢　拉　你到底愿不愿意听我对你讲几句话?
阿亚孟　(在火边坐下来,眼望着火,让她仍站在那里)说吧;我总愿意听你讲话的。
谢　拉　天知道我决不是有意要刺伤你的心,可你一定得明白,靠你现在赚到的这点收入,咱们没有办法开始自己的生活——咱们能吗?(他仍然沉默着)哦,阿亚孟,你为什么要花费那么多时间去干那些不相干的傻事?

阿亚孟	什么不相干的傻事？
	〔街头传来鼎沸的人声；有人大声在叫着"在他背上给他一家伙"或者"在他肚子上来一脚"；接着是人群跑过的声音，随后又沉寂下来。
谢　拉	（在她听到喊叫声的时候——紧张地）这是干什么？
阿亚孟	（仍一直望着火）总不过是些酒疯子又在打架了。
	〔他们静默地听了一会儿。
阿亚孟	你说说什么不相干的傻事？
谢　拉	（胆怯,迟疑地）你自己知道,阿亚孟：学画画,对莎士比亚简直象发了疯似的,平时交结的全是些只会给你惹麻烦的人。
阿亚孟	（讥讽地做出祷告的样子——抬头望着天花板）哦上帝，让我丢开那些不相干的傻事活下去；让我按照谢拉的理想来处理我的生活！
谢　拉	（走到他的身边去）听我说,阿亚孟,我的亲爱的；你知道我说的话不过只是为了咱们俩好,让咱们可以尽快地在一块儿生活。（尽量用开玩笑的声调）呐,说真的,要是我真的穿着一条朴素的裙子,披上一条深黑色的披巾,让我的可怜的两只脚完全光着,那不真是太可笑了吗？（自嘲）要那样儿,我可不真是够瞧的了！
阿亚孟	（静静地）手里拿着一束红玫瑰，你照样会显得很美。
谢　拉	（忍无可忍地）哦,看在上帝的面上,阿亚孟,你清醒一点儿吧！对这一套我真有些儿腻了。老这样别别扭扭的,我也实在再受不了啦。（略停）你必须要么好好听我的话,要么——
	〔她停住了。
阿亚孟	（静静地）要么怎么样！
谢　拉	（声音多少有些梗塞）要么跟我吹；你当然绝对不愿意那样。
阿亚孟	我当然不愿意那样；可是我能够忍受这种别扭的情况。
谢　拉	今天晚上我冒着跟家里发生争吵的危险来告诉你一个好消息：我听人说罢工肯定不可避免；而且一定会出乱子；因此如果你和那些愚蠢的工人划清界线,只管自己好好工作,那你很快就可以好赖当个工头。
阿亚孟	（从椅子上站起来，第一次正视着她的脸）这些是谁对你说的？是那巡官吗？
谢　拉	你甭管谁；就算是他,那他不也很对得起咱们吗？
阿亚孟	你知不知道你现在要我干的是什么事，小娘儿们？你是在要我去当狗腿子；要我用下流的叛变行动去粉碎我的同志们的满怀信心的希望。不管你把他们看成什么,他们是我的同志。不管他们怎么说或怎么做,他们仍然是我的兄弟姐妹。去你的吧,小娘儿们,我和你一样有一个希望得救的灵魂。（声音梗塞着）哦,谢拉,你实在不应该要我去干那种事！

谢　　拉　（想挨近他，但被他推开了）哦，阿亚孟，这是一个机会；不要轻易放过了，求你看在我的份上！

这时外面传来急促的脚步声，先前出去的马尔加尼进来，他因为宣传无神论的观点被一群人打得鼻青脸肿，鲁瑞和布兰伦随着进来，大家再次为马尔加尼关于人从动物演变而来的观点争论起来。贫穷的邻居们捧着那尊焕然一新的圣母像出现在门口，他们为这尊保护神重新回到自己身边而激动，轻轻地唱起了赞美歌。大家走了之后，克林顿牧师来看朋友阿亚孟，随后，两个铁路工人来找阿亚孟，并告诉他政府当局准备使用全部武力制止工人集会和罢工，谢拉竭力劝阻阿亚孟参加工人运动，她还请牧师帮助劝说，但阿亚孟坚定不移，他要那位工人弟兄转告工人委员会，集会照旧举行，他一定准时去参加集会，还要站在斗争的最前列。

第 三 幕

都柏林街头，利菲河上一座桥的旁边。贫苦的市民和工人们聚集在桥头，神色疲惫，无精打采。他们议论着人们的悲愁和苦难。巡官和牧师谈论着走过来。巡官对下层人民表示极大的轻蔑和鄙视，牧师则担心即将面临的灾难。阿亚孟开始向群众宣传演说。

阿亚孟　朋友，我们希望你们能够过一种更伟大的生活；我们希望咱们所有的人都能过一种伟大的生活。我们的罢工也是你们的事。我们今天能够前进一步；那你们明天也就能够前进一步。咱们这些人过去和现在一直都是过着贫苦的生活，咱们也必须尝一尝富裕生活的滋味了。一切还具有生命力的男人和女人谁都渴望着在生活中前进一步。（向依艾达）这苹果长出来是让你吃的。（向蒂姆普娜）这紫罗兰长出来是让你戴的。（向芬鲁拉）年轻的姑娘，新的世界将在你的身子里孕育出来。

依艾达　（神情仍然有些阴暗）士兵们会拿着枪来追赶我们；警察会在我们头上挥舞着他的棍子；我们的儿子和丈夫会被赶进监牢，那他们就只能在一个比他们现在所呆的更阴暗的地方，在叹息中度过他们的岁月。

阿亚孟　咱们决不能在战争的头一个回合就开始退缩。（他转过脸去沉思地俯视着河水）应该从你们的城市隐藏着的宏伟气魄取得你们的勇气。（他伸长胳膊指着远方）哦，看哪！看那边！天空已经在她的赤裸裸的肩上披上了一条镶着红色花边的晶绿色的披巾，在她的漂亮的头上戴上了一顶淡红色的帽子——你们瞧！

〔台上的光线又亮了一些，落日的返照使一切都呈现出一种鲜明可爱的色调。河对岸的房屋现在也已经清楚可见，那色彩很象擦得很亮的红铜；靠着房子躺着的那些人现在也都站起来，象一尊尊精美的铜像一般，泛着红光，显露出高大的身材。

阿亚孟　瞧啊！在码头上来回奔驰的各种车辆，这会儿在太阳光下全变成了紫铜色,那样子真象匆匆赶赴前线的战车。

〔依艾达在光亮中立起身来,鲜明地露出了她的骄美的男性的脸,她穿着一件深绿色的衣服,肩上披着一条银灰色的披肩。

依艾达 （目不转睛地向前凝视着）多么优美可爱,同时也充满了战争气息!

〔蒂姆普娜现在也站起来朝阿亚孟指着的方向望去。她的衣服大致和依艾达一样,脸上是一片红光。那几个男人也慢慢离开大桥的栏杆,转过身望着阿亚孟所指的方向。他们的脸也和那两个女人的脸一样闪着红光,样子完全象紫铜塑像,到处闪着一道道嫩绿色的光芒。芬鲁拉最后也站起身来,立在其他那些人的身后,观望着那个显露出五光十色的城市。芬鲁拉穿一条绿色裙子,颜色比那两个女人的衣服更淡一些,她上身是一件带黑条的白色的紧身衣,腰上系着一条银灰色的围巾。

芬鲁拉 她这光彩真象奥西恩自己亲口歌唱,并用他自己的琵琶的金色旋律伴奏着的一支歌!

男 甲 （感到奇怪地）这可真是怪事,说良心话,过去我还从来没看见过这个城市象现在这样金光灿烂。

男 乙 你们看对面躺着的那些人现在都变成了高大坚强的铜人,连那些房子也显出了一派青紫和银灰的颜色!

男 丙 咱们被压得抬不起来的头从来也没有朝上望过。

阿亚孟 你们看那四大院的大圆屋顶简直象是栽在一只大铜碗里的一朵金色的玫瑰! 在它下面流动的河水完全是一片紫色,上面却浮动着红色的涟漪;你们再看那在河水上空飞翔的海鸥——简直象是浮动在高贵的胸膛上的白色的珍珠。上帝已经降临到这个城市里来了!

男 甲 （感情激动地）噢,他妈的,真是太伟大了!

依艾达 愿咱们的城市永远受到上帝的祝福。

阿亚孟 （高高地举起他的右手）奥斯特人的家,诺曼人的家,盖尔人的家,我们向你欢呼! 在这一刻中你是这样的可爱,愿你把这可爱的气质永远贮藏在你的起伏不定的胸膛中!（他唱着:）

　　　　美丽的城市啊,我告诉你,我们的灵魂
　　　　决不会在这空有抱负的温床上沉睡;
　　　　我们将用我们的双手全力劳动,
　　　　一直到在你身上只能见到神奇和美。

所有其他的人（一起跟着唱:）

　　　　我们发誓要让你消除妒火和怒火,
　　　　从你的四门把恶狼和狡狐驱逐出去,
　　　　一直到明智的男女老少同声欢唱:
　　　　哦庄严美丽的城市,你的命运美妙无比!

阿亚孟 （唱着：）
　　　　美丽的城市啊，我告诉你，孩子们的笑声
　　　　和严肃的青年们开心时的红色的欢欣，
　　　　将使你的街道永远不停地放出欢乐的乐曲，
　　　　象一架由许多敏捷的年轻人弹奏的竖琴！

所有其他的人（唱着：）
　　　　我们发誓要为你解脱饥饿和苦难，
　　　　要为你把丑恶、平庸和下流的一切清除尽净；
　　　　你的人民将同心合力把你建筑成，
　　　　一个从没见过的勇敢、美丽和富足的新城！

　　〔芬鲁拉一直都合着歌的节奏摇动着身子，现在在这最后一节歌快完的时候，她更摇摇摆摆跳着舞，一直跳到桥中间来。不知什么地方，有人用长笛吹着加伏特曲，或者一种庄严而欢乐的舞曲，在开始的时候调子吹得相当慢。接着，节奏越来越快，阿亚孟于是也跳出去和她对舞。他们面对面地跳着，周围的人合着他们的步伐拍着手。这两个人就这样很随意地团团跳着，她在一片金色的光辉中，他在一种紫罗兰色的暗影中，有时他们又互换位置，让她呆在紫罗兰色的暗影中，而他又现身在金色的光辉中。

依艾达　（大声地）上帝所能制造的一切最美丽的色彩现在全在咱们身边出现了。

芬鲁拉　（一边跳着）光明之剑已经在放光了！

男　甲　（狂喜地）咱们全都是帝王的儿子和女儿，而咱们又和所有的爱尔兰人是一家！

　　〔舞到最后，阿亚孟和芬鲁拉互相搂抱在一起了。

依艾达　让咱们赞美上帝在年轻人心中注满了欢乐情绪。

男　甲　也让咱们赞美他让跳舞人的手脚变得那么轻巧。

男　乙　还让咱们赞美他让咱们相信，上帝仍然把世界的一切紧紧掌握在自己的手中。

　　〔台上的光线又暗了一些。阿亚孟放开芬鲁拉，歪着头仔细倾听着什么声音。远处可以听到许多人合着脚步行进的声音。

芬鲁拉　（略有些不安地）你在听什么？

阿亚孟　我得走了；再见，美丽的姑娘，再见。

芬鲁拉　在咱们周围放着光的这一切是这样的美丽，你现在却要走了吗？是不是你觉得我不配和你在一起？

阿亚孟　（诚恳地）你呆着不动的时候本来就非常可爱，一跳起舞来更可说浑身是美；可是我一定得走了。愿你婚姻美满，愿你生下和耶麦尔一样美丽、和奥斯卡的儿子一样灵巧的一群孩子；更希望在他们还年轻的时候，每一个人的手里都会端着涌着泡沫的西班牙麦酒，每一个人都能喝到高贵的主教所喝的饮料！再见吧。

〔他吻了她一下，然后跨过桥去消失在远处的河岸边。留下的那些人的身影忽然缩小了一些；他们已经失去了刚才的那种光彩，样子都显得有些惶惑不安。原来睡觉的那些人又退到屋子的墙跟前去，他们现在虽然没有再躺下，可他们仿佛想找一个隐身的地方全都贴墙站着。相当长一段时间谁也没有说话。他们彼此离得很远，好象谁也不愿意和谁在一起。

依艾达　（低声喃喃的）大苹果，一便士一个嘞。刚才是谁在这儿说话来着？天哪！我准是在做梦。

蒂姆普娜　（用一种惊疑不定的声调）我也准是，我觉得自己刚才仿佛是沉浸在一片欢乐的海洋中，而且穿着一身非常漂亮的光彩夺目的衣服。

芬鲁拉　（如在梦中一般糊里糊涂地）我刚才大概也在做梦，在一座几乎被群星淹没的城市里，我听到有人讲了许多奇怪的话，上帝还引导着咱们沿着一条紫色河流的河岸向前走着，咱们都穿着非常漂亮的衣服，简直要让奥西恩都止不住要唱一支歌，来庆贺这上帝的荣光照耀下的无尽的欢乐。

依艾达　（略有些不高兴地喃喃着）求你们看在上天的面上别再谈什么奥西恩的歌唱了，真仿佛对一个躲在狂风呼啸的街角哑着嗓子唱几支小调的可怜人，你们也要在他的四周燃烧起光辉的篝火了。（充满睡意地）带着露水的紫罗兰，两便士一把嘞——真见鬼，我说的是苹果！

〔现在，许多人一起行进的整齐的脚步声已经听得更清楚了。

蒂姆普娜　（更清醒了一些）两便士一把嘞，鲜艳的紫罗——那是在干嘛？

男　甲　（阴沉地，但声音里带着反抗的意味）一群军队开出来要防止咱们开会，制止咱们罢工。

男　乙　（意志坚决地脱口而出）那两件事咱们都得办，看他们怎样！

〔现在台上的光线已经非常阴暗。在男乙说完话之后，台上是一片沉静，只有军队行进的脚步声清晰可闻；接着，在这带有威胁性的脚步声中出现了沉静的歌声，这歌声也许是由大桥上和大桥附近的人唱出的，也许从更远的地方传来。

歌声（沉静地）

我们发誓要为你解脱饥饿和苦难，
要为你把丑恶、平庸和下流的一切清除尽净；
你的人民将同心合力把你建筑成，
一个从没见过的勇敢、美丽和富足的新城！

第 四 幕

　　基督教教堂前广场一角。幕启时克林顿牧师和教堂看守塞米尔正在谈论为复活节准备的水仙花和十字架。布莱顿太太和谢拉来到教堂为阿亚孟的安全祈祷。阿亚孟也来到教堂,身后跟着一群男女。巡官也跟来了,他警告阿亚孟,众人也劝他留下,但阿亚孟决心已定,毫不动摇,毅然率领群众而去。工人群众的集会开始了,两名工贼法斯特和道沙德遭到人们的痛打,吓得跑到教堂,皇家的马队和步兵向集会的工人开了枪,身受重伤的女工芬鲁拉带来了阿亚孟被打死的噩耗。

芬鲁拉　是的。他的胸前已经被子弹穿了一个窟窿,在他的生命已经慢慢消逝的时候,他在我的耳边低声说——那些士兵,那些士兵。他说今天干的这些不过是今天的工作,明天还得要接着干下去。他求你帮忙照看照看他的老太太。他希望今天晚上能够让他躺在教堂里,先生。我的嘴唇干得发痛;一匹冲锋的马在我倒在地上的时候踩了我一脚。他匆匆地托我来向你告别。哦,求求你们给我一杯水吧!(教堂看守连忙跑着去倒水)我们现在仍然还坚守着我们的阵地。(教堂看守倒了一杯水来,她喝水)现在我可以休息一会儿了。

　　〔她伸直身子躺在地上。

牧　师　你在哪儿见着他的?他这会儿躺在什么地方?(她躺在地上,没有回答。他拾起破碎的鲜花做成的十字架来,很久没有说话。然后,他低下头去——悲痛地)哦,阿亚孟,阿亚孟,我的亲爱的,亲爱的朋友。哦上帝,在这一切可怕的罪恶和灾难中,求你打开我的眼睛,让我能看到你吧,即使只是象在一面镜子中一样模糊地看一眼也行!

　　〔幕落片刻表明中间已经经过了几个小时。现在已经是黄昏时候了。门廊上的门灯已经亮起来,教堂里的灯也亮了。透过教堂南墙上的窗子可以看到照在圣彼得的黄袍和圣保罗紫袍上的灯光。教堂里的风琴正低沉地演奏着一支挽歌。树篱外边小道上的路灯现在还没有点着。沿着树篱外边站着的男人和女人们的黑色的身影只隐约可见。布莱顿太太站在靠近大门边的园地上。法斯特和道沙德站在走廊前边的台阶上。在他们前边,背向着他们,站着牧师;他这会儿已经在袈裟上罩着一件白色的法衣,脖子上围着围巾,肩上披着镶着红里子的神学博士的披肩。谢拉手里拿着一把红色的玫瑰花,站在再生草花丛的旁边。在花丛的后面,巡官孤独地站在那里。一个点路灯的人沿着小道走过来,手里举着带铜顶的长竿。竿顶上的火种象一朵小小的红花。他点着了道旁的路灯,然后跑到树篱边来向里边观望。

点路灯的人　什么事情?这是在干什么?这儿出了什么事情了?他们这都是在干什么?

男　甲　把布莱顿的遗体搬到教堂里来。

点路灯的人　啊,是吗? 我就想到准是出了什么事情。

男　甲　他为咱们牺牲了。

点路灯的人　你瞧瞧! 他们现在全都穿上了最漂亮的衣服,在等着欢迎他回家来,对不对? 啊,可不管怎样,人世的生活总还得照样过下去,所以我一定得走了;再见!

道沙德　(向着牧师的背后说着)我最后一次再告诉你,先生,教区委员会里有一半的委员都反对把他弄到这儿来;他们不能容许咱们的教堂跟这种居心不良的捣乱活动搅和在一起。

牧　师　(一动也不动,仍然望着大门外边)人世的一切,好的坏的,按规矩的和不按规矩的,都和在尘世间进行斗争的教堂的生活有关。我们尊重我们的弟兄,不是因为他的行动可能是一种错误,而是因为他永远追随着真理。我们不能因为他提出的号召不完全符合人为的一般习俗,就可以拒绝他得到上帝的宽恕和永恒的安宁。

法斯特　(狂怒地)啊,听我说,我这个人可不会干坐在这儿,听你讲这些不三不四的废话——你到底是接受我们的意见,还是不接受我们的意见?

〔远处传来吹奏《森林里的花朵》的喇叭声。布莱顿太太立刻僵直身子站着,谢拉把头低垂到胸前去。

牧　师　你使我厌烦倒没有关系,不过你使我的上帝也非常厌烦了。快站开吧,带着你的愚蠢无知干你自己的事情去,让我去欢迎他——现在他的纷乱生活已经进入了完全的宁静,只是象西罗河水一样在静静地流着,悲痛地唱着安息之歌。

〔在他说话的时候,报丧的喇叭声已经停止,片刻之后,一副担架抬着掩盖着的阿亚孟的尸体,出现在大门边。担架被抬着向教堂门口走,牧师连忙迎了过去。

牧　师　(念颂着)主啊,许多世代以来,你一直都是我们的依靠。在你的眼中,一千年的时间也不过只象是昨天。(唱:)

　　　　我们的弟兄不顾尘世的一切风波,
　　　　只不过是为了争取更美好的生活;
　　　　只是为了这个——哦,你也应该对他爱怜。
　　　　啊耶稣,圣玛丽亚的儿子,请听!

　　　　请用你高贵可爱的心胸
　　　　把尘世可笑的一切包容,
　　　　尽管那里也充满了辛酸的泪痕。
　　　　啊耶稣,圣玛丽亚的儿子,请听!

　　　　当冥河摆渡的神灵摇着长橹，
　　　　把他送上他从没见到过的国土，
　　　　请让他从此得到永恒的安宁。
　　　　啊耶稣，圣玛丽亚的儿子，请听！
　　〔担架被抬进教堂里去，在经过谢拉面前的时候，她把那一束红玫瑰花放在尸体的胸膛上。

谢　拉　阿亚孟，阿亚孟，我的可怜的阿亚孟！
　　〔牧师走在担架的前面，布莱顿太太跟在担架旁边，一同走进教堂里去。其它的人都仍然呆在原来的地方。片刻的沉默。

人们安葬了阿亚孟，谢拉终于醒悟过来，认识到巡官是"专门杀害好人的黑心肠的刽子手"。最后，布兰伦老头留下来，要为阿亚孟唱一支歌。

布兰伦　唱一支他爱听的歌，表示一点对他的热爱和尊敬；也算是最后跟他告别。
塞米尔　（锁上门）你把我当谁？谁要你唱什么歌，告什么别！
布兰伦　（塞给他一点钱）只不过要几秒钟，把门打开一点儿，让他更容易听到我的歌声。（教堂看守打开了门。）这就行了。你真是个好人。（布兰伦面向门廊站着，教堂看守靠在门廊旁边。布兰伦从背上拿下手风琴，先拉了一个过门，然后就轻轻地唱着：）
　　　　一面深黑色的披巾完全裹住她的身躯，
　　　　一任烈日闪耀、挟带着水花的海风狂吹；
　　　　但那黑色的身子下边伸出一只娇美的纤手，
　　　　递给我一束鲜艳无比的红玫瑰！
　　〔戏剧结束，以下的歌声听不见了。
　　　　　　　　幕　　落

　　　　　　　　　　　　　　　　　　　　（刘象愚）

等 待 戈 多

作者塞谬尔·贝克特(1906－   )是当代爱尔兰著名小说家、戏剧家。西方许多评论家都认为他是后现代主义文学的代表。贝克特出生于都柏林一个犹太家庭。年轻时曾游学巴黎，结识了乔伊斯，深受其影响，开始创作充满荒诞意味的小说和戏剧。贝克特的小说以《马洛伊》(1951)、《马洛纳之死》(1951)和《无法命名的人》(1953)为代表。这些作品力图通过某种追寻和这种追寻的一无所获来说明世界的荒诞和无意义。贝克特的戏剧也表达了同样的主题，力图用存在主义的哲学思想来解释人生和世界。《等待戈多》(1952)、《结局》(1956)、《克拉普最后的磁带》(1958)和《幸福的日子》(1961)都是产生过较大影响的作品。

《等待戈多》是一出在西方引起极大轰动的戏。它共分两幕。主要人物是两个流浪汉爱斯特拉冈(昵称戈戈)、弗拉季米尔(昵称狄狄)、一对过路的主仆波卓和幸运儿，此外还有替戈多传达信息的一个孩子。

译本：施咸荣译，上海文艺出版社，1984年版。

第 一 幕

地点：乡间的一条路、一棵树。

时间：黄昏。

戈戈在一个低土墩子上脱靴子，好半天都脱不下来，显得颇为费力，狄狄走过来和他闲聊。他们的谈话很琐碎，前言不搭后语，让人摸不着头脑。戈戈要狄狄帮他脱靴子，狄狄不理他，却在摆弄自己的帽子。戈戈好容易才拉下一只靴子，伸手进去摸一摸，把靴口朝下倒了倒，往地下望了望。他想看看有什么东西从靴子里掉出来，结果什么也没找到。狄狄把帽子脱下来，往帽内瞧了瞧，伸手进去摸一摸，在帽顶上敲了两下，往帽内吹了吹，再把帽子戴上。他们谈到忏悔，谈到福音书，谈到去死海度蜜月，谈到两个贼有一个得救，谈到救世主，谈到他们不能走。

爱斯特拉冈　干吗不能？
弗拉季米尔　咱们在等待戈多。
爱斯特拉冈　啊！（略停）你肯定是这儿吗？
弗拉季米尔　什么？
爱斯特拉冈　我们等的地方。
弗拉季米尔　他说在树旁边。（他们望着树）你还看见别的树吗？
爱斯特拉冈　这是什么树？

弗拉季米尔　我不知道。一棵柳树。
爱斯特拉冈　树叶呢?
弗拉季米尔　准是棵枯树。
爱斯特拉冈　看不见垂枝。
弗拉季米尔　或许还不到季节。
爱斯特拉冈　看上去简直象灌木。
弗拉季米尔　象丛林。
爱斯特拉冈　象灌木。
弗拉季米尔　象——你这话是什么意思?暗示咱们走错地方了?
爱斯特拉冈　他应该到这儿啦。
弗拉季米尔　他并没说定他准来。
爱斯特拉冈　万一他不来呢?
弗拉季米尔　咱们明天再来。
爱斯特拉冈　然后,后天再来。
弗拉季米尔　可能。
爱斯特拉冈　老这样下去。
弗拉季米尔　问题是——
爱斯特拉冈　直等到他来为止。

　　他们昨天就来等过戈多,戈多没有来,今天又来等,直到现在还没有戈多的影子,却等来了波卓和幸运儿,他们误以为波卓就是戈多。波卓问他们为什么要等戈多,原来他们既不认识戈多,也说不清自己为什么要等待戈多。
　　一个孩子来了,他自称是戈多派来的使者,他告诉戈戈和狄狄:今晚戈多不来了,明晚一准来。于是他们相信明天戈多会来,他们现在能做什么呢?

爱斯特拉冈　那么我们该做的唯一的一件事就是在这儿等。
弗拉季米尔　你疯啦?咱们必须找个有掩蔽的地方。(他攥住爱斯特拉冈的一只胳膊)走吧。
　　　　〔他拖着爱斯特拉冈走。爱斯特拉冈先是妥协,跟着反抗起来。他们停住脚步。
爱斯特拉冈　(望着树)可惜咱们身上没带条绳子。
弗拉季米尔　走吧,天越来越冷啦。
　　　　〔他拖着他走。如前。
爱斯特拉冈　提醒我明天带条绳子来。
弗拉季米尔　好的,好的。走吧。
　　　　〔他拖着他走。如前。

爱斯特拉冈　咱们在一块儿呆了多久啦？

弗拉季米尔　我不知道。也许有五十年了。

爱斯特拉冈　你还记得我跳在伦河里的那一天吗？

弗拉季米尔　我们当时在收葡萄。

爱斯特拉冈　是你把我救上岸的。

弗拉季米尔　这些都早已死掉了，埋葬掉了。

爱斯特拉冈　我的衣服是在太阳里晒干的。

弗拉季米尔　念念不忘这些往事是没有好处的。快走吧。

〔他拖着他走。如前。

爱斯特拉冈　等一等。

弗拉季米尔　我冷！

爱斯特拉冈　等一等！（他从弗拉季米尔身边走开）我心里想，咱们要是分开手，各干各的，是不是会更好一些。（他穿过舞台坐在土墩上）咱俩不是走一条路的人。

弗拉季米尔　（并不动怒）那说不定。

爱斯特拉冈　不，天下事没一样是说得定的。

〔弗拉季米尔慢慢地穿过舞台，在爱斯特拉冈身旁坐下。

弗拉季米尔　咱们仍旧可以分手，要是你以为这样做更好的话。

爱斯特拉冈　现在已经迟啦。

〔沉默。

弗拉季米尔　不错，现在已经迟啦。

〔沉默。

爱斯特拉冈　嗯，咱们走不走？

弗拉季米尔　好，咱们走吧。

〔他们坐着不动。

〔幕落。

第 二 幕

　　第二天，同一时间，同一地点。唯一的不同是前一天光秃的树枝上长出四、五片叶子。狄狄激动地上场，盯着树瞧了一会儿，然后开始发疯似地在台上来回走动，偶尔停下脚步，从地上捡起一只靴子，仔细看看，闻闻，露出厌恶的神情。他突然大声地唱起歌来："一只狗来到厨房，偷走一小块面包，厨子举起勺子，把那只狗打死了。于是所有的狗都跑来了，给那只狗掘了一个坟墓——"他一遍又一遍地唱着这支歌。

　　戈戈赤着脚，低着头，走过来，狄狄要求拥抱他，戈戈不肯。他们聊了几句，突然互相拥抱，他们本是一对谁也离不开谁的难兄难弟，如今又为了一个共同的目的走到一起,那就是:等待戈多。

　　昨天晚上他们谈了一晚上空话,象是做了场恶梦,今天继续做这场恶梦,连空话都似乎说尽了。他们沉默,长时间地沉默,偶尔找些无聊的话说说,以便"不想"、"不听"。当沉默也无法继续下去的时候,他们开始烦躁地怒吼,把帽子脱下戴上,戴上脱下,开始对骂。

弗拉季米尔　　窝囊废!

爱斯特拉冈　　寄生虫!

弗拉季米尔　　丑八怪!

爱斯特拉冈　　鸦片鬼!

弗拉季米尔　　阴沟里的耗子!

爱斯特拉冈　　牧师!

弗拉季米尔　　白痴!

爱斯特拉冈　　(最后一击)批评家!

弗拉季米尔　　哦!

　　〔他被打败,垂头丧气地转过头去。

爱斯特拉冈　　现在咱们再和好吧。

弗拉季米尔　　戈戈!

爱斯特拉冈　　狄狄!

弗拉季米尔　　你的手!

爱斯特拉冈　　在这儿!

弗拉季米尔　　到我怀里来!

爱斯特拉冈　　你怀里?

弗拉季米尔　　拥抱我!

爱斯特拉冈　　马上就来!

　　〔他们拥抱。他们分开。沉默。

弗拉季米尔　　有消遣的时候,时间过得多快!

　　〔沉默。

爱斯特拉冈　　咱们这会儿干什么呢?

弗拉季米尔　　在等着的时候?

爱斯特拉冈　　在等着的时候。

　　〔沉默。

弗拉季米尔　　咱们可以做咱们的体操。

爱斯特拉冈　　咱们的运动。

弗拉季米尔　　咱们的升高。

爱斯特拉冈　　咱们的娱乐。

弗拉季米尔　　咱们的延长。

爱斯特拉冈　咱们的娱乐。
弗拉季米尔　使咱们暖和起来。
爱斯特拉冈　使咱们平静下来。
弗拉季米尔　咱们马上开始吧。
　　　　　　〔弗拉季米尔更换着两脚跳动。爱斯特拉冈学他的样。
爱斯特拉冈　（停止）够啦。我累啦。
弗拉季米尔　（停止）咱们的健康情况不好。来点儿深呼吸怎样？
爱斯特拉冈　我都呼吸得腻烦啦。
弗拉季米尔　你说得对。（略停）咱们做一下树吧，保持身体的平衡。
爱斯特拉冈　树？
　　　　　　〔弗拉季米尔做树的样子，用一只脚跟跄着。
弗拉季米尔　（停止）该你做了。
　　　　　　〔爱斯特拉冈做树的样子，跟跄。
爱斯特拉冈　你以为上帝看见了我吗？
弗拉季米尔　你应该闭上眼睛。
　　　　　　〔爱斯特拉冈闭上眼睛，跟跄得更厉害了。
爱斯特拉冈　（停止，挥着两只拳头，用最高的嗓门）上帝可怜我！
弗拉季米尔　（着急）还有我呢？
爱斯特拉冈　（如前）我！我！可怜！我！

　　正在这时，波卓和幸运儿又来了，他们已经变了样子，昨天的波卓一手用绳子牵着他的奴仆幸运儿，一手高举着鞭子，是那样的威风凛凛，可现在已经成了一个瞎子，得由幸运儿牵着走。幸运儿虽然还是两手提着东西，但已经变成了哑子。波卓和幸运儿突然摔倒，爬不起来，狄狄和戈戈帮助他俩起来，波卓和幸运儿走了，他们又在无聊中开始等待。这时，昨天的那个孩子又来了。

孩子　劳驾啦，先生……（弗拉季米尔转身）亚尔伯特先生？
　　　　……
弗拉季米尔　又来啦。（略停）你不认识我？
孩子　不认识，先生。
弗拉季米尔　昨天来的不是你？
孩子　不是，先生。
弗拉季米尔　这是你头一次来？
孩子　是的，先生。
　　　　　　〔沉默。
弗拉季米尔　你给戈多先生捎了个信来？

孩子 是的,先生。

弗拉季米尔 他今天晚上不来啦?

孩子 不错,先生。

弗拉季米尔 可是他明天会来?

孩子 是的,先生。

弗拉季米尔 决不失约?

孩子 是的,先生。

〔沉默。

弗拉季米尔 你遇见什么人没有?

孩子 没有,先生。

弗拉季米尔 另外两个……(他犹豫一下)人?

孩子 我没看见什么人,先生。

〔沉默。

弗拉季米尔 他干些什么,戈多先生?(沉默)你听见我的话没有?

孩子 听见了,先生。

弗拉季米尔 嗯?

孩子 他什么也不干,先生。

〔沉默。

弗拉季米尔 你弟弟好吗?

孩子 他病了,先生。

弗拉季米尔 昨天来的也许是他?

孩子 我不知道,先生。

〔沉默。

弗拉季米尔 (轻声)他有胡子吗,戈多先生?

孩子 有的,先生。

弗拉季米尔 金色的还是……(他犹豫一下)还是黑色的?

孩子 我想是白色的,先生。

〔沉默。

弗拉季米尔 耶稣保佑我们!

〔沉默。

孩子 我怎么跟戈多先生说呢?

弗拉季米尔 跟他说……(他犹豫一下)跟他说你看见了我,跟他说……(他犹豫一下)说你看见了我。(略停。弗拉季米尔迈了一步,孩子退后一步。弗拉季米尔停住脚步,孩子也停住脚步)你肯定你看见我了吗,嗳,你不会明天见了我,又说你从来不曾见过我?

〔沉默。弗拉季米尔突然往前一纵身,孩子闪身躲过,奔跑着下。弗拉季米尔一动不动地站在那儿,低下头。爱斯特拉冈醒来,脱掉靴子,两手提着靴子站起来,走到舞台前方中央把靴子放下,向弗拉季米尔走去,拿眼瞧着他。

爱斯特拉冈　你怎么啦?
弗拉季米尔　没什么。
爱斯特拉冈　我走啦。
弗拉季米尔　我也走啦。
爱斯特拉冈　我睡的时间长吗?
弗拉季米尔　我不知道。
　　〔沉默。
爱斯特拉冈　咱们到哪儿去?
弗拉季米尔　离这儿不远。
爱斯特拉冈　哦不,让咱们离这儿远一点吧。
弗拉季米尔　咱们不能。
爱斯特拉冈　干吗不能?
弗拉季米尔　咱们明天还得回来。
爱斯特拉冈　回来干吗?
弗拉季米尔　等待戈多。
爱斯特拉冈　啊!(略停)他没来?
弗拉季米尔　没来。
爱斯特拉冈　现在已经太晚啦。
弗拉季米尔　不错,现在已经是夜里啦。
爱斯特拉冈　咱们要是不理会他呢?(略停)咱们要是不理会他呢?
弗拉季米尔　他会惩罚咱们的。(沉默。他望着那棵树)一切的一切全都死啦,除了这棵树。
爱斯特拉冈　(望着那棵树)这是什么?
弗拉季米尔　是树。
爱斯特拉冈　不错,可是什么树?
弗拉季米尔　我不知道。一棵柳树。
　　〔爱斯特拉冈拖着弗拉季米尔向那棵树走去。他们一动不动地站在树前,沉默。
爱斯特拉冈　咱们干吗不上吊呢?
弗拉季米尔　用什么?
爱斯特拉冈　你身上没带绳子?
弗拉季米尔　没有。
爱斯特拉冈　那么咱们没法上吊了。

弗拉季米尔　咱们走吧。

爱斯特拉冈　等一等,我这儿有裤带。

弗拉季米尔　太短啦。

爱斯特拉冈　你可以拉住我的腿。

弗拉季米尔　可是谁来拉住我的腿呢?

爱斯特拉冈　不错。

弗拉季米尔　拿出来我看看。(爱斯特拉冈解下那根系住他裤子的绳索,可是那条裤子过于肥大,一下子掉到了齐膝盖的地方。他们望着那根绳索)拿它应急倒也可以。可是它够不够结实?

爱斯特拉冈　咱们马上就会知道了。攥住。

〔他们每人攥住绳子的一头使劲拉。绳子断了。他们差点儿摔了一交。

弗拉季米尔　连个屁都不值。

〔沉默。

爱斯特拉冈　你说咱们明天还得回到这儿来?

弗拉季米尔　不错。

爱斯特拉冈　那么咱们可以带一条好一点的绳子来。

弗拉季米尔　不错。

〔沉默。

爱斯特拉冈　狄狄。

弗拉季米尔　嗯。

爱斯特拉冈　我不能再这样下去啦。

弗拉季米尔　这是你的想法。

爱斯特拉冈　咱俩要是分手呢?也许对咱俩都要好一些。

弗拉季米尔　咱们明天上吊吧。(略停)除非戈多来了。

爱斯特拉冈　他要是来了呢?

弗拉季米尔　咱们就得救啦。

〔弗拉季米尔脱下帽子(幸运儿的),往帽内窥视,往里面摸了摸,抖了抖帽子,拍了拍帽顶,重新把帽子戴上。

爱斯特拉冈　嗯?咱们走不走?

弗拉季米尔　把你的裤子拉上来。

爱斯特拉冈　什么?

弗拉季米尔　把你的裤子拉上来。

爱斯特拉冈　你要我把裤子脱下来?

弗拉季米尔　把你的裤子拉上来。

爱斯特拉冈　(觉察到他的裤子已经掉下)不错。

〔他拉上裤子。沉默。

弗拉季米尔 嗯？咱们走不走？
爱斯特拉冈 好的，咱们走吧。
〔他们站着不动。
〔幕落。

——剧终

（刘象愚）

变　形　记

作者弗朗兹·卡夫卡(1883—1924)是西方现代派文学的主要代表作家之一。他出生在奥匈帝国统治下的布拉格，父亲是犹太商人。他获得博士学位，在保险公司当小职员。从1912年起用德语写作，有长篇小说《美国》、《审判》、短篇小说《在流放地》、《变形记》等。卡夫卡的小说反映第一次世界大战前后西方资本主义社会没落时期，小资产阶级知识分子孤独恐惧彷徨的心情，通过荒诞或梦幻的形式揭示现实的某些实质，但小说充满了悲观主义。

《变形记》(1912)揭露资本主义社会把普通小人物异化成非人的残酷现实，以及人们之间的冷漠无情。小说打破传统形式，用怪异形象、象征手法、心理描写细腻地描写了人物变形前后的全过程。

译本：李文俊译，载《外国短篇小说选(上)》，湖南人民出版社，1979年版。

一

一天早晨，格里高尔·萨姆沙从不安的睡梦中醒来，发现自己躺在床上变成了一只巨大的甲虫。铁甲似的背贴着床，穹顶似的棕色肚子分成好多块弧形的硬片，许多只细得可怜的腿在眼前无可奈何地舞动着。他自己惊奇这是否在作梦。窗外天很阴沉，他心情很忧郁。他是旅行推销员，终年劳累，还得看老板的脸色，听上司的申斥。母亲叫他起床上班，他听到自己的回答是叽叽喳喳的尖叫。父亲在锤门，妹妹葛蕾特也哀求他开门，但他只能不停地向四面八方挥动细腿，翻身十分困难。秘书主任来了，父母在同他招呼，说儿子不舒服。格里高尔摇晃着用力一甩，把自己摔在地板上。秘书主任隔着门，要他解释不开门的原因。他艰难地爬到门前，疼痛地站直身子，用嘴咬着锁孔里的钥匙，终于扭开了锁，嘴因此流出棕色的液体。

门推开了，秘书主任见了他吓得捂着嘴不敢喊，母亲也吓瘫了。格里高尔向秘书主任解释、请求，秘书主任吓得向楼梯跑去。格里高尔自知养家活口的这份差事算是丢掉了。父亲用手杖和报纸阻拦他追赶秘书主任，并把他赶回房间去。他转身很困难，宽身子卡在了门上。父亲把他推了进去，他伤得厉害。房门被关上了。

二

黄昏，格里高尔醒来，回想今天发生的事。门口放了一盆牛奶，他把头浸进去,不喜欢喝了。他在房内爬来爬去。起坐室里父母和妹妹久久呆坐着。他钻在沙发底下舒服地过了一夜。拂晓,妹妹又送来半腐的菜和剩下的骨头,他吃了又钻到沙发下。女仆被辞退了,妹妹在叹息祈祷,父亲说起经济困难。妹妹进不了音乐学院了,父亲去银行当了杂役。格里高尔在漫长的黑夜也不能安静地呆着了。他养成了在墙壁和天花板上爬来爬去的习惯。特别喜欢倒挂在天花板上。他爬过的地方总留下一种粘液。妹妹要搬走家俱以便他通畅的爬。他躲着不让母亲见到他。母亲发现印花墙纸上一大团棕色的东西,看见了格里高尔,大叫一声倒在沙发上。父亲看见他就生气,有一次追赶他,用苹果打他,正好打中他的背并陷了进去。多亏母亲拦住父亲,救了他的命。

三

格里高尔所受的重创使他有一个月不能行动——那只苹果还一直留在他身上,没人敢去取下来。家庭关系越来越不妙。父亲上班累得常和衣睡着,母亲忙于家务。母女俩常常哭泣。格里高尔睡不着想起了老板、秘书主任、向他求过爱而被别人娶走的女帽店出纳,以及一些冷冰冰的面孔。妹妹近来脾气也不好,也不考虑该喂他了。家里来了干粗活的老妈子,见了他说道:"嗨,你这只老屎壳螂!"他则置之不理。他心烦得不吃东西了。家里腾出房间招了房客,不用的家什全堆到他的房间来。房客吃晚饭,占用他家桌子,母亲妹妹在端饭菜。吃完了还让妹妹给他们演奏。他不愿妹妹受屈辱,爬了出来。

"萨姆沙先生!"当中的那个房客向格里高尔的父亲喊道,一面不多说一句话地指着正在慢慢往前爬的格里高尔。小提琴声戛然停了,当中的那个房客先是摇着头对他的朋友笑了笑,接着又瞧起格里高尔来。父亲并没有来赶格里高尔,却认为更要紧的是安慰房客,虽然他们根本没有激动,而且显然觉得格里高尔比小提琴演奏更为有趣。他急忙向他们走去,张开胳膊,想劝他们回到自己房间去,同时也是挡住他们,不让他们看见格里高尔。他们现在倒真的有点儿恼火了,也说不上来到底是因为老人的行为呢还是因为他们如今才发现住在他们隔壁的竟是格里高尔这样的邻居。他们要求父亲解释清楚,也跟他一样挥动着胳膊,不安地拉着自己的胡子,万般不情愿地向自己的房间退去。格里高尔的妹妹从演奏给突然打断后就呆若木鸡,她拿了小提琴和弓垂着手不安地站着,眼睛瞪着乐谱,这时也清醒了过来。她立刻打起精神,把小提琴往坐在椅子上喘得透不过气来的母亲的怀里一塞,就冲进了房客们的房间,这时,父亲象赶羊似的把他们赶得更急了。可以看见被褥和枕头在她熟练的手底下在床上飞来飞去,不一会儿就摊得整整齐齐。三个房客尚未进门她就铺好了床溜出来了。

老人好象又一次让自己的犟脾气占了上风,竟完全忘了对房客应该尊敬。他不断地赶他们,最后来到卧室门口,那个当中的房客都用脚重重地顿地板了,这才使他停下来。那个房客举起一只手,一边也对格里高尔的母亲和妹妹扫了一眼,他说:"我要求宣布,由于这个住所和这家人家的可憎的状况,"——说到这里他斩钉截铁地往地板上啐了一口——"我当场通知退租。我住进来这些天的房钱当然一个也不给;不但如此,我还打算向你提出对你不利的控告,所依据的理由——请你放心好了——也是证据确凿的。"他停了下来,瞪着前面,仿佛在等待什么似的。这时,他的两个朋友也就立刻冲上来助威,说道:"我们也当场通知退租。"说完为首的那个就抓住把手砰的一声带上了门。

格里高尔的父亲用双手摸索着跟跟跄跄地往前走了几步,跌进了他的椅子;看上去仿佛打算推开身子象平时晚间那样打个瞌睡,可是他的头分明在颤抖,好象自己也控制不了,这证明他根本没有睡着。在这些事情发生前后,格里高尔还是一直安静地待在房客发现他的原处。计划失败带来的失望,也许还有极度饥饿造成的衰弱,使他无法动弹。他很害怕,心里算准这样极度紧张的局势随时都会导致对他发起总攻击,于是他就躺在那儿等待着。就连听到小提琴从母亲膝上、从颤抖的手指里掉到地上,发出了共鸣的声音,他还是毫无反应。

"亲爱的爸爸妈妈,"妹妹说话了,一面用手在桌子上拍了拍,算是引子,"事情不能再这样拖下去了。你们也许不明白,我可明白。对着这个怪物,我没法开口叫他哥哥,所以我的意思是:我们一定得把它弄走。我们照顾过它,对它也算是仁至义尽了,我想谁也不能责怪我们有半分不是了。"

"她说得对极了",格里高尔的父亲自言自语地说。母亲仍旧因为喘不过气来憋得难受,这时候又一手捂着嘴干咳起来,眼睛里露出疯狂的神色。

他妹妹奔到母亲跟前,抱住了她的头。父亲的头脑似乎因为葛蕾特的话而茫然不知所从了;他直挺挺地坐着,手指抚弄着他那顶放在房客吃过饭还未撤下去的盆碟之间的制帽,还不时看看格里高尔一动不动的身影。

"我们一定要把它弄走,"妹妹又一次明确地对父亲说,因为母亲正咳得厉害,根本连一个字也听不见。"它会把你们拖垮的,我知道准会这样。咱们三个人都已经拚了命工作,再也受不了家里这样的折磨了。至少我是再也无法忍受了。"说到这里她痛哭起来,眼泪都落在母亲脸上,于是她又机械地替母亲把泪水擦干。

"我的孩子",老人同情地说,心里显然非常明白,"不过我们该怎么办呢?"

格里高尔的妹妹只是耸耸肩膀,表示虽然她刚才很有自信心,可是哭过一场以后,又觉得无可奈何了。

"如果他能懂得我们的意思",父亲半带疑问地说,还在哭泣的葛蕾特猛烈地挥了一下手,表示这是根本无法思议的。

"如果他能懂得我们的意思",老人重复说,一面闭上眼睛,考虑女儿的反面意见,"我们倒也许可以和他谈妥。不过事实上——"

"他一定得走,"格里高尔的妹妹喊道,"这是唯一的办法,父亲。你们一定要抛开这个念头,认为这就是格里高尔。我们好久以来都这样相信,这就是我们一切不幸的根源。这怎么会是格里高尔呢？如果这是格里高尔,他早就会明白人是不能跟这样的动物一起生活的,他就会自动地走开。这样,我虽然没有了哥哥,可是我们就能生活下去,并且会尊敬地纪念着他。可现在呢,这个东西把我们害得好苦,赶走我们的房客,显然想独霸所有的房间,让我们都睡到沟壑里去。瞧呀,父亲,"她立刻又尖声叫起来,"他又来了!"在格里高尔所不能理解的惊慌失措中她竟抛弃了自己的母亲,事实上她还把母亲坐着的椅子往外推了推,仿佛是为了离格里高尔远些,她情愿牺牲母亲似的。接着她又跑到父亲背后,父亲被她的激动弄得不知如何是好,也站了起来张开手臂仿佛要保护她似的。

可是格里高尔根本没有想吓唬任何人,更不要说自己的妹妹了。他只不过是开始转身,好爬回自己的房间去,不过他的动作瞧着一定很可怕,因为在身体不灵活的情况下,他只有昂起头来一次又一次地支着地板,才能完成困难的向后转的动作。他的良好的意图似乎给看出来了,他们的惊慌只是暂时性的。现在他们都阴郁而默不作声地望着他。母亲躺在椅子里,两条腿僵僵地伸直着,并紧在一起,她的眼睛因为疲惫已经几乎全闭上了;父亲和妹妹彼此紧靠地坐着,妹妹的胳膊还围在父亲的脖子上。

也许我现在又有气力转过身去了吧,格里高尔想,又开始使劲起来。他不得不时时停下来喘口气。谁也没有催他;他们完全听任他自己活动。一等他调转了身子,他马上就径直爬回去。房间和他之间的距离使他惊讶不已,他不明白自己身体这么衰弱,刚才是怎么不知不觉就爬过来的。他一心一意地拚命快爬,几乎没有注意家里人连一句话或是一下喊声都没有发出,以免妨碍他的前进。只是在爬到门口时他才扭过头来,也没有完全扭过来,因为他颈部的肌肉越来越发僵了,可是也足以看到谁也没有动,只有妹妹站了起来。他最后的一瞥是落在母亲身上的,她已经完全睡着了。

还不等他完全进入房间,门就给仓促地推上,闩了起来,还上了锁。后面突如其来的响声使他大吃一惊,身子下面那些细小的腿都吓得发软了。这么急急忙忙的是他的妹妹。她早已站起身来等着,而且还轻快地往前跳了几步,格里高尔甚至都没有听见她走近的声音,她拧了拧钥匙把门锁上以后就对父母亲喊道:"总算锁上了!"

"现在又该怎么办呢?格里高尔自言自语地说,向四周围的黑暗扫了一眼。他很快就发现自己已经完全不能动弹了。这并没有使他吃惊,相反,他依靠这些又细又弱的腿爬了这么多路,这倒真是不可思议。其它也没有什么不舒服的地方了。的确,他整个身子都觉得酸疼,不过也好象正在逐渐减轻,以后一定会完全不疼的。他背上的烂苹果和周围发炎的地方都蒙上了柔软的尘土,早就不太难过了。他怀着温柔和爱意想着自己的一家人。他消灭自己的决心比妹妹还强烈呢,只要这件事真能办得到。他陷在这样空虚而安谧的沉思中,一直到钟楼上打响了半夜三点。从窗外的世界透进来的第一道光线又一次地唤醒了他的知觉。接着他的头无力地颓然垂下，他的鼻孔里也呼出了最后一丝摇曳不定的气息。

清晨，老妈子来了——一半因为力气大，一半因为性子急躁，她总把所有的门都弄得乒乒乓乓，也不管别人怎么经常求她声音轻些，别让整个屋子的人在她一来以后就睡不成觉——她照例向格里高尔的房间张望一下，也没发现什么异常之处。她以为他故意一动不动地躺着装模作样；她对他作了种种不同的猜测。她手里正好有一把长柄扫帚，所以就从门口用它来撩格里高尔。这还不起作用，她恼火了，就更使劲的捅，但是只能把他从地板上推开去，却没有遇到任何抵抗，到了这时她才起了疑窦。很快她就明白了事情的真相，于是睁大眼睛，吹了一下口哨，她不多逗留，马上就去拉开萨姆沙夫妇卧室的门，用足气力向黑暗中嚷道："你们快去瞧，它死了；它躺在那蹾腿儿了。完全没气儿了！"

萨姆沙先生和太太从双人床上坐起来，呆若木鸡。弄清了老妈子说的意思便镇静了。格里高尔很久不吃东西，父母看到他完全干瘪了。房客来吃早饭，被父亲轰了出去。他们一家三口人到郊外旅行，从来没有这么畅快过。老俩口发现女儿已经成长为身材丰满的少女了，他们心里打定主意，快给她找个好女婿。旅行结束时，女儿跳起来，舒展了几下她那充满青春活力的身体。

（马家骏）

象棋的故事

　　作者斯蒂芬·茨威格(1881—1942)是著名的奥地利小说家和传记作家。他为巴尔扎克、狄更斯、陀思妥耶夫斯基、司汤达、托尔斯泰等写的传记，都是脍炙人口的作品。他的中短篇小说《家庭女教师》、《一个陌生女人的来信》、《一个女人一生的二十四小时》、《看不见的珍藏》等等，以深刻的心理分析，描写了资本主义社会里普通人尤其是妇女的不幸命运。他的小说技巧高超，影响深远。20年代，他与高尔基、罗曼·罗兰建立深厚友谊，他们相互的通信，是重要的文学史料。由于他反对法西斯统治，长期流亡在外。1941年他逃到巴西，写完最后一篇小说《象棋的故事》后，次年与妻子一起自杀。

　　《象棋的故事》是茨威格的代表作，它用旁衬的写法揭露了法西斯对人性的毁灭，构思很奇巧。

　　译本:载《斯蒂芬·茨威格小说四篇》，张玉书译，人民文学出版社，1979年版。

　　我和朋友在从纽约开往阿根廷的客轮上，发现了世界象棋冠军琴多维奇。这位由神父收养的南斯拉夫族孤儿，小时候很笨，但爱看神父与巡官下棋。一次神父外出，小伙子竟然赢了巡官，于是被送到小城咖啡馆，居然战胜了一个个对手。老伯爵资助他去维也纳学了半年棋，18岁他成了匈牙利全国冠军，20岁荣获世界冠军称号。但琴多维奇想象力贫乏，正象音乐家背不了乐谱一样，他记不住象势，杀不了盲棋。他头脑简单，小气贪婪，除了下棋，什么也不会。为了接近这位目空一切的冠军，我和妻子在轮船吸烟室二人对弈，于是来了不少人围观并参战。有位苏格兰采矿工程师名叫麦克柯诺尔，自傲而好胜，一输棋就不高兴。第三天下棋时，琴多维奇出现了，带着鄙夷的神气瞥了我们一眼。我说那人是世界冠军，好沽名钓誉的工程师追到上层甲板去找世界冠军挑战。琴多维奇的回答是:下一盘酬金最低250美元。麦克柯诺尔接受了条件。结果，我们失败了。琴多维奇倨傲的态度使麦克柯诺尔红了眼，要再来一盘。这一盘，我方又增加了些游客，下到关键处，麦克柯诺尔要走冒险的一步，有人抓住他的胳膊，悄声说:"千万别那么走!"这位45岁、瘦削面孔的汉子，准确分析了棋路，于是，双方下成和棋。琴多维奇盯着陌生人要下第三盘。陌生人惊慌失措地说已25年没下棋了，转身走了。世界冠军说，明天3点他恭候那位先生和诸位下第三盘。

　　大家都怀着战胜世界冠军的愿望，工程师又愿意担物质风险，便委托我去说服陌生人(因为打听到他也是奥地利人)。我找到他后,相互自我介绍。这位B博士没想到是在同世界冠军下棋。他虽说二十多年没下过棋,但记得各个大师下过的棋局。他脸上掠过奇怪的梦幻似的微笑,向我讲了他的经历:

原来B博士出身名门,是律师,担任皇室和教会财产的委托人。希特勒打来,逮捕了他,让他讲出财产的秘密。他不说,对方便用了比拷打肉体更残酷的办法,把B博士锁在一家旅馆房间里。房子里除了床、小沙发、洗脸盆,什么也没有,也不准有人同他讲话。他就象潜水球里的潜水员一样,置身于寂静无声的漆黑大海里,忍受着折磨。法西斯想用思想室息来使他招供。他一个人背诵过去熟悉的儿歌、荷马史诗,以免发疯。一次审讯出来,趁看守不防备,偷得一本书。回到房间一看,竟是一本棋谱,是150盘名家棋局集锦。他用面包捏成棋子,用灰染一半,在方格床单上,下熟了每一盘棋局,掌握了各个大师的技艺。他自己同自己下棋。他的思路分裂为二,渐渐走向精神分裂的深渊。脑子里满是相对立的棋步,被审讯时,也语无伦次,饭也忘了吃。脑中棋局越到见分晓时,就越焦躁。最后被偏执性疯狂——象棋中毒——所击倒。待到昏迷醒来时,他发现自己是在医院中,原来盖世太保已认为这个疯子无用了,释放了他,还允许他出国。于是,B博士出现在这条船上,并干预了同世界冠军的对弈。

我听完B博士的讲述,向他表示,明天大家会非常高兴看他同世界冠军对弈。他说,过去在想象中下过几千盘棋,是热病象棋,这次只下一盘,不愿再陷入象棋热狂。第二天下午三点钟,大家聚在吸烟室里。琴多维奇下得很沉着,考虑时间越来越长,好久才走一步。B博士则轻松潇洒,一边同我们聊天等对方,一边很快就应了下一步棋。琴多维奇考虑起来没个完,B博士就发急,越来越不安,在等待对方时,不停地吸烟、喝水,很不耐烦。走到第42步,已下了两个钟头又三刻钟。这时,琴多维奇拿起了马,B博士则全身哆嗦起来。等琴多维奇一跳马,B博士把王后向前一推,高兴地跳起来说,"好,这下完了!"并双臂抱胸,两眼放光,挑衅地盯着世界冠军。七分钟、八分钟过去了,琴多维奇死盯棋盘,一动不动。B博士起身走来走去。九分钟、十分钟过去了,琴多维奇用笨重的手扫去棋盘上的棋子,表示投降。不可思议的事发生了:世界冠军、无数次国际比赛的锦标获得者,被一个无名氏、一个二十五年没摸过棋盘的人打败了。我们大家都十分高兴。但是,冠军问:

"再下一盘吗?"

"那还用说,"B博士兴高采烈地回答道。我听了感到颇不舒服。我还来不及提醒他有言在先:只下一盘,绝不多下,他就已经坐了下来,急匆匆地把棋子又重新摆好。他的动作是如此之猛,以致于有一个卒子两次从他索索直抖的手指缝里滑落到地上。看见他这种极不自然的激动的样子,我早就觉得心里难过,很不自在,此刻这种心情发展成为一种担心害怕。因为这个原来如此文静、如此安详的人现在明显地变得极度兴奋,他嘴角抽搐得越来越频繁,他的身体好象患了一场严重的寒热症，索索地抖个不住。

"别下了！"我在他耳边低声说道。"现在别下了！今天就到此为止吧！这对您来说太费劲了。"

"费劲！哈哈！"他大声地恶狠狠地笑道。"要是不这么磨蹭，我这段时间里都可以下了十七盘了！我唯一觉得费劲的是，用这种速度下棋得设法不让自己睡着！——好！现在您开棋吧！"

最后这几句话他是用一种激烈的近乎粗鲁的口气对琴多维奇说的。琴多维奇心平气和、不慌不忙地看了他一眼，他那呆滞的目光有点象一只握紧的拳头，一下子在这两个棋手之间出现了一种新的东西：一种危险的紧张气氛，一种强烈的仇恨。他俩不再是两个打算游戏似的互相显显本事的棋友，而是两个发誓要把对方消灭的仇敌。琴多维奇走出第一步之前，犹豫了很长时间，我明显地感到，他是故意拖这么长时间的。这位训练有素的战略家已经看出来，他恰好可以通过出棋缓慢，使对方精疲力竭、火冒三丈。所以他花了起码有四分钟的时间，才用最普通最简单的方式把棋局打开，那就是把王前卒按照通常的走法往前挪了两格。我们的朋友立刻把他的王前卒迎了上去，但是琴多维奇马上又没完没了地停顿下来，简直叫人难以忍受；就象一道强烈的闪电过后，大家心惊肉跳地等着霹雳打来，可是霹雳始终不来。琴多维奇坐着纹丝不动。他思索再三，静静地，缓缓地，我越来越清楚地感觉到，他慢得非常恶毒；可是这一来，他可给了我足够的时间去观察B博士。B博士刚把第三杯水灌了下去；我不禁想起他告诉过我，他在囚室里就象发烧似的干渴难耐。他身上已经明显地表现出一切反常激动的征兆。我发现他的额头沁出了汗珠，他手上的伤疤比原来显得更红、更深。但是他还控制住自己。一直到第四步棋，琴多维奇还是这样无止尽地考虑，B博士就失去了自制，他突然冲着琴多维奇嚷了起来：

"您倒是走一步啊！"

琴多维奇抬起头来，冷冷地看了他一眼。"据我所知，我们有约在先，每一步棋的思考时间是十分钟。我原则上不用更短的时间下棋。"

B博士咬了咬嘴唇；我发现，他的脚后跟在桌子底下越来越焦躁不安地敲打着地板。我自己也不由地变得更加神经质，我被一种预感所苦恼，怕他身上正酝酿着一种什么荒唐的东西。果然下到第八步又发生了一场小小的风波。B博士等着等着，越来越失去自制，再也没法控制住自己内心的紧张情绪；他坐在椅子上摇来晃去，开始不自觉地用指头在桌子上敲打起来。琴多维奇又一次抬起他那沉重的粗壮的脑袋。

"我可以请您别敲桌子吗？这妨碍我。这样我是没法下棋的。"

"哈哈！"B博士短促地笑了一声。"这点大家都看见了。"

琴多维奇的脸胀红了。"您这话什么意思？"他语气尖锐而凶狠地问道。

B博士又一次短促而恶毒地笑笑。"没什么，我只不过想说，您显然十分神经质。"

琴多维奇不吭气，把头低了下去。

一直过了七分钟他才走下一步棋，这盘棋就以这种慢得要死的速度拖拖拉拉地进行着。琴多维奇似乎越来越变成一尊石像；到末了他总是用满了规定的思考时间，才决定走一步棋。从一个间歇到另一个间歇，我们朋友的举止变得越来越奇怪。看上去，他似乎根本不再关心他下的这盘棋，而是在想着完全与此无关的另外一件事情。他不再急匆匆地跑来跑去，而是一动不动地坐在他的位子上。他的眼光发直，甚至有些迷惘，呆呆地注视着前方，他一刻不停地喃喃自语，说了些莫名其妙的话。要么他沉浸在无穷无尽的棋局联想之中，要么他——这是我内心深处的怀疑——在构想另外的一些棋局，因为，每一次琴多维奇终于走出一步棋之后，别人总得要提醒他，才能把他从心不在焉的神情中唤回来。然后他总是只花一分钟时间，来重新辨明局势；我越来越怀疑，他的精神病已经以这种文静的形式发作起来，他也许早就把琴多维奇和我们大家都忘得一干二净，这种精神病很可能会突然以某种激烈的形式爆发出来。果然，下到第十九步棋的时候，危机爆发了。琴多维奇刚一挪动他的棋子，B博士也没好生往棋盘瞧一眼，便突然把他的象往前进了三格，然后大叫起来，把我们大家都吓了一跳。

"将！将军！"

我们大家满心以为他走了一步绝棋，立刻都注视着棋盘。但是一分钟之后，发生了我们谁也没有料到的事情。琴多维奇非常、非常缓慢地抬起头来，把我们这群人挨个看了一遍——在这以前他从来没有这样看过我们。他似乎是在充分享受什么东西，因为在他的嘴唇上渐渐地泛出一个心满意足的、显然带有嘲讽意味的微笑。一直等到他把这个我们仍然莫名其妙的胜利充分享受之后，他才以一种虚伪的礼貌冲着我们说道：

"很遗憾——可是我还不明白怎么个'将'法。也许诸位先生当中有谁看出我的王被将军了吧？"

我们大家看了看棋盘，然后又以不安的心情看看B博士。琴多维奇的王格果然——这是每个孩子都看得出来的——有一个卒子保护着，丝毫不受象的威胁，所以他的王不可能被将军。我们大家都不安起来。莫非我们的朋友一性急把一个棋子走偏了，走得远了一格还是近了一格？我们一沉默倒引起了B博士的注意，现在他也注视着棋盘，开始激烈地结结巴巴地说道：

"不过王是应该在 f_7 上面啊……他位子错了，完全错了。您走错棋了！这个棋盘上所有的棋子都站错位子了……这个卒应该在 g_5 上而不该在 g_4 上……这完全是另外一盘棋……这是……"

他突然住口了。我使劲地抓住他的胳臂，或者不如说，我狠狠地掐了一下他的胳臂，这样，他即使在发烧似的慌乱之中也还会感觉到我在掐他。他转过脸来，象个梦游者似的凝视着我。

"您……有什么事？"

我什么也没说，只说了声"Remember!"（英文：记住）同时用手指摸了一下他手上的伤疤。他不由自主地重复着我的动作，他的眼睛呆呆地望着那条血红的伤痕。然后他突然开始颤抖起来，一阵寒噤透过他的全身。

"我的天啊，"他苍白的嘴唇低声说道，"我说了什么蠢话，或者干了什么蠢事吧……难道我又……？"

"没有，"我向他低声耳语，"但是您必须立即停下这盘棋，现在已到紧要关头。记住大夫嘱咐您的话！"

B博士猛地一下子站起身来。"我请您愿谅我的愚蠢的错误，"他又用他原来那种彬彬有礼的声音说道，并且向琴多维奇鞠了一躬。"我刚才说的话，当然纯粹是胡言乱语。不言而喻，这盘棋是您赢了。"然后他又向我们说道，"诸位先生，我也得请求您们原谅。不过我事先已经警告过您们，不要对我指望过多。请诸位原谅我出丑——这是我最后一次尝试着下象棋。"

他鞠了一躬就走了，那神气就跟他最初出现的时候一样谦虚而又神秘。只有我一个人知道，为什么这个人这辈子再也不会去摸棋盘，而其余的人都有些精神恍惚地留在那儿，心里模模糊糊地感觉到，刚才差一点卷入了一桩极不愉快的危险事件。"Damned fool!"（英文：该死的笨蛋）麦克柯诺尔失望之余嘀嘀咕咕地骂了一句。最后一个从椅子上站起来的是琴多维奇，他还向那盘下了一半没有下完的残棋瞥了一眼。

"真可惜，"他宽大为怀地说道，"这个进攻计划安排得不算坏啊。作为一个业余爱好者来说，这位先生实在是个极不寻常的天才。"

（马家骏）

伽 利 略 传

作者贝托尔特·布莱希特(1898—1956)是德国杰出的作家、诗人和世界著名戏剧家。他从1926年开始钻研《资本论》等著作，成为马克思主义者。1933年希特勒上台，他流亡国外。旅居美国期间受到反动当局迫害，遂移居瑞士。1948年，他回到柏林，继续从事戏剧工作至逝世。

布莱希特一生写了许多诗歌、小说以及文学评论和戏剧理论。他从1918年写第一个剧本《巴尔》开始，30多年中写了近40个剧本。布莱希特的剧本通常分为三类：教育剧：有《例外与常规》、《措施》及根据高尔基小说改编的《母亲》；寓意剧：有《四川好人》、《高加索灰阑记》等，前者写中国题材，后者受中国戏剧影响；历史剧：有反映三十年战争的《大胆妈妈和她的孩子们》、写科学家生活的《伽利略传》、写巴黎公社革命的《公社的日子》等。

布莱希特的戏剧很有艺术独创性，他运用"间离效果"的艺术方法而诉诸观众理性的叙事体戏剧，揭开了戏剧史新的一页。

《伽利略传》(1947)是布莱希特的代表作，它通过17世纪意大利科学家伽利略因证明哥白尼的"日心说"而遭天主教会迫害的史实，反映了文艺复兴时代真理与谬误、科学与愚昧的斗争。剧本从1609年伽利略证实新宇宙说开始，到1637年他的《对话录》被带出意大利国境止，写了伽利略的后半生和意大利的现实。全剧不分幕，只分15场，每场开始有短诗介绍本场内容。

译本：载《布莱希特戏剧选》下册，潘子立译，人民文学出版社，1980年版。

1

威尼斯共和国帕多瓦大学的数学教师伽利莱奥·伽利略付不起牛奶钱。他对管家萨尔蒂大娘的11岁的孩子安德雷亚解释他证实的哥白尼的"日心说"。萨尔蒂大娘带来求学的荷兰富有青年卢多维科，让伽利略业余授课，挣一些钱。卢多维科讲到荷兰阿姆斯特丹在卖放大镜。于是伽利略让安德雷亚去眼镜铺买两块透镜。这时大学学监来说：伽利略申请加工资，没被批准。学监劝他不必去别处，那些王公们虽然给的工资多，但不如在共和国获得的研究自由多。伽利略驳斥说，所谓保护思想自由，不过是把布鲁诺引渡给罗马，让宗教法庭烧死。学监答应伽利略，如再搞些小发明是会来钱的。学监走后，伽利略用书僮安德雷亚买的透镜，装配了一台望远镜，想作为他的"发明"献出来多得一点钱维持生活。

2

伽利略为了多挣些钱,便把他"发明"的望远镜,献给威尼斯的总督,并说这用于战争可先发现敌人。参议员果然看见放大了的远景。学监说这可多挣500块钱。而卢多维科知道:所谓"发明"不过是把荷兰的绿皮套子改成了红色的。

3

一六一〇年一月十日:伽利略借助望远镜,发现天空的若干现象可以证明哥白尼的宇宙说。他的朋友就他的研究工作可能招致的后果对他提出告诫,伽利略便陈述他对人类理智的信念。

> 一千六百一十年,
> 一月里的第十天:
> 伽利莱奥·伽利略
> 发现原来没有天。

〔帕多瓦伽利略家里的研究室。深夜。伽利略和萨格雷多身上裹着厚大衣,守在望远镜旁边。

萨格雷多 (通过望远镜观看,低声) 月牙的边缘是不规则的,锯齿形的,粗糙的。在阴暗的部分,在发亮的边缘附近,有许多明亮的光点。它们一个接着一个出现。从这些光点发出的光芒越来越亮,照到的面积越来越大,终于和比较大的发光的部分汇合在一起。

伽利略 你怎么解释这些明亮的光点呢?

萨格雷多 不可能有什么解释。

伽利略 可以解释的。那是一些山。

萨格雷多 在一颗星上?

伽利略 那是一些巍巍的高山。上升的太阳照着山峰,使它们变成金黄色,周围的山坡一片黑暗。你看见亮光从无数高高的山峰移到山谷。

萨格雷多 但这是和两千年来天文学的全部见解背道而驰的呀。

伽利略 事实就是如此。你所见到的,除我以外,还没有人看见过。你是第二个。

萨格雷多 可是,正如地球不可能是一颗星一样,月亮不可能是有山、有谷的。

伽利略 月亮可以是有山、有谷的,地球也可以是一颗星,这是一个普普通通的天体,是好几千个天体中的一个天体。你再看一次。看到月亮上阴暗的部分完全黑下来了吗?

萨格雷多 没有。我正注意看着呢,现在我看见那上面有一道微弱的灰色的亮光。

伽利略 这可能是一种什么光呢？

萨格雷多 ？

伽利略 这是地球的光。

萨格雷多 瞎说。地球上有山脉、森林、江河湖海，它是个冷的物体，怎么会发光呢？

伽利略 地球就象月亮那样发光。因为这两个星体都被太阳所照耀，所以它们会发光。从月亮上看我们，就跟我们看月亮一模一样。月亮有时看我们象镰刀，有时是半圆，有时满盈，有的时候又看不到我们。

萨格雷多 这么说，月亮和地球毫无区别了？

伽利略 显然是这样。

萨格雷多 还不到十年以前，有一个人在罗马被活活烧死。他的名字叫做乔尔丹诺·布鲁诺，他坚持的正是这样一种说法。

伽利略 不错。我们亲眼见到它是这样的。眼睛别离开望远镜，萨格雷多。你此刻看到的，就是：天地之间，没有区别。今天是一六一○年一月十日。人类会在史册上写下：天，被废除了。

萨格雷多 真可怕。

伽利略 我还有个发现。它也许更加令人惊讶。

正在这时，学监冲进来，说荷兰运来一船望远镜，小摊上卖3块钱一台。他十分生气。伽利略向朋友萨格雷多解释：他的花销大，只好如此挣钱。他朋友又从望远镜中看到新奇景象：

萨格雷多 （迟疑着，不敢走近望远镜）伽利略，我几乎觉得有点恐怖。

伽利略 现在我让你看看闪着乳白色光辉的银河星云中的一片星云。告诉我，它是由什么组成的！

萨格雷多 那是星星，数不尽的星星。

伽利略 仅仅猎户星座就有五百个恒星。这就是那个被烧死的人说过的成千上万个世界，不计其数的星体，距离更加遥远的星体。他期待过它们，可是他没有见到过它们！

萨格雷多 不过，即使地球是一颗星，到证实哥白尼关于地球围绕太阳旋转的论断，要走的路还很漫长。天空中没有一个星体有别的星体围绕它旋转的；可是月亮永远围绕地球转动。

伽利略 萨格雷多，我在思索。从前天起，我就在思索。那儿是木星。（他把望远镜对准木星）木星旁边，有四颗比它小的星，只有通过望远镜才能看见。星期一我看到过它们一次，但是没有特别注意它们的位置。昨天我又仔细看了一回。我可以发誓,这四颗星的位置全都改变了。我记录下它们的位置。现在它们的位置又变了。什么?我原来看见的是四颗星。(激动地)快来看看!

萨格雷多 我只看见三颗。

伽利略 第四颗星到哪儿去了?这是天文表。我们得计算一下它们可能作了什么运动。

〔他们坐下来,兴奋地工作。舞台转暗,但观众在舞台背景布景上仍能看到木星及其卫星。舞台又转亮时,他们依然坐着,身穿冬大衣。

伽利略 已经证明了。第四颗星只能跑到木星后面去,跑到你看不见的地方去。现在你看见一个星体围绕另一个星体在旋转了吧。

萨格雷多 可是,木星所依附的晶体层壳在哪儿呢?

伽利略 是啊,它现在在哪儿呢?如果有别的星体围绕木星旋转,木星怎么能依附在那上面呢?天上没有支柱,宇宙中无可依托!这是另一个太阳!

萨格雷多 冷静点。你想得太快了。

伽利略 什么?太快!你呀,激动吧!从来还没有人见过你看到的景象。他们是对的!

萨格雷多 谁?哥白尼派吗?

伽利略 还有另外一个人!当时全世界都反对他们,但他们是正确的。这对安德雷亚可是个大喜讯!(他情绪激动,奔到门边,向门外呼喊)萨尔蒂大娘!萨尔蒂大娘!

萨格雷多 伽利略,你应该冷静一些!

伽利略 萨格雷多,你应该兴奋一些!萨尔蒂大娘!

萨格雷多 (把望远镜转向别处)你别像个傻子那样大喊大叫好不好?

伽利略 发现真理的时候,你别像个木头人站着发呆好不好?

萨格雷多 我哪像个木头人站着发呆啦?我是心里害怕,这可能是真理。

伽利略 什么?

萨格雷多 你完全丧失理智了吗?难道你真的不明白,如果你看到的是真实情况,会落得个什么结果?你还要到所有市场上去喊叫:地球是一颗星,不是宇宙的中心。

伽利略 对啊,同人们想象的不同,包罗一切星体的整个硕大无朋的宇宙,不是围绕着我们这个渺小的地球转动的!

萨格雷多 这么说,就只有星体存在罗!——那么,上帝在哪里?

伽利略 你说这话是什么意思?

萨格雷多 上帝!上帝在哪里?

在伽利略证实的学说中,没有了上帝的位置。他的朋友担心他走十年前被烧死的布鲁诺的老路。因为许多人只相信神学教条而不相信事实。伽利略让管家叫醒安德雷亚也来看一看夜空中的奇象,没有结果。黎明,伽利略的女儿维吉妮亚要同卢多维科去作晨祷,他告诉他们:他要去佛罗伦萨公国当宫廷学者。萨格雷多劝他别去,一是大公爵太小、才9岁,二是那里是修道士的天下,对科研不利。伽利略为了不受生活拖累、不被教学占去更多时间,为了有优厚报酬保证科研,他给佛罗伦萨大公爵写信,申请前往。

4

伽利略离开威尼斯共和国,来到佛罗伦萨宫廷,他在他家的研究室里迎接9岁的大公爵及其随臣。大公爵科斯莫先进来时,安德雷亚像大人一样给他讲"地心说"不对,但大公爵听不懂地球绕着太阳转的道理。两个孩子为了争夺模型扭打起来。这时伽利略陪着宫内大臣和几个大学教授进来,这些人按旧的学说否定伽利略新的天文发现,就是不看望远镜,甚至说如果从望远镜看到新的天象,那是因为望远镜不可靠。

5

(1) 清晨,伽利略在望远镜旁做记录。他女儿维吉妮亚告诉他闹起鼠疫来了,已死了不少人。这时,大公爵侍从派马车接他离开,他让孩子们走了,自己留下作最后的观察,否则三个月的观察就会前功尽弃。

(2) 鼠疫更厉害了,送面包的、送牛奶的都不来了,管家萨尔蒂大娘病倒在街上。胡同被封锁,远处人们用噼噼啪啪的响声把云赶走,说云里有鼠疫病菌。伽利略上街找吃的和管家。安德雷亚走了三天又跑回来,伽利略对他讲发现了金星的盈亏。

6—7

1616年梵蒂冈研究院罗马学院经过研究,权威人士克拉维乌斯宣布,承认伽利略新的天文发现符合事实。伽利略获胜,理智胜利了。接着1616年3月5日在罗马红衣主教贝拉明的府第,举行鼠疫后的狂欢节盛宴,伽利略父女也应邀出席。维吉妮亚同卢多维科订了婚,受到祝贺。贝拉明受教会命令向伽利略宣布:圣职部决定哥白尼的"日心说"是异端邪说,"奉劝"伽利略放弃这种见解。

8

罗马学院会议之后,伽利略在驻罗马的佛罗伦萨公使馆听一个出身于农民的小修道士讲完教廷对天文学家的裁决。他回答了知识与传统偏见相矛盾的问题,指出"地心说"的要害在使教皇的宝座能够放在地球的中心。而为了见到光明，只会招来横祸。

9

沉默了8年，但伽利略在佛罗伦萨的家中，并未停止科学研究，不过只是试验冰浮、钉沉之类的物理学。女儿的未婚夫慑于社会压力，一直未来结婚。现在维吉妮亚正高兴地准备嫁衣，而伽利略只关心他的科学试验。这时，老的教皇快死了，新教皇是一位有学问的数学家，伽利略闻讯很受鼓舞，又向禁区冲击，要研究太阳黑子问题。他的未婚女婿卢多维科从荷兰来了，但提出结婚条件：岳父不许再过问地球绕太阳旋转的事。但伽利略坚持要研究太阳黑子，以证实太阳本身也在旋转。卢多维科被气跑了，刚穿上结婚礼服的维吉妮亚被气得晕倒了。

10

随后10年，伽利略的学说在人民中间得到传播。小册子的作者和民谣歌手到处吸取新的思想。但1632年狂欢节期间，意大利许多城市的同业公会选择天文学作为狂欢节游行的主题，歌中唱到：伽利略的地球围绕太阳转，犹如女主人围绕奴婢转一样，时世被他弄得颠倒了，说伽利略是《圣经》的破坏者。

11

1633年，伽利略带着新写的《关于两种主要的宇宙说的对话》和女儿维吉妮亚一起来到佛罗伦萨大公爵的宫廷等候公爵接见。这时大学校长加丰纳走下楼梯，看了伽利略一眼，好象不认识他了，也不理睬他，就走了，他感到有些蹊跷。一位铸铁工来到前厅，告诉伽利略：楼上正在议论他，说到处卖诽谤《圣经》的小册子，责任在伽利略的学说。不过，铁匠说，伽利略在各行业中都会有朋友，北意大利各城市都支持他，劝他快走。伽利略自信大公爵是他学生，不会加害于他。他想过舒适生活，何况宫廷还欠他三个月薪水。他想接受朋友萨格雷多的邀请去威尼斯帕多瓦大学。他等候了半天，官员说大公爵正忙着。不一会儿，红衣大主教兼宗教法庭审判官走下楼梯。维吉妮亚怀疑他为什么来佛罗伦萨。这时大公爵科斯莫下楼来。大公爵表示关心伽利略的眼病，劝他少看望远镜。他没接受伽利略新写的书，径自走了。一个高级官吏下楼来宣布：伽利略必须去罗马接受宗教法庭的审判，宗教法庭的车辆正在等候他。

12

教皇在梵蒂冈的居室里接见宗教法庭审判官。审判官报告说伽利略的学说搅乱了人心，连马车夫也在谈金星的盈亏。对天文学旧理论的否定，导致怀疑上帝、怀疑主人与奴隶的地位。意大利北部的商船在航海中使用了伽利略的星象图。教皇指出,伽利略的学说应该拒绝,而他的星象图可以使用以获得实际物质利益。伽利略在法国和奥地利的宫廷里有许多朋友,因此审判时不可显出神圣教会的陈腐。审判官知道,伽利略贪图享受,只要给他看看刑具就够了,因为他懂得器械的力量。

13

  1633年6月22日在罗马的佛罗伦萨公使馆内,伽利略的学生们在等候他受审的消息,维吉妮亚在跪着祷告。安德雷亚认为伽利略不会放弃学说,会被杀死,那样《对话录》就写不完了。一个形迹可疑的人来说,伽利略将在五点钟的时候在宗教法庭上表示悔过并宣布放弃他的学说,届时教堂大钟就响了。到了五点钟,大家都等钟声,过了3分钟,钟声还没有响,学生们十分高兴。突然,钟响了,从大街上传来宣读人朗读伽利略悔罪书的声音。学生们很失望。这时被监禁20多天的伽利略回来了,他憔悴软弱,安德雷亚骂他为了保住一条狗命而背叛了真理。

14

  1633—1642年,伽利略作为宗教法庭的囚犯被软禁在佛罗伦萨城郊的一个农舍直至去世。这期间,伽利略眼睛半瞎了。他依然好吃。他自己不能写作了,由他口授,女儿维吉妮亚记录,继续写《对话录》,每写好一页,都由修道士来没收,交给教会。他女儿已四十多岁了,她没有嫁人,在陪伴着他。作为犯人,他每周得给大主教写一封信,汇报他的活动。作为病人,未得允许,不能请医生看眼睛。当他和女儿正写《对话录》的最后两页时,已成了中年人的安德雷亚来拜访他。安德雷亚要去荷兰,阿姆斯特丹的学者嘱托他来看看伽利略。

安德雷亚 今晚我还得赶路,明天一早好过国境。我可以走了吗?

伽利略 我不知道你为什么来看我。为了刺激我一下吗?自从我到了这里,一直小心谨慎地生活,小心谨慎地思想。不用说,我又旧病复发了。

安德雷亚 我本来不想使您激动,伽利略先生。

伽利略 巴尔贝里尼管它叫疥疮。从前他本人也不能完全摆脱干净。我又写东西了。

安德雷亚 噢?

伽利略 我写完了《对话录》。

安德雷亚 什么?是《关于两门新学科——力学与落体定律——的对话》吗?在这里写的?

伽利略 嗯,他们给我纸、笔。我的长官可不是傻瓜。他们知道,根深蒂固的恶习不是一朝一夕可以根除的。我写一页,他们收一页,把它锁起来,省得我承担危险的后果。

安德雷亚 啊！上帝！

伽利略 你刚才说什么？

安德雷亚 他们让您白费力气！给您纸、笔，为的是让您安静下来！他们的目的这么明显，您怎么还写得下去呢？

伽利略 啊，我是自己的积习的奴隶。

安德雷亚 《对话录》落到修道士手里！阿姆斯特丹、伦敦和布拉格都渴望得到这本书！

伽利略 我可以想象得到法勃利齐乌斯会如何悲叹，他自己安安稳稳地呆在阿姆斯特丹拍他的大肚皮。

安德雷亚 两门新学科等于付诸东流！

伽利略 毫无疑问，他和另外一些人都会深感惊奇的，如果有人告诉他们说，我甘冒失去最后这点可怜的舒适的风险，偷偷地在天色清朗的夜晚，凭借朦胧的微光，费了六个月时间抄下一份副本。

安德雷亚 您有副本？

伽利略 虚荣心使我至今还没有把它销毁掉。

安德雷亚 副本在哪里？

伽利略 "倘若你的眼睛使你恼火，就把它挖掉好了。"谁老是这么写，他对舒适必定比我会有更深一层的理解。我以为把它交出去才是绝顶愚蠢。我既然还没有远离科学工作，你们不妨把它拿去。副本藏在地球仪里。如果你想把它带到荷兰，全部责任自然应当由你承担。在这种情况下，你可以说你是从某个有机会接近秘藏在圣职部的原稿的人手里买来的。

〔安德雷亚已走到地球仪那儿，从里面取出副本。

安德雷亚 《对话录》！

〔他翻阅手稿。

安德雷亚 （读出声）"我的目的在于论述一种古老的对象——运动，从而建立一门崭新的科学。通过试验，我发现运动具有若干值得注意的特性。"

伽利略 我总得做点事情来消磨时光。

安德雷亚 这将为一门新物理学奠定下基础。

伽利略 把抄本塞在上衣里面。

安德雷亚 我们原以为您投降了！在反对您的人里面，我是最激烈的一个！

伽利略 理应如此。我教你科学，自己却否定真理。

安德雷亚 这抄本使一切的一切全部改观了。

伽利略 是吗？

安德雷亚 您在敌人面前把真理隐藏起来。在伦理学的范畴，您也超出我们几百年。

师生二人释清了敌意,伽利略也自惭于贪生怕死。但他仍相信科学的力量,相信新时代已经破晓。

15

1637年,在意大利国境线上,一群孩子在木栅旁玩耍、歌唱。安德雷亚受到边境卫兵的盘问和检查,但那群蠢货面对许多东西和一箱子书,既嫌麻烦,也查不出究竟。于是安德雷亚把伽利略的《对话录》副本偷偷带出了意大利,使后代人得以读到这部科学名著。

(马家骏)

莱尼和他们

作者海因里希·伯尔(1917—1985)是德国当代最著名的作家之一,1972 的诺贝尔文学奖获得者。他最优秀的著作是中篇小说《丧失了名誉的卡塔琳娜·勃鲁姆》(1974)、长篇小说《九点半钟的台球》(1959)和《莱尼和他们》(1971)。

《莱尼和他们》是伯尔的代表作。小说通过主人公莱尼的遭遇,从政治、经济、道德观等方面对德国近 40 年的社会生活作了深刻的剖析。莱尼是一个正直、善良而诚挚的普通女工。她生不逢时,备受第二次世界大战的摧残,失去了亲人。同时,她又不愿按照资本主义社会的处世哲学生活,我行我素,遭到各种非难与打击。作品是一部"虚构的记实小说",人物众多,事件纷繁,叙述上有很大的跳跃性,但主线仍很清晰,人物性格仍然很鲜明,在艺术上很有特色。

译本:杨寿国等译,上海译文出版社,1981 年版。

(本书内容有两个方面:一是热心的采访者了解到的有关莱尼的材料的汇编;二是采访者为调查莱尼的身世而作的访问记录。这些内容大多数是从知情人的角度来叙述的。为了证实其真实性,采访者还将其收集到的原始材料公布于后。小说展示的莱尼的经历与遭遇全是由这些知情人来介绍与评说的,莱尼则隐于幕后,直到小说临近结束时她才第一次与采访者见面。小说从 1970 年写起,当时莱尼 48 岁,它详尽地写了莱尼的现况,并回溯了她小时候的经历。小说书名"莱尼和他们"中的"他们",则是莱尼的亲友和知情人士。全书共 14 章,最后 4 章仅是一个尾声。各章没有节的标号,但又明显地分成若干长短不同的段落。)

第 一 章

本书第一部分情节的女主人公,是一个四十八岁的妇女,德国人,身高一米七十一,体重六十八点八公斤(穿便服),因此比标准体重不过少三四百克。她有着一对时而深蓝时而黝黑的眼睛,一头略显花白的浓密的金发,松散地下垂着,活象一顶头盔裹住她的头部。她名叫莱尼·普法伊费尔,父姓格鲁伊滕。她有过一段历时三十二年之久(当然有所中断),被人们称之为工作经历的独特经历:先在她父亲的办事处做过五年非科班出身的办事员,后来又半路出家,当了二十七年花场工人。坐落于新市区的那幢结实牢固的出租房子,本来是她的一笔价值可观的不动产,要是在今天出售,足以卖它四十万马克,可是她却在通货膨胀的年头漫不经心地将它让给了别人,因此,自从她在既非生病也未达到退休年龄的情况下莫名其妙地退职以来,就几乎一无所有了。由于她在一九四一年曾与德国国防军①的一个职业军士结婚,过了三天夫妻生活,如今她享受着烈属抚恤金,这还有待于转为社会保险金。人们完全可以说,莱尼眼下的境遇——不仅在经济方面——十分糟糕,尤其是当她的爱子入狱之后。

要是莱尼将自己的头发剪得短一些,再染得灰白一点,看上去就会象一个颐养有方的四十岁的妇人;象她现在这样,留着年轻人的发式,同她不再那么年轻的容貌真是太不相称了,人们会认为她已年近半百;这固然不错,是她的实际年龄,但她却放弃了一个她本应利用的机会。她给人的印象有如一个——事实上并不如此——正在过着或追求着放荡生活的、风韵已衰的金发妇人。莱尼是那些在她那种年纪还有资格穿超短裙的寥寥无几的女人中的一个:她的大腿和小腿上不但不显青筋,而且肌肉也不显松弛。但是莱尼仍然墨守一九四二年前后流行的裙子长度,这主要是由于她总还是穿自己的旧裙子,喜欢穿外套和衬衣的缘故,因为她的胸脯丰满(有一定根据这样说),穿套衫显得太刺目。至于大衣和鞋子,她始终还在使用颇为充裕、保存得很好的存货,这些都还是她在做闺女的年头,父母亲一度富有时添置的。她有各种颜色的提花花呢衣服;灰色和粉色交织的,绿底托蓝的,黑白相间的,也有天蓝的(单色);如果她感到合适,还要配上一条头巾。她的鞋子,都是在一九三五年至一九三九年期间所能买到的——只要经济条件许可——那种"久穿不坏"的高档货。

眼下莱尼孑然一身,没有男性的经常照顾和参谋,因此,她一直不知道她的发式配不上她的年龄和容貌;其实,也只怪她的那面梳妆镜实在太老了,这件一八九四年的老古董,居然经历两次世界大战而仍然完好无损,莱尼倒霉就倒霉在这里。她从未进过一家理发厅,也从未光顾过镶有不少镜子的超级商场,她是一家即将被淘汰的小铺的老顾客,因此她就只能依靠这面梳妆镜,尽管她的外祖母格尔塔·巴尔克尔(娘家姓霍尔姆)就已说过,它把人的容貌美化得太过分了;莱尼经常照这面镜子。莱尼的发式是引起莱尼苦恼的原因之一,但她对这一点并未意识到。她充分感到的是,在她周围,在她住的楼里以及左邻右舍,对她的蔑视在日益增长。就在前几个月中,莱尼有过许多男客:有信贷机构派来的人员,他们因为莱尼对催还贷款通知书不加理睬,登门向她提出最后的、甚至是最后最后的警告;有执法员;有律师代表;还有奉执法员之命前来搬走依法没收的东西的法警。此外,由于莱尼还有三间带有家具的出租房间不时调换房客,自然也会有一些年轻的男人上门来看房子。在这些男客中间,有些人动手动脚,不怎么老实,当然他们一无所得。可谁都知道,恰恰正是这帮调情一无所得的男人,偏要吹嘘自己的纠缠如何大有所得,从而很快就败坏了莱尼的名声,这是人人都

---

① 德国国防军于一九三八年二月改称德国武装部队,本书仍用原名。

能意料得到的。

  对于莱尼的整个身世,对于她的精神生活和爱情生活,笔者无缘亲眼目睹,然而为了获得有关莱尼的情况,掌握人们常说的客观材料(甚至还要在有关的段落提到提供情况的人的名字),笔者也尽了一切努力,而这里的报道,十拿九稳地可以说是符合实际情况。莱尼这个人平时沉默寡言,遇事更守口如瓶——这里既然提到了两种非属本质上的特点,就有必要再补充两点:她既不怨天尤人,也不饮悔于怀,她甚至没有悔恨自己不曾哀悼第一个丈夫之死。莱尼遇事从不反悔,对于她,丝毫谈不上什么懊悔"太多"或"太少";大概她根本不知道懊悔是怎么一回事。在这一点上——以及其他一些方面——想必是宗教教育对她失败了,或者应该说是失败了,也许这对莱尼倒是一桩好事吧。

  根据知情人提供的情况可以清清楚楚地看出:"莱尼再也无法理解这个世道了,她怀疑自己是否曾经有过理解这个世道的时候。她不理解:为什么周围环境不容于她,为什么人们对她如此生气,如此恼恨,她没有做过什么坏事,也不曾得罪过别人。近来,每当她为了购买生活必需品而不得不外出时,常常受到别人公开嘲笑和奚落,诸如"脏货!""破鞋!"之类的话,还算是比较客气的。甚至还有人重新搬出近三十年前的事情来骂她:"共产党婊子!""俄国佬的姘头!"莱尼对这些辱骂不加理会。别人指着她的脊梁骨骂"破鞋",对她来说已经是家常便饭了。人们认为她感觉迟钝,或者说简直是麻木不仁。其实这两种看法都不对,根据可靠的证人(女证人:玛尔雅·范·多恩)反映,她有时坐在家里会一连哭上几个钟头,她的眼结膜和泪腺非常忙碌。甚至一向与莱尼友好相处的街坊孩子们,也被人唆使和她作对,在她背后喊出一些连他们自己和莱尼都莫名其妙的话来。可是根据大量详尽的旁证材料——包括有关莱尼的最新的、最新最新的材料——可以得出结论:莱尼一生中迄今十拿九稳地大概跟男人总共同房过二十余次;其中两次是跟后来同她正式结婚的阿洛伊斯·普法伊费尔(一次在婚前,一次在总共才历时三天的夫妻生活期间),其余各次是跟另外一个男人;如果当时条件许可的话,她甚至会同这个男人正式结婚的。等到莱尼直接进入本书故事情节(还需等待一些时候)以后几分钟,我们将会看到,她第一次做出人们常说的那种失足的事情:她居然会答应一个跪倒在她跟前,用她听不懂的语言叽哩咕噜向她献媚求宠的土耳其工人,她之所以——作为让步——答应他,仅仅是因为她不忍心看到有人在她跟前下跪(至于她自己不会向任何人下跪,那是莱尼之所以成为莱尼的秉性)。另外还有一点也许需要补充说明:莱尼是一个父母双亡的孤儿,有几个别扭的婆家亲戚,还有几个住在乡下的不太别扭的娘家亲戚和一个二十五岁的儿子,他取她小时候用过的名字,目前正在坐牢。再有一点颇为重要的身体上的特征,对于判断男人们的纠缠也有参考价值:莱尼有一对几乎永不变样的高耸的乳房,这样的乳房,是一个令人钟情的女子的骄傲。然而,尽管如此,人们偏偏不容莱尼,希望她滚蛋,甚至在她背后叫一声:"去你妈的!"或"滚你娘的蛋!"据调查,时而还有人要求用毒气置她于死地,这种愿望确实存在,至于是否有可能实现,笔者就不得而知了;他只能再补充一点:这种愿望是十分强烈的。

  对于莱尼的日常生活习惯,还得提供几点细节。她讲究吃喝,但饮食适度。她的主要的一顿是早餐:必不可少的是两个新鲜松脆的小面包,一只煮得嫩嫩的新鲜鸡蛋,少许黄油,一两汤匙果酱(具体说,就是在有些地方称为波维特①的那种李子酱),放糖极少,调以热牛奶的浓咖啡。所谓午餐的那一顿,她不太讲究:汤和少许餐后水果、甜食就足够了。晚上她吃冷餐:两三片面包,少量色拉、香肠和肉——如果经济条件允许的话。莱尼最最看重的是新鲜的小面包,她不让别人代买,而是亲自去挑选,她并不伸手去摸,只要看看色泽就知道;再也没有任何东西——至少饮食方面是如此——比瘪塌塌的小面包更叫她讨厌了。为了吃上新鲜小面包,也由于每天的早餐对她来说都象节日的盛宴一样,她甚至一清早就出门,走到人群之中,任凭人们对她辱骂和讥讽。

  至于吸烟,要说的是:莱尼从十七岁开始抽烟,一般是每天八支,决不会超过,常常还要少于此数。战争期间她曾一度戒烟,为了把香烟省给自己心上的人(不是她的丈夫!)享用。莱尼是喜欢偶尔喝上几口葡萄酒的人,每次从不超过半瓶,有时根据天气情况喝一杯烧酒,遇上心情好和手头宽裕,还来上一杯雪利酒。另外还要说明一点:打从一九三九年起,莱尼就有一张驾驶执照(是经特许领到的,详情留待下文介绍),但一九四三年以后她就没有汽车了。她喜欢驾驶汽车,几乎到了着迷的程度。

  为了避免使人感到莱尼似乎离群索居,落落寡合,还得介绍一下她的所有朋友。玛格丽特从中学起就是莱尼的密友,她们之间无话不谈。目前她住在一家隔离病院,患有严重的、看来无法痊愈的性病。她的病来自她过去男女交往的混乱。她的堕落并不是自己贪恋情欲,只是这个人身上讨人喜欢的东西太多了,把它施展出来,乃是她天生的本领。

  本书一开头就提过的那个女证人,现年70岁的玛尔雅·范·多恩,早先是莱尼双亲格鲁伊滕夫妇家的女佣人。目前隐居乡下,过着还算舒服的晚年。她从1920年到1960年一直生活在格鲁伊滕家。她看着莱尼出生,目睹了她一生的所有遭遇。使她吃惊的是,有人竟如此放肆地欺负她的莱尼。

  对莱尼的父母了解甚多,对莱尼的外界生活几乎全部了解的一位人物,是现年85岁的总会计师奥托·霍伊泽。此人退休迄今已有20年,住在一家十分阔气的养老院里。他的儿媳洛特更是一个可靠的证人。她和莱尼一家有着特殊亲密的关系。她现年57岁,和莱尼一样也是军人的寡妇。洛特心直口快,说起话

---

① 波维特,来源于捷克语,意为李子酱。

来毫无顾忌。她把自己的公公和小儿子库特斥之为歹徒,并把造成莱尼目前不幸的一切几乎统统归咎于他们祖孙。

第 二 章

不言自明,莱尼并非生来就是48岁,有必要回溯一下她以前的情况。

看看莱尼年轻时的照片,无疑可以断定,她是一个既标致又活泼的女孩子。她11岁和12岁时,连续两年获得"全校最标准的德意志少女"的称号,这是由一个在各校进行巡回调查的人种学委员会授予她的。她甚至一度被提名为"全市最标准的德意志少女"的候选人。莱尼12岁时,升入一所修女主办的女子中学,但到14岁时,由于实在不行而被勒令退学。其实,这怪不得莱尼,她不曾犯过什么大过错,只不过是因为她所学非宜,学校教不得法而已。

莱尼从14岁到17岁期间,一直在寄宿学校上学。

倘使有人以为,莱尼就读这所寄宿学校是活受罪,那就错了;不,她在那里过的美得很,简直有如天之骄子:她遇上了好老师。对于莱尼一生道路具有决定性影响的,至少与后来出现的那个苏联人不相上下的,要算是拉埃尔修女了。这个修女(一九三六年!)校方不准许她开课,只有资格干女学生称之为走廊修女才干的那种所谓下贱活,其社会地位相当于一名根本谈不上高贵的勤杂工。她专管按时叫醒女学生起床,督促她们遵守起床后的净身教规,遇到她们突然发生象妇女通常发生的那些现象时,向她们解释——教生物课的修女坚决拒绝这样做——那是怎么一回事,应当怎么办。此外她还兼管一项差事,对于这项差事,所有其他修女无不厌恶,死也不高兴干,而修女拉埃尔却满腔热忱和倾注着深情认真地担负起来,这就是观察鉴定女孩子们的固体和流体排泄物。未经拉埃尔观察鉴定,她们一律不得擅自将自己的排泄物倒掉。她给由她负责监护的十四岁的女孩子们做这项工作,做得有条不紊,判断准确,女孩子们无不为之愕然。不用说,对自己的排泄物至今好奇不解的莱尼,当然会成为拉埃尔的得意门生了。在大多数情况下,拉埃尔只要对谁的排泄物看一眼,就能准确地说出谁的身体健康好坏和精神状态是否正常,更有甚者,由于她有本领根据粪便预卜学业成绩,因此每次进行课堂测验之前,她都被大群前来找她卜凶问吉的女孩子层层包围。有一位后来想以记者为业的她的早年的学生,给她取了肠卜僧这个绰号①。从一九三三年起,历届同学都这样叫她,她也欣然接受,认为这是出于对她的敬爱。看来(得到后来成为拉埃尔的知己的莱尼证实)她的观察鉴定是逐个进行登记的,而且记载很详细。如果每学年上课天数平均以二百四十天计,那么,不难算出:为十二名女学生做五年走廊工(类似修道院的值勤班长)的拉埃尔修女,共记录消化道排泄鉴定约达两万八千八百人次,每次均作有提要性的分析。

---

① 肠卜僧,古代意大利北部伊特卢利阿和罗马的一种僧人,他们查看祭神用的牲物的内脏而占卜神意。

虽然这是一部千金难买的科学验粪法和验尿法的文献，只是估计早已被人们不屑一顾地全部销毁了。笔者根据 B.H.T. 的直接介绍和莱尼的间接介绍（经过玛尔雅的筛选），再根据玛格丽特的直接介绍，从拉埃尔的举止和谈吐来分析，可以认为，拉埃尔的学问包括三个方面：医学、生物学、哲学——三者都带有来源完全不明的神秘的神学色彩。

另外，拉埃尔还插手不属她的职责范围内的事情：美容、头发、皮肤、眼睛、耳朵、发式、鞋子、内衣——请看，她建议黑发的玛格丽特穿暗绿色的衣服，对金发的莱尼则劝她穿暗红色，出席有天主教大学生参加的家庭舞会，她劝莱尼穿朱红色的鞋子。她还向莱尼推荐用杏仁粉作护肤剂，平日洗脸沐浴倒不一定用冰凉的水，以能受得住为度。从这些事实来看，可以总的说一句：她不是那种不修边幅的人物。此外，对于擦口红，她不但不劝阻，而且——当然，擦多擦少和口红品种都要因人而宜——积极提倡。由此可见，她远远走在她所处的时代的前面，更不用说已经远远越出了她周围的人们。她还严格要求保护头发，主张经常，特别是晚上，用发刷反复使劲梳头。

每天早晨，她还以观察便桶的同样热情，观察受她监护的女孩子们的眼睛，吩咐她们洗眼睛，为她们准备几种不同型号的洗眼杯和一罐矿泉水。她一看就能发现任何炎症或沙眼的微小迹象。每当她向女孩子们讲解眼睛的知识时，她总是欣喜若狂，远比讲解消化过程来得带劲：视网膜大约有卷烟纸那样厚薄，却由三种细胞层组成，即感觉细胞、双极细胞和神经节细胞。单是第一层——只有卷烟纸三分之一左右厚薄——就有大约六百万个锥体细胞和一亿个杆细胞，而且它们在网膜表层的分布是不均匀的。她谆谆告诫女孩子们说：眼睛是她们无与伦比的最宝贵的东西，视网膜还仅仅只是眼睛大约十四层组织中的一层，它本身又分为七至八层，每层之间都有空隙，互不相联。当她进而滔滔不绝地阐述绒膜、视乳头、神经节和睫状肌时，女孩子们就在唧唧哝哝嘀咕她的另一个绰号了：绒膜修女或修女绒膜。

要知道，拉埃尔平日是难得有机会和时间给女孩子们讲解什么东西的，因为她们的日程排得很死，而且在多数女孩子的眼里，她的职权至多不过是管手纸而已。当然，她也要给她们谈谈汗、脓、月经以及——花相当多的时间谈唾沫。不用说，她坚决反对过分用力刷牙，反正对于那些在起床后不久起劲刷上一通的，她只是在违心的情况下，并且也只是在家长们的强烈抗议之后才加以容忍的。她不但要观察女孩子们的眼睛，也要察看她们的皮肤，但不幸由于家长们几次告状，说她趁机无耻地进行抚摸，因此校方禁止她察看她们的胸脯和腹部，只准她看看胳膊和膀子。后来，她还进一步向女孩子们解释道：其实，只要有了一些经验，看一看自己的粪便，不过是肯定一下自己起床时已经感觉到的东西，即健康状况；而一旦积累了相当丰富的经验以后，就不必再去看了，只有遇到对自己的状况没有把握时，才需要看一下，加以核实（玛格丽特和 B.H.T. 谈）。

后来莱尼日益频繁地托病请假，她常常甚至可以躲在拉埃尔的小房间里抽支香烟。拉埃尔告诉她，象她这样年龄的姑娘和妇女，一般每天抽烟不宜超过三至五支，长大后顶多抽七八支，无论如何要控制在十支以内。时至今日，四十八岁的莱尼还一直遵守这一条规矩。知道了这一点，谁还会否认教育的价值呢？此外，如今她业已开始在一张一点五米见方的土黄色包装纸上（她目前的经济条件，无力置备这样大的白色图画纸），实现一个以前她没有时间去实现的梦寐以求的心愿：如实地画出一层视网膜横剖面图。她确实下定决心，要把六百万锥体细胞和一亿杆细胞统统画出来——全部使用她儿子留下来的儿童水彩颜料，此外偶尔还买些廉价的颜料以补不足。试想，她一天最多只能画五百个杆细胞或锥体细胞，每年大约画二十万个，按这种速度计算，还足足够她忙上五年，这样我们也许就会理解，她是为了画杆细胞和锥体细胞而放弃扎花工作的。她把自己这幅画定名为"童贞女拉埃尔·玛丽亚左眼视网膜局部图"。

　　写到这里，如果读者诸君以为，拉埃尔修女的天才仅仅反映在粪便方面，那就错了。经过复杂的学习过程，她首先成了生物学家，继而当上医生，往后又成了哲学家，皈依了天主教，进了修道院，有心用生物学—医学—哲学神学的配套知识去"教育青年"。不料在她开课的第一年，罗马教会就勒令她停止教学活动，理由是她有纯生物学观点和神秘唯物主义的嫌疑，作为处分，她被贬谪为走廊工。按理，她会因此对修道会生活悲观绝望的，而且人们已经准备好让她"体面地"还俗（以上均系拉埃尔亲口对 B.H.T. 所说）。可她对此竟毫不在乎，不但甘心接受这种贬谪，而且打心底里认为这是高升了。在她看来，为了有机会运用她的学说，当走廊工远比站在讲台上正式开课来得方便。由于她与修道会之间的纠葛正好发生在一九三三年①，因此她没有按常规被开除，而是留下来当了五年"厕所女工"（拉埃尔向 B.H.T. 自述）。光是为了采购卫生用品、手纸、消毒剂以及床单枕套之类的东西，她就得三天两头骑着自行车到附近的中等大学城去，在大学图书馆里消磨许多时间，后来又好几天泡在馆内藏书丰富的古书部，同那位 B.H.T. 结下了柏拉图式的，然而却是火热的友情。他听任她在自己上司的藏书中随意翻阅，甚至违反规章，拿给她仅供内部使用的目录手册，让她随便蹲在哪个角落里查看，还献上自己暖瓶里的咖啡，如果她用功太久，往往还要递给她一块黄油面包。她的主要兴趣是阅读药物学、神秘主义和生物学等方面的专业书籍，草药学她也感兴趣。就这样，她依靠故纸堆中的大量神秘主义著述，钻研思考，杂学旁收，经过两年时间，竟成了一门怪诞不经的学科——粪便学赘生物——的专家。

　　17 岁的莱尼就走上了就业的道路，她在父亲的营造厂里当办事员。她领到

---

① 此处似指 1933 年 7 月 20 日罗马教皇与希特勒第三帝国签订了有关处理政教关系问题的协定，拉埃尔虽系修女，但又是教师，因此教会方面未便将拉埃尔公开革出教门。

一张驾驶执照,高高兴兴地开着汽车四处兜风,打网球,陪父亲参加会议和外出。这时莱尼已进入她的青春时期,她渴望着爱情,等待着一个男人,"一个她心爱的人,无条件相许的人"(玛格丽特引莱尼原话)。她从不放弃一次跳舞的机会。有一次她应允了一位博得她好感的年轻建筑师的追求,同他幽会。1939年夏天一个周末的夜晚,他们俩相会于莱茵河畔的一家豪华旅馆,在平台上双双起舞。她,金发披散,芳龄17,对方是一个年轻、健康的小伙子。这夜本应该是一个幸福的夜晚,但结果却令人扫兴。莱尼很快就匆匆离去。后来她告诉玛格丽特:当她跳第一次舞时,就发现那小子动作粗鲁。于是这一次来去匆匆的爱情就烟消云散了。

这一时期,莱尼对一向很少见面的哥哥海因里希·格鲁伊滕有所了解了。哥哥比她大两岁,8岁就上寄宿学校,一连11年。他的大部分假期都用于学习和进修。他到过意大利、法国、英国、西班牙等地,这是因为父母很想把他培养成"一个受过真正良好教育的优秀青年"。长辈说他"讨人喜欢,异常诗人喜欢,善良"。他长得也很帅,女孩子们爱慕他。老师们对他的学习评价很高。他高中毕业后,在1939年5月就进入了一个被称为"国家劳动服役局"的机构去参加军事工程的劳动。父亲想办法让他逃避义务兵役这一关,但他却坚决反对,父子二人为此争吵得非常激烈。后来,他甘脆提前参了军。从他留下的三封信看出,他具有人道主义的精神。他认为对于敌人,除了达到军事目的要求不得已外,不应打击过重。不能使用毒气,杀伤俘虏等。1940年初,他还不到22岁,就和表兄艾哈德两人,以开小差和叛国的罪名被处死。

第 三 章

为了彻底弄清事情的背景,现在还需要比较详细地谈谈莱尼的亲人。笔者先列举一些有关莱尼父亲的材料:胡贝特·格鲁伊滕,1899年生,是个科班出身的泥瓦匠,第一次世界大战时参战一年,战后升任工头。1919年,同门第高于他的、一位职位相当高的官方建筑师的女儿海伦妮·巴尔克尔结婚。她给他带来的嫁奁有一幢坐落地段好、结实坚固的出租房屋,也就是后来莱尼出生的那幢房子。此外,是她发现了"他的才能",敦促他去学习3年,当上了工程师。大学毕业后,他从1924至1929年当上了营造主任,也承包较大的工程。1929年,他开办了一个营造厂,直到1933年几乎一直都在破产的边缘上挣扎,1933年起才开始大展宏图。1943年初达到飞黄腾达的顶峰,接着是一跤摔下来,坐了两年牢,当苦工,直到战争结束。1945年他回到家里,这时的他,雄心抱负业已消失殆尽,只是组织了一个人数寥寥无几的泥瓦匠队,就这样一直到1949年去世之前,"日子一直过得不错"(莱尼语)。此外他还"收过废钢"(莱尼语)。

从莱尼父母蜜月旅行的照片来看,莱尼的母亲长得的确美丽动人,温柔妩媚。她有很好的教养,学过钢琴,法语讲得相当流利,能编结,会刺绣。但她与丈夫相处得并不十分融洽。

莱尼的姨妈施魏格尔特老太太坦率地承认,自从妹妹结婚之后,她就不大愿意同他们往来。她宁可看到自己的妹妹同一位诗人、画家、雕刻家结婚。她没有正面说格鲁伊滕太粗鲁,而是从反面说他"不够文雅"(霍伊泽语)。她儿子艾哈德的早死并没使她感到特别的悲痛,只是作了几声"时乖运蹇"之类的叹息。原来,艾哈德是她丈夫受伤住院时和一个护士生的。

莱尼年轻时的意中人是表兄艾哈德·施魏格尔特。由于艾哈德"生性极端神经过敏"(艾母语),致使他高中毕业时在无情的考试面前失败。为了谋求一个他所"厌恶的"(玛尔雅引证艾哈德原话)小学教师的位置,他起先曾私下里准备参加优秀生考试,但后来没想到还是应征去了国家劳役局这个严酷无情的机构。在这里他与表弟海因里希相遇。海因里希事事都护着他,并乘回家的机会邀他来家作客,相当公开地帮他同妹妹莱尼牵线。就这样,艾哈德在格鲁伊滕家度过了他的整个假期;对于自己的母亲,他倒是难得去探望片刻,因此,做母亲的至今还抱怨不已。这两个青年男女,经过多次接触,慢慢地堕入了情网。艾哈德当时还为莱尼写了一些热烈的情诗,但他们之间的爱是一种柏拉图式的爱。艾哈德死后,莱尼痛苦万分。她的这次初恋使她终身难忘。

第 四 章

接下来的一幕,不妨冠之以这样的题名:莱尼的蠢举。

1941年6月中旬,格鲁伊滕的营造厂举行建厂12周年庆祝盛会。会后还举行舞会。在舞会上,莱尼遇到了后来成为她丈夫的阿洛依斯·普法伊费尔。

阿洛伊斯读书时成绩不佳,17岁时先自愿服义务劳役,接着就去当兵。他来出席格鲁伊滕营造厂庆祝大会时,正是一个新晋升的军士。

从像片上来看,阿洛伊斯当年的确长得英俊。他与莱尼第一次见面,就被这个处于豆蔻年华而且经过初恋折磨更显得美丽的莱尼迷住了。舞会后,他邀请莱尼当晚去一个要塞壕沟里散步。关于这天晚上这对青年男女的活动,事后,据传莱尼只讲过一句话:"说不出的难为情。她对玛格丽特等人都是这样说的。

当阿洛伊斯的父母来格鲁伊滕家为儿子向莱尼求婚,莱尼的父亲征求女儿的意见时,"莱尼可能还是第一次仔仔细细地、沉思而怜惜地看了看阿洛伊斯,她毕竟已跟他发生过关系了,何况还是自愿的,想到这里,她终于应允了这件婚事。"(玛尔雅语)

当阿洛伊斯收到批准他结婚的电报时,他接到通知,命令他"立即中止休假,于1941年6月19日到师部报到"。

值得一提的是,莱尼在上教堂举行婚礼时拒绝穿白礼服。她显然并没为新婚之夜孤独一人而悲伤,她送丈夫去火车站,在月台上接受他的亲吻。后来莱尼在地下室向玛格丽特透露:阿洛伊斯就在临出发前一个钟头,在莱尼家烫衣间里,郑重其事地向莱尼提出夫妻之间应尽的义务,逼着她"体面和名正言顺地"同他睡了一觉。从此阿洛伊斯"对我来说,他在未死以前就已经死掉了"(玛格丽特引述莱尼的原话)。

1941年6月24日傍晚,莱尼收到了丈夫"阵亡"通知书。当时,莱尼不肯服丧和哀悼。她把他的一张照片贴在墙上,贴在艾哈德和海因里希照片的旁边,算是尽了人事,但到了1942年底,就又把这张照片摘了下来。

莱尼父亲开办的营造厂在战争中成为军工企业,他发了大财,成了一位十足的绅士。但他已经意识到战争的末日即将来临,有意弄虚作假,于1943年下半年认罪入狱。此时莱尼的母亲也因病去世,格鲁伊滕的财产被没收,但莱尼作为烈属,她家那幢老房子被保留下来。据玛格丽特说,这段时期,"看不出莱尼垂头丧气,相反我倒感到她重新又活跃起来。对她来说,更糟的并不是父亲的入狱和母亲的病故,而是修女拉埃尔的神秘消失"。后来证实,拉埃尔是被关起来活活地饿死的。也就在这一年,莱尼进入一家花圈工场作女工。

第 五 章

采访人为了掌握莱尼在花圈工场的情况,走访了莱尼当年的同事。人们反映莱尼心灵手巧,在制作花圈时独出心裁。她简直是一个天生的花饰大师,插花能手。她工作努力,沉默寡言,为人和气,洁身自好。

第 六 章

在战争最艰苦的时期,莱尼在花圈工场与来工场服劳役的苏联战俘博里斯真心相爱了。

博里斯的父亲战前在柏林当外交官,认识德国政界一些高级人士。他被俘后父亲曾通过情报机关请求老朋友在暗中给博里斯以关照。

博里斯在战前随父亲来过柏林,讲得一口流利的德国话。在苏联他曾得过公路建筑工程学士学位,战时任工程兵少尉。他于1943年被俘,原来押在集中营,年底被关照,安排在莱尼所在的花圈工场劳动,这时刚好23岁,是一个英俊的小伙子。

为了弄清莱尼与博里斯结识的情况,采访人去访问当时花圈工场的负责人佩尔策。佩尔策现年70岁。他兴致勃勃地谈到博里斯和莱尼相识的那个"咖啡事件"。他说:俄国人进场的第一天,反应最强烈的是那位狂热分子克雷姆普。他一贯把俄国人看成是劣等民族,对博里斯抱着极端仇视的态度。那天吃咖啡的时候,出人意料的是,莱尼却给这位俄国人倒了一杯咖啡。当时咖啡供应非常紧张,不少人都是用代用品。克雷姆普喝的咖啡只不过是那种淡而无味的蹩脚货,而莱尼倒给博里斯的却是一比三的香气四溢的优质咖啡。对于莱尼来说，请一位既无杯子又无咖啡的新来的朋友喝一杯咖啡，这是理所当然的事。莱尼对待任何人都是平等和霭的。但这事却触怒了那个狂热分子。他气急败坏地取下了挂在他身旁墙上的那条假腿——他是一个残废军人，啪的一声，他把俄国人捧着的杯子敲了下来。大家都被这种突然出现的、野蛮的举动震惊了。在死一般寂静的车间里人们紧张得透不过气。这时莱尼表现得极为沉着。她不动声色，弯下腰把杯子从地上拾了起来。由于地上满是泥炭灰，杯子并没有碰破。她把沾满灰尘的杯子在水龙头前仔仔细细地洗净。我相信：从这个时候起，她的一切举动都是存心挑衅。她用一条干净的小手绢将杯子里里外外都擦干，大方地拿起咖啡壶，把自己壶里剩下的那一杯咖啡缓缓地倒出来，神态安祥地端给那个俄国人，说了声：请喝吧！她连眼皮也没向克雷姆普抬一下，这个俄国人也非常沉着，他慎重地接过咖啡，清楚而响亮地回答了一句道地的德国话：谢谢，小姐。就慢慢地喝了起来。

　　对这个咖啡事件，笔者采访了当时在场的一些工人。格龙奇说："我当时真想大声喝彩。那姑娘有种！其实她认识这个俄国小伙子才只有一个半小时。他在花圈架子组干活，谁都不理睬他。对她这种勇敢的行为，只能是出于一种同情心，一种纯粹天真的慈悲心肠。博里斯在一些人的心目中，他不佩作为一个人。但在莱尼的关心和勇敢举动的鼓舞下，他才取得做人的资格。"

　　从此以后，莱尼就主动地接近博里斯，并向他表示好感和一种特殊的情意。

第 七 章

　　玛格丽特是莱尼的知情人。据她介绍，直到1944年2月左右，莱尼才对博里斯说出关键的一句话。有一天，莱尼在厕所门口急急忙忙地凑到博里斯的耳边说："我爱你！"而他也赶忙回答："我也爱"。他们的初吻大概是在2月中旬，这一吻，吻得两人心醉魂迷。他们第一次同房（莱尼用的字眼，由玛格丽特转述），据查证是3月18日那天。这对露水夫妻，只有利用躲警报的机会才能在地下室里幽会。玛格丽特还介绍了一些情况。

　　玛格丽特："他们俩胆子越来越大了，我真替他们捏一把汗哪。这时候，莱尼每天，每天都要塞点东西给他：香烟、面包、糖、黄油、茶叶、咖啡、折成巴掌大的报纸、刮脸刀片、衣服——因为冬天临近了。简直可以说，从四四年三月中旬起，没有一天断过。她在泥炭堆的下面一层掏了个洞，将东西藏在洞里，再用一块结成坨的泥炭堵住，当然是选在靠墙壁的一面，让他自己去取。另外，她自然也得对看守兵献殷勤，好叫看守兵给他来个免抄身——这可需要小心行事，因为这家伙是个厚脸皮，快快活活，但脸皮厚，想要拉莱尼去跳舞，而且还想——用他的话来说——'搂抱一次'——真是不要脸的小畜生，十有八九很内行，只是有的话不放在嘴上。他硬要莱尼陪他上外面去逛，最后实在摆脱不了，莱尼就拉我一同去。于是，我们去了几趟军人饭店，这地方莱尼从未去过，我可非常熟悉。小畜生毫不知羞耻地说,同莱尼相比,还是我更配他的胃口,莱尼太斯文,我倒更'风流多情'一些——大概也是活该如此,因为莱尼非常担心,生怕这家伙——他叫博尔迪希——看出问题,给她吃苦头。我自己——叫我怎么说呢——,我自己倒也并没有吃什么亏,我二话不说,代莱尼上阵,干脆一句:我答应了他——就我来讲,这也算不了什么吃大亏,而且,四四年年底那个时候,多一个少一个也根本无所谓了。这个花花公子相当阔气,每次要我陪他去'放唱片'——他也这样说——时,专门住大饭店,还有香槟酒,诸如此类的东西。最要紧的是,我发现他不仅脸皮厚,而且喜欢自吹自擂,几杯酒下肚,他就按捺不住,把老底全抖出来。他样样买卖都干,烧酒、香烟自然不在话下,还有咖啡和肉,但收入最大的是卖勋章颁发证书、残废证和军人身份证——不知他是趁哪一次撤退时偷了一大批这些玩意儿。您可以想象,我一听说有军人身份证,当然马上注意起来,为了博里斯和莱尼嘛。我让他先天花乱坠胡扯一通,然后我笑他是瞎吹牛,他一听急了,终于把家伙亮了出来。果然不差:他一直藏着一只有大词典那么大的纸板匣子,里面尽是盖有关防大印和签名标记的空白表格,也有休假证和车票。好了,我没有再同他多谈——这个家伙已经捏在我们手里了,而我们的底细他还一点都不知道哩。我非常小心地向他打听俄国人的情况,他认为俄国人都是穷猪猡,有时候他也给他们一点甜头,反正他的烟屁股都是赏给他们的,他自己并不想多结几个仇人。博尔迪希的一等铁十字勋章证书,每份售价三千马克,他说这是'血本奉送',一张军人身份证五千马克,因为这'有时可以救人一命'——而他的残废证更是一抢而光,因为当时有大批人马从法国倒流回来,许多逃兵猴在断垣残壁之间,暗中一帮一,相互开枪把自己打伤——打四肢部位,枪口当然得离开适当距离——然后,再买上一张残废证,就是名正言顺的伤兵了。我当时在军医院已经干了两年,了解这种自己把自己弄成残废人的情况。"

当时,有一件事博里斯还被蒙在鼓里,莱尼已经陷入了经济的危机。当时通货膨胀,物价高涨,莱尼除了维持自己的生活,还要尽量地接济博里斯和狱中的父亲。她早已债台高筑,无法还债。后来不得已才将她唯一的房产典押出去。

第 八 章

笔者现在一心一意充当情况调查员的角色(因此总是冒着被人怀疑为密探的危险,其实他只是想把象莱尼·格鲁伊滕-普法伊费尔这样一个平时沉默寡言、遇事守口如瓶、从不后悔,又自命清高的人的本来面貌如实反映出来而已,要知道这既是一个庄严肃穆、又是一个崇高的人物呀!),不惜四处奔走,向所有有关人士具体了解他们在战争结束时的遭遇。莱尼这时已有6个月的身孕,在那最艰苦的日子里,她是怎样渡过的?

当笔者访问到莱尼的同事、花圈工场女工克雷默尔时,她真切地谈到了当年"三·二"大轰炸时的情景。克雷默尔说:"他们把我儿子抓走后,我想:往哪儿去呢？是向东还是向西好呢？或者说一动不如一静呢？"

"我决定还是留在城里，哪儿也不去，因为往西走路已经封锁，除了军队和修工事的人员外，普通老百姓一个也过不去——往东走吧？据我了解，他们还可以拚老命，再打上几个月或年把时间，也去不得。于是我就留下来，待在自己家里。'三·二'（指一九四五年三月二日，留在城里的一些人，都把这一天简称为'三·二'。——笔者）这一天，大轰炸开始了，不知多少人就在这次轰炸中被吓成了神经病，或者几乎成了神经病。我躲在对门一家酿酒厂的地下室里。这是我们经历过的最厉害和最可怕的一次空袭，整整持续了六小时四十四分钟，有时酒厂地下室的天花板微微抖动起来，好象一顶帐篷被狂风吹得晃晃悠悠——外面炸弹就象冰雹似地落在这座几乎人烟绝迹的城市里，劈头盖脑地一阵阵泻下来。我们一共只有六个人躲在地下室里。两个女的：一个是我，另一个是个年轻妇女，她还带着一个三岁大的男孩。这个女人的牙齿在格格地发抖——我算是生平头一次真正看见了小说里常常描写的所谓牙齿咯噔咯噔地作对儿厮杀样子；这是一种不由自主的机械动作，是下意识的——最后她把嘴唇也咬出血来了。我们从地上捡了一块光溜的小木片，也许是散了箍的酒桶上的一块板，塞进她的嘴里。我想，她大概要疯了。待在地下室里，听外面的声音倒不见得怎么响，只是感到大地在不停地颤动，天花板有时象一只漏气的大皮球，被什么东西压得一沉一升。除开我们两个女的和一个男孩外，还有三个男人，其中一个是集中营的工人，年纪很大了，穿一身冲锋队制服，他吓得拉了一裤裆屎，满满一裤裆，象打摆子似地直哆嗦——紧接着又尿了一裤子，屎尿直流，他再也吃不消了，一头钻出地下室，嘴里还嗷嗷地嚷着什么——就这样跑到外面去了。哼，他这一出去，连骨头碴子也找不到了。您现在听了准会感到太不象话，但您要知道，一连六个半钟头飞机不停地狂轰滥炸，航空水雷和近六千颗炸弹象冰雹般落下来，那是多么叫人难受啊……过了一会，默不作声地坐着，我们不约而同地把各人手提包里的香烟和面包拿出来，那个年轻女人还带了腌黄瓜和草莓酱，大家把所有东西放在一起，一道吃，没有讲一句话，似乎我们约定好了相互不问姓名，闷声不响只顾吃，灰沙在我们嘴里咬得嘎嘣嘎嘣直响，我的口里有那个小伙子口里的灰沙，他的口里也有我口里的灰沙。后来，轰炸停止了，大约是下午四点半光景。外面静下来了，当然还有响动，有的地方还传来东西掉下来和楼房倒塌的声音，有的地方还夹杂着爆炸声——丢了近六千颗炸弹嘛。因此我说的静下来，只是指飞机已经走了。我们大家钻出地下室，各走各的——连再见也没有说。一走到外面，唉呀，眼前只见尘土遮天，浓烟滚滚，一片火海，我顿时吓得昏了过去，几天以后我才苏醒过来，发现自己躺在医院里，嘴里还一直在祷告，不过打这以后就不再念了。我总算是命大，没有被他们当成死人三锹两铲刨个坑埋掉，您想，有多少人没有断气就这样被埋掉了啊。还有一点，您猜酿酒厂那个地下室后来怎么着？塌掉了，我们走出来后第三天就塌掉了，我想，准是地下室顶部象只大皮球似地越来越往下沉,最后撑不住,终于塌了。这是我亲眼看见的,我原是想赶回家去看看我的房子:哪里还有什么房子啊! 什么东西都没有了,荡然无存——连一堆象样的瓦砾都没有。在我出院的第二天,美国人也就来了。"

关于莱尼这段时期的情况,洛特知道得最清楚。当时她们几个亲友,包括莱尼和博里斯都躲在花圈工场的地下室里。在这儿,莱尼顺利地生下一个男孩。她和博里斯、莱夫一家三口过着她这一生中最幸福的生活。洛特说:"那段时期,博里斯大部时间都待在家里不出去。唉,要是你能亲眼见到他们一家三口如何过日子,该多么好啊! 就象是玛利亚、圣约瑟和耶稣那样。他坚持不违反妻子分娩后三个月不碰她的规定。他们俩爱孩子,宠他,唱歌给他听。不过到了1945年6月,他们每天傍晚都要到莱因河边散步,而且总是直到宵禁的时间才回来。6月里的一天晚上,博里斯碰上了一支美国巡逻队,拦住他进行盘查。刚好那天他身上带的是那张德国军人的身份证,于是他就被抓走了。当时我们以为问题不大,设法营救他。哪知道,就在这年夏天,美国人已经开始将他们手中的俘虏移交给法国。就这样,博里斯辗转落进了洛林地区一个矿山去服劳役。再说莱尼吧,你怎么也想不到,她一听说博里斯发生了意外,立即骑上一辆旧自行车去找他。她跑遍了各区,甚至越过了州境,进入法占领区。她还进入比利时,又折回萨尔区,到洛林,从一个集中营到另一个集中营,向驻军长官打听博里斯的下落。她胆子大,锲而不舍,只顾骑车到处奔波,一直到11月。有时偶尔回家一趟,添足干粮,又上路了。直到今天我还弄不懂,就凭身上一张普通德国居民证,她怎么会越过边境又平安回来。最后,真是皇天不负苦心人,但终于找到了丈夫,但他已被埋在一处公墓之中。他死于洛林地区某褐铁矿的一次矿井事故。这年她刚满23岁,严格地讲,她这是第三次守寡了。从此,她真的变成了一尊默然无语、冰凉肃穆的青铜雕像。每当她晚上给孩子唱歌,唱那支博里斯最喜欢的歌时,我们感到仿佛万箭穿心,根根血管都要爆裂开来似的。"

第 九 章

莱尼的一些知情人,如洛特、玛格丽特等都说过,在战后一段时间,莱尼还参加过共产党的活动。为此,笔者还去拜访一位"从前的德共干部"。他说:"莱尼曾经参加过德共的组织。过去我们根据她与红军的关系,还准备把她培养成一名女战士,但我们错了。我们害了她,于我们也一无好处。有几次我们让她举着红旗跟我们一块儿上街去游行,但她却胆怯得不得了。我们几乎得用酒把她灌醉才行。后来我们的党遭到取缔,马上就有人登门去找她,惹得十分恼火,她说她'就更'不退党了! 有一次我问她,为什么要真的跟我们一起干,她说;'因为苏联造就了象博里斯这样的人。'"

第 十 章

　　霍伊泽祖孙过去都受过莱尼家的好处,但他们却反脸不认人。莱尼的房产典押给他家后,他们还一再欺负莱尼母子,并想方设法地把这母子赶出这幢房子。他们一方面控告莱尼的儿子伪造证件,把他投入监狱,另一方面又准备派人强行撵走莱尼。莱尼的一些老朋友,如老邻居席尔滕施泰因、洛特、佩尔策等,见义勇为,经常聚在一起研究对策。后来他们策划了一起垃圾车撞车事故,造成交通受阻,以制止这次强行迁居。

　　笔者的女友克勒门蒂娜从我这儿和其他方面已经知道莱尼其人,她坚决要求我带她去会莱尼,于是我就通过莱尼的邻居汉斯·黑尔岑安排了这次早就应该进行的会见。那天莱尼出场了。她剪了头发,将头发染成银灰色,看上去真象38岁。两只黑眼珠水汪汪的,不无忧郁。她落落大方地给大家斟咖啡。果然不假,莱尼不仅沉默寡言和守口如瓶,她的确是个不多讲话的人,而且脸上始终带着一种羞怯的"苦笑"。

第十一章至第十四章

　　(这四章篇幅极少,仅是小说的尾声,略去。)

(谭绍凯)

六个寻找作者的剧中人

　　作者路易吉·皮蓝德娄(1867—1936)是意大利现代杰出的小说家和戏剧家、诺贝尔文学奖(1934)获得者。他一生写有《西西里柠檬》等短篇小说360篇,长篇小说7部,剧本40多部,其中28部剧本是根据自己的小说改编的。著名剧本有《六个寻找作者的剧中人》、《亨利第四》、《给裸体者穿上衣服》、《寻找自我》等。去世后还发表有遗作《高山巨人》。

　　皮蓝德娄的戏剧一般写现实题材、含蕴深沉的人生哲理,但风格独特怪诞,剧本情节奇特,真假难辨,真话与谎言、客观现实与幻象混合在一起,爱使用"戏中戏"的形式,也吸收了即兴剧的手法,在剧情开展中渐次显示情节的原委。

　　《六个寻找作者的剧中人》(1921)是皮蓝德娄的代表作。皮蓝德娄认为人的本质或自我是不可捉摸的,这就构成了人们之间的不可理解和不容谅解,因而形成悲剧。剧本忽视社会性而在人性中探索,并用怪诞形式去表现主题。这个剧本原不分幕,只是由于演出需要自然停顿分成三幕。剧中人没有姓名,分为两组,一组是戏中戏的人物:父亲、母亲、继女、儿子、小男孩、小女孩和帕奇夫人;一组是剧团成员:经理兼导演、女主角、男主角、女配角、女少年演员、男少年演员、舞台监督、布景员等等。

　　译本:吴正仪译,载《外国戏剧》1982年第4期。

　　白天,某话剧院的舞台上,观众看到的是空荡荡的舞台,没有幕布,台上放着桌凳,布景员在钉钉子干活。舞台监督让他收拾一下,经理兼导演、演员们要来排练,准备晚上演出皮蓝德娄的《各尽其职》。演员们三三两两从后台出来,有的走向化妆室,有的弹琴起舞。这时经理从观众席甬道中走上舞台,接过秘书送来的邮件,并问起演员,得知女主角还没到。十分钟后,女主角抱着小狗,神气地来了。经理让提词员开始,提词员开始读剧本。经理责怪男主角没有戴厨师帽子。

　　正在这时,传达带着六个剧中人(戴着软面具以区别于演员们)从观众席甬道中走到舞台前。传达上台禀报,父亲和继女等渐次上台,说明他们是来找剧作家的六个剧中人,请经理来充当作家,续完他们的戏,而且说这一出痛苦的戏会使经理赚钱。经理认为这是一群疯子,演员们也议论和嘲笑这群不速之客。父亲与继女一再表明他们已失去了归宿,请在剧本中让他们获得生命,戏就在他们身上,他们就是戏。继女说着便歌舞起来,获得演员们喝采。继女为了说服经理和博得演员们的同情,推出母亲及小男孩和小女孩,诉说孤儿寡母的艰难。经理了解到,这位母亲就是这位父亲的妻子,便很奇怪。父亲解释:母亲还有另外一个男人,死了两个月。这不是三角恋爱的悲剧,是父亲硬把另一个男人塞给了母亲。经理经过盘问,慢慢地知道了这六个剧中人之间的故事:

父亲和母亲是合法夫妇,生了一个儿子,为了儿子的健康,在儿子两岁时送到乡下去抚养。母亲和父亲的男秘书很合得来,并无暧昧关系,而父亲怀疑妒忌,把母亲赶出了家门。母亲只好与秘书在一起生活,生下了继女。多年以后,父亲后悔自己的鲁莽,于是去看望已上学的继女,对小女孩很好。母亲与秘书为了避开父亲,一家三口搬到别的城市去了,后来又生了一个小男孩和一个小女孩。在继女18岁、小男孩14岁、小女孩4岁时,秘书死了。成了寡妇的母亲带着三个孩子回到原来的城市。她生活很困难,但不愿去找富有的丈夫,也怕见到大儿子,便从帕奇夫人的缝纫店里领些针线活来做,维持四口人的生活。帕奇夫人挑刺儿,说母亲把活儿做坏了,要她赔。这笔钱数目不小,母亲与继女拼命干也难得赔起。帕奇夫人是个坏人,她的缝纫店的后室就是暗娼馆,专门诱骗良家妇女。她看继女年轻美丽,就借赔账来逼迫。继女为了替母亲赔钱和维持一家人的生活,被迫开始了卖淫。一次,来了一个老嫖客,原来是父亲。开始二人并不相识,待到继女脱衣时,父亲认出了她。这时,母亲匆匆赶来。父亲得知秘书已死,妻子与三个私生子生活困难,就把他们四口人接回家中团聚。但儿子憎恨母亲当年抛弃他同秘书远走,并仇视三个弟妹,怕将来分他的家产。继女当过妓女,玩世不恭。她很蔑视父亲,因为她知道父亲玩妓女时的丑态。小弟妹非常怕那个阴沉的大哥,家中很不和睦。一次,小女孩掉入了花园的水池中,小男孩吓呆了,大家抢救不及,小女孩淹死了,小男孩很恐慌,便拿手枪自杀了。

经理和演员们对这些剧中人讲的剧情很有兴趣,准备演出这幕戏。经理愿意完成这个剧本,并分配女主角演继女,女配角演母亲,男主角演父亲,男少年演员演小男孩,女少年演员演小女孩等等。演出时,有些场面和细节不太清楚,剧中人便在台上先示范表演,演员各随自己扮演对象,仔细揣摩角色的感情与动作。在剧中人示范表演时,经理和演员不时上前问问题。演帕奇夫人后室一场时,没有帕奇夫人本人。但只要挂上大衣与帽子,简单的一个布景,舞台魔力就招来了帕奇夫人。继女和父亲演了后室见面之后,由男女主角照样排演一遍,经理走下舞台去看效果如何。排演中,父亲与继女不断加以纠正。该母亲上场时,母亲认为演过去的事是痛苦。这时布景人员失误,拉下大幕,经理高喊,幕再升起时,舞台上布景成了花园,于是顺势演花园小女孩落水、小男孩自杀一场。小女孩很怯生,儿子也不愿意重演过去的事。于是由继女哄劝小女孩,经理说服儿子:

继　女　你们等一等!等一等!首先,让小女孩走到水池边去!(跑到女孩面前,蹲下来用双手捧住她的小脸蛋)我可怜的小宝贝,你用美丽的大眼睛惊奇地张望,谁也不知道你觉得是到了什么地方!亲爱的,我们是在舞台上!什么是舞台呢?你知道吗?这就是认真地做游戏的地方,演戏的地方。现在我们就在演戏。认真地演,你懂吗?你也是……(搂住她,把她抱在胸前轻轻地摇晃)啊,我的宝贝,我的宝贝,你要演出的戏多坏!给你安排的结局多可怕!花园、水池……唉,都是假的,你知道吗?亲爱的,这里的一切都是假的,多么可恨哪!噢,也许你这小孩子更喜欢一个假的水池,因为你可以在里面玩耍,嗯?不行,对于别人,这是游戏,但对你却不是,对你是真的,宝贝,你确实在真的水池里玩,美丽的绿色水池,许多翠竹倒映在水里,一些鸭子在上面戏水,搅乱了倒影。你想捉住一只鸭子……(尖叫一声,惊动了大家)不,我的小玫瑰,不!妈妈为了混帐的儿子,没有照看好你!我在胡思乱想……而那个……(放下小女孩,用惯常的恼怒态度对男孩)你总象一个乞丐似地呆在这里做什么?小女孩落水也有你的责任。你这副样子,好象我让你们住进这个家,没有付出代价吗!(抓住他的一只胳臂,逼他从衣服口袋里伸出手来)你那里面有什么东西?你藏着什么东西吗?伸出手来,把这只手伸出来!(把他的手从口袋里抽出,只见她拿出一支手枪,众人大惊。她似乎高兴地瞧瞧手枪,然后阴沉地说)喂!你是从哪儿、怎么样弄到这支枪的?(男孩惊慌地瞪着大而无神的眼睛,不回答)你真蠢,我不自杀,我,却要杀死这两个人当中的一个,或者两个人一起:父亲和儿子!(把他赶回原来所在的柏树后面,然后抱起女孩,把她放进水池,让她平躺着不露出身体。最后双手托腮靠在水池边缘上,神色颓伤)

经　理　好极了!(向儿子)同时你……
儿　子　(不屑地)什么同时!不行,先生!在我和她(指母亲)之间没有戏!您让她自己说是怎么回事吧。
　　〔这时女配角和男少年演员离开众演员,一个开始很注意地观察母亲,另一个观察儿子。他们以后要扮这两个角色。
母　亲　是的,是真的,先生!我那时到他的房间里去了。
儿　子　在我的房间里,您明白吗?不是在花园里!
经　理　这并不重要!必须把情节集中,我已经说过了!
儿　子　(发觉男少年演员在看他)您有什么事情吗?
男少年演员　没事儿,我在观察您。
儿　子　(转向女配角)哦——您在这里?为了演她的角色吗?(指母亲。)
经　理　对!对!我认为他们这样认真,您应当感谢才是!
儿　子　对呀!太感谢了!可是您还不明白这出戏您是导演不成的?我们并没有活在您肚子里,能按您的旨意行事,您的演员又死死地盯住我们看。你认为我们能在这样一面不是凝聚着我们自己表现出来的形象,而是反映出一种几乎找不见我们影子的装模作样的镜子面前生活吗?

父　亲　这是实话！这是实话！他说得有理！

经　理　(向男少年演员和女配角)好,你们走开吧。

儿　子　这也无济于事。我是不演的!

经　理　请您不要说了,现在让我听您母亲说！(向母亲)好吗！您进去以后怎么样?

母　亲　好,先生。我走进他的房间,因为我再也忍不住了,我要把积压在心头的苦水统统倒出来。可是,他一看见我进屋……

儿　子　我一句话也没有说！我走开了,为了不吵架,我走开了。因为我从来没有吵过架,您明白吗?

母　亲　这是真的！是这样！是这样!

经　理　可是现在您和她的这一场戏却必须演出来！这是必不可少的!

母　亲　先生,我听您的！您最好让我跟他谈一会儿,使我能够跟他说说心里话。

父　亲　(走近儿子,极严厉地)你一定要演！为了你的母亲！为了你的母亲!

儿　子　(以前所未有的坚决态度)我什么也不演!

父　亲　(抓住他的前胸,摇撼他)看在上帝的份上,听话！听话！你没有听见母亲的话吗！你这做儿子的没有心肝吗?

儿　子　(也抓住父亲)不！不！收起你这一套吧!

〔双方都很冲动。母亲惊慌地劝解,竭力拉开他们。

母　亲　(同上)算了吧！算了吧!

父　亲　(不放手)你必须服从！你必须服从!

儿　子　(与父亲搏斗,最后把父亲推倒在离梯子不远的地方,众人吃惊)你为什么这样发疯似地起劲？你不怕在大家面前丢人现眼！丢尽你我的脸面！我不演！我不演！我这样也是尊重剧作家的旨意,他不愿意我们登台!

经　理　可是你们已经上台了!

儿　子　(指父亲)那是他,没有我!

经　理　您现在不也在这里吗?

儿　子　他要这么做,他把我们都拉到这里来了。他和您在一起好象嫌发生过的真事还不够多,又编造出这些根本没有的事!

经　理　那么您说,您说说发生过的事情！把它告诉我！您走出您的房间,是一言未发吗?

儿　子　(犹豫了一下)一言未发。正是这样,为了避免吵架!

经　理　(诱导他)好。然后呢？您做什么了?

儿　子　(在众人焦虑的注视下,沿舞台踱几步)什么也没有做……当我经过花园时……

经　理　(对他的态度感到兴趣,进一步追问)噢？经过花园时怎么样?

儿　　子　（激动地举起一条胳臂遮住脸）先生,您为什么要让我讲给您听呢？太可怕了！
〔母亲浑身发抖,啜泣着朝水池望去。
经　　理　（看见母亲的神色,已经领悟,轻声对儿子说）看见小女孩啦？
儿　　子　（看着前方的观众席）她在那里,在那水池里……
父　　亲　（还倒在地上,同情地指着母亲）那时,她只顾着追他,先生！
经　　理　（焦虑地问儿子）那末,您呢！
儿　　子　（还是望着前方,慢慢地说）我跑过去,跳下水去打捞她……但是我突然浑身瘫软了,因为在柏树后面有一件事情令我看了毛骨悚然：这个小男孩直挺挺地站在那里,两眼发疯似地瞪着淹死在水池里的小妹妹。
〔继女俯身向水池,遮住小女孩,放声痛哭,好象有回音从水里传出。静默。
儿　　子　我想走过去,这时……
〔在男孩藏身的树后响起手枪声。
母　　亲　（惨叫一声,和儿子以及众演员跑过去,舞台大乱）儿啊！我的儿啊！（在众人混乱的呼叫中,听得出她在喊）救人啊！救人啊！
经　　理　（正要驱散众人,而人们已经用白布盖好男孩,抓住头脚把他抬走）他受伤了吗？真的受伤了吗？
〔除了经理和还倒在地上的父亲外,大家低语着走到那块当天空的天幕后面。然后演员们又纷纷走出来。
女主角　（含悲地从右边走出）可怜的孩子死了！他死了！唉,这是怎么回事！
男主角　（笑着从左边走出）没有死！是假的！假的！您不要信以为真！
父　　亲　（爬起来,向他们高喊）不是假的！是真的,真的,先生们！是真的！（他绝望地走到天幕后面消失了）
经　　理　（按捺不住地）假的！真的！统统见鬼去吧！灯光！灯光！灯光！
〔霎时间,台上台下灯火通明,光线强烈耀眼。经理如释重负地透了口气。众人面面相觑,疑惑不解。
经　　理　我从来没有遇到过这样的事情！他们浪费了我一整天的时间！（看表）你们都走吧,走吧！现在你们还能做什么呢？时间太晚了,不能排演了。晚上再见吧！（演员与他告别,他刚要离开时）喂,灯光员,关掉所有的灯！（话音刚落,整个剧场霎时陷入一片漆黑之中）唉,上帝哟！你至少留一盏灯亮着,让我看清该朝哪里迈步伸腿啊！

　　好象灯光员听错了话,在白色的天幕后面,一只绿色的聚光灯亮了,清晰地映出除了男孩和女孩以外的其他剧中人的巨大影子。经理看见后,惊恐地疾速退下。这时,聚光灯熄灭,台上出现原来的蓝色夜景。慢慢地,从白天幕的右侧走出儿子,后面跟着向他伸着双臂的母亲,然后从左侧走出父亲。他们站在舞台中央,仿佛是梦幻中的人物。最后继女从左边走出来,跑向小梯子,她在梯子的第一级上停一会儿,望着台上的三人尖声大笑,然后匆匆走下梯子,跑到观众席之间的甬道上,再次停下来望着台上大笑。她走出剧场之后,还能听她逐渐远去的笑声。片刻之后,幕落。

(马家骏)

红莫尔顿

作者马丁·安德逊·尼克索（1869—1954）是丹麦最负盛名的无产阶级作家、丹麦共产党创始人之一，被誉为是"丹麦的高尔基"。他的代表作是长篇小说三部曲：《征服者贝莱》(1906—1910)、《狄蒂——人的女儿》(1917—1921)和《红莫尔顿》(1945—　　)。

《红莫尔顿》分为三部：《无主的国土》(1945)、《迷途的世界》(1948)和《燕妮特》（未写完）。现出版的中译本仅有《无主的国土》。小说描写的是丹麦无产阶级作家莫尔顿在第一次世界大战前夕至十月革命期间的生活与革命活动。它的批判锋芒指向欧洲社会民主党对马克思主义的背叛行为及其沙文主义的倾向，塑造了莫尔顿这个坚持原则、忠于革命、对劳动群众具有深厚感情的无产阶级战士的生动形象。小说对丹麦社会民主党的领袖贝莱的揭露与批判十分深刻。它具有鲜明的政治特色。

译本，徐声越译，上海文艺出版社，1959年出版。

引　子

莫尔顿给贝莱的一封公开信偶尔落到了我的手里。这封信使我感到震动。我决心写一本关于莫尔顿和贝莱的成熟时期的历史，说明这两个人奇怪的命运。他们两个应该走同一条道路，可是终于分手，然而又不能彼此完全远离，他们的道路一直紧紧地交织着，有时不可避免地引起激烈冲突。

在我看来，贝莱、蒂特、莫尔顿一直是一个整体的三部分，而且只有莫尔顿才真正是新事业的负荷者。

尽管我满怀着写作的愿望和决心，但我已70岁，动手做这件大事不是那么容易了。机器生了锈，它已经不能用全力来工作了。我周围的生活却充满着朝气，人们在艰苦中奋进，我必须拿起笔来写。

第一部　无主的国土

第　一　卷

一　归　来

莫尔顿离开祖国丹麦差不多两年啦。他在意大利、西班牙考察。他生活在劳动人民之间。他发现劳动的生活不但没有埋没人的最好的和最宝贵的品质，相反却使它们显得更鲜明了。莫尔顿对实现新社会制度的信念更加坚定了。由这样的人来建设一个新世界，是完全可能的！

莫尔顿来到柏林，他感到德国的空气里有着一种特殊的气氛，好像是某种非常事变的先兆。有一次莫尔顿和德国社会民主党的领袖们发生了争执。伯恩施坦攻击那些钻进列强中间来的小国，他认为小国没有生存的权利，阻碍了进步。莫尔顿听了这样放肆的言论非常气愤。他责问："你们德国工人的领导者为什么变成了帝国主义者？"莫尔顿对柏林失去了兴趣，他决心回国。

莫尔顿到达丹麦京城哥本哈根。贝莱到车站接这位老朋友，愉快地向他问候。

饭后，两个朋友作了一次长谈。对于合作工厂，贝莱完全丧失了信心，他过去积蓄的全部资财业已耗尽。莫尔顿认为办合作工厂这条路是不正确的。他说："如果四周围的田长满了杂草，要保护你的地段，教它不生杂草是做不到的。坦白说，我们合作工厂中有什么东西是社会主义的？原料和机器，我们必需的一切，都在私人手里；通融资金和销路也在私人手里。"贝莱听了莫尔顿的讲话后心情十分沉重。莫尔顿关心地问贝莱最近做些什么。贝莱说，他最近担任市政府城市建设委员会的主任，工作很多。

深夜，莫尔顿在沉思。贝莱的事业与其说建筑在现实上面，不如说是建筑在空想上面。大多数工人希望安静，他们想依靠贝莱的努力，不必再去冒险。他们很愿意让贝莱去替他们火中取栗。这种状况很自然地造成了工人运动的停滞不前。

二　莫尔顿辨测方向

莫尔顿在公寓里住下，每天坐车上工厂去。他把两年前执行过的任务承担下来，经常深入工人之中，做一些宣传工作。工人们很喜欢听他讲外国工人的生活和斗争。

有一天，贝莱提醒莫尔顿：有一位年轻而美丽的女孩总是热心地倾听他的讲话。"谁？"莫尔顿追问着。贝莱说："她叫薇拉，是打字讲习班毕业的，我们有时请她来打字。她父母在地下室开了一爿小店，是那种没落的商人。她是一个聪明的女郎。她希望学外语，将来调到办公室来工作。你如有空，可以教教她。"莫尔顿也曾注意到这个女工经常带着热情的眼光盯着自己。从目前的情况来看，他是有时间教她外语的，但单独和一个美丽的少女接近，他总觉得不习惯。

黄昏时，莫尔顿照例去访问一些老相识。由于失业，他们多次搬家，不少老朋友的踪迹简直无法寻觅。他最为关心的是彼得·特雷叶的寡妻孤女。那驼背的女裁缝一个人生活已经很难了，何况她身边还有个幼小的女儿。经过多次打听，莫尔顿终于在一个贫穷人集居的角落找到了他们。那个矮小的驼背女人认出来访者是莫尔顿，哭了起来。临走时，莫尔顿把一张50克罗纳的钞票放在五斗橱上。女裁缝发现后立刻追了出来，把钱递给莫尔顿。莫尔顿说："这是给你们的，作为同志，我对你们的关心太不够了。"彼得拉绝望地说："要知道我们没有地方去兑换，人家还以为我们是偷来的。"莫尔顿走进一家纸烟店把钞票兑换开，并说："哦，现在你们只能得一半了，因为，说老实话，这是我最后的一点钱了。"女裁缝脸上显出快乐的光辉："彼得常说，一切平分是最公平的。"

在贫民区，莫尔顿遇到了翻砂匠奥尔逊。在过去斗争中他表现得十分英勇。岁月在奥尔逊的脸上留下印记，过去的勇气和热情一丝踪影都没有了。他请莫尔顿到家里坐坐。奥尔逊的家不仅窄狭而且房子偏斜，到处弥漫着浑浊的空气，有一种说不出的臭味。奥尔逊早已失业，因为他的名字已经列在黑名单上了。他们夫妇没有一点收入，仅靠儿子的工资生活。在谈到社会民主党时，奥尔逊夫妇都指责它，气愤地向莫尔顿诉说：工人中的积极分子早已灰心了，因为他们知道，一切努力都不会有好结果。

莫尔顿来到《工人报》的编辑所。他遇到编辑奥斯卡尔逊。在政治圈子里人们都叫他"党的喉舌"。他是以说话恶毒出名的。社会民主党的领导派他出席政治会议，打击那些难以对付的敌人。但现在和这位编辑交谈，他那种贵族老爷的派头和自满放肆的言论都令人厌恶。这位编辑要莫尔顿写一些关于丹麦的文章，并提示，要把眼下的丹麦说成是"世间最好的国家"，或是"一个富人不多，穷人更少的国家"等等。当他谈到为什么要退回莫尔顿的一些稿件时，他说："您完全忘记阶级斗争已经结束了。我们不能攻击自己要依赖的那些主顾。我们需要他们在我们报纸上刊登大幅的广告以增加收入。"

当夜，莫尔顿想起奥斯卡尔逊妥协的言论，陷入沉思。这是由于工人运动的不景气造成的一个舆论局面呢，还是这些工人运动的领袖把群众推向这条绝路？可能双方都有责任，可能双方都开始腐化了。

三　破碎的理想

回到丹麦之后，莫尔顿常常为孤寂所苦。资产阶级在各个方面发起向工人运动的进攻，令人气恼的是工人们一味地退却。他们靠过去斗争的成果过活，沉浸在恬静的沉睡之中。莫尔顿曾为此愤愤不平，但没有人理解他、支持他。

四　莫尔顿被诱拐、五　在丈人家里、六　蜜月、
七　莫尔顿决算获得盈余

薇拉爱上了莫尔顿。莫尔顿经常抽空为她补习德语，两人的感情逐渐加深。后来，莫尔顿的讲课简直无法进行了。薇拉认为接吻比讲德语好。当莫尔顿纠正她的发音，给她看发音的口形时，她只管笑着和他接吻。不管他抱着怎样郑重的意图去教课，可是总维持不了多久：薇拉使他软化，为了享受她身上散发出来

的温暖而忘记了一切。他从来没有想象过,女人的身体竟这样地不可抗拒。有一天,薇拉淌着眼泪告诉莫尔顿,说自己怀孕了。他回答说:"我们现在就结婚。"贝莱和爱伦都反对这件婚事。爱伦激动地说:"你疯了!不要为了瞬间的迷恋,把自己的一生毁了!"贝莱说:"薇拉根本不是你的配偶。她很漂亮,但你需要的是一个能跟你步调一致的妻子。她的精神生活是贫乏的,她配不上你。"

薇拉出生在一个小市民的家庭。她父母汉生夫妇贩卖蔬菜,唯一关心的就是钱财,一点也不理解自己的女婿。

薇拉从出嫁后第一天起,就完全变了一个样子。她的温柔变为任性。这对新婚夫妻之间的关系是变幻莫测的。瞬息间,他们的生命融成一片,可是随后又觉得彼此之间非常陌生。薇拉一整天好象很忙,一会拿起这样,一会又拿起那样,实际上却什么也没做。她时不时对莫尔顿的工作偷看一眼,但是又根本不关心他。有一天晚上,莫尔顿给人上夜课回来很累,薇拉却带着一付受委屈的神情来迎接他,仅仅给他倒上一杯茶;但在更多的时候,莫尔顿晚上回来,薇拉已经上床睡熟了。莫尔顿的事很多,他觉察到薇拉由于没有人陪伴而寂寞,于是决心积蓄一笔钱为她买一架钢琴。为了买钢琴,他结识了钢琴商人安德莱逊。这位商人读过莫尔顿的文章和小说,很崇拜莫尔顿。莫尔顿用赊款的方式在他手下买得一架旧钢琴。

莫尔顿的经济情况入不敷出。出版商和报社给的稿酬很低,而且还用尽办法盘剥他。他不能按期付款给家俱商,在街上吃饭也不得不去找那些便宜的餐馆。

八　在曙光村里

贝莱和爱伦都很想念莫尔顿,他们叫儿子斯文-乌吉哈去请莫尔顿夫妇来作客。薇拉和爱伦不大融洽,不愿来。莫尔顿一人前往贝莱的曙光村新居。

贝莱的合作工厂已经歇业,他主要精力用在国会和市政厅里。他负责市的建筑和改造工作,并新任立法议员,工作很忙。

这两位老朋友一见面就争论。贝莱责怪工人的集体主义精神太差,动不动就罢工,破坏了当前稳定的形势。莫尔顿说:"罢工是他们唯一的武器,假使他们放弃了这个武器,他们就毫无保障了。贝莱,你怎么能剥夺他们的罢工权利!你在上次伟大斗争时期不是说过,罢工是工人给自己争取权利的唯一武器,为什么你现在忘记了!"莫尔顿的责问,使得贝莱十分难堪。

吃完饭,两个朋友在书房里又争执起来。贝莱对当前丹麦的形势很满足,认为大家都有饭吃。他不承认有什么经济危机。莫尔顿则理直气壮地驳斥贝莱的言论。他认为丹麦的形势很不好,工人们在挨饿,但工人运动却开展不起来。经济危机是客观存在,那些统治世界的大投机家正在利用战争来摆脱危机。当前我们的首要任务就是提高群众的革命觉悟。两个朋友话不投机,莫尔顿借口薇拉一人在家太冷落了,告辞回去了。

九　老　乡

　　一天晚上,莫尔顿在路上扶起一位醉汉,从而结识了这位因失业而穷途潦倒的老乡工人蓬一家。莫尔顿为帮助这一家摆脱穷困而奔走。薇拉临产了,他请蓬太太来他家作帮工。蓬的失业是因为欠了会费被工会开除而造成的。莫尔顿去找贝莱请他帮助蓬复工,却遭到贝莱的拒绝。

十　做父亲的欢欣

　　薇拉生了一个女儿。莫尔顿仔细地观察女儿的各种神情,他感到由衷的喜悦与幸福。

十一　"无主的国土"里的狐步舞

　　莫尔顿进入了沉思。他深切地意识到,在知识分子之中,他是一只偶然飞来的候鸟,工人运动的领袖都对他侧目而视;而那些左派的人呢?不错,那儿是一片伟大的"无主的国土",那儿隐藏着丰富的潜力,可是没有人居住,没有开垦过,没有路径!未来一定是在那儿的什么地方,可是到那儿去,对他说来等于完全与世隔绝。把群众领到那边去,和他们一道建设一个新世界……不,这事情他不配,这需要更大的才能和力量,连贝莱都在这上头弄得焦头烂额,可是结果只是领着他们团团转。现在他们发现自己又到了出发的地方,在原地徘徊。不,不是贝莱在领导他们,这一点莫尔顿现在已经很明白。而他自己呢,至多能保持过去的战斗精神的一点火星,等时机到来的时候,重新把它吹起熊熊的火焰。

　　莫尔顿去社会民主青年团作报告。听众中大多数只是来凑热闹的人,虽然他们经常鼓掌,但对所讲的内容却并不感兴趣。莫尔顿十分失望。会后,斯文-乌吉哈把莫尔顿引到时钟社去参加另外一批激进青年人的辩论会。他们大约有二三十人,正在一个地下室里对什么是国家这个问题展开着激烈的争论。会场空气十分活跃,显出一种探索真理的进取精神。

　　莫尔顿很喜欢以斯文-乌吉哈为代表的这些年轻人。他曾与斯文-乌吉哈谈到贝莱。他说:"我替你的父亲惋惜,曾经有一个时候,他是一个出色的组织家。如果你能象他从前那样,你会成为一个好汉。"

十二　莫尔顿全家到了城外

　　贝莱派人来请莫尔顿去商谈。莫尔顿没有心思跟贝莱作冗长而没有结果的争论。他带着薇拉和女儿爱莉莎到城外森林里去散心。和家人一块郊游,莫尔顿感到愉快和幸福。

十三　母亲的召唤

莫尔顿思念母亲，准备接母亲来与他们一块生活。他先到弟弟扬斯那里打听母亲的情况，得知母亲重病住院了。莫尔顿把母亲接回哥本哈根。

十四　他妈的，他们到底为什么打起来？

第一次世界大战前夕，第二国际作出决议，反对这次帝国主义之间的掠夺战争。但战争一爆发第二国际的成员却以沙文主义的面目出现，支持本国的反动派。

战争爆发，人们愤愤不平。人们大声叫嚷："他妈的，他们到底为什么打起来？"

十五　孪生兄弟

战争爆发了。工人们望着领袖们，等待着信号。在过去的年代，贝莱和莫尔顿经常在一起活动，一起战斗，就象是孪生兄弟。可是现在他们分手了！一个在什么地方发表了演说，接着另外一个一定是发表反对的意见。关于当前战争的看法，莫尔顿说这是老板们的战争，工人们应该起来阻止它；贝莱则认为跟战争作斗争是不可能的，用同盟罢工来反抗战争是错误的。

十六　家里的捣蛋鬼

有一次莫尔顿和薇拉谈到维戈。薇拉很不喜欢这个不安份的弟弟。她说："他一直是家里的捣蛋鬼！他总是走自己的路，专门批评父亲和母亲。"但莫尔顿却喜欢这个参加时钟社的、敢于向一切传统观念抗争的内弟。莫尔顿请维戈夫妇来家里作客，薇拉却借口回娘家而避开。莫尔顿和维戈热烈地讨论当前丹麦的政治形势。莫尔顿断言，现在的社会民主党是完了！但战争的结果可能使它来一次革新。

十七　老祖母说道理

要薇拉安心忍受第二次的怀孕，简直没法说服她。开头四个月，她常常哭，每天睡到中午。祖母心里想："谢天谢地。"她自己来照管爱莉莎和一切家务。祖母出乎意外地强壮了，甚至变得年轻了，因为这是她平生第一次可以主持什么事情。比起她以前所习惯的生活来，莫尔顿的家在她看来简直是贵族。小爱莉莎也一天天茁壮起来，莫尔顿自己都觉得，不管怎么样，重新又脚踏实地了。母亲在厨房里张罗，让孙女儿坐在桌子上，她的声音从哪里传来，都会起着安慰的作用。

莫尔顿受了薇拉不少的折磨，他不得不日夜向她劝说，但是很困难。因为收入的不稳定，无论哪一家随时都会遭到失业，因而打破预算，结果是连工人们的妻子都害怕生儿女。限制生育的问题越来越严重，战争又爆发了，于是就发展成为一个重大的问题。工人界的妇女开始谈论这件事，而且表示了抗议，这是意识上有点觉醒的标帜。可是她们的抗议是无力的；许多江湖医生借此牟利，有很多女人病了，死了，这就是全部的后果。

薇拉并没有特殊理由去担忧经济情况；可是她学会了向莫尔顿巧妙地进攻，她从"在目前情势下生育孩子的责任"上提出论据来反对他。完全不了解社会问题的她，却能把这些论证运用得多么巧妙，简直令人惊讶。在怀孕期间，她消瘦了，莫尔顿一直在害怕她会去找那些巫婆，因为她不断地折腾他，缠住他，要他给她帮助。

当他完全没法应付薇拉的时候，他就打电话把她的姊姊叫来。只有达格玛尔能对付她；薇拉是盲目地服从姊姊的。开头两年，她们难得会面，可是从爱莉莎长大到能跟她一道玩的时候起，达格玛尔就常来他们家里作客。"是这个小娃娃吸引了我，绝不是你们，不是你们那副垂头丧气的样子！"她以特有的率直的态度说。她把薇拉叫作"假道学"，对她藐视而又亲热。

她和莫尔顿开头彼此都有点拘束。可是莫尔顿对她的认识逐渐加深，他的畏缩也跟着消失了。她善良、宽容，能在每个人身上发现好处。在她父母家里，除了上层阶级的人以外，对任何人都没有好话的，这样她就更加可爱了。而且她很慷慨，老奶奶很赞赏她、尊崇她。一个人深入了解了达格玛尔，就不能不喜欢她。达格玛尔虽然艳丽夺目，可是莫尔顿和她站在一起时所体验到的一点厌恶之感，还是不能克服，就像穿上别人穿旧了的衣服一样。

达格玛尔一来，家里就变了个样子，立刻觉得光明舒适了。祖母的眼睛露出光辉，爱莉莎乐的直叫。达格玛尔把她抱在手里，一阵风奔到卧室里。

"怎么，你还躺着？"她用温暖而响亮的声音对薇拉说。"得狠狠揍你一顿才好。应该对你说，你过的日子太舒服了。"

薇拉犹豫不决地瞅着她。

"我生活里什么都没有，"她抱怨地回答。

"嘿，别提了！你有一个了不起的好丈夫，他没有狠狠的打你，还把你当作宝贝，你有一个美丽的孩子，马上又要有第二个了，而且还有一个你完全配不上的可爱的老祖母！"她在老奶奶的脸颊上响响地吻了一下。

薇拉不懂得人家会羡慕她！……还有达格玛尔姊姊，什么都有了，心里还盼望些什么！这是她绝对不能理会的。可是这毕竟鼓舞了她，使她安安静静等到了临盆的时候，总算顺利地生下了第二个孩子。

"我的青春就这样完结了，"当姊姊把孩子放到她怀里的时候，她凄惋地说。

"这是因为你没有到柏林去吗？你应该高兴才是，亲爱的。如果你羡慕那些不幸的人,那你只是一个可怜的东西。天哪,你的灵魂里该多么空虚啊!"

薇拉大声哭起来。

"我是多么不幸啊!"她呜咽着。

"怎么你的舌头变得这样会说诳!"达格玛尔顿脚大叫。"马上给我停住,你是在偷窃孩子的乳汁!可怜的小娃娃,"她把身子弯到孩子身上说,"母亲不知道把自己的乳汁变得甜美些,反而啼啼哭哭把它弄坏。"她的声音温柔得出奇;当她站直的时候,眼眶里闪耀着泪水。"假使你乖乖的把孩子好好抚养,我把我顶好的一件绸衫子送给你,"她说着,擦干了眼泪。

薇拉心里想:"她这样喜欢孩子,这个娃娃应该让她生了才对!"可是嘴里说:"那么,你还得把金别针送给我。"她脸上露出笑容。

"好吧,这不在乎,把别针也给你!那么请你起来照料家里的事情罢。否则就得教老奶奶一个人张罗一切去了。"

薇拉服服贴贴地穿上袜子和衬衣。达格玛尔姊姊是好心人,她从小就这样;把身上最后一件衬衫脱下来都肯。

这回生下来的又是女儿,莫尔顿有点儿失望。祖母更用不着说:薇拉不在面前的时候,她简直吵骂起来。

"呸,这象什么,连生两个女的!"她轻蔑地说。

"妈妈,你知道,也许因为……可是女孩子既已生了下来,咱们也应该为她高兴。事已如此,只有接受下来。"

"能有什么办法呢!"老奶奶冷冷地回答。"还没有人听见过这样的专家,能把女孩子变为男孩子。可是古话说,自私自利的人只会生女孩子,不是没有道理的。"

一般说来,老奶奶对薇拉远不是很喜欢的:尽管她装阔太太,只要她性情和蔼也罢了!可是在这方面也是不够的,她没有在她的周围发散出光和热。莫尔顿为什么和她结婚,简直不可理解。但无论如何,她是他的妻子,所以,他应该待她好。

莫尔顿也得在心底里承认,象达格玛尔那样和蔼的性格,薇拉是没有的。他对达格玛尔的成见现在改变了:他经常有机会把两姊妹拿来比较。表面上她们很相象,可是按照性格说来,是多么不同啊!薇拉难得对人说心里话,难得给人一点愉快,立刻又缄默了。达格玛尔一直发散着光和热,仿佛她的身体里面不断地有着一种要求,要对别人表示她的好心肠,把一把把的快乐撒向众人。她从来不会阴郁、骄傲、自私,也许她的罪孽也是由于她禀性中间那种天生的慷慨。

莫尔顿晚上常常出去,即使他没有课,没有集会的时候也是这样:他在家里缺乏舒适和精神上的安宁,而孩子们又有祖母很好地照管着。有时候,顺便上青鸟剧场去听达格玛尔的唱歌和朗诵,在表演节目之间和她聊聊天。她坐到他的桌子上来,于是他们就谈到前线的事件以及生活中的日常琐事。莫尔顿很惊奇她在舞台上的态度多么镇静尊严,一点看不出激动或卖弄风情的意思。可是当前排的老绅士们拿手杖去碰她的脚,仿佛他们每个人都占有着她的时候,使他感到狂怒。

他回到家里,薇拉淌着眼泪,满口埋怨,跟他吵闹,可是他的印象是:这并不很严重,无非要把恶劣的情绪发泄一下而已。她不久就平静下来,津津有味地打听姊姊怎么打扮,观众对她的态度怎样。保持精神常态的时候,她从来没有过。

有一天,莫尔顿从城里回来,看见桌子上有一张通知,要向他收回房子,房东的理由是他们自己要用。

"他们不过这么说,"老奶奶说明。我告诉你:他们看来,咱们是一班太不安静的房客。"

"太不安静?妈妈,你说的什么意思?"莫尔顿犹豫不决地望着母亲。

"你大概以为你的妻子躺在床上大号大叫,人家听不见的,"她愤慨地说。"有时候,她简直嚎的整个街坊都听到。你试试看,能不能教随便哪一个相信,她不过象一般女人一样,因为要分娩了所以嚎叫。不,大家以为你打她呢。就是这么回事!"

莫尔顿面色变了。

"这一点她自己也知道的很清楚。我对她说,'不要哭了,邻居们以为你的丈夫虐待你!'她说:'正是这样嘛,'嚎得更响了。"

"薇拉不至于撒这样的瞒天大谎吧!"

莫尔顿看着他母亲,他的那副神气,仿佛什么重家伙在他的头上打了一下。

她握住他的手,温存地抚摩着。

"你不要把这事情太放在心上,因为你要知道,按她的见解,你既然使她怀了孕,你就是虐待她。现在的新式女子,她们对这事情就是这么看法的。"

"妈妈,你简直不喜欢薇拉!"

"不,我甚至极愿意喜欢她,我是好心肠的人!只是她应该举动合礼,不要使人家以为丈夫打她。"

"大概没有人会这样想。"

"嗳,嗳,好儿子,你以为是这样;可是你不了解人,把他们看得太好了。不,人们老喜欢相信顶顶坏的事情。"

事情并不象母亲想象的那么糟;她只是跟薇拉的性格不容易合得上来。要不是这一点,那么一般说来,她们相处得还不错。薇拉毕竟是她的儿媳妇,而生活又教会了老太太对许多事件都很随和。家里大部分的工作她都做了,她所采取的方式,常常把薇拉弄得进退维谷。"不行,做这事情,你太娇贵了,"她说着就把薇拉手里的活接了过去。薇拉总不明白,这是什么意思?是嘲笑呢,还是客气?可是她很感激祖母:孩子们差不多全部时间和她在一起,可惜的是薇拉从来没有因为自己的孩子而产生过妒忌的念头。

目前产生的情况使莫尔顿不得不考虑。那么非搬场不行了。可是搬到哪里去呢？随便搬到哪一所公共宿舍里去，上下左右全是房客，那就是出了虎穴，进了龙潭。这一种"鸽子笼式"的房子他受不了。他心里想，母亲虽然有点夸大，可是不管什么地方，在这样的房子里，将来引起邻居麻烦的借口总是有的。近来一段夜晚，薇拉那种失望情绪的发作越来越勤了，那时候一切声音听的格外清楚。母亲的话使莫尔顿害怕，他已经觉到，薇拉的号哭诉苦，黑暗里会传到隔墙，妨碍人家睡觉。他预先在发抖。

"咱们还是住到城外什么地方去吧？"他闷闷地说。

"孩子，这事情你自己决定！我到处都是好的，对孩子来说，这只有益处。可是假使要薇拉离开城里，她会说什么话呢？"

"大约她看到必须这样做的时候，她会习惯起来的！"莫尔顿回答的意外尖锐。"关于这个问题，我不打算跟她商量。"

母亲赞同地点点头：也许他比之从外表上看去有着更多的丈夫气。

"目前一切东西都这么贵，住在城外勉强对付着过日子也容易些，"他沉默了一会，又添补了一句。

"你努力一下，一定要有园子，"她说。"在农村里，一切必需的东西，都是自己种的。"

"嘿，妈妈，芥子你反正不能种呀！"莫尔顿故意呕她。

"真的吗？我得种出一些更难种的东西来，"老太太傲然回答，意味深长地把他从头到脚打量了一遍。"哈，你这个淘气的家伙！看来，你是要讨打！"她重新高兴起来。

他们考虑了出路之后，两个人都感到轻松了一些。

当然，房子一定要带园子。莫尔顿已经预先感到能在地里翻弄的乐趣了：只要有石路就够了！还要近水，可以游泳划船。

白天，莫尔顿骑上脚踏车上市中心去。市政厅广场有一个买卖土地的事务所，它也报道有关消夏住处的消息。骑脚踏车在城里走，他已经不习惯了，交通又非常拥挤，穿过去可不容易。战争把人们都赶到街上来了；住宅，办事处，工场里似乎容不下他们。京城里最大的工人区的大动脉，一条窄窄的奈列勃罗街挤满了人。车辆要让到旁边小路上，等到行人稀少一些，可以通过的时候再走。挟着皮包的人钻进它们中间，再向前面飞跑过去。人们只想着自己，往前挤。赶车的吆喝、吵骂，赶着牲口，汽车不住地响着喇叭。莫尔顿不得不下来，推着车子走。在环形路附近想要帮助一个老太太走到路的对面，可是他不得不放弃他的意图；又是脚踏车，又是她，他一个人对付不了；把脚踏车留下来是危险的：人开始在公然偷窃了。

"等警察来罢，"他向她耳朵里喊了一声，自己沿着墓园的围墙缓缓地向河滨路走去。

马路上站着一大堆人。有几个后备队的兵士,因为他们是从家庭里和工作的地方被硬拉出来的,因此,他们把军服脱下,挂在路灯上表示抗议,身上只穿着一件衬衫。他们的样子很滑稽,四周的人群叫闹哄笑。有几个人把自己的短大衣和上装脱下来抛给那几个兵士。可是他们穿上身之后,变得更加滑稽了。一个细长腿,着红衬裤的兵士,穿上了短大衣,活象一只仙鹤。

一个年轻人骑着脚踏车突然到来,抛给他们每人一条裤子;人群中间欢呼起来。那年轻人把脚踏车靠在人行道旁的石柱上,跳到上面,向这一堆人说:

"这是一班工人,他们有妻子儿女,"他指着这一班反军国主义者高声叫道。"一句话没有,就解除了他们的工作,强逼他们穿上军服,塞进后备队里,把他们的妻子儿女丢在家里饿死。他们再也忍不下去了。把你们的军服给我,我代你们交给上级去。"

四面八方喝起采来,可是突然在人群面前出现的警备车把这一阵喝采搅乱了。警察冲进人群,拿着用皮带套在手腕上的木棍,不分皂白,左右乱打。两个警察把那年轻的暴动分子从石柱上拉下来,向一辆警备车拖去;他抵抗着,竭力从他们手里挣扎出来,可是每次头上都挨了一木棍。这是一个反对党的小伙子;莫尔顿似乎在时钟社遇见过他。啊,不是!这就是宣战那一天唱歌嘲笑战争的那个青年工人;当木棍把他的鸭舌帽打落的时候,莫尔顿认出来了。可是就在这时候莫尔顿自己背上狠狠的挨了一下;他后面站着一个健壮的警察。

"走开!"他嘶哑地发着命令。

莫尔顿惊奇地望着他。

"您这样突然的打人,"他说,"难道是必要的吗?"

"别做声,走开!"那警察用手转着那根套在腕上的木棍,仿佛准备打莫尔顿的头。

莫尔顿赶紧跳上脚踏车。

他把脚踏车存在一个熟识的报摊老板那里,走到办事处,得到了几个他所需要的地址,然后穿过市政厅广场,到几家大报的编辑部去,在那里遇上了贝莱,刚读完了最后的一些战事消息的电报。贝莱装出过分愉快的样子握住他的手。

"不要这样用力,"莫尔顿微微一哆嗦,说。"我差点挨上了你们一个警察的木棍。"

贝莱睁大了眼睛。

"你说笑话?"

莫尔顿简单地把经过的事情说了一遍。

"你们那些警察,简直是畜生!"他带着苦笑说。"你们有意把他们从地主的马夫中间收集拢来的。他们还没有接触过文化,已经预先憎恨我们这班市民了。"

贝莱耸了耸肩膀。

"我们需要秩序，猛犬是最好的维持秩序者。它不会参加商谈，也不理会甜言蜜语。学我的样子，我一看见人群，总是绕过它走。"

"你一向这样做的！"莫尔顿挖苦地冷笑了一声，添上一句。

贝莱把一只手放在他肩头上。

"朋友，听我说，只此一次：让死人去埋葬他的死人罢。活人需要生活，而且必须过眼前的生活！老是翻陈帐，到头来是要厌倦的。咱们还是上酒店去喝一杯，随便谈谈罢。只是闲谈，不涉政治！"

贝莱穿一身英国式的灰色衣服，跟他那越来越显得花白的浓密的长头发很相称。他发胖了，因此衣服紧紧裹着身体。贝莱是一个漂亮的男子，自信、镇定，有着民主党人的庄严而夸张的手势，这些手势和他很相称。他已经有了声望，因为他在管理市的财政，还有国会里的工作，在那里他参加那些幕后决定的问题的讨论。走路的人都回过头来对他望，很多人，主要是穿着讲究的人，都恭敬地向他脱帽鞠躬。

"你那里现在大概很忙碌，"当他们在一只当作桌子用的空酒桶前面坐下来，叫了一杯葡萄酒的时候，莫尔顿向市政厅那面点点头说。

"对，对，为了这战争不得不操一点儿心。没有什么特殊的理由，因为咱们需要的一切，国内都有，咱们也不抱怨生活。"

"哪能——这样？"莫尔顿拉长了调子说。"无论如何，有些人是过着很富裕的生活！"

"假使一定要叫咱们自己来说，那么，大概没有另外一个中立国的工人，生活过得象咱们国内这样好的。"

"挪威的社会民主党人也在使他们的工人相信同样的事情，瑞典也是如此。要是咱们能做到使每一个劳动者相信他是生活在宇宙间最好的国度里，那一切都好极了！"

贝莱举起一只手。

"不谈政治！"他半开玩笑地对莫尔顿警告。

莫尔顿冷笑。

"那么你自己也不要再欺骗我。我不是牛，假使给它戴上绿眼镜，它就会把木屑当青草吃！"

贝莱把自己的空杯子转着，没有回答。

"说正经话，莫尔顿，"他微微放低了声音说，"你对于目前的情势怎么看法？按照你的意见，咱们会不会牵入战争？"

莫尔顿耸了耸肩膀。

"谁知道呢？暂时咱们是在战场上扮演豺狼的角色，靠残余的东西，把自己喂的胖胖的。"

"在我看来,你对咱们的判断太严厉了,太严厉了。假使咱们不利用这笔收入,它就会转到别国手里。要知道咱们得生活哪。"

"对,每个人都不得不吃偷来的东西。好象是这样说吧?"莫尔顿尖锐地回答。

贝莱叹了口气。他弯着背坐着,仿佛一下子变老了,疲累了。他突然挺起腰板。

"再来一杯罢? 不要了? 可是我还要喝。我非常喜欢这种酒的涩味。这种味道全靠保存在涂焦油的木桶里。这一点你自己也知道。坦白说,有一桩事情我不能理解。对于德国的内部情形和咱们在那边的领导人,你知道的比我多,能不能把党里八位同志①的行动给我解释一下? 他们一开始就行动别扭。就算由于当时的一切情况使他们惊讶,所以这样,可是他们进一步地抖起威风来,据说,甚至组织起自己的党来了。"

"我对他们,比之对那坦然蔑弃咱们的纲领,和战争发动者投一致票的一百五十个或那儿所有的党员,了解得多。可是,朋友,这是极端政治性的问题啊!"

贝莱假装没有听到。

"可是祖国怎么办呢?"他带着深刻悲伤的表情问。"它难道是跟咱们完全漠不相关的吗?"他瞅着莫尔顿的那副神气,仿佛许多事情都要以他的回答为转移。"如果咱们的人民也必须把国家的利益放在个人利益之上,那么说什么资本主义和剥削制度呢? 要知道个人是为全体而存在的,按照你的意思,可不是这样吗?"

"我以为,这样咱们太便宜了,"莫尔顿坚定地回答。"恰恰这时候,咱们对一切事情需要有更远大的眼光。咱们有一个必须为它斗争的前途;让别人去考虑今天和寻找出路罢。他们从前自己把事情搞糟了,现在来清理。"

"莫尔顿,对,对,我不打算替最高政策辩护了;你对它知道的比我多。可是假使祖国遭到了灾祸,不管由于什么原因,反正一样,难道可以对它说:'亲爱的,这没有我的事,不与我相干!'难道其他国家的同志们,仅仅因为他们的外交政策和资本家应对战争负责,就束手坐视,让敌人来践踏他们祖国的土地吗? 如果丹麦遭到灾祸,来号召你的时候,你难道自己会说:'我一个手指头也不预备动弹!'吗?"他非常激动地望着莫尔顿。

"我不知道,"莫尔顿颓丧地回答。"关于祖国的问题是太复杂了。跟它的关系是这样密切,以至不可能了解,应该牺牲谁,应该牺牲什么。关于祖国母亲的话听起来说服力很大,大家为她赴汤蹈火,并不考虑她有罪没有罪。可是假使这一位老母亲,对于她的绝大多数的儿女,是一个凶恶的后母,那怎么样呢? 为什么要为了她赴汤蹈火呢?"他沉默了一忽。"他们终究还是去的,而且恰恰是

---

① 这是指德国的革命活动家李卜克内西、卢森堡、梅林、蔡特金、皮克等德国斯巴达克团和共产党的创始人。——俄译本注。

他们,抱着特殊的热诚去为她牺牲生命。假使事情真的变得非常糟,我可能也会去。"

"咱们都有什么东西要保卫,"贝莱热烈地叫起来。"不管怎样,祖国是活在咱们的心里的!"

"我不能不想,咱们是过于轻信了:有某些集团太厚颜无耻地在使咱们上钩,他们只要把祖国这个观念当作钓饵挂在钩上,咱们就上钩了。祖国遭到了危险,不错!可是其他的参战国都喊着同样的话。法国,你看见吗?是被迫参战的,可是德、奥、英、俄都表示自己同样的没有罪。在这种情况下怎么说呢?是魔鬼,还是天使在发动战争呢?"莫尔顿痛苦地说,显然,这些问题在折磨着他。

贝莱偷偷看了他一眼,莫尔顿对这事情难道真的这样关心吗?

"鬼知道原因在哪里,"贝莱比较镇静地说,"也许是某些自然力在猖狂,或者由于世界局势的尖锐化?关于势力集团的话我不大相信;战争是一向存在的,在资本家出现以前很久,不是已经谈到军火投机商人了吗?"

"贝莱,无论如何,这战争不是比尔-戈略克的:他的战场是和平的劳动。如果为了提高他的战斗情绪,必须使他相信,他的朴素和平的家庭受到了威胁,你难道不感到难受吗?在德国,他俩拿俄国人毁坏他们的房子、残杀他们的孩子、奸淫他们的妇女来恐吓人民。在英国和法国,拿普鲁士的铁腕专政来恐吓群众,据说,人民的自由受到了威胁。"

"是呀,是呀!咱们在这儿坐着聊天,可是同时,事情在按部就班进行,老朋友,我和你都不能改变它们!"贝莱在他肩头上拍了一下。"再说,你的太太和孩子们好吗?"

"好得很。顺便告诉你,我们想搬到乡下去住,学你的样子。那里的空气对孩子们更有好处。"

"可是我们要搬进城里去。自从有人把我们的玻璃窗打碎那时候起,爱伦已经不大喜欢住在乡下了。"

"难道就这么严重吗?我想,这不过是小孩子恶作剧罢了。"

"是呀,是某些行动激烈的年轻人。我们也不去追究这个事情。可是踪迹和时钟社有关,"贝莱严厉地望着莫尔顿差不多有分把钟。"除此以外,我还可以方便些,"他添补了一句,回过头来找堂倌付帐。

他们一道走上市政厅广场。

"你毅然决然地负起建设新的街区的责任来了,"莫尔顿衷心地赞叹说。"昨天我骑脚踏车经过瓦列比亚到维格尔斯列甫这条路,不能不说,你的市郊的计划是宏伟的,了不起的大路,不比维也纳的差。"

"你也这样说吗!"贝莱欣然看着莫尔顿说。"现在就和我一道去,我把咱们市区建设的计划给你看。我希望,咱们会逐渐把这市建设得焕然一新。以前的建设是多么荒唐呀!"

贝莱带莫尔顿走进制图室,把计划图打开给他看。广阔的、分布得很美丽的大道,栽满绿树的街衢,有水池和喷泉的公园,计划的很美丽,很大胆!贝莱是一贯的,一切都表现了宏大的规模。

莫尔顿深深地吐了一口气。

"啊,这一定很宏伟。可是你们打算把工人住宅放在哪里呢?"

"是呀,这是一个难问题。"贝莱沉默了一下。"在咱们现在正要开辟的林荫道上是没法容纳工人住宅的。"

"为什么?"

"那儿的地很贵,市政府没有力量。"

"可是听说每一平方公尺的住宅面积,穷人付的钱比有钱的人多得多。"

"这也许本身是真的。可是……你自己懂得,林荫大道应该作为都市的点缀,工人的住宅,随你怎么样,总不能把它们叫作点缀品的。单是小孩子就把一切糟蹋了,我意思说,被他们搞得乱七八糟。大概不能不承认吧,工人区照例产生一种凄惨的印象。"

"那要看怎样造法。当然可以同意,在活泼的孩子们旁边,要使草坪花坛保持整洁是不可能的。所以,一切要看重点放在哪一方面。那么,目前你主要是为生活富裕的居民建设。"

"暂时,是的。在计划两旁的街区之前,先需要把主要交通线整理就绪。"

"住宅的需要呢?你们对那些没有屋子住的人怎么办?"

"对呀,这难道不是顶荒谬的事情吗?战争把几百万男人赶出屋子,把他们消灭掉,所有的国家依然在闹房荒。可以预料得到目前的局势将迫使咱们人口更加密集起来。暂时咱们不得不替多子女的人家盖一些临时房屋。逐渐的再及其他。性急的朋友,将来会轮到的!"他发觉莫尔顿脸上那种怀疑的神气,轻轻拍着他的肩膀,反复地说。

莫尔顿想要说什么,但是忍住了:他们的看法本来已经有很大的分歧了。

"当然罗,把那些无家可归的人的临时房屋隔离起来,比之拆毁它们要简单些,"他仅仅指出了这一点,随即向门口走去。

贝莱陪他走到走廊上。

"那么假使敌人向祖国进攻时,你是否保卫它,还拿不定?"他临别时握住他的手,带着嘲笑的神气问。

"如果它确是一个巫婆,养活了我仅仅为了以后把我屠杀,那我不会去保卫它的,"莫尔顿用同样的语气回答。"我还要把一根木桩插到它肚皮里,象童话里的汉斯一样。"

"那么你在这儿毕竟住在姜糖饼的房子里,"贝莱赶上去,笑着向他喊。

"对,咱们好好努力把这种思想灌输给所有的穷人,"莫尔顿老远回答;同样微笑着挥舞他的帽子。

贝莱站在走廊上向他点头作别,那时莫尔顿已经走到大门口。贝莱是那么魁伟威严,象一个领袖或指挥官,给人的印象很深刻。他身上有一种不可动摇的东西,仿佛在订立一套征服新世界的计划。当莫尔顿转向高大的正门的时候,他们又一次的彼此微笑,可是两个人的眼睛里都闪耀着挑衅的火花。

十八　莫尔顿买别墅,感情上起了波动

薇拉的吵闹影响了邻里的关系,莫尔顿决心搬到城外来住。达格玛尔陪伴莫尔顿到乡下去寻找一座便宜而又合适的别墅。他俩相处得十分融洽,彼此都有些爱慕之意。

第 二 卷

一　多才多艺的莫尔顿

莫尔顿买下一所便宜的别墅。他们全家搬到乡下来住。莫尔顿很能干,他会糊墙壁,漆房子,做菜园子的农活。这些体力劳动使他心情舒坦。

二　消 夏 客

夏天,莫尔顿的房客是一家书商,他们之间相处得很不愉快。汉生夫妇、达格玛尔、以及奥尔逊、彼得拉母女相继来访,在乡下消夏。

三　了解一些情况

当地社会民主党负责人弗兰森来请莫尔顿去支部讲演,还请他写文章支持其主持的下水道的修建工作。后来,人们向莫尔顿反映这位弗兰森利用自己的职权敲榨穷人。

讲演后,一个青年雇农送他回家。途中他们谈到陀思妥耶夫斯基。莫尔顿对这位俄国作家所宣扬的反动思想进行了严厉的批判。

四　继续了解一些情况

莫尔顿继续结识周围的邻里。他对宗教不敬的言行引起信教人的指责。

庄园主安捷尔斯·汉森为人机警,在资本主义势力侵蚀下的农村保全了自己的庄园。他弟弟尼尔斯·汉森却不善于经营,事业败坏,穷途潦倒。

五　艰难的日子

莫尔顿为了别墅的产权到城里去办交涉,其结果是要付出一大笔钱。他为此而奔走。出版社一直在盘剥莫尔顿的稿酬。莫尔顿去找出版社的经理,玩了一点手段,弄到一笔钱。

在饭馆里,莫尔顿遇到了斯文-乌吉哈,他们愉快地在一起用餐。斯文-乌

吉哈已经加入了反对派，公开反对自己的父亲。贝莱十分生气，父子视为路人。激进的青年人把贝莱叫成"社会民蛀主义者"。斯文-乌吉哈向莫尔顿追问自己的身世。莫尔顿很为难，但他答应以后一定告诉他。

六　消夏客终于出现

安德莱逊成为莫尔顿的新房客。这两人的关系极好。安德莱逊是莫尔顿忠实的读者，他钦佩这位作家。他俩经常长谈至深夜。

七　潜水员

莫尔顿结识了邻里潜水员比斯特鲁普一家。比斯特鲁普性格严肃，但他太太却十分和蔼好客。因为战争，潜水员不能出海打捞沉船，生路几乎断绝。莫尔顿喜欢结交这样一些正直而热爱劳动的人。

八　在世界大战期间显原形的人

在战争年代，一些人靠战争发财，但更多的人却过着艰难的生活。燃料昂贵，食物奇缺。

九　"宝山垃圾堆"

潜水员的弟弟仓库员比斯特鲁普在贫民窟组织了一次集会，把贫民们非人的居住条件展示给人们观看，并取名为"宝山垃圾堆"。这一天他请莫尔顿去讲演。莫尔顿按时到达"宝山垃圾堆"时，蓬的小木房失火，并且烧死了两个孩子。

当莫尔顿走出人群要给人们作讲演时，他感到一下子还不能平息自己的激情。他站在那里，看着这几百个不幸的、在不同程度上陷入深渊的人，社会无情地把他们推开。愤怒在他的胸中沸腾，他遏制不住心里的激动。如果一开口，他的感情便会表现为不可收的痛哭。不，这儿的人需要的不是眼泪，而是诅咒，是愤怒！这个哀悼的事件产生了要游行以示抗议的思想。那就是说，还留着一点没有灭尽的火星！人的尊严的残余，还不顾一切地活在这些被摈弃的人的心里。

他开始谈到"无主的国土"和没有人压迫人现象的乐园。穷人在荒野之中流荡，自以为是在一切人都平等的国度里行走，最后累了，变成一切都无所谓。带领他们前进的那些领导人只是带着他们绕圈子。世间的最大不幸，毫无罪过的婴孩的死亡也许能使这些领导人震动。

在讲演中，莫尔顿激动地说："孩子悲惨的命运使你们愤怒，这就证明你们还没有完全堕落。你们要清醒地看到，咱们不但有着与咱们相配合的当权者，而且也还有着咱们愿意忍受的生活条件。过去，我们曾轰轰烈烈地展开过斗争，可是现在我们却让步了，又让魔鬼爬在我们的脊背上。在这些人的压迫下，受苦最深的还不是你们，而是你们的妻子和孩子。你们很清楚，他们是怎样在苦难中挣扎！

让我们面对着这两个死难的孩子发出誓言,我们一定要觉醒,一定要斗争!"

莫尔顿讲完后就带头高唱《国际歌》。人们把孩子的尸体放在手推车上,走向市政府进行游行示威。最后,这支游行的队伍被警察冲散了。

十　吸一口外国的空气

《工人报》的总编辑斯罗茨霍姆来莫尔顿家作客,劝这位知名的作家去歌颂德国军国主义,莫尔顿坚决拒绝。他说:"要我去迎合德国的军国主义者,我不能。而且,我并不以为德国人会战胜。再说,我也不愿意他们战胜。"

安德莱逊约莫尔顿去参加来比锡的博览会,为他当翻译,莫尔顿欣然允诺。他正好借此机会去考察一下当前军国主义的德国。

来比锡供应很紧张,商店都是空荡荡的,博览会里所有的货物差不多都是代用品。人们在挨饿,对战争已经感到厌倦。

慕尼黑的供应比来比锡稍微好一点。莫尔顿在文化界与一些老朋友交谈。一些过去曾经为自由而战的斗士现在大多向右转了。他们盲目地崇拜恺撒和普鲁士军国主义者,都变成了疯狂的"爱国主义者"。

十一　"疯　人　路"

老奶奶和莫尔顿很快就得出结论,以通过他们屋边的那条路为界限,那边住的好几家都是些半疯子和疯子,于是他们把这条路称为"疯人路"。照老奶奶的说法,薇拉和莫尔顿也应该算在疯子之内。他们刚搬来的那两位邻居包艾森太太和杨曾太太也是两个疯子。这两个破落世家的"阔太太"早已穷相毕露,但还装腔作势,令人恶心。

薇拉越来越狭隘,尽做蠢事。她疑心丈夫有外遇,经常无理取闹,偷偷地搜查丈夫的来往信件。

晚上爱伦的弟弟弗雷得力克来访。他告诉莫尔顿,斯文-乌吉哈写了一本反对军国主义的小册子,被判了两个月的监禁。他还说,贝莱与德国的军火商人私下交涉,用丹麦的劳工去换德国的煤。

十二　煤!　煤!

一天,莫尔顿被贝莱请到曙光村作客。贝莱向莫尔顿介绍先来的两位德国客人:塞尔伏斯博士和布洛赫博士。

塞尔伏斯有着一副肥大的身躯,当他坐下来的时候,把整个大安乐椅都占满了。他的两只手象大腿一样粗。他那圆锥形的、头发剪得短短的、很不相称的小头,长在红铜色的脖子上。那个粗壮的脖子上的肉已经叠成三层,象三个打足气的橡皮轮胎一样。

吃完饭后,塞尔伏斯发表了一通冗长的官样的演说。他强调不是以德国社会民主党代表的身份,而是完全以私人资格来的,可是使人有这样一个印象,他恰恰是受了委托,至少是受到它的支持的。莫尔顿和贝莱都知道,大战开始不久,他在德国社会民主运动的参谋总部里起过显著的作用,出过一种对第二国际的思想和策略有决定性影响的机关刊物。

塞尔伏斯指出:德国工人运动中的改良主义,是历史发展的必然。马克思主义是必然要修正的!生活本身很久以来就在进行这一修正。德国是马克思主义的发源地,同时也是首先对马克思主义进行审查的国家,并使之从徒然的阶级斗争走向合作的时代。

塞尔伏斯来丹麦的目的是要丹麦给德国输送工人,去为军国主义制造军火,他们可用煤来偿还。他要求贝莱做一些组织工作,并委托莫尔顿为此项工作制造舆论。对于塞尔伏斯,贝莱与莫尔顿的评价截然不同。贝莱说:"这是一个好汉!从他身上令人感到世界的广阔。"莫尔顿却认为这是一个奇怪的野兽:军事投机家和德国大亨的混合物。

十三 曙　光

莫尔顿到瑞典去作报告。他发现斯德哥尔摩的工人运动完全摆脱了社会民主党的约束,发展得很正常,工人们的觉悟也很高。在这儿,莫尔顿了解到了1915年在瑞士召开的国际主义者第一次代表大会的反战精神。在这儿,莫尔顿还第一次听到了列宁的名字,听到有关俄国工人运动的情况。瑞典的同志告诉他,现在柏林有了对立面,这就是俄国的布尔什维克。他们现在已经不听柏林的指令了,而常常向"东方来的人"请教。他们还说,俄国的同志是有脊梁骨的。他们才是真正的马克思主义者。莫尔顿在瑞典受到很大的教育,他已经看到了革命的曙光。

十四 参孙和非利士人拴在一条车杠上[①]

莫尔顿研究了小市民对革命的腐蚀作用,他写文章加以分析、批判。

十五 一些家庭的牧歌

薇拉的父母、哥哥来家作客。

十六 玛　丽

丹麦的革命形势已发生了变化。人们对现实越来越不满。某些征兆已经预示出新事物的临近。

[①] 参孙是以色列的一个大力士,后被以色列的敌人非利士人所害,这里有"猫犬同眠"的意思。

薇拉的无理取闹已经达到了歇斯底里的程度。一天夜里,当莫尔顿与薇拉发生激烈的争吵后,他在黑暗中摸索着回书房。他感觉到身边有一个异性的存在,同时还听到一声深深的叹息。接着两只手抱住了他的头颈。啊,原来是他家的青年女佣人玛丽!

十七 生　　活

玛丽经常含情脉脉地注视着莫尔顿,她的爱是真挚的。

铁路看守人的妻子生了十个儿女,过着极端贫困的生活。莫尔顿对穷人子女过多的社会问题进行思索。

十八　莫尔顿获得了自由

莫尔顿在报上看到俄国布尔什维克夺取了政权,他十分兴奋。

薇拉追查出莫尔顿与玛丽的恋情,带着孩子离家出走。通过律师,双方谈判离婚的条件。摆脱了薇拉的羁绊,莫尔顿获得了自由。

十九 逃　　兵

维戈被应征入伍。他不能容忍军船上对水兵的虐待而潜逃出来。后又被追捕回营。

（谭绍凯）

琼 斯 皇

作者尤金·奥尼尔(1888—1953)是美国现代戏剧最重要的代表,1936年曾获诺贝尔文学奖金。

奥尼尔的全部作品约50部,最重要的有《天边外》(1921)、《毛猿》(1922)、《榆树下的欲望》(1925)、《大神布朗》(1926)、《奇异的插曲》(1928)、《悲悼》三部曲(1931)、《长夜漫漫路迢迢》(1941)、《卖冰的人来了》(1946)等。他的剧作内容丰富,形式多样。有现实主义的社会剧、问题剧,也有表现主义的或象征主义的戏剧。以善于表现现代心理见长,深挖出美国人在"支离破碎的没有信心的时代"的悲剧性。风格庄严粗犷,情节惊心动魄,语言质朴凝炼,艺术上有较高的成就。

《琼斯皇》(1921)是奥尼尔的表现主义代表作。琼斯是一个在美国犯了罪的黑人,逃亡到西印度群岛中的某个岛上,靠从资本主义社会中学来的欺诈手段哄骗当地土人,当上了皇帝,大肆搜刮钱财。骗局被识破后,他仓皇出逃。全剧主要通过内心独白来表现琼斯在森林中逃避土人追逐时的恐惧心理和负罪意识。舞台上出现许多无形怪物在乱舞,森林背景在一步步收缩靠拢,再加上越来越响的战鼓声,充分渲染了主人公走投无路的境况和近乎疯狂的心理状态。

译本:茅百玉译,收于《天边外》,漓江出版社。

第 一 场

岛上的皇宫议事大殿,富丽堂皇。里面摆着琼斯皇帝的御座。时近日落,空气闷热。幕启时一贫苦的黑人妇女小心地朝后拱门溜走。史密瑟斯出现。他看上去既怯懦又危险,神情卑贱。他抓住了她。女人只得告诉他黑人都跑了。史密瑟斯吹起哨子,这当儿女人跑掉了。

琼斯上场。他有典型的黑人面容,举止精明,神态多疑,难以捉摸。他装束豪华,身佩镶有宝石的手枪。上场便责问是谁胆敢把他吵醒。史密瑟斯用讽刺而怯懦的口吻提到琼斯在美国越狱逃跑的事。琼斯则洋洋自得地回顾自己发迹的历史。他知道土人早已有所行动。决定趁他们还没来之前逃走。这时远处响起了鼓声。

第 二 场

〔平原和丛林的交界处。前景是一片平坦的沙地,点缀着几块石头和几丛矮小的灌木。灌木枝叶缩紧,被信风吹得倒向一边,紧贴地面。后景是象一堵围墙似的丛林,林内林外,判若两个世界。只是在眼睛习惯了丛林的阴黑时,最近处那几棵分散的树干才依稀可辨,它们象漆黑、硕大的支柱似地矗立着。阴郁、单调的风声在丛林里减弱了,成了哀婉的萧萧声。但这风声却加深了林中毫无生气的严酷气氛,使背景的死气沉沉,一成不变显得尤为突出。

琼斯 (急步从左面上,快到林边时停下,急速地向四周打量,往黑暗深处窥视,象是搜寻某种熟悉的标记。他继而显得很满意,显然这是他早先物色的地点;他疲惫已极,倒地躺下)好啦,总算到了。来得也正是时候。再晚一点儿,这一带就会象黑桃爱司那样一团漆黑了。(他从裤子后口袋里抽出一条印花手绢,擦擦满是汗水的脸)哎唷!上气不接下气啦!人都快累死了。在明晃晃的太阳底下,穿过平原走那么长的路,当皇帝的人缺乏这种锻炼啊。(格格地笑了起来)别垂头丧气,黑人,最糟糕的事情还在后头呢。(他抬起头来,凝视着丛林,笑声突然止住,以敬畏的语调说)天啊,你瞧这丛林!那个分文不值的史密瑟斯说丛林里漆黑一团,还真被他说准了。(猛地转移视线,低头盯着双脚,借此转换话题——忧虑地)脚啊,你确实立下了汗马功劳,可你万万不能打泡呀。现在你该休息一会儿了。(他脱下靴子,竭力不看丛林,小心翼翼地抚摸着脚底)你总算没出毛病——只是有点热辣辣的。你凉快凉快吧。别忘了,你还有很长的一段路要走呢。(他疲惫地坐了起来,听着有节奏的咚咚鼓声。他大声抱怨,以掩饰渐渐增强的不安)丛林中的黑鬼!我真不明白,他们这么个敲法还有个完没有!听上去这鼓声比原先响了一些,难道他们已经来追我了吗?(他急急忙忙爬了起来,望着平原的那一边)现在什么也看不见了,就是他们在一百英尺以外,我也看不见他们。(象浑身是水的狗似地抖一抖身子,来摆脱这些令人沮丧的想法)哼,他们离这儿还有好几英里地呢,你干吗坐立不安呢?(复又坐下,忙不迭地系鞋带,一边嘟嘟囔囔,为自己打气)你知道什么?肚子里没有东西了,这就是问题所在。该吃点东西了!肚子里除了凉风啥也没有,那你当然东倒西歪站不住了。好啦,等我把这讨厌的鞋带系上,我马上就在这儿开饭。(系好鞋带)哎呀!让我想想!(双脚跪下,两手撑地,眼睛在四处搜寻)白石头,白石头,你在哪里呀!(看到第一块白石头,急忙爬去——满意地)你在这儿,我知道就是这地方。来吧,我的罐头。(他翻开石头,伸手摸索——沮丧地)这里没有!太可怕了!到底是不是这里?那边还有块石头,恐怕那地方错不了。(爬向第二块石头,翻开石头)这里也没有!罐头啊罐头,你在何处? 不在这里,天哪,我不得不在丛林里整整饿一夜吗?(边说边从这块石头爬到那块石头,发疯似地把一块块石头翻开。最终,他兴奋地跳起来)是我搞错了地方?一定搞错了!可我是在大白天顺着平原上那条道走过来的,怎么会搞错地方呢?（似诉似泣地）饿了,我饿了！再不吃点东西就不行啦！我不吃东西,打哪儿来力气？天哪,不管上天还是入地,我也得把吃的东西找到啊！什么也看不见了,为什么天黑得这么快？（他掏出一根火柴,在裤子上擦亮了,往身前身后窥视。与此同时,远处鼓声的节奏明显地加快。困惑不解地自言自语）我记得这里只有一块白石头,这些白石头是怎么上这儿来的？（他突然害怕得喘不过气来,赶紧把火柴扔到地上,用脚踩灭）黑人,你疯了吗？你想点亮火柴把他们引到这里来吗？看在上帝的面上,动动你的脑筋吧。妈呀,我得小心谨慎些才是！（他手搁在枪上,忧虑地注视着身后的平原）但这些白石头是怎么回事呢？我埋起来的包着油布的罐头在哪里呢？

〔当他转过身来时,无形的小恐惧们从树林的漆黑深处爬了出来。它们又黑又无一定的形体,只有闪闪发光的小眼睛尚能被看清。象爬着的婴儿那样大小的蜥蜴——这是对它们形体的唯一描述。它们无声无息地蠕动,煞费苦心地挣扎着要站立起来,但每次都失败了,结果又向前跌倒在地。琼斯转身面对丛林,抬头望着树梢,妄图以树的形态来确定他的位置。

琼斯　从这些树上辨别不出方向来！老天爷,这里的东西,我从前好象一样都没见过。我必定找错了地方！（带着悲痛的预感）神鬼莫测！不可思议！（猝然强作好斗而且愤怒地）丛林,是你在想着法子捉弄我吗？（在他身前地面上的恐惧们,突然发出一阵短促而又低微的嘲笑声,犹如树叶的瑟瑟声。这些无形的怪物向上蠕动着身子,歪七扭八地朝琼斯聚拢过来。他低头一看,吓得大叫一声,身子往后一跳,同时刷地抽出手枪——声音颤抖地）什么？谁？什么东西？走开,要不我就打死你们！你们还不走？——

〔琼斯开枪。一道闪光,一声鸣响,接着一切又归沉静,只闻远方加剧的鼓声。无形的恐惧们急急转身,退入林中。琼斯呆立原地,一动不动,出神地倾听着。耳闻枪响,手握枪把,这似乎使他消除了疑虑,恢复了勇气。他又自信地自语地说起来。

琼斯　它们走了。那一枪把它们都吓跑啦。只不过是些小动物罢了——我想是些小野猪吧。我的食品兴许就是它们扒出来吃掉的。肯定是这么回事。你这个黑傻瓜,你以为它们是什么？是鬼魂显灵？（激动地）天哪,这一枪就使你那套逃跑的把戏露了馅。黑人们一定听到了枪声！快到树林里去,不能再耽搁了。（他朝丛林走去,走到林边又踌躇不前,然后勇敢、坚定地催促自己）进去吧,黑人！你怕什么？里边除了树什么也没有！进去！（勇敢地钻进丛林。）

〔幕落。

第 三 场

〔丛林里。月亮初升。月光透过密密层层的树叶,使林中弥漫着一种怪异可怕的微弱亮光。前景近处有一道由稠密的矮树丛和爬藤植物形成的矮墙,围起了一块三角形的小空地。远景是一片象屏障似地把小空地围起来的黑咕隆咚的树林。一条隐约可辨的小道从左后台通到小空地,又曲曲弯弯地延伸到右边。幕启时,什么东西都看不清楚,只听见鼓声咚咚,敲得比前一场终场时略急略响。除此之外,就只有每隔数秒钟响一次的奇怪的卡嗒声打破这沉寂了。接着,弯着腰蹲着的黑人杰夫的形象,渐渐地在三角空地的深处显现出来。杰夫已届中年,身材瘦削,皮肤棕色,身穿普尔门式卧车装卸工的号衣,头戴工作帽。他正在身前地面上掷两颗骰子:掷下——捡起——抓在手心里摇摇——又掷,就这样一刻不停地、呆板而又有规律地重复着这一套机械的动作。从左边小路上传来某人渐渐走近的沉重缓慢的脚步声,同时也可听到琼斯的说话声。为了掩盖说话时声音的颤抖,他略为提高了些声调,竭力使声音听上去振奋一些。

琼斯 月亮已经升起。黑人,听见了吗?你到了那块空地上就会看得更清楚了。头不会再傻呼呼地往树干上撞了,腿上的皮也不会再给树丛划破了。你现在看得清前面的路了。打起精神来!从现在起,你的任务就轻松喽。(他步入三角空地的后部,用袖子擦擦脸。巴拿马草帽丢了,华丽的制服被挂了几个大口子,连脸也给擦破了)不知道什么时候了,我才不划火柴看表呢。呸!真热啊,确实够热的了。(倦乏地)我在丛林里逃窜了多久了?一定好多好多个小时啦,长得没个头!但这不可能,月亮才刚刚升起呢。陛下,这对你来说可是个漫长的夜啊!(苦笑一声)陛下!现在这位皇帝乖乖已经没有多少帝王相了。(强打精神)没关系,这本是我意料之中的嘛。什么事都有个结束,这黑夜也不例外,总会过去的。等你平安无事地到了那里,手中有的是钱,你还不对这一切付之一笑?(他吹起口哨,但忽又止住)还吹什么口哨,你这个可怜的傻瓜蛋!想让全世界都听见?(他不说话,停下来听着)又是那鼓声!从这声音判断,他们越来越近了。他们还带着鼓追我呢,我快走吧。(他往前迈了一步,又停住——忧虑地)我听到古怪的卡嗒声,是什么东西在作响?听,又响了!这声音很近!听上去象是——象是——看在上帝面上,象是个黑人在掷骰子!(吃惊受怕地)别想这种事了,还是快跑吧!(快步走进空地,看见杰夫就呆住了——吓得喘了口气)谁?谁在那里?杰夫,是你吗?(朝杰夫走去,一时忘了自己的困境,真以为看见了个活人——心情轻松、愉快地)杰夫!看见你,真是太高兴啦!他们对我说,你就是因为我给你的那一剃刀死去的。(突然住嘴,迷惑不解地)可是黑人,你怎么会在这儿出现的呢?(他出神地注视着杰夫,而杰夫则继续机械地掷着骰子。琼斯的双眼忙乱地转来转去,结结巴巴地说)你不是死了么——把头抬起来——你怎么不和我说话?你是——你是——鬼魂吗?(吓得狂怒地抽出手枪)黑人,我已经杀死过你一次,难道还要我再干第二次么?那你就等着吧。(开枪。待硝烟散尽,杰夫已经消失。琼斯站在那里直打哆嗦——接着又恢复了自信)他好歹不见了。是鬼魂也好,不是鬼魂也罢,我这一枪总算把它解决了。(远处的鼓声已明显地越来越响,越来越急。琼斯意识到这一点——大吃一惊,回头张望)离这儿不远啦!他们好快啊!看我还在这儿开枪,这不就等于告诉他们我在什么地方吗?哎呀,我的天哪,我得赶紧逃。(慌不择路,一头钻进了后面的矮树丛,消失在黑暗中。)

〔**幕落**。

第 四 场

〔丛林里。一条宽阔的土路从右前方直通左台底,斜贯整个舞台。两旁是挺拔高耸的树木,象两堵墙似地把路夹在中间。月亮高悬,照得路面微微闪光,使其显得不真实,并且还给人一种阴森可怕的朦胧感觉。似乎为了让土路通过丛林去达到它不可告人的目的,丛林暂且闪成了两半,待土路事成之后,丛林会自行合拢,复归原样,而土路也就不复存在了。琼斯从路右的林子中踉跄而出。他的制服已破烂不堪。他看见了那条土路,便神色惊讶、目光呆滞地打量着四周,双眼在明亮的月光下灼灼发光。他精疲力竭,猛然躺下,大口大口地喘着粗气,不一会儿又突然火冒三丈。

琼斯 热坏了,我都快熔化了!跑、跑、跑,除了跑还是跑!这该死的上衣!简直象件囚衣!(他撕下上衣,远远地扔在一边,上身全然赤裸)瞧!这才不错!总算舒畅了些!(低头看脚,瞥见踢马刺)这尖得要命的踢马刺,就是你害得我栽跟头,把脖子都扭伤了,见你的鬼去吧!(解下踢马刺,憎恶地扔到一边)好啦,我总算摆脱了皇帝的这一套花里胡哨的装饰,跑起来可以轻快多了。上帝!我累垮啦!(停顿,倾听远处不断的鼓声)我以为和他们拉开了一定的距离——象这样没命的跑法——可是——该死的鼓声听上去还是一个样——甚至更近了。不过,幸好我还一直跑在他们头里。他们绝对抓不住我。(叹气)只要我这两条快不行了的腿能顶得住就好了。唉呀,当初真不该当这皇帝,现在是骑虎难下啊!(疑虑地环视)这条路怎么会有的?还是条平坦的路呢。我怎么不记得见过这条路?(忧愁地摇摇头)这丛林在夜间尽出些千奇百怪的花样。(突然惊恐地)我的天哪,别让我再看见鬼魂!它们会惹我发火的。(自言自语,以恢复自信)鬼魂?你这个傻黑人,根本没这种事!浸礼会牧师不是跟你说过好多回了吗?你还是个开化的人呢,你和这些无知无识的黑奴有什么两样?咳,毛病全出在你这脑袋瓜里。丛林里哪有什么东西,也根本没有什么杰夫!你知道是怎么回事吗?你肚子里啥也没有，饿得头昏眼花，糊里糊涂，因此你才不断地见神见鬼。这道理傻瓜也知道。（热诚地恳求）上帝保佑，不管它们是真是假，可别让我再碰见它们呀！（稍停，小心告诫）休息！别讲话！休息，你需要休息！这样你才能再赶路。（举头望月）快半夜了，明天一早你必须赶到海边，到那时你就什么危险也没有了。

〔一小队黑人从右前方上场。他们穿着条子囚衣，光头。每个人的一个脚上戴着沉重的锁链和金属圆球，走路时缓慢费力地拖着腿。有些人扛着铁镐，其他人拿着铁锹。一个穿着狱卒制服的白人押着他们，他肩扛温彻斯特式连珠枪，手握粗鞭。狱卒给了个信号，那队人便停在路上，正对着琼斯坐着的地方。琼斯一直抬头凝视着天空，没有注意到他们无声无息的到来。他忽然低头看到他们，惊恐得眼珠几乎要夺眶而出。他挣扎着要站起来逃窜，但又倒下，吓得呆若木鸡。他闷声闷气地祈祷，可哽住了。

琼斯 我主耶稣！

〔狱卒甩鞭——却无声音——犯人们一见这信号便开始在路上干活。他们挥舞着铁镐、铁锹，但仍然毫无声响。他们的动作象机械装置——呆板、迟缓、机械，和上一场里杰夫的动作相仿。狱卒用鞭子严厉地指着琼斯，示意他到用锹干活的人中间去。琼斯象在催眠状态中似地站起来，嘴里屈从地咕哝着。

琼斯 是，先生！是，先生！我马上就来。

〔他拖着一条腿走去入列，同时又气又恨地小声咒骂。

琼斯 愿上帝罚你的灵魂下地狱。我迟早要找你算帐的。

〔他仿佛手里真有一把铁锹，无精打采、机械刻板地做着挖土、把土甩到路边去的动作。突然，狱卒气冲冲地象凶神恶煞般走到他跟前，举起鞭子，狠狠地抽打他的肩背。琼斯痛苦地闪缩着身子，颓丧地萎缩成一团。狱卒转过身轻蔑地走开。琼斯顿即站直身子，双臂象举起棍棒似地举起铁锹，杀气腾腾地朝毫不戒备的狱卒冲去。琼斯用铁锹向白人的脑门劈下去时，突然意识到原来他两手空空。他绝望地呼叫。

琼斯 我的锹在哪里？给我把铁锹，我把这小子的头劈开来！（向囚犯恳求）看在上帝面上，随便哪一位给我一把铁锹吧！

〔囚犯们一动不动地站着，眼睛注视地面。狱卒背对琼斯，似乎故意让他去进攻。琼斯手忙脚乱地拔枪，惶恐、暴怒地吼叫。

琼斯 我打死你，你这白人恶魔！不打死你我死不瞑目！

〔他拔出手枪，就在狱卒的脊背后举枪平射。丛林顿时从两面合拢，土路和那队囚犯在黑不可测的夜色中隐去。只听见琼斯在树丛中疯狂逃窜时折断树枝的噼啪声，还有咚咚的鼓声。鼓声仍然很远，但音量更大、节奏更快了。

〔幕落。

第 五 场

琼斯逃到有大树环绕的一块空地上,悲哀地跪在一个酷似拍卖台的树墩前,祈祷,自言自语,坦白着自己过去的罪行。原来他杀了人抢了钱,逃到这里,被举为皇帝。这时他恍惚看见一群身穿上一世纪50年代南方服装的人出现在空地上。他被一个拍卖商强行拍卖……,于是他向拍卖商与买主开枪。枪一响,四周围墙般的树木又合拢在一起。台上漆黑、沉寂,只听见琼斯冲出包围的声音、惧怕的喊声和更快更响的鼓声。

第 六 场

丛林中空地周围的树枝交织缠绕,形成一个天棚,象老式船上黑暗、恶臭的货舱。琼斯跌跌绊绊,呜咽唠叨着:"只有一颗银子弹了……"他趴在地下休息。身后出现两排黑人形象。他们发出低沉、哀戚的声音,好似受到鼓声的指挥、控制,变成哀嚎,周而复始。琼斯也开始加入合唱中,可最后还是逃走了。鼓声愈加响亮、明快,预示胜利将至。

第 七 场

河岸边。大树下有一堆好象祭坛的圆石。台上传来琼斯的声音,伴随鼓声节拍和奴隶们缓慢、绝望的哀嚎声。他走进空地,神情迷乱,祈求上帝保佑。突然一刚果巫医出现,开始又唱又跳,鼓声也随之变得狂热、欣喜。巫医哼唱咒语,要把琼斯当祭品贡献出去。琼斯叩头求上帝宽恕。巫医唤来水底之神——一条鳄鱼出现。琼斯吓呆了,他在巫医的示意下只好边祈祷边向鳄鱼爬过去。猛然他想起自己还有一颗银子弹,便朝鳄鱼的绿眼睛开了枪。鳄鱼、巫医立刻消失。只有鼓声在他四周响着,节奏阴郁,表示复仇势力受到了挫折。琼斯俯卧地上。

第 八 场

黎明。景同第二场。鼓声近在咫尺。非洲老土人莱姆带着一小队士兵和仍着骑装的史密瑟斯上场。史密瑟斯怀疑黑人们能抓到琼斯,指责他们愚笨。莱姆他们表示有办法,因为他们认为用铅子弹打不死有魔法的琼斯,便于昨夜造好了银子弹。这时枪声从林中响起,士兵们抬着琼斯的尸体上场。史密瑟斯敬畏而嘲讽地说琼斯:"银子弹!不管怎么说,你也死得够至尊至贵的喽!"

幕落

——剧终

(陈 慧、邴巨昆)

美国的悲剧

作者西奥多·德莱塞(1871—1945)是本世纪美国最杰出的现实主义作家。他出生于贫困的德国移民家庭,当过记者,对社会生活有过深入的考察。主要作品有长篇小说《嘉莉妹妹》(1900)、《珍妮姑娘》(1911)、《欲望》三部曲(包括《金融家》、《巨人》、《斯多噶》1912—1947)、《天才》(1915)、《美国的悲剧》(1925)等。从30年代起,德莱塞成为享有国际盛誉的进步作家和社会活动家。

《美国的悲剧》是德莱塞的代表作,出版后在美国引起轰动。小说通过一个情杀案件,控诉了"美国梦"和资产阶级的生活方式对下层青年的毒害,也揭露了美国政界、司法界和上流社会的污秽和黑暗。主人公的性格及其悲剧都十分典型,作者自己说过:"小说之所以成功,并非因为它是悲剧,而正因为它是'美国的悲剧'"。作品结构严谨,社会背景广阔,情节曲折生动,描写人物心理尤为深刻真切。

译本:许汝祉译,外国文学出版社,1988年版。

第 一 部

第一、二章

一个夏夜的黄昏,在美国西部堪萨斯市的商业中心,十二岁的男孩克莱德跟随家人在沿街布道卖唱。他对于美和享乐非常敏感,对宗教却不感兴趣。他觉得在大街上给人看热闹、开玩笑实在是件丢脸的事。他的父母却真诚地信奉上帝,把传教看成是无比神圣的职责。克莱德喜欢富于浪漫情调的东西,对事物抱有生动明智的幻想,总想着将来能有机会改变自己的生活。随着年龄的增长,他开始羡慕起富家子弟的生活,希望自己不再象父母那样傻头傻脑地一辈子传教。他的伯父塞缪尔·格里菲思是个富翁,听说在东部过着又舒适又奢华的生活,克莱德对此羡慕得要命。他很虚荣,常在镜子中审视自己的外表,自信还是比较能讨人喜欢的。当然他也清楚,唯一能依靠的只有自己的奋斗。

第三至十三章

克莱德的姐姐爱丝塔,在严格的教养下长大,有时候对宗教和道德似乎具有一股特别的热忱,但实际上她是一个敏感而软弱的女孩子,她甚至搞不清自己需要些什么。她基本上是个漂浮不定的角色,总是迷迷糊糊地渴望着漂亮的衣服、鞋帽和丝带之类的东西。所以当一个男演员用自己浮华的外貌和甜言蜜语勾引她时,她就跟他私奔了。这件事对格里菲思家庭无疑是个打击。父母一面瞒着自己的孩子,说他们的姐姐只是暂时离家一段时间,一面在上帝面前祈祷。这事自然瞒不过已经能为自己的前途考虑的克莱德。他看到当牧师的父亲在困境面前一筹莫展、一副不中用的样子,心中十分难过,他在为自己选择出路。他离开学校到一家杂货店找了一份工作。这家杂货店有一扇门直通戏院的休息室,他经常看到许多年轻貌美的姑娘打扮得花枝招展地出出入入。这是他平生第一次可以一边忙着洗杯子,一边不断地有机会从近处仔细打量这些姑娘。他看到时常有男人陪着这些美貌的姑娘,便惊美不止。这一切都象启示的灵光,促使他发誓要努力工作,积下钱来,以满足他如饥似渴的欲望和野心。十六岁时,他在豪华的格林·戴维森大饭店当服务员。这是一个讲排场又粗俗的天地,是一个既能使人开眼又能叫人堕落的地方。可他却为自己能在这个做梦也不曾见过的华丽场所工作,能与种种上流社会人物接触而欣喜若狂。他干得十分卖力。他常与其他伙计聚在一起,对来来往往的人指手划脚地评论。开始时,克莱德对于那些过于丑陋、放荡的行为还有些厌恶,但渐渐地也就习惯了。他最关心的首先是怎么把挣到的钱大部分留给自己花。他要把自己打扮得漂漂亮亮。他对任何一种寻欢作乐的事情都非常热切。那些早已沾染了放荡和邪恶习气的同伴们,常常拉他一起去戏院、饭馆、打牌,甚至劝他到那些下流的地方去。开始时他不敢去,但他经不住别人的诱惑,一方面受内心欲望的支配,另一方面又害怕自己显得过于稚嫩,终于还是去妓院鬼混了一次。他怀着强烈的好奇心到了那里,神经紧张,既心疼多花钱,又担心会染上什么可怕的病。事后他不能不认为这确实是堕落和邪恶的行为。他希望自己能到高尚一点的地方去,能找一位不受礼教约束的姑娘,把钱花在她身上。一个偶然的机会,他结识了一个叫霍旦丝的姑娘,是做店员工作的,粗俗放荡,最喜欢逗引初出茅庐的人。克莱德被她的美貌迷住了。他拼命地追求她,把自己挣的钱大部分都花在了她身上。而霍旦丝之所以同克莱德要好,只不过是想从他那里找点乐趣和零用钱花花罢了。

第十四至十六章

克莱德的姐姐爱丝塔被情人抛弃后又悄悄回到堪萨斯市。她一贫如洗,又怀着孕。母亲只好求克莱德帮助筹集一百元钱。克莱德一想到他的财源可能要被这要求消耗光,就苦恼极了。他虽然也责备那个家伙作践姐姐,可是决不认为姐姐自己就毫无过失。他和霍旦丝的关系也使他苦恼。他的追求没有任何明显进展,他对她迷恋得实在太厉害了,又无法放弃。霍旦丝看中了一件漂亮的獭皮外套,想让克莱德替她出钱买下。克莱德怕失掉她的欢心,态度非常软弱,在姐姐需要帮助的时候他却为霍旦丝大破其钞,为此还欠下了不少钱。这种做法连他自己也感到羞惭。他想丢下母亲姐姐不管,这真可耻啊,将来会不会为此而受到惩罚呢?

第十七至十九章

　　饭店伙计赫格伦的一个朋友,自称是为某大富翁开车的汽车司机,他趁大富翁在亚洲游历的时机,偷偷开出一辆最漂亮的汽车出去兜风。他们各自带着女友,并邀请克莱德和霍旦丝也一块去。开始克莱德还有些踌躇,担心偷开别人的车会出什么岔子,再不好自己的差事会因此而丢掉。不过一想到跟霍旦丝一起乘漂亮的汽车出游,他就被迷住了。他们在市郊痛痛快快地玩了一场。回来的路上,他们让汽车高速飞驰。下雪了,路面很滑。在一个叉路口突然从街旁跑出一个小女孩,汽车来不及煞车便将小女孩撞死了。他们夺路而逃,街上的众人与警察一起追赶着他们。他们惊慌失措,汽车撞到石堆上翻了个身,除了前排两个撞昏过去以外,其他人,包括克莱德,都爬出汽车,逃散了。

第 二 部
第一、二章

　　纽约州莱科格斯市,塞缪尔·格里菲思的家。格里菲思夫妇有三个孩子:二个女儿,一个儿子。大女儿麦拉由于长得不很好看,至今还没有结婚;小女儿蓓拉活泼、标致,喜欢社交,正在到处交朋友;儿子吉尔伯特是个身体结实、以自我为中心、爱虚荣的年轻人,在生意方面十分精明强干,除了商业上的成就以外,什么都看不起。他们的父亲格里菲思先生是当地赫赫有名的衬衫及衣领公司的老板。此刻他正在饭桌旁向家人谈起他碰到了自己的侄子克莱德的事情。他告诉家人说,克莱德眼下正在芝加哥联合俱乐部里当服务员,不过倒是个很惹人喜欢、有点绅士派头的孩子。吉尔伯特一听就感到不舒服。因为他是父亲的独生子和企业继承人,他不愿有这么一个穷苦的堂兄弟来打扰。当他听说克莱德长得与他很相象时,就更加反感。不过,他的父亲还是决定给克莱德一次机会,在自己的公司内为他找个差事。吉尔伯特思考了很久,最后才决定把自己的堂兄弟安排在活儿最重的地下室里,待遇也和其他普通职工没有任何差别。

第三至十章

　　格里菲思先生所碰到的克莱德,同三年前从堪萨斯市逃出来的时候相比,已有了相当大的改变。他现在二十岁,经验也丰富了些。自从离家丢掉饭店的差事以后,他经历了一些艰辛,也养成了一切凭自己、不依靠别人的习惯和才干。他虽知道自己的父母太穷,无法帮助他,却禁不住时常地想念他们。在事情过去了很久之后,他还偷偷地给母亲写了一封没有署名也没有实写自己通讯处的信。没想到后来还接到了母亲的回信,信中规劝他要遵守"救世主"的训条。她还要克莱德去找自己的伯父帮忙。这样,在偶然与伯父塞缪尔见面之后,克莱德终于被安排到衣领厂的地下室落水间里去干最低微的工作。他决心干出点样子,也许不久的将来就能得到伯父的赏识呢。在厂里,他由于自己的长相和姓氏很受别人的青睐,不过他的堂兄弟吉尔伯特却一直很冷淡他。他十分寂寞,生活得并不快活。自从他的伯父把他安排在厂里以后一直没有再与他打照面,更谈不上邀请他到家中做客了,他们一家人在很长时间内似乎把他给忘记了。后来,格里菲思夫妇终于请他到家中去吃晚饭了。这件事立刻使克莱德欣喜万分,他幻想着从此能进入上层社会,实现多年的愿望。在伯父家里,他还结识了一个叫桑德拉的有钱人家的姑娘。桑德拉迷人而自负。克莱德一见到她便惊为天人,一面惊美不止,一面更加清楚地感到自己的贫穷、悲哀与不幸。

第十一、十二章

日子一天天过去了。虽说格里菲思家再没有什么特别的消息,克莱德可还是喜欢夸大那次交往的意义,不时梦想能够再去会会那些姑娘们。她们那个天地太豪华太迷人了。他现在明白了,他需要的是美貌、富贵样样俱全,否则宁愿一无所有。到了春天,格里菲思碰巧要巡视一下全厂,恰好看到克莱德在落水间卖力地干着,这可说是生平第一次使他感到有些黯然。他很喜欢克莱德,他长得那么象自己的儿子,却穿着没有袖子的内衣和衬裤和那些下等人搞在一起,便觉得十分不合适。他把自己的想法告诉了吉尔伯特。吉尔伯特虽不愿给堂兄弟一个更好的工作,但考虑到自己家族的声誉,只好把他安排在一个稍好一些的部门,在打印间当助理工头。打印间多是女工。吉尔伯特严厉地警告他说,若是"跟女人调笑,或是举止行为随便",就对他决不客气。克莱德决心大干一番,就答应一定规规矩矩,步步当心。从此,他成了二十五个女工的头儿,周薪又提到二十五元之多,为此他不由飘飘然起来。吉尔伯特的那些话在记忆中渐渐淡漠了。他禁不住对手下的姑娘们发生了兴趣,特别是对新录用的一个漂亮的女工罗伯塔,刚一见面他就被她吸引住了。

第十三至十八章

罗伯塔是住在一偏僻小镇上的农民的女儿,她天赋较高,敏感、热情、富于幻想。因生活困难,只得出来做工,打算先积点钱然后再进学校读书。她的父母属于那种不承认事实、崇尚幻想的人,诚实、正直、敬畏上帝,品行端正。罗伯塔受父母的影响,也具有当时流行的一些宗教和道德的观念。她虽也有着青春年华时节的许多美梦,但总显得有些退缩,害怕与男子打交道。现在她孤身一人在工厂里作工,与其他女工们在知识和脾气方面很难合得来,总觉得有些孤单。在这种情况下遇见了克莱德,立刻被他的漂亮外表和优雅的举动给打动了。克莱德起初因厂里的严格规定以及罗伯塔的贫苦出身而不敢贸然追求她,但又无法抗拒她的魅力。一次，他一个人到野外的湖上游玩，恰好遇见罗伯塔也在这里，他便邀请她一同划船。二人对这次邂逅都十分满意。这可以说是他们相爱的序曲。从此，他便与她频频相约，二人终于堕入情网。

第十九至二十六章

　　罗伯塔抗拒不住克莱德的追求与诱惑。那种亲密、那种海誓山盟，终于将他们各自的顾虑完全推倒了。他们最后成了情欲的俘虏。事后，罗伯塔深感内疚，同时又情不自禁地陶醉着；克莱德也与罗伯塔没什么两样，他认定这是一种罪恶，却又感觉到自己成熟起来了。虽说格里菲思一家人最近对他漠不关心，可是单凭罗伯塔对他的依恋就叫他走起路来比过去更神气了。即使伯父一家和那些与他们有关系的人谁也不承认他的地位，可他还不时带着过去从没有过的信心和自我陶醉的感情对镜自审。罗伯塔现在感觉到，她个人的前途真是完全决定于他的意志和任性了，因此也经常奉承他，尽量对他献殷勤，给他方便。事实上，她也真是完全依照她对人生正当法则的观念行事的。她认为她现在反正是他的人了，就象妻子对丈夫一样，他要怎样，她就怎样。

　　不过，有时候，当克莱德想到自己和伯父一家之间的距离时，心境依然不十分好。和罗伯塔的关系有时也使他苦恼。在他看来，她的身份实在跟自己不同。他仍在梦想着，要是他能成为上层社会中的一分子该多么好。

　　十一月里的一个黄昏，克莱德在一条繁华的街道上散步，看见了桑德拉。她依然是那么美丽动人。桑德拉对格里菲思一家人有钱有势很动心，可是吉尔伯特的高傲和冷淡却使她感到受了冷落。这时她误以为克莱德是吉尔伯特，因而主动打了招呼。克莱德正巴不得能有机会与她接近，便十分热情地迎上去。她觉得克莱德虽不如吉尔伯特那样有钱有地位，但人长得还是满漂亮的，尤其是克莱德眼睛里流露出的爱慕神色，使她相当动心。她想要是吉尔伯特知道他的堂兄弟已完全被她征服了，那一定会气得要命。正是这些念头使她决定与克莱德交往下去。

　　这次偶然的接触在多方面引起强烈的破坏性作用。克莱德总是不自觉地把罗伯塔与桑德拉相比较，结果自然是感到沮丧万分。他一心羡慕金钱、美貌和社会地位。桑德拉的出现，对他这样好比流水一般浮动的性格，实在影响太大了。桑德拉对克莱德发生了好感，便设法叫另外一些人也对他发生好感。她寄给克莱德请柬，邀他来参加上流社会的聚餐舞会。这个邀请又使克莱德大喜若狂、想入非非了。

第二十七至三十一章

　　桑德拉对该如何同克莱德继续来往而又不致于引起他人过分注意伤透了脑

筋。对于克莱德,她是又满意又不满意。满意的是他对她的迷恋,他那漂亮的样子。象她这样一个女性,就需要克莱德这样的人来奉承。不满意的自然是他太贫穷了,连格里菲思家都对他十分淡漠。圣诞节快到了。克莱德已买好了送给罗伯塔的不太贵重的礼物。这时桑德拉又邀克莱德参加舞会。本来克莱德已与罗伯塔约定那天晚天相聚,可是一想到又能见到自己所醉心的桑德拉,他便决定把罗伯塔撇在一边。他知道罗伯塔一定会非常失望。不过这个社交机会他绝不愿放过。他告诉罗伯塔要去伯父家做客,便匆匆赶到舞会上。由于玩得过于兴奋,直到第二天早上他才赶回来。本应当天去罗伯塔那里,却又不想去,便又假造了一个要参加会议的借口。克莱德一再失约,使罗伯塔十分难过,她担心两人的关系岌岌可危。万一他不再把她放在心上怎么办。她的前途全靠他了。要是他对自己已厌倦了,那多么可怕啊。她后悔自己当初委身于他。

第三十二至三十七章

克莱德如今已成为社交活动中不可少的一分子了。既然格里菲斯家把他介绍给他们的亲朋好友,自然大家就会招待他。不过,他们也知道他的一点底细,这些有身价的家庭都认为每一对青年结合要能幸福,必须在社会地位方面有保障。也就是说不光要家庭出身好,并且得有钱才行。所以他们虽然愿意招待克莱德,可是对于他们自己的孩子和亲戚,早就暗示要预防万一,不宜来往过密。

克莱德与桑德拉却交往日益密切。桑德拉之所以喜欢克莱德,一方面是他能大大地满足自己的虚荣心,另一方面她热切希望能有克莱德这类的年轻人,生得漂亮,出身又不算太差,由她一手扶植起来。她虽知道自己的父母不会赞成她跟他发生什么爱情,但他们的关系还是越来越密切了。至于克莱德,巴望桑德拉对他的热情再增加十倍才好。他十分担心自己跟罗伯塔的关系会对自己的前途不利。万一桑德拉知道了他跟罗伯塔的事,那怎么办?或是要是罗伯塔发现了他与桑德拉的关系而去告发他,又该怎么办?他想来想去,终于下决心和罗伯塔一刀两断。她万一不肯象他希望的那样一声不响地离开他,那他就必须找个办法,把这层关系断掉,即使把罗伯塔折磨死也得干。他觉得自己是个狡诈、无耻、残忍的家伙,但又觉得这也是迫不得已的。罗伯塔呢,由于克莱德对她的冷淡,每日痛苦得很,总是那么失神落魄的,可是仍旧那么迷恋他。她突然发现自己有了身孕。这立刻使她惊慌起来。仿佛眼前看到了她的家,她的母亲,她的一些亲戚,还有认识她的人,全都对她进行指责耻笑。这正是罗伯塔最最害怕的。她把这个消息告诉了克莱德。克莱德也十分惊慌。为了不致产生更大的麻烦,克莱德一边安慰她,一边四处打听,悄悄地出去买药、求医,然而却全不奏效。

第三十八至四十一章

罗伯塔经过痛苦的思考,决定不论克莱德还爱不爱她,都要逼他和自己结婚，待孩子出生后再离异也好。克莱德则忖度如果让事情这样发展，毫无疑问他会失去桑德拉和自己的美妙前程，所以无论如何也不能接受这个计划。他一面敷衍、安慰罗伯塔，一面继续与桑德拉打得火热。事情就这样拖延下去。桑德拉一家人要到欧洲去作一次长途旅行，桑德拉有可能在国外至少要耽上两年。克莱德一听到这个消息，立刻紧张起来，害怕因此而失去了桑德拉。桑德拉对他说，她也许能使自己的母亲回心转意，或者她手段巧妙地来一下突然的进攻，想办法打破她母亲的计划。克莱德当时热昏了头，就想当然地认为这办法一定是私奔、结婚。他的心整个地动起来了。要不是有个罗伯塔，那不就是天堂在等着他上去吗？到将来让吉尔伯特之类不屑于理睬他的人们看看，他不是高出他们一头，至少也会同他们平起平坐。形势紧迫，他要早点下手了。

这时又有两件偶然的事坚定了他的决心。一件是克莱德他们开车去乡下游玩走错了路，恰好路过罗伯塔的家。克莱德看到罗伯塔那贫穷不堪的家时，真是不寒而栗。另一件是他从报纸上看到一起游人划船落水而亡的消息，这给了他很大启发，由此联想到对付罗伯塔的事。可是他也感到这实在太可怕了，他知道这是恶毒的念头，他怨恨自己，只觉得一阵阵战栗。他警告自己决不能再想到这方面去！

第四十二至四十六章

桑德拉又给他来信了。这次是邀他参加一个上流社会青年在一个名胜地的渡假活动。克莱德被她这百般柔情蜜意弄昏了头。他越是爱桑德拉，越是害怕失去她，心中总有摆脱不开的阴影。他在苦苦的思想斗争中挣扎着，极力想摆脱杀害罗伯塔的念头，却又是那么困难。罗伯塔呢，给他写了许多凄婉动人的信，哀求他不要抛弃她，要同她结婚。在这一切都无效以后，她威胁说，她只得让人们"知道你到底是怎样对待我的"，"我的一生算是毁了，你的也得毁一部分。"在克莱德心中阴暗角落里的恶魔终于占了上风，他对自己说："不要害怕！不能手软！"他假装同意结婚，只是要求罗伯塔在婚前同他一起去作一次小小的旅行，就象她当初所希望的那样。

第四十七章

当晚他们计划停当，第二天早上分别乘坐两节车厢到草湖去。可是一到以后，发现草湖的居民比他当初预料的要多，这使他很诧异。这里的一派活跃景象使他很不安，很害怕。因为在他的想象中，以为这里跟大卑顿都是非常荒凉的。可是，一到这里，他们俩人都可以看得明明白白，这里是夏季游览胜地，而且是一个小小的宗教组织或是宗教团体——宾夕法尼亚州的怀恩勃莱纳教派聚会的地方。而且还发现有教堂。从车站一直到湖边还有很多村落。罗伯塔立刻叫起来：

"啊,看啊,这不是很美么？为什么不能请那边那座教堂的牧师给我们证婚呢？"

克莱德给这个突然发生、很不如意的情况弄得又窘,又怕,马上说:"啊,当然喽,等一会儿我过去看看。"可是他心里正忙着想种种主意欺骗她。他要先去办好登记,然后带她坐船出游,而且要耽很久。再不然,要是能发现一个特别僻静、不引人注意的地方……可是不成,这里人太多了。这湖就不够大,也许湖水也不够深。湖是黑色的,甚至是黑漆漆的,象柏油。东、北两面是一行行又高又黑的松树,据他看,仿佛象无数全副盔甲、非常警惕的巨人,甚至象恶魔,手持密林似的剑戟,这里的一切使他心境非常阴沉、多疑,而且感到莫名其妙地离奇古怪。可是人还是太多,湖上有十数人之多。

命运的不可思议啊。

这场灾难啊。

可是耳边轻轻响起一个声音:要从这里穿过树林到三哩湾是不行的。啊,不成。这里往南,总共有三十哩呢。再说,这湖也不够荒凉,说不定这个教派里的教友们老在望着呢。啊,不,他必须说……他必须说……不过,他能说什么呢?说他问过了,这里弄不到证明书？还是说牧师不在,还是说要有身份证明,可是他没有,或是……或是,啊,随便说什么,只要能叫罗伯塔安下心来,到明天早上那个时刻为止。到那时,从南面开来的车就从这里开往大卑顿和夏隆,在那里,他们当然可以结婚。

为什么她要这么坚持呢？要不是因为她那么愚蠢地逼着他,他是不会耐着性子跟她这儿走走,那儿跑跑。每小时、每分钟都是上绞架,真是永远没完没了地叫良心背十字架。要是他能摆脱掉她,那多好啊！啊,桑德拉,桑德拉,要是你能从你那高高在上的宝座俯身助我一臂之力,那该多好啊。那就可以不用再撒谎了！可以不用再受罪了！可以不用再受各种磨难了！

可是,相反,还得说更多的谎话。毫无目的、烦死人地找荷花找了很久。加上他那不安宁的神情,弄得罗伯塔也跟他一样厌烦起来。他们划着船的时候,她心想,为什么对结婚这件事他会如此冷淡呢。本来可以事先安排好,那么,这次旅行便可以象梦境一般美,而且也本应这样的,只要……只要他能在乌的加把一切都安排好,象她所希望的那样。可是,这样等待,这样躲躲闪闪,活象克莱德这个人,那样摇摆不定、犹豫不决、拿不定主意。实在说,她现在已经又开始怀疑他的用意了,到底他是不是象他所应允的真心要跟她结婚呢。到明天或是至多后天,就可以明白了。既然这样,那现在又何必去担什么心呢？

跟着,在第二天中午到达肯洛奇和大卑顿。克莱德在肯洛奇下了车,陪罗伯塔到停候的公共汽车那里。还跟她说,既然他们要原路回来,她的提箱最好还是放在这里。至于他,因为照像机呀、草湖上买的午饭点心呀,都塞在他的手提箱里,所以他要带在身边,因为他们要在湖上吃午饭。可是到了公共汽车旁,他发现司机正是上次他在大卑顿听他说过话的那个向导,这一下他可真惶恐了。万一这个向导见过他,记得他呢! 他不是至少会联想到芬琪雷家那辆漂亮的汽车么? 贝蒂娜、斯图尔特坐在前面,他自己、桑德拉坐在后面,格兰特,还有那个哈利·巴谷特在外面跟他说话。

　　几周来,足以表明他慌乱害怕心理的冷汗,这时立刻从他脸上和手上冒出来。他究竟在想些什么呢? 譬如说,从莱科格斯到乌的加,他就忘了带便帽,或是至少在买新草帽以前,就把这顶帽子从手提箱里取了出来;再如他在到乌的加去以前就没有能把草帽先买好。

　　可是,谢天谢地,那个向导并不记得他! 相反,他只是相当好奇地问他,而且把他看作完全陌生的人:"到大卑顿去么? 是头一回去?"克莱德大大地放了心,但还是用颤抖的声音回答他说,"是的。"接着,他慌乱紧张地问:"那边今天人很多么?"他一说出口,就觉得这样问简直是发疯了。问题多的是,为什么单单问这个呢? 啊,天啊,他这种可笑、自我毁灭的错误,难道永远无尽无休么?

　　他实在不安极了,连向导回答他的话几乎都没有听见;即便听见,也好象只是从老远的地方传来的声音。"不很多。我看,不过七八个人。四号那天,有三十来人,不过多数昨天走了。"

　　他们一路驶过潮湿的、黄色的道路,两旁的松树真是寂静无声。多么阴凉,多么静谧。虽然时当正午,可是松林里阴森森,松林深处一片紫色、灰色。要是在夜间或是在白天溜掉,在这一带哪里会碰到什么人? 从森林深处传来一只樫鸟刺耳的尖叫,一只田雀在远处的嫩枝上颤声歌唱,银色的阴影里回荡着它美妙的歌声。这辆笨重的带篷公共汽车驶过小河、小川,驶过一座座粗糙的木桥时,罗伯塔谈到清澈的湖水:"那儿不是很迷人么? 你听到银铃似的水声么,克莱德? 啊,这空气多么新鲜啊!"

　　可是她马上得死了!

　　天啊!

　　可是万一这时在大卑顿,就是有房子和出租游艇的地方,有很多人,那怎么办呢? 或是万一那边的人分散在湖上,都是些打鱼的人,分散在各处打鱼,他们分散开来,单独一个人,到处找不到隐蔽、荒凉的地方,那怎么办? 他没有想到过这一层,这多么奇怪。这片湖说不定并不象他想象中那么荒凉,也许今天并不是这样荒凉,就象草湖那边的情况。那怎么办?

　　啊,那么就逃走吧,逃走吧,别的随它去吧。这样紧张实在受不住了。见鬼,老是转这些念头,那他宁可去死。他究竟怎么会想到通过这样荒唐、残酷的阴谋给自己打一条出路的啊。先害死人,然后自己逃掉,也可以说是先害死人,然后装得好象他跟她都淹死了。而他,真正的凶手,却溜之大吉,去追求生活,追求幸福去了。多么可怕的计划啊! 可是,不然又怎么办呢? 怎么办呢? 他老远来,不就是为了这件事么？难道他现在就向后转么？

这时他身边的罗伯塔老以为自己就要结婚了，明天早上当然是结婚而决不是别的什么；如今欣赏一下他老是讲起的这个湖，不过是附带的乐趣罢了。他老是讲起它，仿佛这比他们俩一生中任何事更重要、更有趣似的。

可是向导又说话了，而且是对他说的："我看您打算在这里留宿，是吧。我看见您把这位小姐的提箱留在那边了，"他朝肯洛奇点点头。

"不，我们今天晚上就走，搭八点十分的车。您送客人到那里去么？"

"啊，当然。"

"听说您送的，草湖那边的人说的。"

可是为什么他要加这么一句关于草湖的话呢？这说明他跟罗伯塔到这里来以前，是到过那边的啊。可是这个傻瓜还提到"这位小姐的提箱"！还说留在肯洛奇。这魔鬼！为什么他不管好他自己的事？为什么断定他跟罗伯塔并没有结婚？他是这样断定的么？他们带的是两只提箱，而他带在身边的只有一只，那他为什么要提出这个问题呢？多么奇怪！多么无耻！他怎么会知道？是猜到还是怎么的？不过，结过婚或是没有结过婚，这又有什么关系？要是她不被打捞起来，"结过婚或是没有结过婚"不会有什么两样，不是么？要是被打捞起来，并且发现她还没有结婚，那不是足以证明她是跟别的什么人一起走的么？当然！那么现在又何必为这件事担心呢？

罗伯塔问："除了我们要去的那家，湖上还有别的什么旅馆或是寄宿的地方么？"

"小姐，除了我们要去的那家旅馆之外，一处也没有了。昨天有一大批青年男女在东岸露营。我想，离开旅馆有一哩光景吧，不过现在他们还在不在，我可不清楚了。今天一个也没有看到。"

一大群青年男女！天啊！不是说不定他们正在湖上，所有的人，划着船，或是张着帆，或是什么的么？而他却跟她一起到了这里。说不定还有从十二号湖来的人呢，就象两周前他跟桑德拉、哈里特、斯图尔特、贝蒂娜来的时候那样，其中有些是克伦斯顿家、哈里特家、芬琪雷家或是别的一些人的朋友，到这里来游玩的；而且他们当然会记得他。还有，在湖的东面，一定有一条路。有了这些情况，加上人家也在那里，他这次旅行也许就白费心机了。多么可笑的计划！这种毫不精明的计划，本来，他至少应该多花一点时间，拣一处更远的湖区，而且他早就该这么办，只是因为这些天来，他实在被折磨苦了，简直不知道怎么盘算才好。啊，事到如今，他只好去看了再说。要是人很多，那就必须打个什么主意，划到真正荒凉的地段去。再不然，就回过头来，回到草湖或是别的什么地方？啊，那他该怎么办啊，要是这里人很多的话？

就在这时，这条两旁尽是绿树的长长的小道，终于在尽头的地方，通到他现在记起来的那片草地上，湖面也露了出来。正对着大卑顿深蓝色的湖水的那家小旅馆啊，旅馆里带柱子的游廊，都看到了。还有湖右面那座低低的、盖着红瓦的小小的船棚，正是他上次到这里来时见到过的。罗伯塔一见就叫起来，"啊，真美，不是么，简直美极了。"克莱德正在打量着远处暗沉沉的、低低的小岛。那是南边的。还看到只有很少几个人在那里，湖上则连一个人影都没有，他心慌意乱地叫道："是啊，真是啊。"不过，他说这句话的时候，觉得喉咙仿佛哽住了似的。

旅馆老板出现了，他走拢来。这人中等身材、脸红扑扑的，肩膀很宽。他用招揽生意的口气说："住几天吧？"

克莱德对这个新情况很反感，给过向导一美元以后，就怒冲冲地、生硬地说，"不，不，就只玩一个下午。我们今天晚上得走。"

"那么，你们要留在这里吃饭吧？火车要到八点十五分才开。"

"啊，要……是要。当然。嗯，既然这样，我们是要的。"……因为，正在蜜月中的罗伯塔，在她结婚的前一天，而且是这样一种性质的旅行，当然希望在这里吃饭。总而言之，这个矮矮胖胖、脸红扑扑的傻瓜，真见他的鬼。

"那好吧，让我来拿您这提箱，您不妨登记一下。也许您太太反正得休息一下。"

他在前面带路，手里提着皮箱，尽管克莱德这时真想把提箱从他手里一把抢过来。因为，他并没有想到要在这里登记，也没有想到要把提箱留在这里。而且，他也并不准备这么干。他要把提箱重新抢过来，并且租一只船。可是最后，正象博尼费斯所说的，不得不"为了登记而登记"，在重新拿回他的提箱以前，签下了克里福德·戈尔登夫妇的名字。

上面这些事，原来已经害得他够心慌意乱的了，可是还不只这样，还有种种心事涌上心头。为了这件性命交关的事，动身前发生过什么新的情况啊，遇到过什么人啊，更糟的是罗伯塔说，天很热，而且他们还要回来吃晚饭，因此，她要把帽子、外套留在这里，那顶帽子，他早已看见上面有莱科格斯布朗斯坦这家的商标，这就害得他又盘算起来：这顶帽子留在这里好呢，还是拿回来好？可是他后来决定，也许到了事后……到了事后……要是他真是这么干的话，帽子在不在那里，也许就没有什么区别了。她要是被打捞起来，不是反正会被认出来么，要是没有被打捞起来，谁知道她是什么人啊？

他心里很慌乱，某个念头、某个动作、某个行动，究竟有什么重要意义，他一时间也搞不清楚了，只是提着皮箱在前面带路，朝船棚码头走去。跟着，他把提箱丢到船上，问看船棚的人哪里风景最好，他想用照相机照下来。这一点问过了，毫无意义的说明也听过了，他就扶着罗伯塔上船（这时，她仿佛只是个朦胧的影子，走上了一处纯粹属于概念中的湖上一只虚拟的划子船），他自己也跟着她下到船上，坐在船中央，操起船桨来。

那平静的、玻璃似的、彩虹色的湖面，据他们俩这时看起来，都觉得与其说是象水，不如说是象油，象熔化了的玻璃，又大又重，浮在很深很深的、结结实实的地球之上。一阵阵微风吹过,多么轻飘,多么清新,多么令人陶醉,可是湖上却并没有吹起涟漪。两岸挺拔的松树多么柔和,多么浓密。到处只见一片片松林,松树又高,象尖尖的剑戟一样。松树顶上,只见远处黑黑的阿特隆达克斯山的驼峰。连一个划船的人都看不见。一所房子、一所小木屋也看不见。他想找向导提到过的那个篷帐。可是看不见。他想找说话声,或是任何什么声音。可是,除了他划船时双桨发出的噼啪声和后面两百步外、三百步外、一千步外看船棚的人跟向导谈话的声音,什么声音都没有。

"不是很寂静、很安谧么?"罗伯塔说。"这里真安静啊。我看真美,比哪个湖都要美。这些树好高,不是么?还有这些山。我一路在想,那条路多阴凉,多清静,虽说有点颠簸。"

"刚才在旅馆里,你跟什么人说过话么?"

"怎么了,没有;你为什么问这个呀?"

"啊,我想你可能碰到什么人。不过,今天这里好象人并不多,不是么?"

"没有,湖上我简直没有看见什么人。后边弹子房里,我看见有两个男的。还有女宾休息室有个姑娘。就这几个人。这水不是很冷么?"她从船边把手伸进湖水里,追逐着他的船桨所激起的湛蓝的波纹。

"是么?我还没有试过。"

他停顿了片刻,把手伸到水里试了试,接着又划起来。

他不准备直接划到南面那个小岛去。这……太远,太早了。说不定她会觉得古怪的。最好再稍微耽一会儿。再留点时间盘算盘算,再留点时间逛逛。罗伯塔会想到要吃午饭(她的午饭!)西面一哩外,有一片很美的洲渚。他们不妨到那里去,先吃了东西再说,也可以说是她先吃了再说,因为他今天不想吃。然后……然后……

她也正在望着他刚才张望的那一片洲渚,一块尖角形的陆地向南弯去,不过深深地插入湖心,两岸尽是挺拔的松树。她这时接着说:

"你看中了什么地方,亲爱的,我们可以停下来吃东西吗?我有点饿了,你不饿么?"(此时此地,她还是别叫他什么亲爱的吧!)

北面那座小旅馆和船棚愈变愈小,这时看起来,就象他第一次在克伦湖上划船时那边的船棚和凉亭。那时,他一心想,但愿他能到阿特隆达克斯山中这样一个湖上来玩,梦想着这一类的湖,还但愿能碰到象罗伯塔这样的姑娘,那就……头上也正是这种羊毛似的云片,跟那决定命运的日子,在克伦湖上飘在他头顶上的云片一模一样。

努力的结果,多么可怕啊!

今天,他们不妨在这里找找荷花,为了在……以前消磨点时间,消磨时间……杀死①，(天啊)……他要是真准备干，就必须不再转这类念头才行。总之，这时他不必想到这些。

到了罗伯塔中意的那片陆地了，划进了四周非常隐蔽的小湾。那里还有一小块蜜色的岸滩。东北两面，谁也望不见这里的情形。跟着，他和她相当正常地上了岸。克莱德非常谨慎小心地把点心从提箱里取出来，罗伯塔就在河边把东西摊在一张报纸上。这时，他走来走去，非常勉强地满口称赞这里风景美丽，松树啊，弯弯曲曲的河湾啊，可是事实上却在想着……想着，想着再往前去的那个小岛和岛下面的一处河湾，尽管他的勇气愈来愈小，他还必须实行这狰狞可怕的一着，决不让仔细筹划好了的机会轻轻错过，要是……要是……他真不想跑掉，把他所热切希望的一切轻轻抛弃。

可是现在事到临头，这一着又是多么可怕啊。还有危险……要是弄出什么差错，那就太危险了，别的不说，万一船翻得不合适，万一没有本领去……去……啊，天啊！再说，事后说不定查出真相来……那就是……一个杀人犯。被抓起来！受审判。(他没有能耐干到底，也不想干。不，不，不！)

可是罗伯塔这时在沙滩上，坐在他身边。据他看，她对这世界上的一切都很满意。还在哼歌呢。还对他们这次的游历提出一些劝告和切合实际的意见；还谈到今后他们在物质方面、经济方面的情况，以及他们从这里怎么走，到什么地方去，最可能是叙拉古斯；既然克莱德对这一层好象并不反对。到了那里以后，他们又该怎么办。罗伯塔听她妹夫弗雷德·盖勃说过，叙拉古斯刚开设了一家新的衣领衬衫工厂。克莱德不妨马上到这家工厂找个工作，不是么？至少暂时先安顿一下。然后，稍迟些，等到她最麻烦的事过去以后，她不妨也在这家工厂，或是别的什么地方找个工作，不是么？既然他们钱这么少，他们不妨在一家住户暂且找一间小房。再不然，要是他不喜欢这么办，因为他们现在不象过去那样脾气合得来了，那就说不定可以找两间前后间。在目前他表面上殷勤体贴的背后，她还是感觉到了他那倔强的脾气。

他也正在想，啊，好吧，不论他同意也好，不同意也好，这类话现在说说又有什么关系呢？既然他并不走，她也并不走，那又有什么区别呢。天啊！可是在这里，他谈起来，仿佛她明天还会在这里似的。可是她不会了。

只要他的膝盖不象现在这么发抖才好；他的手、他的脸、他身上，还是这么潮乎乎！

在这以后，他们就坐这只小船继续沿小湖的西岸，朝那个小岛划去。克莱德老是心慌意乱、提心吊胆地四处张望，看那边到底是不是一个人都没有，一个人都没有，岸上也好，湖上也好，凡是望得见的地方，到处一个人都没有，一个人都没有。周围还是这么清静，这么荒凉，谢天谢地。这里，实在说，或是这附近的任

---

① 消磨时间(to kill time)，这里"消磨"(kill)与"杀死"同音同字。

何地方都行。只要他现在有这份勇气就干,可是他现在还没有。罗伯塔一路把手伸到水里玩,一面问他,在岸边会不会找到荷花或是别的什么野花。荷花!野花!他则一路划,一路对自己说,在一行行又高又密的松树林中,确实没有什么大路,或是木屋、篷帐、小路和足以说明有人烟的什么东西,在这美好的日子,这美丽的湖区的广阔的湖面上,没有丝毫其他小船的痕迹。可是,在这些树林里,或是沿着湖岸,会不会有什么独自打猎、捕兽的人,有向导或渔夫呢?会不会有呢?万一这时在这里什么地方有这样一个人呢?而且,还正在望着呢!

完了!

毁了!

死了!可是没有声息,也没有烟。只有……只有……这些又高、又黑的、碧绿的松树,象剑戟似的。一片寂静。偶尔有一株枯树,在午后灼热的阳光下,只见灰白色的、干枯的细枝丫,非常狰狞地伸开来。

死!

那急速飞向树林深处的窜鸟发出刺耳的尖叫。再不然,就是哪里孤零零一只啄木鸟发出寂寞的、幽灵似的笃笃的声音。偶尔一只红莺飞掠而过,又偶尔一只黄肩黑身的鸟儿的红黑相间的影子飞掠而过。

"啊,在我肯塔基的老家,阳光灿烂。"

罗伯塔在兴致勃勃地唱歌,一只手浸在湛蓝的湖水里。

隔了一会儿又唱"要是你乐意,星期日我会在那里。"这是眼下流行的一支舞曲。

然后,划啊,想心事啊,唱啊,停下来望望美丽的洲渚啊,朝可能有荷花的、隐蔽的湖湾划去啊,终于过了整整一小时,罗伯塔已经在说,他们得注意时间,别耽搁得太久。终于划到小岛以南的湖湾。小小的湖面很美,可又非常凄凉。四周松树环抱,陆地就到此为止了。这里非常象一个小湖,穿过湖湾,可以通到大湖。湖面差不多是圆形的,有二十来英亩。从东面、北面、南面、甚至西面的种种景象看,除了把这里跟陆地隔开的北面的那条水道以外,这个池塘,或是说山潭吧,四周全被树木围了起来!到处有香蒲跟荷花,湖边也间或有一些。不知什么原因,这里反正叫人觉得是一个天造地设的池塘或是山潭,凡是厌倦于生活、厌倦于烦恼的人,一心想从人世的斗争、冲突中解脱出来的人,意气消沉地退隐到这里来倒非常明智。

他们划到这里以后,那寂静的、黑黑的湖水,好象紧紧抓住了克莱德。在这以前,不论什么地方的任何一件事,全都做不到这样——他的情绪起了变化。因为,一到这里,他好象就被紧紧抓住了,也可以说是给迷住了,要沿着这里往里划;沿着静静的湖边划过一圈以后,又想随着荡过去,荡过去,在这一片苍茫的湖面上,什么事都没有什么一定的目的,没有什么阴谋,没有什么计划,没有什么实际的问题需待解决,什么都没有。这个地方的潜在之美啊!确实,这里好象是在嘲笑他。这里多么古怪啊,黑黑的池塘,四周都被奇异、柔顺的枞树团团围住。湖水仿佛象一颗硕大的黑珠子,被哪只孔武有力的手,也许是在震怒的时候,也许是在嬉戏的时候,也许是在幻想发作的时候,给抛进这黑中带绿的天鹅绒似的山坳里。他朝水里凝视,只见湖水深不见底。

可是,这一切又那么强烈地暗示着什么呢?死!死!比任何东西都更确切地暗示着死!也暗示着那寂静、安详、心甘情愿的死。人们或是为了自己选择了这条路,或是由于催眠,或是由于说不出的疲倦,也许会高高兴兴、满怀感激地沉下去。这么静……这么隐蔽……这么安详。罗伯塔也在叫好。这时,他第一次感觉到有两只好象是很结实,又是很善意的、同情的手正紧紧地搭在他的肩膀上。这双手给他多么大的安慰啊!多么温暖!多么有力!这双手好象足以使他定下心来。他喜欢这双手,喜欢它们的鼓励,它们的支持。但愿这双手不要移开!但愿这双手永远放在这里,这位朋友的这双手!在他整整一生中间,他哪里领略过这种使人欣慰,甚至可以说是使人产生温柔的感觉呢?从来没有过。可是不知怎的,这种感觉使他安详起来,他仿佛从一切现实中解脱出来。

当然,还有罗伯塔在那边,可是,到现在这个时刻,她已经化成一个影子,也实在可以说是化成了一种思想、一种幻觉的形体,与其说属于真实,不如说属于空幻。她身上固然有些有色彩、有形体的东西,足以显示出存在,可她还是非常缥渺……非常缥渺……这时,他再一次感到出奇地孤独。因为,那个朋友抓得紧紧的双手已经消失了。在这阴沉而美丽的境界里,克莱德真孤独、非常孤独、孤立无援。显然,这是他被引进这个境界,可又被丢在一边。他觉得冷得出奇,这种奇特之美的魔力使他不禁全身发凉。

他到这里来是为了什么?

他该怎么办?

弄死罗伯塔?啊,不。

他又低下头来,盯住这蓝中带紫的池塘里迷人而险恶的湖底。他盯着看,这池塘好象又千变万化,变成一只大水晶球。水晶球里面有什么东西在颤动啊?一个形体!它愈来愈近……愈清楚……他认出是罗伯塔在挣扎,她白嫩的胳膊在水面上挥动,在朝他游拢来!天啊!多么可怕!她脸上那表情啊!天啊!他到底在想些什么啊?!死!杀人!

他突然意识到,这久以来,他一直以为能在这里支持着他的那分勇气,现在正在消失。他随即有意识地重新衡量一下自己性格的深度,希望借此把勇气恢复过来,可是怎么也没有用。

吉特,吉特,吉特,卡……阿……阿……阿!

吉特,吉特,吉特,卡……阿……阿……阿!

吉特,吉特,吉特,卡……阿……阿……阿!

(又是这只不祥的鸟离奇的鸣叫总在耳边萦绕。多么冷酷,多么粗暴!他又一次从神情恍惚中惊醒过来,意识到横在他面前的真实的,也可以说是不真实的,迫切的问题和一切折磨着他的地方。)

他必须面对这件事!他非得这样不行!

吉特,吉特,吉特,卡……阿……阿……阿!

吉特,吉特,吉特,卡……阿……阿……阿!

这是在说明什么,警告、抗议、责备?最初想到这个不幸的计谋时就有这只鸟。它现在正停在那棵枯树上,这只混帐的鸟。它又飞到另外一棵树上去了。还是一棵枯树,稍微往里的那一棵。一路飞一路叫。天啊!

然后,他身不由己地又来到岸上。为了表示一下他为什么把提箱带在身边,他现在必须提议把这里的景致拍下来,还要替罗伯塔拍照,还可能要拍他自己,在岸上拍,在湖上拍。这样,她就得重新到船上去,而他的提箱却并不带上船,而是牢牢地、一点也不受潮地放在岸上。他一上岸就装出一副当真在选择各处特别的景致似的,心里却盘算把提箱放在哪一棵树脚下,他回来的时候好取,事到如今,他必须马上回来,必须马上。他们不会再一起上岸了。决不会!决不会!虽然罗伯塔不以为然地说她累了;说据她看,他们是不是应该马上就回去?一定是五点多了,一定是。克莱德安慰说,他们马上就走,等他再拍一两张她在船上的照片,把这些多么漂亮的树、那个小岛,还有她四周和她身子下面这黑黑的湖水做背景。

他这双又湿、又潮、又慌乱的手啊!

还有他这双又黑、又清亮、又慌乱的眼睛,尽是看着别处,却怎么也没有看她一眼。

然后又到了水上,离岸约摸有五百英尺光景,船荡向湖心。他只是无目的地摸弄手里结实而有分量的小照相机。接着,在此时此地,很害怕似地往四周张望。因为,这一刻……这一刻……不管他自己怎么打算,这正是他总想躲避,却又紧逼着他的时刻。而且岸上没有说话声,没有人影,没有声息。没有路,没有小木屋,没有烟!而且,这是他,或者可以说是别的什么一直跟他计划好的那个时刻。这一时刻,现在马上要决定他的命运了!是行动的时刻——生死存亡的时刻!现在,啊,他只要突然猛烈地侧向这一边或是另一边,跳起来,跳向左舷或是右舷,把船打翻。再不然,要是这样还不中用,就使劲摇晃船身,要是罗伯塔太噜苏,就拿起手里的照像机或是他右手中那支空着的船桨打她一下。这是做得到的,这是做得到的。既迅速,又简单,只要他这时能有此心肠,也可以说,只要他没有心肠,事后,他可以很快地游开,游向自由,游向成功,当然喽,游向桑德拉和幸福,游向他从没有领略过的更伟大、更甜蜜的人生。

只是他为什么还在等待啊?

到底他是怎么一回事呢?

为什么他还在等待啊？

在这个毁灭一切的时刻，正迫切需要行动的时刻，意志——勇气——仇恨、狂怒，突然瘫痪了。罗伯塔在船尾她那个座位上盯着他那张惶惑而扭歪了、变了色，可又显得软弱、甚至神志错乱的脸。这张脸，并不是突然变得发怒、凶暴、狰狞，而只是突然变得慌乱，总之是充分表明了内心的斗争正在相持不下，一方面是害怕（这是生理化学上对死的一种反抗，对足以造成横死的暴行的一种反抗），另一方面是被逼得走投无路，蠢蠢欲动，要干，要干，要干，而自己却又在强行压制这种愿望。不过此时此地，这斗争暂时还胜负未定，一股逼着他干的强大力量，跟逼着他别干的力量，两股力量，势均力敌。

就在这时，他那对眼睛，眼珠愈睁愈大，愈加惨白；他的脸、他的身子、他的手在发僵，在蜷缩，他坐在那里僵僵地一动不动，他心里交战不下时那发呆的神气，越来越预兆着不祥。不过说老实话，倒并不是预兆着要悍然诉诸暴行，而是预兆着马上要昏过去，或是马上要痉挛。

罗伯塔突然察觉到这一切多么怪异，感觉到一种丧失理性的狂乱，再不然就是生理上、心理上恍恍惚惚的状态。跟这里的风景比起来，形成了这么怪异、这么令人痛心的对照。她于是叫起来："怎么了，克莱德！克莱德！怎么回事？你到底怎么了？你样子好……好怪……好……怎么了，过去从没有见过你这样啊。怎么回事？"接着突然站起来，确切些说，是俯向前面，然后沿着平整的船龙骨爬过来，想要走拢到他身边，因为他那样子好象就要往船舱里倒，再不然就倒向一侧，然后跌下水去。克莱德一面马上感觉到：他自己失败得多惨，在这么一种场合，他多么懦怯，多么没有能耐；一面心底的愤恨即刻涌起来，不只是恨他自己，而且恨罗伯塔，恨她那一股力量，也可以说是恨这样阻挠他动手的那股生命的力量。可是又怎么也害怕。不愿意干，只愿意说，说他永远永远，永远永远，决不跟她结婚。说即便她告发他，他也决不跟她一起离开这里，跟结婚。说他爱的是桑德拉，只愿意粘住她；可就是连这些也没有能耐说出口来。就只是冒火，慌乱，横眉瞪眼。接着，当她爬近他身边，想用一只手拉住他的手，并且从他手里接过照相机放到船上时，他使劲把她一推。不过即便是在这么一个时刻，他也决没有存别的什么心，只是想摆脱她，别让她碰到他的身子，不要听她的恳求，不要她那抚慰的同情，不要跟她这个人照面，永远永远……天啊！

可是（照相机他还是下意识地抓得紧紧的），推她时用力太猛，不只是照相机打到她的嘴唇、鼻子、下巴，而且推得她往后倒向左舷，船身就歪向水边。接着，他被她的尖叫声吓慌了（一方面因为船歪了，一方面因为她的鼻子和嘴唇都破了），就站起身来，一半是想帮她或是搀她坐好，一半是想为这无心的一击向她表示歉意。可就这一来，船就整个翻了，他自己跟罗伯塔立刻掉进水里。而正当她掉下水，第一次冒出头来的时候，船一翻，左舷撞在她的头上，她那狂乱、歪扭的脸正朝着克莱德，而他这时候却已经把身子稳住了。她既疼痛，又害怕，实在又被弄昏了,满怀恐惧,又莫名其妙。她生平最怕水,现在又掉进水里,又给他这么意外而全然无心地一击。

"救命啊,救命啊!"

"啊,天啊,我要淹死了,我要淹死了。救命啊! 啊,天啊!"

"克莱德! 克莱德!"

跟着,他耳朵边又响起那个声音!

"可是你,在这非常急迫的时刻,这……这……这不是你一向盘算着、盼望着的事么? ……现在你看吧! 虽说你害怕,你胆小,这……这……给你办好了。一件意外……一件意外……你无心的一击,就免得你再干你想干而又没有胆量去干的事了! 既然这是一件意外,现在你就不必去救,难道你现在还想过去救她,再一次自投罗网,遭受那些大大小小的惨痛失败么? 不是你已经给痛苦折磨得够受了,而现在这件事就使你解脱了么? 你也可以去救她。可是,你也可以不去救她! 你看,她怎样在挣扎啊。她被弄昏了。她自己是没有力量救她自己的;要是你现在游到她身边,那她这么慌乱、害怕,可能把你也拖到死路上去。可是你想活啊! 而让她活下去,那从此以后,你的一生就不值得活了。就只等片刻,等几秒钟! 等一下……等一下……别管她求救多么可怜。然后就……然后就……可是,啊! 看吧。好了。她现在正往下沉了。你永远永远,永远永远见不到活着的她了……永远永远。而且,你自己的帽子正浮在水面上,就跟你盼望的一模一样。船上还有她那绊住了桨架的面纱。随它去。不是可以表明这是一件意外么?"

除这以外,什么都没有……几阵水波……这奇异的景象多么宁静,多么肃穆。接着,那只古怪、轻蔑、嘲弄、孤单的鸟再一次鸣叫起来。

吉特,吉特,吉特,卡……阿……阿……阿!
吉特,吉特,吉特,卡……阿……阿……阿!
吉特,吉特,吉特,卡……阿……阿……阿!

这只魔鬼似的鸟在那根枯枝上鸣叫——那只怪鸟。

接着,罗伯塔的呼叫声还在他耳边,还有她那对眼睛最后狂乱、惨白、恳求的神色还在他眼前,克莱德就有气无力、阴沉地、茫然地游到岸上。还有那个念头:不管怎么说,他并没有真正谋杀她。没有,没有。为了这一点,谢天谢地。他没有。不过(他登上附近的湖岸,抖掉衣服上的水),他杀人了吗? 还是没有杀? 不是他不肯去救她么? 而且他也许能把她救起来啊。而且使她失足落水,尽管是意外,实实在在还是他的过错,不是么? 可是……可是……

这天傍晚,昏暗、寂静。就在这隐蔽的树林深处,一个僻静的地方,就只他一个人:浑身滴水,干干的提箱在他身边。克莱德站在那里,一面等待,一面设法把身子弄干。不过,在这段时间当中,他把没有用过的照相机三脚架从提箱边取下来,在树林深处找到一株隐蔽的枯树,藏了起来。有什么人看见么?有什么人在张望么?他跟着又回来,可又不知道哪个方向对!他必须往西走,然后往南。他决不能迷失了方向啊!可是那只鸟老是在叫,好刺耳,令人心惊肉跳。还有那一片昏暗,虽然夏夜星斗满天。一个年轻人在一座没有人烟的黑林子里往前走,头上戴着一顶干草帽,手里提着一只皮箱,匆匆地,可是小心翼翼地……向南……向南走去。

第 三 部
第一至四章

　　郡验尸官海特刚刚接到电话,报告他说一对青年男女在华莱士湖上划船时落水淹死了。妻子的尸体已找到,丈夫的还下落不明。他立刻赶到出事现场,发现死者是一位十分漂亮的女性,脸上还受了伤,感到很可疑。当地居民也纷纷反映了一些情况,使他断定这是一起凶杀案。报纸上也刊登了这一案件。人们舆论大哗,希望能迅速把作案凶手追捕归案。此时恰是本郡法官大选前夕,验尸官海特决定在这个案子上大显一番身手,争取尽快侦破。他先去找自己的朋友、区检察官梅森,由他去罗伯塔家调查情况。他们是从打捞上来的罗伯塔身上发现她家的地址的。罗伯塔父母听到女儿被害的消息后,悲痛欲绝,决心帮助法官早日抓到凶手,为女儿报仇。梅森乘机在众人面前发表了一番激昂的演说,博得了在场众人一致赞扬。

　　经过一系列努力,他们已初步查明这件事主要与格里菲思家族的成员有关。他们找到克莱德与罗伯塔以及与桑德拉的来往信件,确认克莱德正是作案者。他们还了解到他是格里菲思这一家族中穷困而信教的一员。

　　此时案件已真相大白。他们决定逮捕克莱德。

第五至十章

　　罗伯塔溺死后,克莱德爬上岸,换好衣服,把一切可能会引起怀疑的痕迹收拾干净,便匆匆赶到了桑德拉等人正在游玩的湖滨别墅。他惊慌失措,战战兢兢,内心充满了恐怖和自责。见到桑德拉之后,强打精神,装出无事的样子与那里的年轻人一起玩耍。毕竟作贼心虚,他彻夜难眠,天亮后正打算逃走时就被抓住了。他宁可被警官带着绕过桑德拉他们活动的地点,也不愿让他们看到自己被捕。梅森为了能一下子捞到所有的审判证据,立即对克莱德进行审问,然而却收获甚小。

第十一至十六章

　　法医解剖了罗伯塔的尸体，发现头部有骨折和内出血现象。为了叫克莱德承认是他打伤了罗伯塔，然后又把她推下水淹死这一"事实"，海特他们绞尽脑汁，使用了种种办法，仍无明显成效。可是，他们意外地发现了克莱德藏在树下的三脚架和掉进湖中的照相机，便认为罪证确凿，可以开庭审判了。为了提高自己声望，为大选奠定基础，向来毫无政绩可言的梅森打定主意与州长等政府要人及时取得联系，要求最高法院在本区特别开一次庭，本地的大陪审团也要特别开一次庭，并且由他随时召集。

　　这时，全国各处都把这一案件作为头等新闻大加渲染。由于梅森对桑德拉家族巨富的敬畏，在介绍案情时却闭口不提与此案有重大关系的桑德拉的名字，只是含蓄地称之为"一个有钱人家的女孩"。对于罗伯塔的情况，他却讲得十分详细，称其为纯洁、善良、有高尚道德的正派女孩，这样即刻就煽动起了公众对克莱德的仇恨，使舆论完全倒向对自己的审判有利的一面。报界也火上浇油，接连不断地发表有关罗伯塔家人的情况。

　　在桑德拉家中，她的父母正在为不使自己女儿的名誉受到损害而大伤脑筋。经过一番研究，在弄清楚没留下什么能使他们自己声名受到贬损之后，决定立刻动身去海边渡假。桑德拉本人自从听说克莱德出事以后，一直很伤心，早已下定决心今后不论如何也绝不可能与他见面了。

　　吉尔伯特听说克莱德的事后，怕影响到自己的前途而气急败坏，责怪父亲当初不该收留他。克莱德的伯父经过一番思考后，还是想在没彻底弄清楚事实真相前尽量帮助自己的侄儿，为他寻找辩护律师。他派人去追问克莱德，也没得到令他满意的结果。不过他还是为克莱德找了辩护律师贝尔纳普。贝尔纳普作为民主党人，三年前曾与共和党人梅森竞争区检察官职位。他在政治上十分圆通，今年已被提名为本郡法官候选人，这也正是梅森看中的位置。贝尔纳普打定主意，设法替克莱德进行辩护，以便通过一系列法庭辩护和拖延，使梅森不能轻而易举、称心如意地夺取郡法官这一位置。他与克莱德进行了一次"推心置腹"的商谈，弄清了许多事实真相，决定不论什么想法或花招，只要能成为逃脱法网的借口，就提出来使用。他绞尽脑汁，最后想出了辩护理由，说克莱德在作案当时神经错乱，或是"脑神经一时失常"。但这种说法实在太牵强附会、漏洞百出，只得放弃。经过再三商量，最后把辩护理由定为克莱德并非有意想谋杀罗伯塔，只是由于他道德上的懦弱才产生了这种后果。贝尔纳普认真而仔细地告诉克莱德在法庭上应该怎样回答。他鼓励克莱德振作起来，与他好好配合。

第十七至二十二章

贝尔纳普发表了声明,把克莱德描绘成一个受尽诽谤、完全被人误解了的青年。为了不让梅森把办案作为参加全郡大选的资本,他还暗示说在这桩案子中可能隐藏着政治的而不是纯粹司法目的。梅森对此严加驳斥。他一面否认案件与政治有关,一面指出对方——律师贝尔纳普也参与政治,参加竞选。他还敦促州长马上开一次特别法庭对克莱德提出公诉,得到了允许。贝尔纳普只好要求转移法庭审理,但没被接受。梅森决心把克莱德定罪一事弄得更牢靠一些,于是他又一次搜集材料,准备到开庭时作为重型炸弹出其不意地扔出去。

贝尔纳普等人对克莱德进行训练,教他怎样否认罪行,如何进行辩解。他们本想让克莱德伯父家人出来替他说几句话,可是凡是认识克莱德的人,如今连躲避都惟恐来不及,更谈不上帮助他了。至于克莱德的父母,由于其伯父一方坚决反对提到他们家族中这贫穷的一房,所以也就一个字也没有传给克莱德家中。

不过,克莱德的家人还是在报上读到了这个不幸的消息。这对他们无疑是沉重的一击,但又无它法,只好诵读《圣经》,请求上帝拯救他们的孩子。

开庭前,贝尔纳普等人不断鼓励克莱德。克莱德虽把希望寄托在律师等人身上,但还是并不十分有把握。尤其是桑德拉一次也没来过信,使他很着急。

开庭的日子到了。检察官梅森慷慨陈词,发表了长篇演说,把罗伯塔大大地赞扬一番,借此说明克莱德是一个地道的坏蛋。他的这番演说使克莱德和贝尔纳普处于十分被动的地位。接下去是证人出庭,接连不断。贝尔纳普使出浑身解数,想在证人身上找出有利于他们这一方的材料,但并没多大收获。起诉终告结束了。

第二十三至二十七章

第二天,辩护开始了,贝尔纳普发言。他宣称克莱德无罪,把他的行为归结为懦怯,说他"在思想上、道德上是个不折不扣的懦夫,可决不是一个丧尽天良的罪犯"。他强调说,克莱德只是迫于他所处环境的压力,才使他一步步走上那条绝路的。这些说法自然又受到梅森的反对。他同贝尔纳普一样,接二连三地向克莱德提出一些带有引诱性的对自己有利的问题,想以此证明只有自己才是正确的。最后又轮到贝尔纳普替克莱德作申辩了。他讲得非常小心,通篇的精神跟他第一次辩论一样,着重指出克莱德怎样不自觉地走到这一步的原因。他认为克莱德早年贫困,造成了他心灵和道德上的懦怯,加上后来有了一些新的往上爬的机会,所以才影响了他这"也许是太容易受到外人影响、太色情、太不切实际而富于空想的心灵"。他虽有错误,但并没有象检察官希望公众和陪审团所相信的那样残忍或是邪恶。

梅森又发言了。他坚持认为克莱德是最冷酷最凶狠的那类杀人凶手,说检察方面引证的证据已证明了这个"有胡子的成年人"是一个"沾满了鲜血的杀人凶手"。在有农民、店员、老板等各界人士参加的陪审团中,虽有一个人倾向于贝尔纳普这一方,但慑于他人的反对,也只好改变了自己的看法。这样,克莱德就被判决犯了罪。

在遥远的丹佛,克莱德的家人一直提心吊胆地等着最后的判决。各报记者也纷纷去找克莱德的母亲,使她只得把家搬到丹佛比较偏僻的地方,远离宗教界,借以躲避那些叫人难以忍受的宣传。她每隔一刻钟就祈祷,求上帝指示她该怎么办,同时也指示她的儿子该怎样从永恒的灵魂里清洗自己做的可怕的一切。

至于克莱德伯父一家,却对于侄儿该不该上诉的问题没有兴趣。他们觉得这件事已给他们带来了足够的麻烦,正商量搬迁呢。所以进一步帮助克莱德的要求就被他们拒绝了。克莱德的母亲想赶到儿子身边,却因没有钱而一筹莫展,最后还是作为一家报纸的特派记者才得以前往的。

第二十八至三十四章

克莱德的母亲终于来到了儿子的身边。她怀着希望祈求于天主。她坚信儿子没有罪,并幻想别人也会象她一样想。由于克莱德家出不起上诉的费用,贝尔纳普准备让克莱德的母亲举行一次演讲会,筹集资金。这时,克莱德已被宣判死刑,押解到纽约西部一所监狱。克莱德母亲赶到这里,鼓励他,要他祈祷,要他读《圣经》。她往返各地,向教会和公众呼吁。三周过去了,才发现各地教派以及基督徒们对此都漠不关心。最后在万分沮丧之余,她不得不向一个主持罪恶的电影院的犹太人求救,得到允许可以在早晨借用影院举行演讲会,讲一讲她儿子这件案子的是非曲直。这样总算得到一些报酬。偏偏这时她的丈夫又患了重病需她赶回去照料,等丈夫有所好转,四个月的时光已经过去了。这时公众对克莱德案件的兴趣大大减退了,丹佛也没有一家报纸愿出钱资助克莱德母亲。她再也无法进行演讲集资的计划了。克莱德这段时间关在牢里,耳闻目睹了许多邪恶、恐惧和不可思议的东西,受到很大震动,身心也变得十分虚弱。母亲恳求麦克米伦牧师来劝导和帮助他。麦克米伦为克莱德祈祷,并劝他皈依上帝。克莱德虽对麦克米伦比较信赖,但仍旧保留着早先蔑视宗教的心理。他想,如果真象牧师所说的那样有一位管辖人间的上帝,那么为什么在过去长时间里一直忽略他呢?他实在无法相信能在宗教里找到什么方法来消除他眼下的种种不幸。他不过仍幻想着有朝一日能重获自由。这时,桑德拉写来了一封没有地址的信,对他表示了一些同情和难过,并说明他们将永远不能见面了。克莱德一下子感到自己的希望、梦想全部破灭了。在绝望中,他与麦克米伦牧师做了长谈,反复阅读《圣经》,希望能抓住那必不可少的悔恨之心,以便得到宁静和力量。

四个月又过去了。上诉法院认定克莱德有罪,判他死刑。克莱德的母亲和麦克米伦牧师赶到州长办公室求救，仍无改判的可能。克莱德在临死前写下了一篇声明，宣称自己已皈依基督，并勉励其他青年人"依照基督对他们所希望的那样去生活"。

执行死刑的日子终于来到了。克莱德向那张电椅走去。门关上了，把他所熟悉的一切人间生活都隔离开了。

在一个昏暗的夏夜，在旧金山商业中心的马路上，出现了一支小小的队伍，其中有一个七、八岁的男孩，是个稚嫩、丝毫没沾染恶习的不懂事的男孩。这一小队人来到一个岔路口，便拿出《圣经》、调好琴弦，开始唱起赞美诗来——这是克莱德的父母、家人在街头传教、卖唱，那个小男孩就是他的外甥。

（陈　慧、邴巨昆）

喧哗与骚动

作者威廉·福克纳(1897—1962)是美国南方文学的主要代表,曾获1949年诺贝尔文学奖。他一共写了19部长篇小说和75篇短篇小说。他的大多数作品,其背景都在作者虚构的一个地方——密西西比州北部的约克纳帕塌法县,构成了"约克纳帕塌法世系"。这个世系主要写这个县及其中心城镇杰弗逊的几个家族几代人的兴衰荣辱,出场人物有600多人,反映了第二次世界大战前一百年以来各阶层多方面的生活图景。其中最重要的作品有《喧哗与骚动》(1927)、《我弥留之际》(1930)、《八月之光》(1932)、《押沙龙,押沙龙》(1939)以及"斯诺普斯"三部曲(1940—1959)。

《喧哗与骚动》以一个南方淑女堕落的故事为中心,写出了杰弗逊镇望族康普生一家四分五裂、每况愈下的败落历程,特别是写出了这个家族的成员精神上的病态和危机。这一家族中,父亲是个酒鬼,长子叫昆丁,长女叫凯蒂,老三叫杰生,老四叫班吉。凯蒂无视南方贵族的道德法规,被人引诱而有孕,不得不同另一男子结婚。后来丈夫发现隐情便抛弃了她,她有家难归,只得把私生女小昆丁寄养在娘家,自己到大城市靠出卖肉体谋生。其兄昆丁在哈佛大学上学,本来对妹妹有一种变态的爱,得知凯蒂堕落,受了严重打击,因精神崩溃而自杀。老三杰生自私卑鄙,他借机勒索凯蒂,虐待小昆丁。小昆丁长大后,受不了杰生的压迫,也与人私奔。老四班吉则是个天生的白痴。作者在写法上别出心裁,全书分四部分,由四个人出来分别叙述凯蒂和小昆丁的故事。第一部分是白痴班吉的呓语,第二部分是老大昆丁在自杀前的内心独白,第三部分是老三杰生的叙述,第四部分则是老黑奴迪尔西的补叙。前两部分有意写得朦朦胧胧,后两部分写得比较清楚明白。一个故事,通过几个人的意识流,从不同的角度反映出来,这是福克纳所首创的"复合式意识流"。

译本:李文俊译,上海译文出版社1984年版。

第 一 章

1928年4月7日。班吉坐在林中草地上玩耍,听着家人的说话声。仆人勒斯特说,他哼哼了整整一上午,也许今天是他的生日吧,他三十三岁了。有人惊讶道,你是说,他象三岁小孩的样子都有三十年了吗?仆人威尔许把我的手塞到我的口袋里去。我能闻到冷的气味①。铁门是冰冰冷的。凯蒂走来了。接着她

---

① 班吉是白痴,他意识错乱,但感觉敏锐,各种感觉可以沟通。

跑起来了,她的书包在背后一跳一跳,晃到这边又晃到那边。她打开铁门,就弯下身子①。凯蒂身上有一股树叶的香气。"你是来接凯蒂的吧。"她说,一边搓着我的手。那些母牛奔跑着从牲口棚里跳出来。昆丁踢了 T. P. 一脚。我先是没哭,可是我脚步停不下来了。T. P. 还在嘻嘻笑。"我和班吉还要进去看结婚呢。沙示汽水啊。"我在木箱下大吼起来。"把手在插在兜里呀。"凯蒂说,"不然的话会冻僵的。"小时候,我们在河沟里玩。凯蒂往下一蹲把衣裙都弄湿了。威尔许说:"你把衣服弄湿了,回头你妈要抽你了。""没有湿,"凯蒂说。"我把它脱了,一会儿就会干的。"昆丁说:"我谅你也不敢。"凯蒂说:"我就敢。"昆丁打了凯蒂一耳光,接着互相泼起水来。"这下你该满意了吧。"昆丁说,"我们都要挨抽了。""我不怕,"凯蒂说,"我是要逃走,而且永远也不回来。"我哭了起来。杰生也在玩。他一个人在远一点的地方玩。母亲说过:"我可不是那种精力旺盛能吃苦耐劳的女人。为了杰生和孩子们,我真希望我身体能结实些。""凯蒂和昆丁方才打水仗了,"杰生向父亲报告说。我们等待着。"真的吗?"父亲说,"今天晚上你们在厨房吃饭。"父亲把我抱起来,顺着台阶泻下来的灯光也落到了我的身上,我可以从高处望着凯蒂、杰生、昆丁和威尔许。"今天晚上让大伙听我指挥吧,爸爸,"凯蒂说。"我不要,"杰生说,"我要听迪尔西的。""别吵了,"父亲说。昆丁说:"妈妈方才是在哭。"迪尔西在唱歌,我哭起来了②。"他走了,"T. P. 说,"瞧见那辆有玻璃窗的了吗?好好瞧瞧。他就躺在那里面。你好好看看他。③"噢,"凯蒂说,"那是黑人的事。白人是不举行丧礼的。""我倒要问问为什么白人就不举行丧礼,"弗洛尼说,"白人也是要死的。你奶奶不就跟黑人一样死了吗?④"月光爬到了地窖的台阶上。我们又喝了一些沙示水。威尔许把凯蒂推到第一个丫杈上。我们都望着她衬裤上的那滩泥迹。接着我们看不见她了。我们能听见树的抖动声。"你瞧见什么啦?"弗洛尼悄声说。我瞧见他们了。接着我瞧见凯蒂头发上插着花儿,披着条长长的白纱,象闪闪发亮的风儿。凯蒂凯蒂。⑤ 快打那边回来,班吉,勒斯特说。你知道昆丁小姐要发火的。这时秋千架上有两个人,接着只有一个了。凯蒂急急地走过来,在黑暗中是白蒙蒙的一片。我拽住她的衣服,想把她拉进洗澡间⑥。凯蒂拿了厨房里的肥皂到水池边使劲地搓洗她的嘴。凯蒂象树一样香。昆丁把迪尔西推开。她眼睛盯着杰生。她的嘴血红血红的。"班吉明是

---

① 这一章全是班吉的独白,他的叙述颠倒混乱,常把不同时期发生的事混在一起。这里是说牲口棚使班吉想到凯蒂结婚那天——1910 年 4 月 25 日。那天,黑小厮 T. P. 班吉偷酒喝,结果喝醉了。
② 这里指听到昆丁自杀的消息,迪尔西在哭泣的事。
③ 指班吉父亲去世的事。
④ 指班吉祖母的故世。
⑤ 这里指凯蒂结婚那天,班吉看到的场面。
⑥ 班吉感觉到心爱的姐姐起了变化,要把她推进洗澡间,洗掉她的不贞。

《圣经》里的名字，"凯蒂说，"对他来说，这个名字要比毛莱好。"①"我真的管不住他，"勒斯特说。"你给我闭嘴。"昆丁说。"唉，让他待在这儿吧，"那个男的说。他打着一条红领带。太阳晒在那上面红艳艳的。"他听不懂你的话，"勒斯特说，"你是戏班子里的人吗？"我顺着栅栏一直走到大铁门那儿，背书包的姑娘们总打这儿经过。T. P. 说："凯蒂小姐早就不知上哪儿去了。嫁了人了，离开你了。"T. P. 又说："你把这些小女孩都吓坏了。"我想说话，我一把抓住一个过路的小女孩，想说话，可是她尖声大叫起来，我一个劲地想说话想说话，这时明亮的形影开始看不清了。②我想爬出来。我脱掉衣服，我瞧了瞧自己，我哭起来了。

第 二 章

  1910 年 6 月 2 日，这是凯蒂结婚后两个月的一天。昆丁在哈佛大学的宿舍里，听着表的嘀嗒声。父亲说，人者，无非是其不幸之总和而已。你以为有朝一日不幸会感到厌倦，可是到那时，时间又变成了你的不幸了。同学们都上课去了。我在箱子上写下地址。麻雀飞走了。袅袅余音在空中回荡了很久，与其说是你听到的还不如说是感觉出来的。我犯了乱伦罪我说父亲啊是我干的不是达尔顿·艾密司。在镜子里，凯蒂穿着婚礼服象云一样飞去，朝着吼声跑去。在那里，T. P. 在露水里大声说沙示水真好喝，班吉却在木箱下大声吼叫。有个同学来了。我说："我刚才起不来。"他说："你穿得这么整齐当然来不及了。这是怎么回事？你以为今天是星期天吗？"父亲说过，钟表杀死了时间。只有钟表停了下来，时间才会活下来，只要班吉高兴你跟他说什么他就能闻出来。他能闻出人家给他起的新名字吗？我带着我的影子进入了码头的阴影。"昆丁这位是赫伯特。这是我在哈佛的孩子。赫伯特会当你们的大哥哥的他已经答应给杰生在银行谋一份差事了。"我想你在哈佛的劣迹不会没人知道的。母亲又说："杰生会成为一个了不起的银行家的在我这些孩子中只有他有实际头脑。"我坐上一辆电车，一顶顶尚未泛黄的草帽在车窗下流过去。我们卖掉了班吉的（他躺在窗子下面的地上，大声吼叫）我们卖掉了班吉的牧场好让昆丁去上哈佛。我走在我影子的肚子上。我可以把手伸到影子之外去。只觉得父亲就坐在我的背后，父亲说过，女子对罪恶总有一种亲和力。我转过身子背对着它，把自己的影子踩到尘土里去。"我答应你凯蒂凯蒂。""你别碰我你别碰我。"我说："你有病。"事实上你怀孕了。"呜——噢。呜——噢。呜——噢——噢。我总得嫁人呀。"我又能听见我的表的嘀嗒声了。在路上，我遇到了一个到镇上买面包的小女孩。一群人在河里游泳，你听见了吗？小妹妹。"你快把那双下流的脏手拿开别碰

---

① 指班吉改名的事。
② 班吉在手术台上的感觉。

我都是你不好你把我推倒在地上我恨死你了。"凯蒂说。"滚开,哈佛学生!"河里游泳的人在叫,"咱们上岸把他们扔到水里。""泼呀!泼呀!"我和那个小妹妹往后退。"快点滚开。"他们嚷道。我们喘着气躺在潮湿的草地上雨点象冰冷的子弹打在我的背上。你现在还在乎不在乎还在乎不在乎还在乎不在乎。班吉大叫大喊起来使劲拉凯蒂的衣服他们一起走进门厅走上楼梯一面大叫大喊把她往楼上推推到浴室门口停了下来她背靠在门上一条胳膊挡住了脸。我哭了起来她的手又抚摸着我我扑在她潮湿的胸前哭着接着她向后躺了下来眼睛越过我的头顶仰望天空。"咱们上秋千那边去在这儿他们会听见你的声音的。""别吱声了咱们会把班吉吵醒的。"凯蒂说。我伸手揍他了。一个人在说:"你真是个捍卫女人的英雄。"他冷冷地打量着我。那个小妹妹没受到什么伤害。

我下山时天光逐渐地暗淡下来,可是在这期间光的质地却没有变,仿佛在变的、在减弱的是我而不是那光线,现在大路没入了树林,但你在路上仍然能看得清报纸。不久之后我来到一条小巷口。我拐了进去。这儿比大路显得局促,显得更暗一些,可是当它通过无轨电车站时——这儿又有一个候车亭——光线仍然没有变。在小巷里走过之后,车站上显得豁亮些,好象我在小巷里度过了黑夜现在已经天亮了。车子很快就来了。我上了车,人们都扭过头来看我的眼睛,我在车厢左边找到了一个空座①。

车子里灯亮着,因此我们在树丛里驶过时除了我自己的脸和坐在过道对面的那个女人②以外,我什么都看不见,她头上端端正正地戴着一顶帽子,帽子上插了根断了的羽毛。可是等电车走出林子,我又能看见微弱的天光了,还是那种光质,仿佛时间片刻之间的确停滞了,太阳也一直悬在地平线底下似的。接着我们又经过了曾有个老人在那儿吃纸口袋里的东西的木亭,大路在苍茫暮色中伸展向前,进入了晦暗之中,我又感到河水在远处平静、迅疾地流动着。电车继续向前疾驰,从敞开的车门刮进来的风越来越大,到后来,车厢里充满了夏天与黑夜的气息,唯独没有忍冬的香味。忍冬是所有的香味中最最悲哀的一种了,我想。我记得许多种花的香味。紫藤就是其中之一。逢到下雨天,当妈妈感到身子还好,能坐在窗前时,我们总是在紫藤架下玩耍。如果妈妈躺倒在床上,迪尔西就会让我们加上一件旧衣服,让我们到雨中去玩,因为据她说雨对小孩子并没有什么坏处。倘若妈妈没躺在床上,我们总是在门廊上玩,一直到她嫌我们太吵了,我们这才出去在紫藤下玩耍。

这儿就是今天早上我最后看到大河的地方,反正就在这一带。我能觉出苍茫暮色的深处有着河水,它自有一股气味。在春天开花的时节遇到下雨时到处都弥漫着这种香气别的时候你可并不注意到香气这么浓可是逢到下雨一到黄昏

---

① 昆丁左眼挨打,他故意坐在左边不让人们看见他的黑眼圈。
② 指车窗玻璃上反映的形象。

香味就侵袭到屋子里来了要就是黄昏时雨下得多要就是微光本身里存在着一种什么东西反正那时香味最最浓郁到后来我受不了啦躺在床上老想着它什么时候才消失什么时候才消失啊。车门口吹进来的风里有一股水的气息,一种潮湿的稳定的气息。有时候我一遍遍地念叨着这句话就可以使自己入睡到后来忍冬的香味和别的一切掺和在一起了这一切成了夜晚与不安的象征我觉得好象是躺着既没有睡着也并不醒着我俯瞰着一条半明半暗的灰蒙蒙的长廊在这廊上一切稳固的东西都变得影子似的影影绰绰难以辨清我干过的一切也都成了影子我感到的一切为之而受苦的一切也都具备了形象滑稽而又邪恶莫名其妙地嘲弄我它们继承着它们本应予以肯定的对意义的否定我不断地想我是我不是谁不是不是谁。

  隔着苍茫的暮色我能嗅出河弯的气味,我看见最后的光线懒洋洋而平静地依附在沙洲上,沙洲象是许多镜子的残片,再往远处,光线开始化开在苍白澄澈的空气中,微微颤动着,就象远处有些蝴蝶在扑动似的。班吉明那孩子。他老爱坐在镜子的前面。百折不挠的流亡者在他身上冲突受到磨练沉默下去不再冒头。班吉明我晚年所生的被作为人质带到埃及去的儿子。① 哦班吉明。迪尔西说这是因为母亲太骄傲了所以看不起他。他们象突然涌来的一股黑色的细流那样进入白人的生活,一瞬间,象透过显微镜似的将白人的真实情况放大为不容置疑的真实;其余的时间里,可只是一片喧嚣声,你觉得没什么可笑时他们却哈哈大笑,没什么可哭时又嘤嘤哭泣。他们连参加殡葬的吊唁者是单数还是复数这样的事也要打赌。孟菲斯有一家妓院里面都是这样的黑人,有一次象神灵附体一样,全都赤身裸体地跑到街上。每一个都得三个警察费尽力气才能制服。是啊耶稣哦好人儿耶稣哦那个好人。

  电车停了。我下了车,人们又纷纷看我的眼睛。来了一辆无轨电车,里面挤满了人。我站在车厢门口的后平台上。②

  "前面有座,"卖票的说。我往车厢里瞥了一眼。左边并没有空位子。

  "我就要下车的,"我说。"就站在这儿得了。"

  我们渡过了河。那座桥坡度很小,却高高地耸立在空中,在寂静与虚无里,黄色、红色与绿色的电火花在清澈的空气里一遍又一遍地闪烁着。

  "你还是上前面去找个座位吧,"售票员说。

  "我很快就要下车的,"我说。"再过两个街口就到了。"

  电车还没到邮局我就下来了。野餐的人现在准是围成一圈坐在什么地方,接着我又听见了我的表声,我开始注意谛听邮局的钟声,我透过外衣摸了摸给施

---

① 见《圣经·创世纪》,第42章第36节,原话是便雅悯(班吉明)之父雅各说的,与此句不尽相同。上一句中的"百折不挠的流亡者"应指便雅悯之兄约瑟。
② 昆丁跳下郊区电车,又换了一辆开往哈佛大学的电车。

里夫的那封信,榆树那象是被蚕食过的阴影在我的手上滑过。我拐进宿舍楼的四方院子时钟声真的开始打响了,我继续往前走,音波象水池上的涟漪那样传过我身边又往前传过去,一边报时:是几点差一刻?好吧。就算几点差一刻吧。

我们房间的窗户黑漆漆的。宿舍入口处阒无一人。我是贴紧左边的墙进去的,那儿也是空荡荡的:只有一道螺旋形的扶梯通向阴影中,阴影里回荡着一代代郁郁不欢的人的脚步声,就象灰尘落在影子上一样,我的脚步象扬起尘土一样地搅醒了阴影,接着它们又轻轻地沉淀下来。

我还没开灯就看到了那封信,它在桌子上用一本书支着,好让我一眼就能看见。把他①叫作我的丈夫。接着斯波特说他们要上什么地方去野餐,要很晚才能回来,而布兰特太太另外还需要一个骑士。不过那样一来我又会见到他②了,他一小时之内是回不来的因为现在六点已经过了③。我把我的表掏出来,听它嘀嗒嘀嗒地报导着时间的逝去,我不知道它是连撒谎都不会的。接着我把它脸朝上搁在桌子上,拿过布兰特太太的信,把它一撕为二,把碎片扔在字纸篓里,然后我把外衣、背心、硬领、领带和衬衫一一脱下。领带上也沾上了血迹,不过反正可以给黑人的。没准有了那摊血迹他还可以说这是基督戴过的呢。我在施里夫的房间里找到一瓶汽油,把背心摊平在桌子上,只有在这儿才能摊平。我打开汽油瓶。

全镇第一辆姑娘拥有的汽车姑娘这正是杰生所不能容忍的汽油味使他感到难受然后就大发脾气因为一个姑娘家没有姐妹只有班吉明④班吉明让我操碎了心的孩子如果我有母亲我就可以说母亲啊母亲⑤我花了不少汽油,可是到后来我也分不清这摊湿迹到底还是血迹呢还是汽油了。汽油又使我的伤口刺疼了,所以我去洗手时把背心搭在椅背上,又把电灯拉下来⑥使电灯泡可以烤干湿迹。我洗了洗脸和手,可是即使如此我还能闻到肥皂味里夹着那种刺激鼻孔使鼻孔收缩的气味。然后我打开旅行袋,取出衬衫、硬领和领带,把有血迹的那些塞进去,关上旅行袋,开始穿衣服。在我用刷子刷头发时,大钟敲了半点,不过反正还可以等到报三刻呢,除非也许在飞驰地向后掠去的黑暗中只看见他自己的脸看不见那根折断的羽毛除非他们两人可是不象同一天晚上去波士顿的那两个接着黑夜中两扇灯光明亮的窗子猛然擦过一瞬间我的脸他的脸打了个照面我刚看见便已成为过去时态我方才是看见了吗没有道别那候车亭里空空如也再没有人在那儿吃东西马路在黑暗与寂静中也是空荡荡的那座桥拱起背在寂静与黑暗中入

---

① 指施里夫。
② 指施里夫。
③ 昆丁担心施里夫会回来见到他,转而一想,六点钟以后郊区电车一小时只开一辆,所以又放心了。
④ 以上是昆丁与赫伯特·海德见面时,康普生太太所说的话。
⑤ 以上是康普生太太给班吉明换名字时所说的话。
⑥ 这是附有吊球可以任意拉下来放回去的那种电灯。

睡了那河水平静而迅疾没有道别①

我关了灯回进我的卧室,离开了汽油但是仍然能闻到它的气味。我站在窗前,窗帘在黑暗中缓慢地吹拂过来,摸触着我的脸,仿佛有人在睡梦之中呼出一口气,接着徐徐地吸进一口气,窗帘就回到黑暗之中,不再摸触着我了。他们②上楼以后,母亲靠坐在她的椅子里,把有樟脑味的手绢按在嘴上。父亲没有挪动过位置他仍然坐在她身边捏着她的手吼叫声一下接一下地响着仿佛寂静是与它水火不相容似的我小时候家里有本书里有一张插图,画的是一片黑暗,只有斜斜的一道微弱的光照射在从黑暗中抬起来的两张脸上。你知道假如我是国王我会干什么吗?她从来没有做过女王也没有做过仙女她总是当国王当巨人或是当将军我会把那个地方砸开拖他们出来把他们好好地抽打一顿那张图画被撕了下来,被扯破了。我很高兴。我得重新看到那张画才知道地牢就是母亲本人她和父亲在微弱的光线中握着手向上走而我们迷失在下面不知什么地方即使是他们也没有一点光线。接着忍冬的香味涌进来了。我刚关上灯打算睡觉它就象波浪似的一阵一阵地涌进来气味越来越浓到后来我简直透不过气来只得起床伸出手摸索着往外走就象小时候学步时那样手能够看见在头脑里摸触着所形成的看不见的门 门现在成了手看不见的东西我的鼻子能够看到汽油,看到桌子上的背心,看到门。走廊里仍是空荡荡的,并没有一代代郁悒不欢的人的脚步走去取水。然而看不见的眼睛象咬紧的牙齿没有不相信甚至怀疑痛楚的不存在胫骨脚踝膝盖顺着那一长道看不见的楼梯栏杆在母亲父亲凯蒂杰生毛莱都睡着的黑暗中一失足 门 我可并不怕只是母亲父亲凯蒂杰生毛莱在睡梦中走得那么远了我会马上入睡的当我门 门 门 盥洗室里也是空荡荡的,那些水管,那白瓷脸盆,那有污迹的安静的四壁,那沉思的宝座③。我忘了拿玻璃杯了,不过我可以手能看见发凉的手指那看不见的天鹅脖颈比摩西的权杖还要细那玻璃杯试探地击叩着不是在细瘦的脖颈上击叩而是击叩发凉的金属玻璃杯满了溢出来了水使玻璃杯发凉手指发红了瞌睡把潮湿的睡眠的味道留在脖颈的漫长的寂静中我回到走廊里,吵醒了寂静中一代代说着悄悄话的学生的失落的脚步,进入了汽油味中,那只表还在黑暗里躺在桌子上撒着弥天大谎。接着窗帘又在黑暗中呼出一口气,把气息吹拂在我的脸上。还有一刻钟。然后我就不在人世了。最最令人宽慰的词句。最最令人宽慰的词句。Non fui. Sum. Fui. Non sum.④有一回我不知在哪儿听到了钟声。在密西西比还是在马萨诸塞。我过去存在过。我现在即将不存在。在马萨诸塞还是在密西西比。施里夫在他衣箱里有一瓶。你难道不

---

① 以上这段是回忆方才坐电车过桥时的情景。
② 指班吉和凯蒂。这下面一段是写家中知道凯蒂与人有苟且行为后一家人的反应。
③ 指无人在用的抽水马桶。
④ 拉丁语语法的时态练习,意为:过去不存在。现在存在。过去存在过。现在即将不存在。

准备拆开这封信了吗杰生·李奇蒙·康普生先生暨夫人宣布三次。好多天。你难道不准备拆开这封信了吗小女凯丹斯的婚礼那种酒能让你把手段与目的都弄混了。我现在存在。喝吧。我过去不存在。咱们把班吉的牧场卖掉好让昆丁进哈佛这样我死也瞑目了。我快要死在哈佛了。凯蒂说的是一年是不是。施里夫在他衣箱里有一瓶。先生我不需要施里夫的我已经把班吉的牧场卖掉了我可以死在哈佛了凯蒂说的死在大海的洞窟与隙穴里随着动荡的浪涛平静地翻腾因为哈佛名声好听四十英亩买这样一个好听的名声一点也不贵。一个很高雅的逝去的名声咱们用班吉的牧场来换一个高雅的逝去的名声这能维持他一个长时期的生活因为他听不到除非他能嗅得到她刚进门他便哭喊起来我一向以为那不过是父亲老拿来跟她开玩笑的镇上的某个小无赖但是后来。我以前也一直没有注意他还以为是个普普通通的陌生的旅行推销员或是跟别人一般穿军用衬衫的可是突然之间我明白了他根本不把我看作是潜在的破坏者，而是看着我想的却是她是透过她在看我正如通过一块彩色玻璃你干吗非得管我的闲事不可你难道不知道这没有一点点好处吗我本以为这事你已经撒手让母亲与杰生来管了呢

是母亲让杰生来监视你的吗我是怎么也不会干这种事的。

女人仅仅是借用别人的荣誉准则罢了这是因为她爱凯蒂即使病了她也呆在楼下免得父亲当着杰生的面嘲笑毛莱舅舅父亲说毛莱舅舅旧学根底太差这才犯了把机密要事交托给那旧小说里少不了的瞎眼童子①他应该挑选杰生的因为杰生至多只会犯毛莱舅舅所犯的同样的莽撞的错误而不会让他落个黑眼圈的帕特生家的孩子比杰生小他们合伙糊风筝卖给人家五分钱一只直到发生经济上的纠葛杰生另外找了一个合伙人这孩子更加小些反正是相当小的因为 T. P. 说杰生仍然管帐可是父亲说毛莱舅舅何必去干活呢既然他也就是说父亲可以白养活五六个黑人他们啥活儿也不干光是把脚翘在炉架上烤他当然经常可以供毛莱舅舅的吃住还可以借几个钱给毛莱舅舅这样做也可以维持他父亲的信念在这种热得宜人的地方他的族类就是天生高贵这时母亲就会哭哭啼啼地说父亲自以为他的家族比她的家族优秀还说他嘲弄毛莱舅舅是在教坏我们这些孩子其实她不明白父亲要教我们的是所有的人无非就是一只只玩偶罢了他们肚子里塞满了锯木屑这些锯木屑是从以前所扔掉的玩偶的什么部位的什么伤口——不是使我死去的那个伤口——里流出来归拢来的。过去我总以为死亡就是象祖父那样的一个人象是他的一个朋友一个交情很深的私交就象过去我们印象中祖父的写字桌也是特别神圣的不能碰它甚至在祖父的书房里大声说话都是不应该的在我头脑里祖父和他的书桌总是分不开的他们在一起老是等待着老沙多里斯上校②来临和他们一起坐下来他们等在那些杉树的后面的一个高地上沙多里斯上校站在更高的

---

① 指班吉。毛莱舅舅曾打发他传递情书给帕特生太太。
② 福克纳笔下的另一个南方贵族世家的族长，在长篇小说《沙多里斯》等作品中出现。

地方眺望着什么他们等他看完后走下来祖父穿着他的军服我们能听到他们说话的低语声从杉树后面传过来他们谈个不停而祖父始终总是正确的。

报三刻的钟声开始了。第一下钟声鸣响了,精确而平稳,庄严而干脆,为第二下钟声驱走了那不慌不忙的寂静原来如此如果人也能始终这样相互交替那该多好就象一朵火焰扭曲着燃烧了一个短短的瞬间然后就彻底熄灭在冷冷的永恒的黑暗里而不是躺在那里尽量克制自己不去想那摇晃的钟摆直到所有的杉树都开始具有那种强烈的死亡的香味那是班吉最最讨厌的。我只要一想到那丛树便仿佛听见了耳语声秘密的波浪涌来闻到了祖裸的皮肉下热血在跳动的声音透过红彤彤的眼帘观看松了捆绑的一对对猪一面交配一面冲到大海里去于是他说①我们必须保持清醒看着邪恶暂时得逞其实它并不能永远——于是我说它也没有必要占上风如此之久对一个有勇气的人来说——于是他说你认为那是勇气吗——于是我说是的父亲你不认为是吗——于是他说每一个人都是他自己的道德观念的仲裁者不管你是否认为那是勇气反正它比那行动本身比任何行动都重要否则的话你不可能是认真的——于是我说你不相信吗我可是认真的——于是他说我看你是过于认真了才这样要使我震惊否则你是不会感到万不得已非告诉我你犯了乱伦罪不可的——于是我说我并没有说谎我并没有说谎——于是他说你是想把一桩自然的出于人性所犯的愚蠢行为升华为一件骇人听闻的罪行然后再用真实情况来被除它——于是我说那是要将她从喧闹的世界里孤立出来这样就可以给我们摆脱掉一种负担而那种声音就象是从来没有响过一样——于是他说你当初是存心要她干的吧——于是我说我当初害怕这样做我怕她会同意这样一来就没有什么好处了可是如果我能使你相信我们干了那样的事那么事情就会真的是那样了而别人的事就会不是那样而整个世界就会喧叫着离开我们——于是他说唔关于那另外的一件事你现在倒也没有撒谎不过你对你自己内心的思想对普遍真理的那一个部分亦即自然事件的递迭次序以及它们的原因仍然蒙然无所知这些原因使每个人的头上笼上阴影包括班吉在内你没有考虑到有限性的问题你在考虑的是一种神化的境界在这种境界里一种暂时的思想状态会变成匀称超出在肉体之上它不但意识到自己也意识到肉体的存在它不会完全抛弃你甚至于也不会完全消灭——于是我说暂时的——于是他说你不禁要以为有一天它再也不会象现在那样地伤害你你似乎仅仅把它看成是一种经验使你一夜之间头发变白不妨这么说可是一点也不会改变你的外貌你在这些情况下是不会做这件事的这将是一场赌博奇怪的是这种被不幸事件所孕育的人每一下呼吸都是一次新的投掷所掷的骰子里早已灌了铅肯定对他不利这样的一个人还不愿面对最后的

---

① 从"于是他说"起昆丁回想起凯蒂失身后与父亲的一番谈话。由于昆丁处在自杀前高度亢奋的精神状态中,这段对话是没有逻辑、混乱不堪的。读者可视为精神不正常者的谵语。为清楚计,我们用破折号把两人的对白分开。原文是没有任何标点的。

判决其实他事先早已知道他是迟早要面对的不必试用种种权宜之计包括用暴力也包括连三岁孩子也骗不过的小手法直到有一天在极度厌恶中他孤注一掷盲目地翻开一张牌不管是谁即使是在失望或悔恨或失去亲人时袭来的第一阵盛怒之中也不会这样做的只有等他认识到即使是失望或悔恨或失去亲人对于一个阴郁的赌徒来说也并不特别重要时才会这样做——于是我说暂时的——于是他说很难相信一种爱或一种哀愁会是一种事先没有计划便购买下来的债券它是不管你愿意还是不愿意自己成长起来的而且是事先不给讯号就涌进了自己的记忆并被当时正好当道的任何一种牌号的神所代替的不你不会那样做的直到你开始相信即使她也是不大值得为之感到失望的——于是我说我是永远不会做那样的事的没有人知道我所知道的事——于是他说我想你最好马上就到坎布里奇去你或者先去缅因州呆上一个月如果你节约些钱还是够用的这样做也许是桩好事因为精打细算地使用每一个子儿比耶稣治愈了更多的创伤——于是我说就算我能理解你的用意我下一周或是下个月在那儿是会理解的——于是他说那你就该记住你进哈佛是你母亲毕生的梦想从你生下来时起她就怀着这样的希望而我们康普生家的人是从来不让一位女士失望的——于是我说暂时的这样做对于我对于我们大家都是有好处的——于是他说每一个人是他自己的道德观念的仲裁者不过谁也不该为他人的幸福处方——于是我说暂时的——于是他说这是世界上最悲哀的一个词了世界上别的什么也没有这不是绝望直到时间还不仅仅是时间直到它成为过去

　　最后一下钟声也打响了。终于钟声不再震颤，黑暗中又是一片寂静了。我走进起坐间打开了灯。我穿上背心。汽油味现在淡得多了，几乎闻不出来了，在镜子里也看不出有什么血迹了。至少不象我眼睛上那么明显。我穿上外衣。给施里夫的那封信在衣服里格拉格拉地响，我把它拿出来再检查一遍地址，把它放在我侧边的口袋里。接着我把表拿到施里夫的房间里去，放在他的抽斗里，我走进自己的房间取了一块干净的手帕，走到门边，把手伸到电灯开关上。这时我记起了我还没有刷牙，因此得重新打开旅行袋。我找到了我的牙刷，往上面挤了些施里夫的牙膏，便走出去刷牙。我尽量把牙刷上的水挤干，把它放回到旅行袋里去，关上袋子，重新走到门口。我关灯之前先环顾了一下房间，看看还漏了什么没有，这时我发现忘了戴帽子了。我必须经过邮局，肯定会碰到个把熟人，他们会以为我明明是个住在哈佛四方院子宿舍里的一年级生，却要冒充四年级生。我也忘掉刷帽子了，不过施里夫也有一把帽刷，因此我也不必再去打开旅行袋了。

第 三 章

　　1928年4月6日。杰生是店铺里的一个伙计，一个商人。"我没机会象昆丁那样上哈佛大学，也没时间象爸爸那样，整天醉醺醺直到进入黄泉。我得干活呀。"餐厅里一个人也没有,接着我听到了小昆丁在厨房的声音:"再给我半杯咖啡吧。迪尔西,求——"我一把抓住她的胳膊。杯子跌落到地板上,摔得粉碎。她眼睛盯着我。我把她拖到餐厅里去。她的浴衣松了开来,在身边飘动,里面简直没穿衣服。我死死地盯着她。凯蒂来信了,信上说:"我没有收到她对我上两次去信的回信,虽然两封信的支票都已兑现。她有没有生病?"我把她的信和支票交给母亲说:"您烧支票都烧了十五年了。""是的,"她说,"咱们家的人不需要任何人的施舍,更不要说一个堕落的女人的了。"要得到凯蒂的钱可不容易,我冒着蹲监狱的危险,伪造支票,还要给小昆丁一点钱。钱仅仅是属于命中注定会赚钱会存钱的那些人的。我常常琢磨,要是有人每年捐献五千元给传教士,死后发现根本没有天堂,那还不把他气病了。正如我所说的,还不如把钱省下来。

父亲去世,凯蒂来参加葬礼。我没料到她会不怕别人认出来,站在路上街灯下。"你来这儿干什么?"我说,"什么遗产也没留下啊。你不信可以去问毛莱舅舅。""我什么都不要,"她说,她只想要见小昆丁一面,"我给你五十块钱,只要让我看一分钟就行。""把钱给我!"我说。我吩咐明克让车子挨近人行道走。我把小昆丁身上的雨衣脱下来,把她举在马车窗前,凯蒂一看见她简直要往前扑过来。"抽鞭子呀,明克!"我说,于是明克狠狠地往马身上抽了一下,我们象一辆救火车似的从她身边冲了过去。我透过马车后窗可以看到她跟在我们后面奔跑。"再抽一鞭,"我说,"咱们回家吧。"我们在路口拐弯时她仍然在奔跑。那天晚上,当我再一次数钱并且把钱放好时,我心里美滋滋的。我心里说,我看这下子你可知道我的厉害了。然而,她戴着面纱又来见了我一次。"骗子,"她说,"骗子。"我说:"你已经撬掉了我一份差事,还想断送掉我这一份不成?""我说让你见她一分钟,我让你见了没有?""你自己才是骗子呢。你答应我乘那班火车离开。你乘了没有呢?"她只顾站在那儿盯着我,象打摆子似的浑身乱颤,双手紧握,象是在抽风。她离开之后,我觉得痛快多了。

血统高贵,我说,祖上出过好几位州长和将军呢。幸亏咱们祖上还没出过国王与总统,否则的话,咱们全家都要到杰弗逊去扑蝴蝶了呢。我眼光朝门外扫过去,正看见小昆丁一边盯着店门,一边沿着小巷的墙根蹑手蹑脚地溜过去。那短裙子,老实说,目的就是让街上过往的男人看了都忍不住要伸出手去摸一把。她身旁还有个男的,打着红领带,那不就是戏班子里的人戴的吗?我追到大街上,已不见她与那个戏子的影子了。我象个疯子似地站在那里,别人一定会想:这家人一个是傻子,另一个投河自尽了,姑娘又被自己的丈夫给甩了,这么看这家子别的人也全都是疯子,岂不是顺理成章的吗?就我个人而言,我是恨不得让她马上到地狱里去,而且越快越好。

迪尔西说:"如果你还算是个人的话,你也只是个冷酷无情的人,杰生!"然而我却在想,给班吉做阉割手术,倒有可能把他推给政府。况且,我敢说,"如果不等他麻药药劲过去就把他送到杰弗逊疯人院去,我敢说他也根本察觉不出来自己换了地方。"

第 四 章

1928年4月8日,这一天是复活节的星期天。迪尔西干完琐碎的家务,去教堂听布道。她老了,瘦了,但"只有那副百折不挠的骨架剩下来,象一座废墟,也象一个里程碑。"她从教堂回来时,杰生尚未回家,康普生太太有气无力地让大家先吃饭。杰生现在在哪儿呢?他正与警长对话呢。警长问:"你干吗把三千块钱藏在家里呢?"杰生说:"我把钱放在哪儿是我自己的事。你的任务是帮我把钱找回来。"警长又说:"这姑娘的出走是你逼出来的","而且我还有点怀疑,这笔钱到底是应该属于谁的。"杰生无法回答,只得自己一人寻找。他一边狂怒地开着车,一边四处打听,他要"找一个姑娘,""还有一个男的。昨天在杰弗逊他打着红领带。"他是戏班子里的,"他们俩抢走了我的钱。"杰生无法找回钱和小昆丁,而与此同时,迪尔西等人正离开康普生家,也出走了。

(陈 慧、张 静)

愤 怒 的 葡 萄

作者约翰·斯坦贝克(1902—1968)是美国30年代进步的现实主义作家的杰出代表,曾获1962年诺贝尔文学奖金。他自幼参加劳动,青壮年期与劳动人民有较多的接触。他的作品多描写下层人民、尤其是贫苦农民的生活,主要有小说《煎饼坪》(1935)、《人与鼠》(1937)、《红马驹》(1938)、《愤怒的葡萄》(1939)、《月落》(1942)、《珍珠》(1947)、《不称心的客车》(1947)等。

《愤怒的葡萄》是斯坦贝克的代表作。小说以30年代经济大恐慌时期大批农民破产、逃荒为背景,通过俄克拉何马州佃农约德一家离乡背井,长途跋涉,到达加州后又倍受资本家的盘剥,最终奋起反抗的故事,生动地表现了农业工人的血泪和愤怒,展现出一幅阶级斗争的惊心动魄的画面。严肃的主题同现实主义的真实性、爱憎分明的激情、富有寓意的象征、蕴含同情的幽默以及浓郁的诗意妙合无痕,使这部社会抗议小说具有强烈的感染力。它出版后在美国人民中引起了广泛的反响。

全书共30章。多数章都是叙述约德一家人的故事,但有些是"插叙章",主要是随笔式地交代典型环境,即描写有关流民的社会的、经济的背景。

译本:胡仲持译,张友松校,外国文学出版社,1982年版。

第一至四章

在俄克拉何马州的红色原野和一部分灰色原野上,玉米和野草长了起来,开始呈现一片绿色。但6月里,干燥的狂风越刮越猛,尘土飞扬,天空昏暗,玉米倒伏。风过去了,尘沙给大地铺上了一床平整的毯子。

约德·汤姆因为醉后杀人坐了4年牢,被提前假释了。他在小酒铺门前搭上一辆红色运货大汽车,要回家去。他对司机说,他的老爹是耕着40亩地的佃农。司机说,"好多佃农背井离乡,被尘沙赶的,被拖拉机撵的;你家老头倒还顶得住?"

一只陆龟爬上公路,差一点被卡车压死。它滚到公路边,在尘沙里吃力地移动着。约德下车后发现了它,把它夹在腋下带走了。中午时分,他碰到一个熟人,前牧师吉姆·凯绥。凯绥告诉他,他已不干牧师这一行了,连谁叫耶稣有时也会忘记;但"我爱的是人,爱得几乎要了命"。约德邀请凯绥一起去看爸爸老汤姆。凯绥不断地说:"老汤姆确实是个了不起的人"。太阳西下时,他们便远远看到了约德家的田庄,但那儿空无人迹。约德站住了脚说:"出什么事了"。

第 五 章

　　田地的业主们有时到田地上来，业主的代理人来的次数更多。他们坐着门窗紧闭的小汽车来，用指头摸摸干燥的土地，有时还用钻探机钻进地里去验验土质。那些门窗紧闭的小汽车顺着田野开来的时候，佃户们从他们那些被太阳晒得干巴巴的门前院子里不自在地望着。最后，业主方面的人把车子开进院子来，坐在车上，从车窗里谈话。佃户方面的人在汽车旁边站一会，随即蹲在地上，找些枝条来在尘土里写写字，画画图。

　　妇女们站在敞开的门里向外看，孩子们站在她们背后——一些头部尖瘦的孩子，眼睛睁得大大的，一只光脚叠在另一只光脚上，脚趾扭动着。妇女们和孩子们望着家里的男人们对业主方面的人谈话。他们默不作声。

　　业主方面的人有的很和气，因为他们憎恶自己所不得不做的事情，有的很生气，因为他们并不愿意残忍，有的很冷酷，因为他们早就体会到人要不是冷酷，就不能做业主。他们全都被一种大于他们自己的东西控制住了。他们对于那些驱策他们的数字，有人憎恶，有人害怕，也有人崇拜，因为那些数字可以使他们回避思想和感情。如果土地归什么银行或是什么公司所有，业主方面的人就说，银行——或是公司——必须怎样——要想怎样——坚持要怎样——非怎样不可——仿佛银行或是公司是一个具有思想情感的怪物，已经把他们钳制住了似的。这些受钳制的人是不替银行或是公司负任何责任的，因为他们是人，是奴隶，而银行同时既是机器，又是主人。业主方面有一些人做了这种冷酷的、强有力的主人的奴隶，还觉得很得意。业主方面的人坐在汽车里解释着。你们知道这土地不出庄稼。你们在这里苦干了很久了，天知道。

　　蹲在地上的佃户方面的人点点头，感到惶惑，在尘沙里写出一些数字。是呀，他们知道，天也知道。只要不起风沙就好了。只要这尘沙在土地上呆住，也许就不至于这么糟糕。

　　业主方面的人继续往下说，把话头渐渐转到本题：你们也知道这土地越来越糟了。你们知道棉花对土地起了什么作用；它把土地弄坏了，吸干了地里的血。

　　蹲着的人点点头——他们知道，天也知道。如果他们可以轮种各样的庄稼，那也许可以给土地输回血液吧。

　　噢，现在来不及了。于是业主方面的人把那比他们自己更强有力的怪物的行动和见解解释一番。一个人只要吃得饱，缴得出捐税，他就能保住土地；这是办得到的。

　　是的，在得不到收成、不得不向银行借钱那一天以前，这个人是可以这么维持下去的。

　　但是——你要知道，一个银行或是一个公司却不能这么办，因为那种东西是既不呼吸空气，也不吃肋头肉的。他们所呼吸的是利润，所吃的是资本的息金。

如果他们得不到这个,他们就会死去,正如你呼吸不到空气,吃不到饭就会死去一样。这是可叹的事,但是事实却是如此。恰恰如此。

蹲着的男人们抬起眼睛来,想要理解这个问题。让我们凑合着对付下去不行吗?明年也许是个丰年。天知道明年棉花的收成会有多么好。况且还有打不完的仗——天知道棉花的市价会涨到多么高。人家不是用棉花做炸药、做军装吗?只要老打仗,棉花的价钱就会涨上天。明年也许会这样吧。他们以探询的眼色抬头望着。

这一层我们是不能指望的。银行——这怪物非经常有盈利不可。它不能等待。它会死的。要知道租税老在不断地增加。如果这怪物停止发展,它就死了。它是不能停顿在一个限度之内的。

柔软的指头开始轻敲着车窗的框子,粗硬的指头却紧捏着枝条,不自在地乱画。在佃户人家给太阳晒得干巴巴的门口,妇女们叹叹气,把两只脚调换了一下,将原来在下面的一只放在另一只上面,脚趾仍旧在扭动着。群狗走近业主的汽车去嗅一嗅,在四只轮胎上一一撒了尿。鸡在阳光晒着的尘沙里躺着,抖一抖身上的羽毛,要把尘沙抖到皮肤上去,起沙浴的作用。小猪圈里的猪吃着肮脏的残剩的饲料,以怀疑的神情哼叫着。

蹲着的男人们又低下头来望着地下。你们叫我们怎么办呢?收成我们不能再少分了——我们现在已经快要饿死了。孩子们老是吃不饱。我们浑身破破烂烂,穿不上衣服。如果不是左邻右舍都和我们一样,我们就不好意思去做礼拜了。

最后,业主方面的人终于讲到了本题。租佃制度再也行不通了。一个人开一台拖拉机能代替十二三户人家。只要付给他一些工资,就可以得到全部收成。我们只得这么办了。我们并不喜欢这么办。但是那怪物病了。那怪物出了毛病,不这么办就不行。

但是你们老种棉花,会把土地毁掉的。

我们也知道。我们要趁这地还没有完蛋之前,赶快种出棉花来。然后我们就把地卖掉。东部有好多人家想要买些地呢。

佃户方面的人惊恐地抬头望着。可是我们怎么得了呢?我们靠什么吃饭呢!

你们非离开这地方不可。拖拉机要开进这院子里来了。

现在,蹲着的男人们愤怒地站了起来。从前爷爷占领这块地,他得把印第安人打死,把他们赶跑。爸爸出生在这里,他清除了野草,消灭了蛇。后来遇到荒年,他只得借些钱。接着我们又在这里出世了。在这道门里——我们的孩子就是在这里出世的。于是爸爸又只得去借点钱。结果土地归了银行,可是我们还留在这里,我们种出的东西,还可以分得一点。

这一切我们都知道。这并不是我们的事,而是银行的事。银行和人不一样。

或者也可以说,有五万亩地的业主,他也跟人不一样。这就是那个怪物了。

话倒是对的,佃户方面的人大声说,可这究竟是我们的地呀。地是我们量出来的,也是我们开垦出来的。我们在这地上出世,在这地上卖命,在这地上死去。即使地不济事,究竟还是我们的。在这里生,在这里死,在这里干活——所以这块地应该算是我们的。所有权应该以这些为凭,不应该凭着一张写着数字的文契。

对不起。这不怨我们。只怨那怪物。银行跟人是不一样的。

对,但是银行究竟也是人开的呀。

不,那你就弄错了——大错特错了。银行是跟人完全不相同的一种东西。银行所做的事情,往往是银行里的人个个都讨厌的,而银行偏要这么做。银行这种东西是在人之上的,我告诉你吧。它是个怪物。人造出了银行,却又控制不住它。

佃户们叫喊道,为了这块地,爷爷消灭了印第安人,爸爸消灭了蛇。我们也许可以消灭银行——银行比印第安人和蛇都更可恶呢。我们为了保全我们的地,也许非起来斗争不可,象爸爸和爷爷那样干。

于是业主方面的人动气了。你们非走不可。

不过这是我们的地呀,佃户方面的人叫喊道。我们……

不,这地是归银行这怪物管理的。你们非走不可。

我们要象爷爷当初在印第安人来了的时候那样,拿起枪来。看你们怎么办?

哼——首先有警察,其次是军队。如果你们赖在这里,你们就是犯盗窃罪,如果你们杀了人赖在这里,你们就成了凶手。那怪物并不是人,可是它却能叫人做它所要做的事情。

可是如果我们走开,我们到什么地方去呢?我们怎么去呢?我们没有钱呀。

对不起,业主方面的人说道,这银行,这五万亩地的业主是不能负责的。你们所种的地并不是你们自己的。你们搬出了地界,也许可以在秋天摘摘棉花。你们也许可以领些救济金来过活。你们为什么不往西部去,到加利福尼亚去呢?那边有工作,天气也不冷。嘻,你们无论走到什么地方,一伸手就可以摘到橙子。经常都有庄稼活给你们做。你们为什么不上那儿去呢?说完,业主方面的人就开动汽车,一溜烟跑掉了。

佃户方面的人又蹲在地下,用枝条拨弄着尘沙,想着心思。他们那些晒黑了的脸是阴沉的,太阳熬炼过的眼睛是发亮的。妇女们从门口小心翼翼地移步到自己的男人身边,孩子们跟在妇女们后面,小心翼翼地悄悄走着,打算跑开。年纪大些的男孩子蹲在他们的父亲身边,因为这么一来,他们就显得象大人了。过了一会,妇女们问道,他要怎么样?

男人们抬起头来望了一会,他们的眼光显出一股沉痛的神情。我们要滚蛋了。他们要派一架拖拉机和一个管理员来。象工厂一样。

我们上哪儿去呢？妇女们问道。

我们不知道。我们不知道。

于是妇女们一声不响地赶快回到屋里去，还撵着孩子们在她们前面走。她们知道那么忧伤和烦恼的男人就是对自己心爱的人也是会发脾气的。所以她们便撇下了男人，让他们蹲在尘沙上盘算，想着心事。

过了一会，那些佃农也许朝四周张望一下——看看十年前装置的那个抽水机，那上面有一个鹅颈形的把手，喷水管的嘴上有一些铁花；看一看那块杀过上千只鸡的砧板，看一看放在棚舍里的手犁和挂在棚舍梁上的那只讲究的摇篮。

屋子里，孩子们聚集在女人身边。我们怎么办，妈？我们上哪儿去？

妇女们说，我们还不知道。出去玩玩吧。可是不要走近爸爸身边。如果你们到他身边去，他也许要打你们。妇女们又继续工作了，可是她们却一直望着蹲在尘沙里想着心事、大伤脑筋的男人们。

几辆拖拉机从大路上开过来，开进了田野，它们是些象虫子一般爬行的巨物，有那么大的了不起的气力。它们在地面上爬行着，把履带滚下来，在那上面滚过，又把它卷上去。拖拉机停歇着的时候，那上面的柴油机拍哒拍哒地响着；一开动，便轰隆轰隆地响起来，渐渐变成单调的吼声了。这些狮子鼻的怪物扬起尘沙，向尘沙里钻进去。它们一直越过原野，越过篱笆，越过家家户户门前的院子，沿着一条条的直线来回地闯过许多水沟。它们并不是在地面上跑，而是在自己的路基上跑。它们完全不顾高岗、低谷、水道、篱笆和房屋等等东西。

坐在铁座上的那个人，看去并不象一个人；他戴着手套和风镜，鼻子和嘴上套着橡皮制的防沙面具，他是那怪物的一部分，是个坐着的机器人。汽缸的雷鸣声响彻了原野，与空气和大地合为一体，大地和空气都跟着颤动起来，发出低沉的声响。驾驶员控制不住它——它一直越过原野，划破十多个农庄，又一直回转来。只要拨动一下操纵杆，就可以改变拖拉机的方向，但是驾驶员的两只手却不能随意拨动，因为造出拖拉机和派出拖拉机来的那个怪物仿佛控制了驾驶员的一双手，控制了他的脑子和筋肉，给他戴上了眼罩，套上了口罩——蒙住了他的心灵，堵住了他的嘴，掩盖了他的理智，制止了他的抗议。他看不见土地的真面目，嗅不出土地的真气息；他的两脚踏不到泥土，感觉不到大地的温暖和力量。他坐在铁座上，踏着铁踏板。他对自己的力量的扩张既不会欢呼，也不会遏制，既不会诅咒，也不会鼓励。因此他对自己也就不能鼓舞、鞭策、诅咒或是激动了。他对土地既不熟悉，也没有所有权，既不信赖，也无所求。如果撒下的种子没有发芽，那也不相干。如果长出来的幼芽在大旱天枯萎了，或是在大雨里淹死了，那也与驾驶员不相干，正如不关拖拉机的事一样。

驾驶员并不比银行更爱土地。他尽可以夸赞拖拉机——赞美它那机器制成的表面，它那雄伟的力量，它那些汽缸震耳的吼声，但是这究竟不是他的拖拉机。

拖拉机后边滚着亮晃晃的圆盘耙,用锋刃划开土地——这不象耕作,倒象施外科手术。一排圆盘耙把土划开,掀到右边,另一排圆盘耙又把它划开,掀到左边;圆盘耙的锋刃都被掀开的泥土擦得亮亮的。圆盘耙后面拖着的铁齿耙又把小小的泥块划开,把土匀净地铺平。耙后是长形的播种机——翻砂厂里装置的十二根弯曲的铁管,由齿轮推动着,按部就班地在土里插进抽出。驾驶员坐在铁座上,看着自己无意划出的那些直线,感到得意,看着并非自己所有和他所不爱的拖拉机,也感到得意,看着自己所不能控制的那股力量,也感到得意。庄稼生长起来,和收割的时候,没有人用指头捏碎过一撮泥土,让土屑从他的指尖当中漏下去。没有人接触过种子,或是渴望它成长起来。人们吃着并非他们所种植的东西,大家跟面包都没什么关系了。土地在铁的机器底下受苦受难,在机器底下渐渐死去;因为既没有人爱它,也没有人恨它,既没有谁为它祈祷,也没有谁诅咒它。

中午时候,拖拉机驾驶员往往在一家佃户人家的近旁停下来,打开他的一包午餐:蜡纸包着的三明治、白面包、泡菜、乳酪、一块名叫"斯柏谟"的、有机器零件那种商标的馅饼。他毫无滋味地吃着。还没有搬走的佃户们出来看他,他摘下护眼镜和橡皮制的防沙面具,眼睛周围留着一道白圈儿,鼻子和嘴的周围也留着一个大白圈儿,人家就趁这时候以好奇的神情望着他。拖拉机的排气管拍哒拍哒地继续响着,因为燃料十分低廉,与其重新烘热柴油机的管口,使它开动,不如让它转个不停还好一些。好奇的孩子们紧紧地聚集拢来,这些褴褛的小孩一面望着,一面吃着煎过的面包。他们很馋地看着三明治揭开了包皮纸,他们那因嘴馋而变得特别灵敏的鼻子嗅到了泡菜、乳酪和"斯柏谟"的气味。他们没有对驾驶员讲话,只望着他的手把食物送到嘴里去。他们没有看他咀嚼;他们的眼睛紧盯着那只拿三明治的手。过了一会儿,那不能离开这地方的佃户走出来,蹲在拖拉机旁边的阴影里。

"嗨,你原来是乔埃·戴维斯的儿子呀!"

"不错,"驾驶员说。

"那么你为什么干这种活计来跟自己人作对呢?"

"三块钱一天。我东奔西跑地找饭吃——总是找不到,实在找烦了。我有老婆孩子。我们非吃饭不可。三块钱一天,每天都能拿到手。"

"这倒是对的,"佃户说。"可是为了你一天拿三块钱,就有一二十户人家什么也吃不到了。为了你一天拿三块钱,差不多就有一百人只得出去流落在路上。是不是这么回事?"

驾驶员说道:"不能往这上面想。我得顾自己的孩子。三块钱一天,每天都能拿到手。时代变了,您哪,你还不知道吗?你要是没有两千、五千、一万亩地和一台拖拉机,就不能靠种地过活。种庄稼的地再也不会给我们这样的人受用了。你不能造汽车,不是电话公司,光只乱嚷一阵是不行的。哎,现在种庄稼也是这样。你简直莫可奈何。你干脆想办法到什么地方去赚三块钱一天吧。这是唯一的办法了。"

佃户思量着。"这事情想起来也真是奇怪。一个人如果有了一份小产业，这份产业就是他，跟他分不开，就象是他自己一样。如果他有了田产，能在田地上走，能给田地作些安排，收成不好的时候他发愁，雨下到地上的时候他就快活，那么这块田地就和他分不开，他就会因为有了这份产业，多少是神气一些。即使他并不顺当，他有了一份田产，也总是很神气的。这是实话。"

那佃户又思量着。"可是如果让一个人得了一份田产，他自己看不见，又没时间去亲自照料，也不能在上面走走——那么，产业就是人的主宰了。他不能照他的心意行事，也不能随意转念头。产业成了人的主宰，而且比他更强大。他自己却很渺小，并不神气。只有他的产业才算神气——他成了他的产业的仆人了。这也是实话。"

驾驶员使劲嚼着那块有商标的馅饼，把硬皮抛掉。"时代变了，你还不知道吗？你转那种念头是养不活儿女的。快去挣三块钱一天，养活儿女吧。你别管旁人的儿女，只顾自己的儿女就是了。你讲那一套道理，就算出了名，也挣不到三块钱一天。如果你除了三块钱一天而外，还转着别的念头，大老板们就不会给你三块钱一天。"

"为了你那三块钱，差不多有一百人要流落在路上。我们有什么地方好去呢？"

这倒提醒我了，"驾驶员说，"你最好是马上搬出去。我吃完了饭，就要穿过你门前的院子了。"

"早上你把水井填掉了。"

"我知道。我得照直线开才行。我吃完了饭，就得穿过你门前的院子。得照直线开。嗽，你认得我老爹乔埃·戴维斯，所以我才对你老实说。我接到了命令，每到有人家不搬出的地方——如果我闯了祸——你知道吧，就是开得太近了，把屋子撞塌一点——那我还可以多得两块钱奖赏。要知道，我最小的孩子还没穿过鞋呢。"

"这屋子是我亲手盖成的。敲直了许多旧钉子，才盖了屋顶。椽子是用铁丝扎在长桁上的。这是我的屋子。我亲手盖的。你要撞倒它——我就在窗口里拿枪对付你。只等你开得太近了，我就象打兔子似的，一枪把你干掉。"

"这不是我的事。我也没法。如果我不照那么办，我就要失业。你想——你打死了我又会怎样呢？人家只会把你绞死罢了，可是你还没上绞架以前，早就有另外一个开拖拉机的家伙，会把这屋子撞倒。你并没把该死的人打死。"

"这话有理，"佃户说。"是谁给你下的命令？我要把他找到。应该杀了他才对。"

"你错了。他是奉到银行的命令的。银行告诉他，'把那些人通通撵走，否则惟你是问。'"

"那么,银行有行长,有董事会。我要把来复枪装好了弹药,闯进银行去。"

驾驶员说道:"有人告诉我,银行也是奉到东部发来的命令。那命令上说:'赶紧叫这块地赚钱,'否则我们就要叫你关门。"

"这么说还有个完吗?我们到底可以把什么人一枪打死?不先把那个叫我饿死的人杀掉,我是决不甘心饿死的。"

"我不知道。也许你开枪打死谁都不行。也许问题根本就不在人。也许正象你所说的,是产业本身在作怪。不管怎样,反正我已经把我奉到的命令告诉你了。"

"我得想一想,"佃户说。"我们都得盘算盘算才行。要阻止这件事是有办法的。这不象打雷或是地震。这是人为的祸患,靠老天爷保佑,我们是可以改变过来的。"佃户坐在他的门口,驾驶员把机器弄得轰隆轰隆响了一阵,便开动了。拖拉机上的履带一起一落,一弯一曲,铁耙梳理着土壤,播种机的铁杆插进地里。拖拉机划过门前的院子,于是原先给脚踩得硬实的地面变成撒下种子的田地,拖拉机又从这里划过;不曾划过的空地只有十呎宽了。于是他又开回来。钢铁的护板撞着了屋角,把墙撞倒,使小屋兜底一动,便向一边坍塌下去,象一只甲虫似地被粉碎了。驾驶员戴着护眼镜,鼻子和嘴上蒙着橡皮面具。拖拉机继续依着直线划过去,空气和地面便随着它的轰隆声而震荡了。那个佃户手里拿着来复枪,在它后面眼睁睁地望着。他的老婆在他身边,老老实实的孩子们站在后面。他们大家都眼睁睁地望着拖拉机的背影。

第六至十一章

凯西与约德望着面目全非的农庄惊呆了。老熟人慕莱象坟地上的鬼一样游荡过来,对汤姆说:"银行派拖拉机把人都赶走了。你家里人先是赖着不肯走,你爷爷拿着来复枪打掉了拖拉机前头的灯,可是那东西还是开过来了。"他告诉他们说,约德一家都躲到亲戚家里去了。

城市里,城市的近郊,田野上,空地上,到处都是旧车场,破车场,挂着带纹章的招牌的汽车行。炽热的阳光照在那些长了锈的金属上。地上撒着汽油。人们蹒跚着进来,露出惶惑的神情,想买汽车。

先生,你要到加利福尼亚去吗?这车能跑好几千里,只是样子破一点,我卖便宜一点吧。

车场上,旧汽车一辆挨着一辆排列着。很好的旧汽车。廉价出售。

约德找到家人,一家团圆了。约德看见妈了:她的脸严肃而慈祥,茶褐色的双眼似乎饱经忧患,到了豁达的境界。她在这个家里永远处于伟大而平凡的地位。她的意志主宰着这个家。妈看到约德靠牙齿的地方有一丝细细的血痕,她明白了。她一把抱住儿子,热情地说:"汤姆,你千万别一个人去跟他们斗。他们会追来捉你,象打野狗一样把你干掉。听说我们这些被赶走的人有上10万。如果大家都跟他们斗,那他们能捉谁呢?"爸告诉汤姆,他们准备开车去加州。

所有的破烂,卖了5块钱。佃农们卖掉了所有,拾回了痛苦。女人们在一堆堆仅剩的生活必备品当中发呆。孩子们惊恐地看着大人,不敢吱声。然而,他们最后还是毅然地上路了。

妈告诉汤姆:"我听人家说那边有许多工作好干,工资又高,人家需要有人去摘葡萄、橙子和桃子,又是在树荫下干活,很荫凉;很舒服。你父亲拿到一张黄纸传单,把那边说得好极了……我有点不相信这么好的事。"

然而约德一家还是上路了。共13口人,有爷爷、奶奶、约翰伯伯、爸、妈、弟弟奥尔和诺亚、已怀孕的妹妹罗撒香、妹夫康尼、未成年的小妹露西、小弟温菲尔德……还有牧师凯绥自愿同行。

田野上的人家都搬空了,原野从来没有象现在这么安静过,似乎回到了远古的世纪中。

第十二至十九章

66号公路是条逃荒的路。他们逃避着一切,从各处汇集到这儿来。人们被恐怖追赶着向前奔逃——他们遭遇着各种各样的希奇事,有的非常悲惨,有的却非常美妙。人们的信心恢复起来。他们正是带着那一片希冀,那一片愿望在奔逃着。

在这条公路上逃荒的人有25万。

约德一家来到加油站,里面出来一个胖子。他说:"我真不懂这个国家会弄成什么样子,天天有五六十车人从这儿过,都是没钱的,他们拿来换汽油或机油是那些床啦,小娃娃啦,壶啦,盘子啦等等。"

汤姆的爷爷中风死了,用牧师凯绥的话来说,他一出家门就死了,他心里老想着家乡的土地。他离不开老地方。

夜幕笼罩下来了。人们在思索着。人只要向前迈了步,也许要跌回来,但也只退回半步,决不会退回一步。这种勇于牺牲的特性就是人类自身的基础。

50万人在全国各地迁徙着;另外有100万人焦躁不安,也准备迁移;还有1000万人感到了初步的紧张。如果能够明白潘恩、马克思、杰弗逊和列宁都是后果,而不是原因,就可以继续存在下去。然而这都是一般人不会明白的。

逃奔了3天。汽车坏过一次。罗撒香大谈在城里生活的计划。夜晚当他们准备睡觉过夜时,有个人来警告他们,不许在野地睡觉,除非交钱。奶奶总是自言自语,好像在跟爷爷说话。

一个衣衫褴褛的人声称刚从加州回来。"我是回来挨饿的。我宁可到家乡来饿死,我再也不去那儿了。"他说,"他们招800人,就印发5000张传单,说不定有2万人都看到了。说不定有两三千人为这张传单而急着要搬家了。"周围的人在沉默。

人们共同做着西部黄金时代的美梦。晚上,20家变成一家;天一放亮,这个世界又像马戏班似的拆散了。渐渐的人们习惯了这种生活。于是,有了领袖,出现了法律,产生了规律。世界在西移,一切也完备起来,并越来越富有经验。

约德一家一直向西行进。路上不断有人拦住他们检查。水逐渐稀少了,花5分钱,1毛钱,1毛5分钱才能买到一加仑。过沙漠前,弟弟诺亚离开了大家,不准备再走了。路上又有人告诉他们在西部挣不到饭吃。一天晨曦,他们眼前突然出现了:葡萄园、果园、平原、树木、农舍,好一派田园风光。大家无比高兴:过了沙漠了。

"奶奶死了。"妈无力地抬起头来望望那片平原,失神地回答。为了不影响大家的情绪,顺利通过沙漠,她整整一夜独自守着僵硬的死人。

美国人从墨西哥人手中夺得加州,久而久之,忘却了事情的原委和来历,变成了主人。他们经商,农场越来越大,土地越来越集中在少数人手里,被剥夺土地的人越来越多。加州已经来了30万无家可归的人,还有更多人要来。那些大业主们认为大多数人到了饥寒交迫的时候,就会用武力来夺取他们所需要的东西。大业主们竭尽全力,进行镇压。然而,业主们的联合会知道总有一天,祈祷会停止的。一切将化为乌有。

第二十至三十章

约德一家来到了一处流民们的聚居地——胡佛村。当他们做最后一顿炖菜时,有15个小孩围在他们的锅周围。妈分给了他们一些食物,一个女人出来指责妈说:"你要知道,我儿子回来时怎么跟我说:'我们为什么没有炖菜吃?'"人们在挨饿。

一个承包商来雇佣工人,旁边一个小伙子告诉大家,一定得叫他写清楚可以给多少工钱,并要看看他的执照,以免再上当受骗。承包商便说那小伙子是"赤党",在"鼓动风潮",叫警官来抓"捣乱分子"。小伙子在汤姆的帮助下逃跑了。牧师凯绥为了保护汤姆,代汤姆受过,被抓走了。

警察把胡佛村烧了,为的是赶走饥饿的人们。汤姆对妈说:"我总认为法律是因人而异的,总是制约着没有钱和地位的人。"

罗撒香的丈夫康尼受不了苦,出走了,罗撒香很难受。

公路上的流民越来越多,西部发生了一场大惊慌。没有产业的人怎么会知道所有权的痛痒呢?当地人的性情变得残暴起来,他们轻蔑地称流民为"俄克佬",并把自己武装起来,排挤驱赶流民。流民们川流不息地涌来,有一个工作,就有10个人来争夺,工价越来越低,物价越来越高。到处拥挤着许多人,大家都象饿狼似地找工作。愤怒开始酝酿起来了。

约德一家总算找到了官办收容所。守夜人对他们说:"我们有自己的警察，""搭帐篷的地皮钱可以做工来抵,比如搬垃圾啦,打扫场子啦——这一类事情。"约德一家已好久没好好地睡觉了,现在终于找到了一个安宿地,于是倒头便沉沉地睡去了。收容所里的人都很好,然而还是得出去找份工作以养活家人。

流民们在各处的路上想着一些穷主意寻欢作乐。他们一方面东奔西跑地寻找工作,一方面如饥似渴地盼望着娱乐。

星期六晚上,收容所开舞会。汤姆告诉妈,他已经参加了委员会,晚上准备招待几位客人。舞场上大家玩得很尽兴。汤姆仔细看着进来参加舞会的人。有3个年轻汉子,穿着工装裤紧挨着,他们原来是来捣乱的。他们若捣乱不成,便拿不到钱。"为什么自己要互相残害?"爸说:"世道要变了。我也不知道是怎么个变法。"大家都盯着那3个人,他们很焦躁,破坏没成功。

加利福尼亚的春天是美丽的。漫山遍野开着果树的香花,像一片红白相间的浅水海面。樱桃、梅子、梨子、葡萄熟了。大业主压价收购水果。糟糕,这样的价格,连采摘的工钱都不够呀!全部的收成都在地上糟塌了。腐烂的气息弥漫了全州,而清香的气味反而成了这个地方的苦难。

饥饿的人们眼里闪着一股越来越强烈的怒火。愤怒的葡萄充塞着人们的心灵,在那里成长起来,结得沉甸甸的,准备着收获期的来临。

在青草镇收容所里,一天傍晚,约德一家人吃完晚饭都没有散开。他们知道油只够再吃一天了,面粉可以吃两天,土豆够吃10天。"我看我们只好走了,年头好象是变了,"爸说。妈对汤姆说:"你是有脑筋的,汤姆。我相信你,喜欢你那从不泄气的样子。"

翌日,约德一家人动身了。车子又开上了99号公路。有个穿着一身淡灰色便服的人过来问:"你们这些人要找工作吗?"他说再走6哩光景胡伯农场就到了,那边工作多得很。他们于是继续开车。经过一处,周围挤满了人,警察说不要停车。汤姆看见一排人站在路旁的干水沟里,脸上显出愤怒的神色。目的地到了。"找63号房子。工钱是5分一箱。不许弄坏果子。"他们马上就被发给了四个箱子。汤姆急急地干着,他摘下的桃子很快满了一箱。工头说他把桃子碰伤了,算是白干了。此后他小心地干,一直干到天黑,才挣了一块钱。这个农场里食品很贵,而且不许到外面买东西,赚的钱很容易花光。这里还禁止四处走动。汤姆无意间遇到了出狱的凯绥。凯绥告诉汤姆,他在监狱里才真正懂得了一些真理。"我们也是上这儿来干活的。他们说要给5分。我们来的人多得要命。我们到了那儿,他们却说只给两分半了。这点钱连吃饭也吃不成,要是有孩子,那就——所以我们就说不干。"凯绥准备组织罢工,汤姆准备把两分半的事情告诉其他人。正说话间,突然传来了一阵急促的脚步声,有人说:"他们在这儿呢!"接着来人就用木棒不由分说地打死了凯绥。汤姆气极,动起手来,也打死了人。当汤姆跑回家中时,满脸是血,他告诉妈准备逃走,可妈说:"你不能走。"妈主张汤姆在家中养好伤,藏起来。夜里,约德一家开车离开了农场。

招雇摘棉工人。有袋子吗？你得花一块钱买袋子。一季用完，袋子布还可以做裤衩或短睡衣。你自己得记帐，这样他们就不敢骗你了。据说路上还有1000人到这个农场来。明天我们就要跟人家抢起来了。我们得拼命摘棉花才行。

约德一家靠摘棉勉强度日，然而风波又起。汤姆的小妹露西在与别人吵架时说出了哥哥杀人的事，汤姆只得离开家了。临行前，妈问汤姆："你打算怎么办？"汤姆告诉妈："我想到了那收容所里的情形，想起了我们在那儿大家照顾自己的事，如果发生了争吵，也由大家自己来处理；那儿没有摇晃着枪的警察，可是秩序却比有警察还好。我很纳闷，为什么我们不能到处都象这样过日子……大家为了自己的事在一起工作——大家在一起种自己的地。"妈说："往后我怎么打听得到你的消息呢？"汤姆不自由地笑着说："嗐，也许凯绥说得对，一个人并没有他自己的灵魂，只是一个大灵魂的一部分——那么我就在暗中到处隐藏着。到处都有我——不管你往哪一边望，都能看见我。凡是有饥饿的人为了吃饭而斗争的地方，都有我在场。凡是有警察打人的地方，都有我在场……我们老百姓吃到了他们自己种出的粮食，住着他们自己造的房子的时候——我都在场。"

汤姆走了，一家人生活更拮据了。汤姆的弟弟奥尔准备结婚，妈劝他等到春天再离开家。罗撒香快要生孩子了，但她坚持要去摘棉花。

灰色的云团从海洋向陆地上飘来，大雨下个不停。人们冒雨在帐篷外筑起小小的堤堰，然而不久堤堰被冲掉了。漏水弄湿了床褥和毯子，弄坏了汽车的零件。人们终于非搬不可了。不到春天决不会有工作。没有工作——那就没有钱，没有东西吃。凡是有一些男人聚在一起的地方，他们脸上的恐惧都消失了，变成了愤怒。只要恐惧能变成愤怒，那就永远不会泄气。

草的嫩芽从大地钻出来；几天工夫，山头便透出初春的淡绿色了。

罗撒香临产了，她呻吟着，捏紧了拳头。孩子生下来就死了。雨还在下着，一家人挤在一处台子上。最后他们找到了一间仓棚，都躲了进去。棚内有父子俩，父亲为了让儿子吃饱，已有几天没吃东西了，现在他吃不下硬东西，只能吃点汤或牛奶了。罗撒香把绒被解开一边，露出乳房对老人说："吃吧！你得吃一点才行。"她看看上面，又看看仓棚外面，渐渐合拢嘴唇，神秘地笑了。

（陈　慧、张　静）

丧钟为谁而鸣

作者厄内斯特·海明威（1899—1961）前期是美国"迷惘的一代"的主要代表，30年代以后则是具有鲜明的反法西斯倾向的著名现实主义作家，曾获1954年诺贝尔文学奖。主要作品有长篇小说《太阳照样升起》(1926)、《永别了，武器》(1929)、《有的和没有的》(1937)、《丧钟为谁而鸣》(1940)，中篇小说《过河入林》(1950)、《老人与海》(1952)，短篇小说集《没有女人的男人》(1927)、《胜者无所得》(1933)、剧本《第五纵队》(1938)等。

《丧钟为谁而鸣》又译为《战地钟声》，是海明威的思想性最强的作品，也是欧美进步文学中反映西班牙内战的最杰出的作品之一。小说主要描写主人公罗伯特·乔丹在敌后游击队配合下去炸毁一座重要桥梁的故事。罗伯特不同于海明威早期作品中的迷惘失措的青年，也不同于其他作品中那些关心个人尊严和荣誉的"硬汉"，而是一个有鲜明的自觉意识和献身精神的坚定反法西斯战士。他自愿来到西班牙前线；他意志顽强，克服重重困难终于完成了炸桥任务；在身负重伤后，为掩护游击队撤离，他又独自留下来狙击敌人。小说的题目出自英国玄学派约翰·邓恩的诗句："人若亡故我亦少，我与人人共一体；若闻丧钟何需问，为人也是为你击。"海明威用此典说明，反法西斯是一场事关全世界人民生死存亡的斗争，任何人都不能置身事外。

译本：德玮、增珝译，地质出版社1982年版。

第一至五章

1937年5月，西班牙的天气还不太热，然而那两个被背包压得弯了腰的一老一少却大汗淋漓。结实的矮小老人是老交通员安瑟穆，他正领着年轻的瘦高个儿爬坡进山。山路崎岖，两人都气喘吁吁。年轻人叫罗伯特·乔丹，原是美国蒙大拿大学西班牙语讲师。他痛恨法西斯，向校方请了一年假，志愿赴西班牙参加保卫共和国的战斗。前天晚上，他从师长戈尔茨将军那里接受了一项重要任务。共和国政府军决定在瓜达拉马山脉阿维拉地区向法西斯叛军发动反攻，为切断敌方的增援部队，罗伯特被派往敌后联络游击队。他必须在游击队配合下设法炸掉一座具有战略意义的大桥。进山后，安瑟穆领罗伯特去见当地的游击队长巴勃罗。巴勃罗却只想按兵不动，保存实力。罗伯特感到事情一开头就不顺利。安瑟穆指责巴勃罗："为自己的老窝太平无事，把狗窝放在人类利益之上，放在祖国人民的利益之上。"巴勃罗的营地隐蔽得很好，只是戒备不足。他们坐下来喝酒，用餐，谈起上次曾来过的外籍军人和他们一起炸火车的事。罗伯特在这里看到了一个美丽的姑娘，留着一头很短的头发，经过攀谈，得知她叫玛丽亚，三个月前当法西斯分子把她押往南方时，游击队救出了她。刚一见面，罗伯特就对她充满了异样的感情。巴勃罗的妻子琵乐性格爽朗，对共和国忠心耿耿。她向罗伯特表示，他们愿意尽全力帮助他炸桥。罗伯特还从她那里了解到，巴勃罗也曾是一个勇敢无畏的人，现在却变得消极、畏缩，快成了废物。琵乐还要求罗伯特把炸桥任务完成后就把玛丽亚带走。

罗伯特和安瑟穆来到大桥附近进行侦察。这是一座大跨度的单孔桥，钢架结构，两端各有一个岗亭。桥面很宽，足够两辆汽车对开。桥挺拔牢固，下临深涧，形势十分险峻。罗伯特记下了大桥的特点，认定用大包炸药炸才能取得理想效果。第二天清晨，天空飞过法西斯的巡逻机队，安瑟穆误以为是共和国空军的飞机，满心欢喜，觉得自己这一方一定会打赢。罗伯特装作高兴的样子，没有说出这是敌机。安瑟穆过去是个猎手，对杀动物毫不在意，却不愿杀人，认为这是作孽。罗伯特却认为为了人类共同的和平事业，杀死法西斯分子是毫不足惜的。安瑟穆还告诉罗伯特说，巴勃罗正在变坏，是个很危险的人物，要他小心。

在营地里，罗伯特仔细查看了自己带来的炸药。琵乐和玛丽亚在烧饭。罗伯特他们轮番品味着那掺了水的酒，又聊到炸桥的事。琵乐和她的伙伴们十分通达地表示，既然共和国现在的任务是炸桥，那其它的计划都可以往后推。只有巴勃罗不愿去送死，琵乐骂他是怕死鬼，并声称现在游击队由她负责指挥。她下午给罗伯特看手相时，就预感到事情不妙，却不愿让这种惨淡的感觉控制自己，影响了共和国的事业。

夜深了，罗伯特听着远处的枪声和吉卜赛人拉斐尔的歌声，充分享受着大战前山区寒夜的暂时安宁。拉斐尔责备他没有下手干掉巴勃罗，说巴勃罗早已是个众叛亲离的人了。这时，巴勃罗走出洞去看他心爱的马，使罗伯特又一次失去了干掉他的机会。罗伯特想到自己的职责是炸桥，决定还是不要冒险为好，再说他觉得现在还没有掌握游击队内部的真正情况。他悄悄地观察着巴勃罗，也没有发现他有什么可疑的动向。

第六至七章

罗伯特回到洞里，和琵乐、玛丽亚闲聊。他进一步了解了她们的各自身世，知道玛丽亚的父亲同他自己的父辈一样，也是共和党人，更加深了对她的爱怜。夜间，他们俩依偎在睡袋里，情意绵绵。玛丽亚告诉罗伯特说，自己曾被法西斯残暴地凌辱过，这使罗伯特在痛恨敌人的同时更加爱她了。玛丽亚还讲了琵乐对自己的帮助。她把罗伯特给自己的爱情看作是治愈自己心灵创伤的良药，也是自己重新开始生活的动力。

第八至十一章

　　清早,罗伯特又看见了许多轰炸机。他知道形势很严峻。他安排安瑟穆和拉斐尔去了解一下公路上的动静,把过往的车辆都记下来。他自己则与琵乐、玛丽亚去找另一伙游击队的负责人索尔杜。飞机又飞回来了,它们的动作给人以末日终于临头的感觉。琵乐心中不痛快,说她这一辈子这种倒霉心情动不动就上来,但决不至于影响自己的决心。她对共和国寄予莫大的希望。她相信巴勃罗还会重新变得勇敢、有信心。一路上,他们说着话。琵乐叫罗伯特"英国人"。游击队员们也大都这样称呼他。琵乐讲起了她在老家城里搞抵抗运动的故事。当时巴勃罗带领自己的人马攻打兵营,消灭叛军,占领了城镇。巴勃罗虽十分勇敢而有略谋,但在对待俘虏的问题上还很缺少革命经验,把一场对法西斯分子的镇压变成了个人发泄私愤的复仇。他把群众召集到广场上,每人手中都拿着劳动用具——连枷,将敌人一个个地打死。到后来,局势乱作一团,许多醉鬼、无赖趁机混水摸鱼,大打出手,甚至高呼"无政府主义万岁。"

第十二至十四章

　　他们来到索尔杜的营地。哨兵霍亚金是一个热情而幽默的青年。就是他,当初不顾生命危险,勇敢地帮助惨遭大难的玛丽亚撤离。他的全家也都被法西斯枪杀了。经过这段时间的耳闻目睹,罗伯特对革命的认识进一步深化了,对西班牙人民也有了更深刻的理解。他希望自己将来能把这一切写下来,写人民的所作所为。他感到这也是教育,是一个人该受的教育的一部分。

　　索尔杜拿出一小瓶酒来招待罗伯特。罗伯特为他们布置了任务。他们的困难也很多,缺少运输用的马匹,只有一支自动步枪,仅索尔杜一人会使用它。另外,按上级规定他们只能在白天炸桥。白天炸桥之后,人员的撤退也是个难题,弄不好有全军覆灭的危险。但是,再困难,他们也只能按计划去办。

　　回来的路上,琵乐找了个借口,独自一人先走了,故意让罗伯特与玛丽亚两人呆在一起。两人情意缠绵地亲热了一番之后,罗伯特又思绪万千。他想到了当前这个艰难异常的炸桥任务,想到了法西斯的嚣张气焰和西班牙共和国的危难;他幻想把玛丽亚带回美国去,两人白头偕老;但又想到回国后可能被贴上赤色分子的标签而寸步难行。他想到了爱情的意义,人生的价值,认为为正义事业而牺牲自己的幸福甚至生命,终究是值得的。"依我看70年的生活换成70个小时过,也有可能很扎实。因为你已经长成,生活得够扎实了。"想到这里,他精神振奋。而玛丽亚在向他倾吐满腔深情的同时,也做好了随时捐躯的准备。她坚定地说,"我俩万一受伤,决不能落在敌人手里,我们可以你打死我或者我打死你,然后再自杀。"

第十五至十九章

　　大雪中,安瑟穆只身一人在公路旁观察着敌人的动向,作着记录。他已冻得受不了,仍在坚持着。他没有亲人没有家,但有一颗忠心耿耿地为共和国效力的心。

　　他想到杀人的问题。无论如何,他总是把这看成是必有报应的罪孽。他设想自己今后为了清洗和消除罪孽,一定要替国家多尽点力。

　　罗伯特终于来了。看到老人一直坚守岗位,他十分感动。他对目前游击队内部的情况也很满意。他想,只要能拧成一股绳,象一个人一样,就一定能打好这一仗。

　　他们回到营地。游击队员奥古斯汀等人又与巴勃罗发生了冲突。看到巴勃罗一直在他们的工作中作梗,罗伯特在心里盘算着把他干掉。巴勃罗却很狡猾,早已看出他们的心计,他们无法下手。罗伯特猛然想到洞内放着炸桥用的炸药,决不容许在此刻动刀动枪地胡闹。这时的巴勃罗出人意料地表示和他们和解,愿意一道去完成炸桥任务。原来他由于憎恨他们的作战计划,便把怨恨化作侮辱和挑衅,但一旦搞到他们准备动手干掉他的时候,便又来个熄火降温,重归于好。

　　深夜,罗伯特反复考虑着炸桥的所有技术问题。他画了三张草图,爆破计划终于周密地制定完毕。

　　"可以战斗了。"罗伯特情不自禁地想到自己的战斗经历,他对自己说:"你战斗着,一个夏天又一个秋天,为了世界上的穷苦人,为了反对专制暴政,为了你相信的一切,为了你理解了的新世界。"

　　队员们围坐在一起,又谈起有没有"预见"这种东西。罗伯特认为没有,它只不过是愚昧和迷信。琵乐却坚持说有。她还用自己原先曾遇见的斗牛士之死的例子来证明人死之前会有一种死亡的味道。她说得既残酷又带点神秘性。他们的话题总是离不开"死"这个问题。

第二十至二十六章

　　黑夜过去了。又是一个暖风吹拂的暮春之晨,地下的雪正在迅速融化着。罗伯特躺在露天的睡袋里,突然发现从树林里窜出一个骑兵。罗伯特先发制人,击毙了这个敌兵。这时,飞机又来了。罗伯特知道敌人的巡逻队就要到了,立刻安排队员做好了战斗准备。

　　敌骑兵队出现了,但并没有发现他们,开进树林里去了。安瑟穆自告奋勇,独自一人混进拉格兰杰去打听昨晚的情况。这时远处传来了密集枪声。索尔杜与敌兵交火了。但为了保证炸桥任务的完成,罗伯特他们无法前去增援。罗伯特从被打死的敌骑兵身上搜出许多信件,从信中得知此人只是一个普通的铁匠儿子,并非属于罪大恶极的法西斯分子。他由此联想到真正的法西斯分子只是少数,但不管怎样,这些普通士兵也是敌人阵营中的一分子。虽然杀人并非是对的,但罗伯特还是绝对相信他所从事的事业是正义的,并引以为荣。他相信人民有权按自己的愿望治理自己,不需有哪个独裁者来统治他们。他现在所干的事正是为了防止人民遭受迫害。尽管如此,罗伯特仍不认为自己是一个真正的马克思主义者,他相信的只是自由、平等、博爱,相信的是生活、自由和对幸福的追求。

第二十七至三十三章

索尔杜等人守在一座小山包上进行顽强抵抗。仅有的五人就像一颗星的五个点那样分布在山头上。他们各自用双手和双膝挖出土坑,垒起石头和土堆作为掩护据点。五个人中已有三个挂彩了。每人都很疲惫。索尔杜望望明亮开阔的蓝天,完全清楚这是他最后一次能看这样的景象了。他丝毫没有怕死的意思,只是对自己被围在这座山头上,而且这山头就要成为自己的葬身之处而感到窝火。他不怕死,但生才是吸引他的东西,生就象是跨枪策马纵横驰骋于山岭、河谷、溪流之间,穿越树林放眼远眺峰谷,广阔天地,前程无限。

山下的敌人又开始对他们进行诱降了。他们连喊带骂地折腾了半天,见索尔杜他们一点动静也没有,带队的敌中尉便愚蠢狂妄地以为他们已全死了,他大模大样地走上来,结果被索尔杜一枪给送了命。这时,敌轰炸机过来了,对他们坚守的阵地进行了猛烈的轰炸。索尔杜他们全部壮烈牺牲。

罗伯特给前线指挥戈尔茨将军写了一份报告,陈述了他们目前面临的困难。他想让戈尔茨明白并非是他们怕死而想推掉这份任务。报告写好后,他立刻派人送走了。即使这样,他也知道炸桥的任务是否取消,不由自己作主。自己只能听从命令。他心中充满着踏实的感觉。他现在已想通了,估计到此桥势在必炸,不但已无疑虑之心,还颇有兴奋之情。

这是最后一个晚上了。罗伯特与玛丽亚幸福地呆在一起,陶醉于爱的甜蜜和脱离现实的遐想之中。他们兴奋地谈着马德里,讲着他们今后的打算,不管这些是否还有实现的可能,只一味地让虚幻的憧憬主宰着自己,不要冷静,不要清醒。

同天晚上,在马德里的盖洛尔德饭店里,记者卡科夫正同将军交谈着,等着罗伯特报告的到来。按作战布署,明天才能发动进攻,可是今天,进攻的消息就已流传开了。

午夜两点钟,担任保护炸药任务的琵乐喊醒罗伯特,告诉他说巴勃罗偷拿了一些引爆装置逃跑了。这使罗伯特十分沮丧,但又别无它法,只好安慰琵乐说,找些别的代用品,照样可以干。

第三十四至三十九章

　　游击队员安德雷斯揣着罗伯特让他送给戈尔茨将军的报告正穿越法西斯控制的高地。他急于早点把信送到，好赶回去参加明天一早攻打岗哨的战斗。他希望自己能狠狠地干掉几个法西斯。他从小就很勇敢、好斗。每年的斗牛活动是他最热衷的，他也常常是优胜者。这次同法西斯交战，他更希望自己能痛快地大干一场。

　　穿过敌军地盘，他终于来到了政府军阵地上。谁知在这里他遇到了不少阻挠和误会，还差一点送了命。还算庆幸，哨所的指挥员最终愿意护送他去见司令官。

　　罗伯特因巴勃罗的行动而十分沮丧。他暗暗地责备自己，同游击队员一起作着出发前的准备。他知道经巴勃罗这一破坏，成功的可能性就更小了。可问题是他身不由己，没法面对这个客观现实而有所改变，只能勉为其难，继续干下去。幸好游击队员们的情绪没受太大的影响，都在积极地作着准备工作。出乎人意料的是巴勃罗又突然回来了，还带回了五个帮手。他说自己出走，是因为觉得要炸掉桥是根本不可能的，但只身逃出来后又有一种凄怆孤独的感觉，这才又跑了回来。不管怎样，他的回心转意毕竟使大家感到很高兴。他们满载满驮，全副武装，在黑夜中出发了。

第四十至四十三章

　　去给戈尔茨将军送情报的安德雷斯，与哨兵指挥员一起来到了团指挥所。团长高美兹决定开摩托车亲自护送，以便一路上见机行事。在旅司令部，由于军官不予配合，他们又遇到了许多麻烦，耽搁了时间。一路上，安德雷斯充分领教了部队的懒散、消极和严重的官僚主义作风。最后他和高美兹来到了戈尔茨将军的司令部。谁知在这里又遇上了国际纵队政委马萨尔德。此人过去曾是赫赫有名的法国黑海水兵起义领袖。但由于他的雄心一再受挫，又由于他和戈尔茨将军多有不合，他不仅不帮助安德雷斯和高美兹，反而扣下了他们的情报和证件，并将他们拘捕。幸亏《真理报》记者卡科夫的解救，才使他们得以脱身，把情报送了上去。戈尔茨看了报告之后，虽感到有必要取消这次进攻，但箭在弦上，已不能不发。

　　在公路和大桥上侧的山坡上，罗伯特象刚到此地时一样，又在观察着敌人的动向。他不知道安德雷斯找到戈尔茨没有，不知道这次进攻是否会取消，不知成功的可能性有多大。他告诫自己还是不要奢望胜利，只是尽所能地去做该做的事。

　　进攻的炸弹终于响了，这也是戈尔茨命令他们开始行动的信号。罗伯特一马当先，击毙了敌岗哨，紧接着其他游击队员也开火了。罗伯特在他们的火力掩护下，飞快地接近大桥，安放炸药。安瑟穆老人一边给他做帮手，一边还在为刚才开枪杀人的事而泪流满面。炸药安装好了，罗伯特让安瑟穆负责拉引线。老人这时已全无害怕的感觉。他对自己能投入战斗，并且表现得不错而相当满意。他甚至觉得就是现在战死了也问心无愧。他蹲在地上手中捏着炸药引线，只觉得自己同这座桥在一起，同正在桥下忙碌的罗伯特在一起，同共和国在一起。

敌卡车从公路上开过来了。罗伯特一声令下，安瑟穆猛地拉动引线，一声巨响，大桥腾空而起，即刻间化为碎片纷纷落下。等到硝烟散尽，罗伯特才发觉自己竟然还活着。安瑟穆老人却牺牲了。

在后面照看着马群的玛丽亚一直在为罗伯特祷告着。她现在唯一的愿望就是他安全回来。假如这能用什么换取的话，她愿用自己的一切做抵押。

巴勃罗也撤回来了。他在这场战斗中表现得很英勇，带领几个人拿下哨所，并及时地狙击了敌人的摩托车队。

他们开始撤退了。罗伯特与玛丽亚合骑一匹马，在队伍末尾殿后。走了没多远，他们的坐骑突然被炮弹打中，一下子将他压在了下面，压断了他的股骨。

第四十三章（后半部分）

他觉得自己还能动。向右完全有活动的余地。只是左腿完完全全给压在马身子底下了。感觉中似乎腿上又多出了一个关节，已经不是原来的股关节，而是象合页似侧伸出去的另一个新关节。他一下子就完全明白是怎么一回事了。大灰马忽然跪了起来，罗伯特·乔丹的右腿已经踢掉马蹬子，此时正滑下马鞍，落在地上，靠近了自己的身边。他伸出双手捧住瘫在地上的左腿上端的股骨，明显地摸到折断了的腿骨正紧紧地顶住皮肉。

大灰马几乎就在他头顶上站了起来，他能看到马肋骨费力地不住搧动。他坐着的草地依然一片油绿，上面野花烂漫。他转目向坡下、公路、桥面、山涧、公路，扫视了一圈。当看到坦克时，他等着它再来一次闪光。果然，几乎没等就来了。象上次一样，没听到呼啸和爆炸，只有炸药的浓味和纷纷散落的土疙瘩、石头渣，还有嗖嗖乱飞的碎钢片。这一次大灰马是真的坐下来了，静静地在他身旁坐下来了，象马戏团里表演的马那样坐下来了。他看着它坐在那里。这时耳朵里才听清了马的垂死的哀鸣。

接下去就是普里密蒂沃和奥古斯丁跑过来一边一个从腋下挽着他，拖着他离开这最后一截斜坡。断了的关节使左腿只能奄拉着拖过地面。在拖他的过程中，有一颗炮弹落点很近，他们立刻放下他，平趴在地面上。等到钢片呼啸而去、土块洒落一身之后，再爬起来继续拖了他走。后来，终于来到林子里一长溜足资隐蔽的所在。所有的马匹都在这里。玛丽亚、琵乐和巴勃罗都围着他站着。

玛丽亚在他身旁边跪下，不住地问："罗伯特，你怎么了？"

他热汗淋漓地说道："左腿断了，妞儿。"

"我们可以把它夹起来。"琵乐说道。"这样,你照样可以骑马。"她指着其中一匹驮马说道,"把驮子卸了。"

罗伯特·乔丹看见巴勃罗正在摇头,就向他点点头。

"你们走开,"他说道。然后又说:"听我说,巴勃罗,你过来。"

巴勃罗汗渍道道、胡子拉茬的圆脸凑到罗伯特·乔丹跟前。巴勃罗的全部气味此时他闻了个够。

"让我们谈几句。"他对琵乐和玛丽亚说道。"我得同巴勃罗谈几句。"

"痛得厉害吗?"巴勃罗弯下身子凑近罗伯特·乔丹问道。

"不。我估计大概是神经也断了。听着,你们都走。我这一下子算是毁了,你还能不明白?我来同姑娘说几句。什么时候只要我说一声带走,你们就来把她带走。她会要求留下的。我只同她说一会儿。"

"清楚。时间可是紧得很哪。"巴勃罗说道。

"清楚。"

"我看你们去共和国那里会干得更好些。"罗伯特·乔丹说道。

"不。我是主张去格雷多斯的。"

"多动脑筋想想。"

"那你跟她谈吧,"巴勃罗说道。"时间可是不多。叫你碰上这件倒霉事,我很难过,英国人。"

"既来之……"罗伯特·乔丹刚要说又停住了。"我们不谈这个。我说希望你多动动脑子。你脑子灵得很,干嘛不用?"

"我干嘛不用?"巴勃罗说道。"好吧,尽量快说,英国人,没时间了。"

巴勃罗说完起身走到靠得最近的一棵树边,观察斜坡下公路那边以及山涧对面的动静。巴勃罗看着躺倒在斜坡上的大灰马时,倒是真动感情,一脸凄惨的神色。现在,罗伯特·乔丹背靠一株粗树干坐着,琵乐和玛丽亚同他在一起。

"替我把裤子撕开来好吗?"他对琵乐说道。

玛丽亚蹲在他旁边,一句话也说不出来。阳光照在她的头发上,整个脸就象孩子马上要哭而还没哭时那样,歪歪扭扭地抽搐着。

琵乐掏出小刀,从左裤袋以下割开裤管。罗伯特·乔丹用双手掀开布头,察看股关节以下的一大块。大概在十英寸的地方,有一块凸起来的紫色肿块,很象一顶尖顶小帐篷。用手按上去的时候,可以感到股骨断茬正紧绷绷地顶着皮肉。大腿上半截就是象现在这样平躺着也显出一个古怪的角度。

他抬头看看琵乐,琵乐的脸带着同玛丽亚一模一样的表情。

"安达(即琵乐——译注),"他轻轻喊着她,"走吧。"

她低着头走开了,一声不响,也不回头。但是罗伯特·乔丹看见她肩膀开始抽动起来。

"好妞儿,"他转身叫着玛丽亚,一把抓住了她的双手。"听着。我们不能一起去马德里了——"

一下子,她再也抑制不住了,竟嚎啕大哭起来。

"别,好妞儿,别这样。"他说道。"听我给你说。我们现在去不了马德里。但是不论你走到哪儿,我永远同你在一起,你要懂得这一点。"

她能说什么呢?只是用双臂搂住他,使劲用头蹭着他的脸颊。

"好好听着这一点,小兔子。"他说着,周身都在冒汗。他很清楚时间十分紧迫,然而这一点非说不可而且还非得说通不可。"你现在要走了,小兔子。我也走,我同你在一起。从今往后,你我只要有一个在,就等于你我在一起。这一点你明白吗?"

"不成。我要同你呆在一起。"

"不,小兔子。现在我要干的只能我一个人干。把你留下,我就干不成了。只要你走,我也就能走了。就是这个道理,你明白吗?不管是你还是我,有一个,就有我们俩。"

"我就是要同你在一起。"

"不成,小兔子。你听我说。那种事情,不能一起干,谁都不成。谁都只能自己一个人干。假如你走了,那么,我就是同你在一起了。要我也走,只能用这个办法。现在,你会听我的话走的,我知道。因为你善良,懂事,心肠好。你会为了我们俩,答应我走的。"

"要是我留下来同你在一起,那要简便得多。"她说道。"对我说来要好过的多。"

"这确实。所以说我才同你商量,让你听我的话,走了好。既然你能办得到,就算是为了我,你走吧。"

"但是你不明白,罗伯妥。你叫我怎么办?我走了,这日子叫我怎么过,还不如呆在这儿好。"

"是这样,"他说道。"对你说来是要困难些。但是你怎么忘了,从现在起,我就是你的了?"

她不说话了。

他望着她,汗还在不断地往外冒,但是他还在说。他一定要办好这一桩比一辈子办过的所有事情都难办的事情。

"记着,你现在是为了我们两个人走的,"他说道。"你可不能只考虑自己啊,能自私吗?你现在一定要挑得起这副担子。"

她还在摇头。

"现在你就是我的了。"他说道,"没说的,你非得感觉到这一点不可。小兔子。"

"小兔子,你听着,"他说道。"说真的,只有这样,我也走成了。我向你发誓。"

她不说话。

"现在你终于明白了。"他说道。"现在我看这一点算是清楚了。现在你同意走了。好极了。现在你就要走了。现在你说你要走了。"

她始终不说话。

"你答应了。让我谢谢你啦。现在你要安心地走,快快地走,走得远远的。你我合为你的一身一起走,好了,现在把你的手放在这儿。把头低下来。不,低下来。这就对了。现在我把我的手搁这儿。好极了,你真好。不要再多想了。现在你要做你该做的事了。瞧你有多听话呀!不是我,不是单独的我一个,而是你我俩。我就在你里面。现在你是替你我俩一起走的。这全是真话。你我一起由你替我们走。这一点我是对你作了保证的。你肯走,真是太听话了,太懂事了。"

他对正在树边半觑着眼睛看他的巴勃罗歪头示意,巴勃罗立刻走过来,一边竖起拇指招呼琵乐。

"我们得另找时间去马德里了,小兔子,"他说道。"真的。现在站起来,走了,我们俩一起走了。站起来。明白了吧?"

"不!"她说道。她死死地搂住罗伯特·乔丹的脖子,就是不松手。

他仍然十分冷静地讲着。说理,开导,但是口气坚决、果断、毫无商量余地。

"站起来吧。"他说道。"你现在也就是我了。你就是我,就是我的今后,就是我今后的一切。站起来。"

她慢慢地站了起来,哭着,头耷拉着。突然一下子又跪倒在罗伯特·乔丹的旁边。但当他说"站起来,我的乖妞儿"时又慢慢地站了起来,她已经是心力交瘁、不知所措了。

琵乐此时上来扶住了玛丽亚的手臂,她只是呆呆地站着。

"我们走了。"琵乐说道。"还有什么事吗,英国人?"她问他。一面不住地摇头。

"没有了。"他说道,依旧顾自同玛丽亚说着。

"我们不说告别的话,妞儿,因为我们不分开。到了格雷多斯那儿就好了。现在走吧。走了就好了。别,"琵乐傍着姑娘往回走,他保持镇静、理智,还在继续说着,"别回头,别转身。把脚伸进去,对,把脚伸进脚蹬子里去。来,帮她骑上去,"他对琵乐说道。"帮她骑上马鞍子。好,现在,起步走吧。"

他回过头来,满头大汗地向坡下望望,又转过来望着姑娘那儿。姑娘已经坐上马鞍。琵乐的马紧傍着她。巴勃罗跟在后面。

"现在走了,"他说道。"走。"

她刚要回头望,"别回头,别转身,"罗伯特·乔丹又说道。"走。"说着,巴勃罗举起拴马绳在玛丽亚的马屁股上狠狠抽了一下,只见玛丽亚似乎要溜下马鞍似的,但是琵乐和巴勃罗左右紧紧挟住了她。琵乐一直扶着她,三人就这样走上了羊肠小道。

"罗伯妥,"玛丽亚终于转过头大喊起来。"让我留下,让我留——下!"

"我同你在一起——哪,"罗伯特·乔丹也喊着。"我现在就是同你在一起。我们俩都在那儿哪,走——吧。"

于是,他们在小路转角口上一拐,就再也看不见了。他现在全身都叫汗浸透了,两眼茫然,什么也不看。

奥古斯丁来到了他身边,站着。

"你要我给你打一枪吗,英国人?"他凑近来问道。"想吗?我没什么。"

"不需要。"罗伯特·乔丹说道。"走吧。我在这儿很好。"

"我该怎么办?我也只能听天由命吧!"奥古斯丁说道。他已经哭得泪眼模糊,看不清罗伯特·乔丹的模样了。"您保重吧,英国人!"

"保重,老伙计。"罗伯特·乔丹说道。他现在眼睛正盯着坡下探望。"好好照顾好那个短毛姑娘,好吗?"

"那没问题,"奥古斯丁说道。"你还有什么需要的吗?"

"这挺机枪的子弹已经没剩下多少了,我就留着吧。"罗伯特·乔丹说道。"所以没法给你了。另外那挺和巴勃罗的那挺,子弹足够。"

"我把枪筒都擦干净了。"奥古斯丁说道。"刚才这一摔,进了土。"

"驮马怎么样了?"

"吉卜赛人牵着呐。"

说着,奥古斯丁翻身上了马,然而他还是不愿意离开。马开始走了,他还是尽量朝着罗伯特·乔丹躺着的那棵树弯过身来。

"走吧,老伙计。"罗伯特·乔丹对他说道。"战争里这样的事情还少得了吗?"

"我×他妈的战争。"奥古斯丁骂道。

"是的,伙计,是的。但是,你快走吧。"

"保重了,英国人。"奥古斯丁说着,举起攥紧了的右拳头。

"保重,"罗伯特·乔丹说道。"不过,快走吧,伙计!"

奥古斯丁调转马头,放下右拳头,嘴里还在骂着,神情愤慨已极,策马走上了小道。其余的人早就走远,再也看不见了。罗伯特·乔丹一边回头望着小道尽头的拐弯去处,一边扬着他的拳头。扬着扬着,终于,奥古斯丁也消失于视线之外了……。罗伯特·乔丹低头向山腰上绿色斜坡望去,一直望到公路,望到大桥那边。"我现在这样子也不比别的差多少,"他心想。"犯不着费劲翻身趴下,至少在那帮家伙近到跟前、冒出来之前,不值得白费这个劲,我这样子看得还更清楚些。"

经过这一段折腾,尤其是眼巴巴地看着众人离去,他有一种体液枯竭,精力耗尽,只落得空空洞洞,满嘴苦味的感觉。现在,事到结尾,也就是最后关头,总算什么问题都没有了。不管所有这一切是怎么过来的,现在又会怎么样,对他说来，一切都不成问题了。

　　现在他们全都脱身了，只剩下他孤零零一人背靠树身坐着。他往下看看，在绿坡下面躺着大灰马，还是奥古斯丁做的好事，一枪解脱了它的痛苦。再从斜坡往下，就是公路了。公路背后是一大片林木葱笼的乡土。然后，他又向前望去，望到大桥，还望过大桥。他认真看了看大桥和公路上的动静。从这里，也能看得见在那头一路上排着长队的卡车，在绿树掩映之中显得一片灰暗。接着，他回过头来向公路上方、一坡比一坡高的群山之间望去。"现在他们该快来了吧，"他心里想道。

　　"琵乐会照料好她的。决不会比哪一个差。这一点，你清楚。至于带队的巴勃罗肯定早已深思熟虑好了，否则他决不会真刀真枪上阵的。对巴勃罗，你可以完全不必为他操心。多想玛丽亚也没有好处。你也应该相信你自己对她说的那一番话。这是上策。谁说这些全不是真事？不是你。你不这么说，反正你是无论如何不会把这些明明发生了的事情说成从来没有发生过的。你原来是怎么相信的，现在还是照样相信下去。别再愤世忌俗，嘲笑这、嘲笑那，对什么都看不惯了。人生苦短，光阴易逝，时不我待啊。你现在刚把她劝走，但每个人还都应各尽所能。现在看来，你为你自己已经没什么好做的了，为别人也许还能做点好事。行了，四天里还应该说是大吉大利的。不是四天，我刚到这儿是下午，而今天怕是中午也不会有了。所以三天三晚还不足数。要精确，"他说道。"相当精确了。"

　　"我看你现在最好还是动动窝。"他想道。"最好找一个使得上劲的地方安排一下，不能老这样象是个流浪汉似地闲靠着。你已经享了不少福了，比这糟的事情有的是。谁都要走我现在要走的这一步，迟早而已。你既然知道，在你，这已是势在必行，你不至于还有所惧了吧。没有了。"他说道。"真的。再说，神经竟然也断了，真是运气，裂口以下，我甚至于连一点感觉也没有。"他摸摸大腿的下半截，就好象不是他自己身上的一部分似的。

　　他再一次向坡下望去，心里还在想着。"我真不愿意就此撒手离开。我是多么不愿意就此撒手啊。我希望我已经在这一场战争里起了一点好作用了。总之，我已经用我有过的才能努力过了。你是说有着的才能吧。好吧，就算有着的吧！"

　　"我为自己信仰的真理而战斗，到现在已经有一年了。要是我们能在这里取胜，我们将在世界各地无往而不胜。这个世界还是很美妙的，值得为之而斗争。所以，我才非常不愿意撒手离去。"他还对他自己说道。"你能过上这样精彩的一生，你的运气还挺不错。你的一生同你祖父的一生相比，尽管短了些，但同样精彩。特别是有了这最后的几天，几乎精彩得可以同任何人相比。既然有幸过上这样一辈子，你也就无需乎怨天尤人了。我但愿能把学到手的东西多少能传给别人一些。上帝知道，这最后的一阵子我学得还真不慢。我真想能同卡科夫谈上一谈。那得去马德里,只要翻过这些山,跨过一片平原就行。只要走出这些灰色的石堆和松林,石楠和荆豆和黄土高原,就可以看到它一片洁白、多么美丽地矗立在下面了。但是这些都不是实在的,应该说同琵乐讲的关于那些老太婆在屠宰场里喝血差不多。应该说没有一点是实在的。而现在这儿的一切全都是实实在在的。你瞧这些飞机飞起来有多美,不管是他们的还是我们的,都一样。真是美得出奇。"他心想。

"你还有什么好紧张的?放松快些吧。"他说道"趁现在时间宽裕,不妨翻个身试试。听我说,还有一桩事情。你还记得吗?琵乐提到的,你的手。你真相信这些鬼话?不,"他说道。"现在一切都证实了,你还不相信?不,我还是不信。今天一早,这场戏开锣之前,她在这一点上的表现够体贴人的。她还真怕我相信了呢。她不知道,我并不信她的。她自己不用说是信的。他们确是看到了什么。或许这样说吧,感觉到了什么。象专门替主人四处衔回应声落地的飞禽的猎狗那样。你认为有没有所谓的超感官知觉?那你认为什么乱七八糟的说法都值得一谈的啰?"他说道。"你看她也不同你诀别。"他心想。"因为她知道这么一来,玛丽亚就不肯走了。这个琵乐啊!还是把身体翻过来吧,乔丹。"但他就是赖着不动。

忽然他记起后屁股口袋里还有那小瓶子酒在,他心想,"好啊,这样我倒可以选一个一了百了的好地方,然后我也来尝这个滋味。"他伸手去摸,却不料口袋里空空如也。顿时寂寞惆怅之感倍添,连欲求于酒的这最后一着也落了空。"这么说,我原是打算靠这个来解决问题的啰。"他说道。

"你看会不会是巴勃罗给拿走了?别犯傻了。一定是弄在桥那儿了。好,现在来吧,乔丹。"他说道。"嗨,翻过去。"

说着他双手抓住左腿下半截,死死地攥住,往脚下面攥,这样,从背靠着树的姿势转身躺下的时候,下半截腿骨断茬才不至于往上拱,甚至穿透股肉。他全靠着屁股的支撑力量慢慢地转身平躺,让后脑勺冲着山下。接着,双手仍然攥住正面向上的左脚不放,用右脚紧紧踩住左脚里帮,汗如雨下地把身体侧翻过去,直到脸胸冲下,臂拐撑地,再用双手靠着右脚的帮助,把残腿翻转,往下撑开,放平。虽然出了一身大汗,总算翻过来趴着了。他伸出手指去摸左侧股部,感觉仍然良好,而断骨也仍然裹在肌肉之中,没有歪七扭八地顶住皮肉。

"该死的马压上来的时候,想必真的是把大神经压断了,"他想。因为自己根本没有痛苦的感觉。只是刚才挪动到一定的位置时,才有一点感觉。大概是断骨碰到了别的筋和肉的缘故。"你明白了吧,"他自己又说了。"你明白你有多幸运啊。这样你就不必求助于最后的止痛手段了。"

他伸手拿过小机枪,拔出弹膛口插着的子弹夹,又伸手去摸摸口袋里装着的子弹夹。然后打开枪上机括,照着亮光望了一遍枪筒的里壁,再重新把弹夹插入槽内。他听到卡嚓一下锁扣正好合上的声音。

他握着枪朝坡下望去。"也许还得过半小时,"他心想。"现在放心等着吧。"

他转着脖子,向四周环顾。看看松树,望望山腰,想法让自己脑子里什么也不想。

当他看到滚滚河水的时候,想起了刚才在桥下荫头里的清凉。"我但愿他们会来,"他心想。"我可不希望在他们来之前出现情绪混乱和思绪反复。"

"你认为在这种情况下,哪种人才能做到心不慌、意不乱、安之若素呢?信教的?还是那种干脆听天由命的人呢?前者是能有所持,后者是一无所虑,感觉都会好得多。反正我们也知道,其实没有什么可怕的。糟糕的是左牵右挂依恋多。死也是,就怕不干脆、时间拖得长,苦头吃得多,折磨得你一点气概、一点志气都没有了,那才真是糟糕了。这些,你都不沾,明白吗?你走运的就是这个,好事都叫你占全了。

"他们全都脱身了,真是了不起。他们一脱身,这里的样子,我就根本不在乎了。竟然真的成了我原先说过的那种情况,简直就是那种情况。试想要是现在他们还在大灰马躺着的山地上东一个西一个地脱不了身,或者说我们全给圈在这里等待可悲的下场,那局面就完全不同了。不,现在不是这种情况,他们全跑脱了。现在,这场进攻要真是一次大胜仗的话,你想要什么?我说,有什么,要什么,我什么都要,给什么拿什么。即使这次进攻不成,还会有下一次的,总有一次能成功。我竟然没有留心飞机是什么时候回去的。上帝,这真是件大好事,我竟然把她劝得走了!

"我真想能把这一切给爷爷说说。我敢打赌他一辈子没跑到那边去,找上一些自己人,象我现在这样干上一场过。你怎么有把握说这话?他也许这样干过五十回了,不,"他说道。"说确切些,象这样的干法,谁也不可能有五十回。连五回也不成。他们也干过,这可以肯定。但没有人会干过这样子的,象这样一模一样的。"

"我真希望他们现在就来。"他说道。"我希望他们现在马上就来是因为那条腿开始痛起来了。肯定是肿胀引起的。"

"在这一家伙揍下来之前,我们一直进展得出奇的顺利,"他心想。"但是也是碰巧,要是这一家伙换在我还在桥下的时候提前来了呢?棋错一步,满盘全输。说实在的,他们给戈尔茨下这道命令时,就让你作难。这个结果你是料到的,也许琵乐感觉到的也是这个。后来,我们总算把一切尽其所能地安排组织好了。我们要是有小型携带式短波发报机就好了。是啊,有好多好多东西,我们都应该有啊。甚至,我也该带上一支假腿。"

想到这,尽管腿疼得冒汗,他还是咧开嘴角,露出牙齿,乐了一下。当时一摔挫伤了的大神经现在疼得特别凶。"喔,叫他们快来吧,"他说道。"我真不想做出我父亲做的那种事来。我不是不敢做、不会做;我宁愿不出现我不得不这么做的情况。我是反对这样做的。别去想这些了。什么都别想。我只希望这些杂种来,"他说道:"我真是太太太盼望他们来了。"

他的腿痛得厉害极了。刚才这一翻身,腿就肿起来了,也就突然之间开始痛起来了。"或许我现在就来上一枪?我怕是我这个人经不起大痛苦。听着,要是我现在真的给自己来上一枪,你不至于不理解我吧?你在问谁呐?谁也没有哇。"他说道。"爷爷,就算是。不,不问谁,谁也不问。喔,真他妈的,他们为什么还不来。"

"听着,我完全可能不得不来上一枪,要是我昏过去了呢,或者在其它我掌握不了自己的时候,怎么办?落到他们手里?让他们弄醒?问上一大堆问题?拷打上刑,种种种种?那怎么受得了!那是决不能让他们得逞的。所以说为什么不能干脆现在就来上一枪,岂不一了百了,完事大吉了吗?因为,喔,听我说,是的,你先听我说。喔,让他们现在马上就来吧!"

"在这一点上可以看出来,你真差劲,乔丹,"他说道。"就是差劲。谁又能不差劲呢?我哪知道,再说现在我也真顾不上想这个问题。反正你是差点劲就是了。说得对。你根本就差劲。喔,根本就是,根本。我看现在是该来上这么一枪的时候了?你说呢?"

"不,不应该。"要想想你现在还可以有所作为。既然你自己也明明知道你应该做的是什么,明明记得你现在盼呀等呀的是什么。那就来吧,等他们来吧。让他们快来。让他们快快来。"

"想想他们现在在哪里。"他说道。"想想他们现在正穿过树林。想想他们现在涉水过河了。想想他们正跃马跨过石楠地。想想他们现在上坡了。想想他们今晚就这样打发过去了。想想他们连续赶路,通宵。想想他们明天隐蔽起来了。想想他们——,真见鬼,还想想他们。这就想到头了,我还能想他们些什么?"他对他自己说道。

"那就想想蒙大拿吧,不成。想想马德里?不成。想想来上一杯清凉的凉水。那行,想这个那才差不离。比如一杯凉水什么的。你真是自欺欺人。这还不是镜花水月,画饼充饥吗?想来想去还不是一场空。想个屁!那就来一枪。下手呀。现在就下手呀。现在来上一枪正合适。来吧,说干就干。不,你还得等。等什么?这你完全清楚。那就等吧。"

"我实在无法坚持下去了。再等上哪怕只一会儿,我也会昏过去的。我所以这么说,因为这股劲儿已经上来过三次,好不容易才把它压下去了。三次是压住了,再来我就没把握了。依我看,你大腿内部股骨折断的周围一大圈出现了内出血。尤其刚才那次翻身最坏事。不但引起肿胀,而且使你虚脱,这才有了要昏厥的苗头。我看此时下手是时候。真是的,我对你说,来上一枪毫无问题。"

"不过你如果再等,哪怕是把他们牵制在这儿就那么短短的一会儿,或者只把他们带队的头儿干掉,也会使整个形势完全改观。一桩事情搞得好可以使得——"

"那好吧,"他说道。这样,他就静静地躺着,尽量坚持,保持清醒,顶住时时出现的那种一下子就此滑脱的感觉,就象你感到山上积雪就要甚至已经开始向坡下滑动的那种感觉。他还叮嘱自己说:"现在就这样,静静的,让我能顶到他们到来。"

罗伯特·乔丹的运气还真是不错,因为,就在此时,他看见了敌人的骑兵队正在钻出树林,跨过公路。他紧紧盯住他们,看着他们骑马上了坡。先头那个骑兵走到大灰马跟前停下了,回头招呼带队的军官过来。罗伯特·乔丹看见他们一起察看着大灰马。他们当然认得出这就是从头天一清早起他们一直在追、但一直连人带马都没有追着的那匹马。

罗伯特·乔丹看到他们站在斜坡上,现在已经离他很近了。再往下看,就是公路、大桥以及桥那头排成长行的车辆。他精神顿时振奋起来,思想高度集中。他对周围的一切意味深长地扫视了一眼,随后抬头向上望望大块的白云。他又用手掌按按身下地上的松针,摸摸遮掩在他前面的那棵松树的树皮。

然后他撑开臂肘,尽量轻松自如地支在满地的松针上休息着。机枪的枪口则架在松树树干上。

现在,这位军官正循着刚才大伙儿过去留下的马蹄印子勒马徐行,如果他照这样子过来的话,一定要经过距罗伯特·乔丹约二十码的坡下。这么短的距离,命中目标决无问题。这个军官就是贝伦杜中尉。大桥下面那个哨所受袭击的第一份消息传去以后,他奉命率部自拉格兰杰赶来。他们一路急驰,到达后却因大桥不通而不得不上山穿林绕道过涧,以至于匹匹马全都汗出如浆,气喘吁吁,但仍被加鞭催着小跑。

贝伦杜中尉,一路策马过来,仔细观察着马蹄痕迹。他清癯的瘦脸上显出严肃认真而又阴郁消沉的神色,左臂弯里托着的轻机枪横跨马鞍。趴在树后的罗伯特·乔丹悉心打点起已经力所不逮的全副精神,稳住双手,静候着这位军官来到松树林子外缘同绿茵如锦的斜坡接壤的地方,此时那里正沐浴在一片灿烂的阳光之中。他感到自己贴着树林里铺满松针的地面上的那颗心正在砰然而动。

(陈　慧、邴巨昆)

第 22 条 军 规

作者约瑟夫·海勒(1923—)，是美国"黑色幽默"小说派的主要代表。出身于犹太家庭，主要作品有《第 22 条军规》(1961)、《出了毛病》(1974)、《象高尔德一样好》(1979)等。

《第 22 条军规》是海勒的成名作，也是"黑色幽默"小说中影响最大的作品。作者借一支美国空军部队讽刺资本主义社会里的疯狂和混乱，也宣传了世界荒诞这一存在主义观点。小说虽以第二次世界大战为背景，但并不是一部真正描写战争的作品。战争不过是一个比喻，一个寓言，那支驻扎在意大利附近的小岛上的美国空军中队也不过是 60 年代美国社会的缩影。那无所不在的"第 22 条军规"，则象征着蛮不讲理的强权，象征着"有组织的混乱"和"制度化了的疯狂"，影射资本主义社会中为所欲为的捉弄人的残暴势力。小说出版后，"第 22 条军规"意即永远无法摆脱的困境，它已成为美国人的通用语。

小说写法独特，结构非常松散，故事情节并不是首尾相接的，有意颠倒、重复的地方很多，好象由许多散文随意组合而成。有人曾说，这本书可以任意抽掉一百页，对全书效果也不会有什么影响。场景离奇，人物怪癖，事件不可思议，好象一个纠缠不清的大梦魇，文笔极为夸张而滑稽。所叙述的事件，主要是作者虚构的波洛尼亚、阿维尼翁和弗拉拉三次战役。主人公是上尉轰炸员尤索林，作品人物众多。

译本：南文、赵守垠、王德明译，上海译文出版社，1981 年版。

这里面只有一个圈套……就是第22条军规

第 一 章

尤索林打定主意要在医院里度过余下的岁月。医生们为尤索林的病感到苦恼：如果已经成了黄疸病，他们可以给予治疗。如果不变成黄疸病，疼痛又消失了，他们可以叫他出院。可是这种老够不上黄疸的情况实在叫他们不知道该怎么办是好。为了消磨时间，尤索林胡乱写了不少信。病房里规定军官病员得去检查所有士兵病员的来往信件，尤索林便对所检查的信随意涂改，玩够了他想象出来的种种文字游戏。有时他甚至把信纸上的署名改成随军牧师希普曼。医院里有一位得克萨斯人，他看上去象彩色电影里的人物，而且富于爱国精神。他认为，有财产的人物——也就是体面人士，同没有财产的人——流浪汉、妓女、无神论者、下等人等相比，理应得到较多的选票。这个成天呲牙咧嘴傻笑的爱国者，不消十天就把病房所有病人都赶回他们各自原来的岗位上去了——剩下的一人,也因感冒而转成了肺炎。

第二至九章

从某一点上说,剩下的那人是相当侥幸的,因为医院外面战争还在进行。人们变成了疯子,然后被授予勋章,作为酬劳。在世界各地,士兵们还在轰炸战线上不断牺牲,因为有人告诉他们要为国捐躯。然而,似乎没有人在意祖国到底代表什么,正在献出自己年轻生命的士兵则更不在意。

尤索林总说有人想杀他,他的伙伴克莱文杰喊着说:"没有谁想杀你。""那么他们为什么朝我开炮呢?"尤索林问。"他们朝每个人都开炮,"克莱文杰回答,"他们想把每个人都杀掉。""那还不是一样?"克莱文杰觉得尤索林确实疯了,而尤索林又常常感到克莱文杰就象那些在现代博物馆附近闲荡的人们,两只眼睛生在同一边,他只看问题的一面。长话短说,克莱文杰是个傻子。

尤索林到丹尼卡医生那里要求解除他的战斗任务。丹尼卡说,"上校要求飞行50次",并劝他学哈弗迈耶。卡思卡特上校总说:"哈弗迈耶中尉是咱们最好的轰炸手。"哈弗迈耶是领队轰炸手,他向轰炸目标飞去时,从来不采取规避动作,因而使同机的其他人的生命受到严重的威胁。他是个百发百中的轰炸手。尤索林对投下的炸弹是否命中目标毫不在乎。他早已决定,要么永远生存,要么在求得生存的努力中死去。每次升空执行任务,他的唯一使命就是活着再降落到地面上来。

佩克姆将军命令地中海战区内的帐篷统统并排搭起,帐篷门朝着华盛顿纪念碑的方向,要有气派。佩克姆将军和德里德尔将军是死对头,所以他的这个命令遭到德里德尔将军的反对。德里德尔认为这完全是胡扯蛋;再说,他的联队的帐篷的搭法根本不关佩克姆将军什么屁事。

军医丹尼卡倒有一副热心肠,富于同情心,总是觉得自己怪可怜的。"尤索林,在这个世界上想顺顺当当地生活,就得圆滑一点。左手帮右手,右手帮左手。你明白我的意思吗?你给我搔背,我也给你搔背。"尤索林请求说:"那么给我帮一次忙。""这可办不到,"丹尼卡医生说。如果允许尤索林停止飞行,得罪了卡思卡特上校,那么自己也许会突然给调到太平洋战区去工作。"你难道不能让一个疯子停止执行飞行任务吗?"尤索林问。丹尼卡说:"哦,当然能。有一条军规规定,我们必须让任何一个疯子停止飞行。""那你为什么不让我停止飞行呢?我是疯子嘛。"尤索林怀疑这其中有个圈套。"当然有圈套,"丹尼卡医生回答:"这就是第22条军规。凡是想逃避战斗任务的人,不会真是疯子。"

这里面只有一个圈套,就是第22条军规。这条军规规定,面临真正的、迫在眉睫的危险时,对自身安全表示关注,乃是头脑理性活动的结果。奥尔疯了,可以允许他停止飞行。只要他提出就行。可是他一提出请求,他就不再是疯子,就得去执行飞行任务。倘若奥尔再去执行飞行任务,那他准是疯了,如果他不再去,那他就没有疯,可是既然他没有疯,他就得去执行飞行任务。倘若他去执行飞行任务,他准是疯了,不必再去飞行。可是如果他不想再去,那么他就没有疯,他就非去不可。尤索林觉得第22条军规订得真是简单明了已极,所以深深受到感动,肃然起敬地吹了一声口哨。

在亨格利·乔第一次飞满25次任务时,尤索林因淋病耽搁了一段时间,病愈后他急起直追,就在他接近实现回国愿望的那一次,卡思卡特上校为庆贺自己接任队长的职位,把规定的飞行次数从25次提高到30次。亨格利·乔再也忍受不住了。每天晚上,恶梦总象日月星辰运转那样准时地找他,他尖声怪叫,总觉得一只猫伏在他脸上,中队的其他人被闹得不得安宁。尤索林盼望着达到飞行次数后回国,但丹尼卡医生告诉他:"第22条军规规定,无论何时,你都得执行司令官命令你所做的事。"

在尤索林呆在医院的时候,新来了一位飞行员:迈洛·明德宾德中尉,他当上了食堂管理员。迈洛有张单纯、老实的面孔,显出他不可能做任何有意识地违反自己所依赖的道德准则的事,就象他不可能变成一只令人讨厌的癞蛤蟆一样。这些道德准则之一是:只要生意还能维持,要价再高也不算犯罪。尤索林不明白,迈洛怎么能在马尔他买进七分一个的鸡蛋,在皮亚诺扎又五分一个卖出,结果居然赚钱。

谢司科普夫少尉一星期夺得三面红三角旗,因为他揣摸出一种新的行进方法:不挥动手臂,避免了其他中队的歪歪扭扭的现象。他总是深夜秘密训练,所以一鸣惊人。大战爆发使谢司科普夫少尉颇为高兴,他有机会穿军服并能用清脆、威严的嗓音冲着小伙子们喊:"弟兄们!"这些小伙子在开赴战场去送死的途中,每隔八周就有一批落到他的手里。

有一天,克莱文杰在列队走向教室的路上绊了一跤。第二天,他就正式被指控"在列队时破坏队形、行凶殴打、行为失检、吊儿郎当、叛国、煽动、自作聪明、听古典音乐,等等"。总而言之,他被送上了军事法庭。在法庭上他被告知:"正义就是从背后掐住人家脖子。在咱们必须顽强勇敢地和意大利人作战的今天,这就是正义。动作要迅速,明白吗?""不明白,长官,"克莱文杰说。由于只有判他有罪才能证明他确实有罪,所以判定他有罪就成了这些爱国人士的责任了。他被判57次惩罚性值班。克莱文杰不知道这次上法庭是因为他从前有一次在检阅时提出了建议的结果。

尽管最默默无闻的梅杰当上了少校,过去的朋友却仍旧不跟他打篮球,还在球场上捣乱,打他。在中队中,梅杰少校最不愿意被尤索林耍弄,因为尤索林一向名声不太好。去阿维尼翁执行轰炸任务回来之后,他把衣服脱个精光,赤条条地到处蹓跶。发奖那天,为了嘉奖他在弗拉拉上空作战英勇,德里德尔将军走到他面前,要替他别上一枚勋章,可是发觉他一丝不挂地站在队伍里。

第十至十五章

克莱文杰死了。他的飞机在穿过一片阳光闪闪的白云时失踪了。

当卡思卡特把飞行任务提高到55次时，穿军装的人大概都有点疯了。轰炸波洛尼亚的弹药库是卡思卡特上校自告奋勇领命的。这一来，大队里的官兵就逃避不了这次任务了。雨下个不停，一种无法摆脱的、强烈的预感渐渐蔓延开来，就象腐烂的恶疮那样，强烈地浸润着每个人痛苦的面容。人们一齐涌到医务室，丹尼卡医生在门上写着："家有丧事。在另行通知以前，医务室暂停门诊。"

布莱克上尉发起了宣誓尽忠运动。他告诉迈洛："忠诚宣誓的整个程序都是自愿的，不要忘记这一点。……但要是他们不肯签誓约，你就该饿死他们。这就跟第22条军规一样。你明白吗？你总不反对第22条军规吧？"在食品柜的那一头，来得早的人一手托着一盘菜，正在向国旗宣誓，以便可以获准坐下吃饭。还有一批来得更早的人，已经围着餐桌坐了下来，这时正在唱《星条旗》，为的是唱完后再用桌子上的盐、胡椒粉和番茄酱。布莱克说："重要的是，要不断让他们宣誓，至于是否真心实意，那倒没关系。"

人们唯一的希望是雨下个不停。波洛尼亚没有攻克下来，情报室那幅地图上的轰炸线总也不往上移。克莱文杰说，人们象未开化的人那样迷信，竟相信只要轰炸线上移了，就不必去轰炸了。半夜里，尤索林就出去移动轰炸线。卡思卡特听说波洛尼亚被攻克了，喜出望外，因为他既摆脱了轰炸任务，又没有玷污他自告奋勇的英雄美名。

"谁让你去送死，谁就是你的敌人。"尤索林对克莱文杰说，"这一点你千万不要忘记，你记得时间越长，你活得也就越长。"可是克莱文杰还是把这话忘了，所以他现在死了。克莱文杰活着时曾生过尤索林的气，因为尤索林没告诉他在甘薯里放肥皂使大伙腹泻以达到延期执行任务的事。

雷恩上校说，飞往波洛尼亚不过是一次例行飞行，大家不必紧张。为了让大家放心，雷恩被指令随轰炸机队同往。一到波洛尼亚尤索林看到到处都是密集的高射炮火！尤索林上当了。弹药库被炸掉了，可是飞机着火了，发动机痛苦地嚎叫着。尤索林发现了另一件事，下起雪来了！飞机里有成千上万细小的白纸片，象雪花一样飘落下来！

第十六至十八章

在罗马度假时，尤索林与露西安娜度过了一段令人难忘的时光。在假期快度完时，亨格利·乔宣布："得飞40次了，上校把规定数目又提高啦。"

尤索林跑进医院，准备永远呆在里面。医院的死亡率比外面的低得多，而且是健康得多的死亡率。不会象斯诺登一样，竟在赤日炎炎的夏天活活地冻死。"我冷，"斯诺登当时在被击穿了的飞机上呜咽地说，"我冷。"

尤索林的病友得了脑膜炎，看东西有两个映像，尤索林为了呆在医院里而学着他。有天夜里病友死了，尤索林发现自己跟着他已走得够远的了。

第十九至二十四章

卡思卡特上校十分自负，因为他不过36岁就成了上校指挥官；他又感到沮丧，因为虽然已经36岁，他还不过是名上校。卡思卡特建议随军牧师带领大家做祈祷，让上帝保佑炸弹散布面更加密集一些，这样上校的照片就会登上《星期六晚邮报》，说不准能弄个将军当当。

德里德尔将军问卡思卡特上校尤索林为什么不穿衣服，雷恩上尉回答说，上星期在阿维尼翁执行任务时，他飞机里有个弟兄战死啦，溅了他一身血，他发誓永远不穿军服了。德里德尔将军还知道在阿维尼翁战役前发出"哎哎——哟"的呻吟声以进行叛乱的领头者也是尤索林。

在执行对阿维尼翁轰炸任务时，尤索林吓得魂不附体。斯诺登也吓破了胆，原因之一是多布斯是世界上最差的飞行员。就在飞行次数提高到60次的那一天，他偷偷跑到尤索林帐篷里吐露了暗杀卡思卡特上校的阴谋。"你不干掉他，他就要干掉你。"可是他又不敢一个人干。

在罗马度假时，尤索林与奥尔坐在迈洛身旁，驱车到过巴勒莫城。他们惊讶地发现迈洛竟是该城的市长，敞篷小卡车周围挤满了欢呼的人群。学生放假，排队于街道两侧挥动小旗子。迈洛的肖像高悬街道中，大军号嘀嘀嗒嗒地吹得震天响。人们带着嘶哑的声调敬慕地喊着："迈——洛！迈——洛！迈——洛！"迈洛不想保密了，他不仅是该城的市长，而且也是附近许多城市的市长，因为他把苏格兰威士忌运到了西西里。尤索林还发现迈洛是奥兰的王储，是巴格达的哈里发，大马士革的教长和阿拉伯的首长。

除了尤索林外，人人都认为迈洛是个笨蛋，他自告奋勇当食堂管理员，又干得那么认真；尤索林则认为他虽是笨蛋，同时也是天才。有一回迈洛用德国飞机运货降落到岛上机场，被当局没收了飞机，迈洛暴跳如雷，"请问从哪一天起美国政策是要没收公民的私人财产的！""这些是德国飞机呀，"丹比少校说。"压根儿不是。"迈洛把飞机上的卐字徽改成了"迈——明水果土产联合公司"。迈洛的飞机在世界各地自由飞行，已成为人们熟悉的景象。有一天，迈洛跟美军当局订立了合同，轰炸德军在奥尔维耶防守的一座桥梁；他同时又跟德军当局订立合同，用高射炮火保卫那座桥。这样美军付他轰炸费和外加的百分之六的小费，德军付他防卫费和外加百分之六的小费。迈洛希望政府完全摆脱战场，把整个战场留给私人企业。

第二十五至二十七章

随军牧师感到难过，因为他没法降低飞行次数，他很惦念自己的妻子和三个年纪尚小的孩子。卡思卡特上校在关于《星期六晚邮报》的谈话末了时竟灵机一动:"嗨! 我要再度自动要求派遣我的大队去袭击阿维尼翁。那样可以加速事情的发展!"

在弗拉拉上空,尤索林大腿中了弹,他骂天喊地。他进了医院后很喜欢达克特护士。他在医院大惊小怪地说梦见了鱼。他的腿伤还没好又被送上了前线。

第二十八至三十二章

奥尔又一次被击落下来,掉到水里。救生衣全都不起作用,因为迈洛偷走了二氧化碳充气筒,去做冰淇淋苏打。不过结果还不坏,他被救起来了。奥尔成天傻呵呵的,尤索林却认为他很聪明、有能耐。奥尔把自己的炉子修好预备给尤索林,尤索林追问:"你到哪儿去呢?"奥尔怪笑而不答,反问,"你愿意跟我一起飞行吗?"尤索林说:"你只会再一次被击落下来,掉到水里去。"尤索林说准了,奥尔又落水了。海上狂风怒吼,奥尔音信皆无。

佩克姆将军说:"我唯一的缺点就是没有缺点。"他经常提起。如果为他工作的人迎合他,他会更加迎合他们的。他信口表扬谢司科普夫上校是"坚强、有经验、有能力的军官"。他让谢写报道,谢司科普夫不高兴地说,"我对写作一窍不通。"谢司科普夫一心想着他的检阅,但一想到要去作战,便吓得脸色苍白。

在海滩上空,麦克沃特带着两名新驾驶员在搞训练飞行,误把站在浮台上的基德·萨普森截成两段,最后他撞山自杀了。他俩的死使卡思卡特上校心烦意乱,竟然把规定的飞行任务提高到65次。人们误以为丹尼卡医生也死在麦克沃特的飞机上,卡思卡特听说后又把飞行任务增加到70次。

尤索林的帐篷里搬进了四个新伙伴,他们爱吵闹,很自信、头脑简单,都是21岁的小伙子。他们上过大学,同漂亮、纯洁的姑娘们订了婚,乘过快艇、打过网球、骑过马。他们钦佩卡思卡特上校,觉得科恩中校很机智。他们害怕尤索林,但一点也不怕卡思卡特上校规定的70次飞行任务。

第三十三至三十九章

在罗马,奈特雷爱上了罗马一个妓女。爱情使他变成了一个异想天开的白痴。他要他的朋友都马上结婚。

感恩节那天,整个军营到处都是呕吐、呻吟、欢笑、祝贺、恫吓和赌咒的声音。半夜里,在"恭贺新禧! 恭贺新禧!"中夹杂着短促、尖锐的机关枪声。

迈洛告诉卡思卡特上校,他只飞行过5次而别人则已飞了70次。卡思卡特说:"我敢打赌,迈洛,许多人还不知道,我本人总共才飞行过4次。你说他们知道吗?""不知道,长官,"迈洛回答,"一般人只知道你仅仅飞行过2次。其中一次是阿费送你到那不勒斯去买一台黑市冰箱时,意外地越过了敌人的领土。"

有生以来,尤索林第一次求人了。他双膝跪下,请求奈特雷不要自告奋勇,要求执行70次以上的飞行任务。"我不得不多飞几次，"奈特雷诡谲地笑着说，毫无理由地固执己见。"否则他们就要把我送回国了。"

就在卡思卡特正式宣布将飞行任务提高到80次的第二天，在紧急飞行中，多布斯与奈特雷都战死了。

陌生的少校秘密地审问了随军牧师，他所提出的一些问题，有的是因为尤索林在医院为防备检查信件而乱签牧师的名字引起的。审问后，牧师要求科恩中校把他对飞行80次的异议转告德里德尔将军，科恩中校恶意地笑着说，德里德尔将军已经调走了，佩克姆将军接替了他。

佩克姆上任的第一天就发现自己所赢得的辉煌军事胜利已经化为乌有。因为谢司科普夫将军如今是我们的新任司令官了。"谢司科普夫，这人是个大笨蛋。我以前任意支使这个傻瓜，现在他倒成了我的上级！"

尤索林拒绝执行更多的飞行任务，把枪挂在屁股后面倒退着走。卡思卡特认为这可能是因为"他的朋友奈特雷在斯培西亚上空飞机堕毁时阵亡了。"奈特雷的死使尤索林几乎送掉了性命：当他在罗马把这个消息告诉奈特雷的妓女时，她伤心地尖叫一声，拿起削土豆的小刀就要把他扎死。以后，这个女人一直要杀死他。

哈弗迈耶对尤索林吐露了自己的心思："假使我成了胆小鬼，我就会给我的老婆孩子丢脸的。谁也不喜欢胆小鬼。而且，我还想在战争结束后留在预备役里。留在预备役里，每年可以拿到500元。"他希望如果尤索林能回国的话，带上他。

布莱克上尉从罗马回来，告诉尤索林，奈特雷的妓女不见了。尤索林赶往罗马，罗马一片废墟。妓院寓所前的老婆子告诉他，宪兵凭第22条军规把妓女们都赶走了。尤索林惊呆了。老婆子告诉他："第22条军规说，他们有权为所欲为，我们不能拦阻他们。""他们没有拿出来给你看吗？"尤索林问。"他们没有必要给我们看第22条军规，"老婆子回答，"法律规定他们不需要这样作。"尤索林问是什么法律，老婆子回答："第22条军规。""嗳，真是活见鬼！"尤索林沉痛地叫了起来，"我敢打赌它根本不存在。"

阿费强奸了一个姑娘，又把她杀了。尤索林告诉他："他们要把你抓去坐牢的！"这时几个宪兵大步穿过房间，逮捕了尤索林，因为他没有罗马通行证。他们则向阿费道歉说，打搅了。

尤索林被带到科恩中校与卡思卡特上校办公桌一角，他们告诉他："我们打算送你回国啦。"

第四十章　第二十二条军规

当然，这里有骗人的东西。

"你是说第二十二条军规吗？"尤索林问。

"当然罗，"科恩中校在漫不经心地摆了摆手，稍带傲慢地点了点头，把神气活现的大个儿宪兵赶走之后，愉快地回答。象往常一样，他在最能表现得玩世不恭的时候，总是流露出最轻松愉快的神情。他凝视着尤索林，两眼在无边的方形眼镜后面闪烁着狡诈而得意的光芒。"说到头，我们不能仅仅因为你拒绝执行更多的飞行任务就把你遣送回国，而让其他的人留在这儿，对吗？这对他们来说是很不公平的。"

"你说得很对！"卡思卡特上校突然开口说，他象一只气喘吁吁的公牛似的粗野地来回踅着，一面愤怒地撅着嘴喘气。"我倒想把他的手脚捆绑起来，每次执行任务都把他扔在机舱里。这就是我的意见。"

科恩中校示意叫卡思卡特上校不要说话，然后微笑着对尤索林说道："你要知道，你确实叫卡思卡特上校十分为难。"他轻率而愉快地说，仿佛这件事一点也没有使他不高兴。"弟兄们不开心，士气在低落下去，这都是你的过错。"

"这是你们的过错，"尤索林争辩说，"因为你们不断增加执行任务的次数。"

"不，这是你的过错，因为你拒绝执行飞行任务，"科恩中校反驳。"以往弟兄们全都十分乐意去执行我们所规定的飞行任务，因为他们想除此以外别无他法。现在，你给了他们希望，他们不开心了。因此，这都应归罪于你。"

"他难道不知道现在是在打仗吗？"卡思卡特上校很不高兴地问，他一眼也不看尤索林，继续来回踱步。

"我断定他是知道的，"科恩中校回答。"这也许就是他拒绝执行飞行任务的缘故。"

"难道这对他没有什么不同吗？"

"你知道现在是在打仗，就不会这么坚决地拒绝参加作战了，是吗？"科恩中校模仿着卡思卡特上校的口吻，严肃而挖苦地问。

"那可不会，长官，"尤索林回答说，几乎也要对科恩中校笑起来了。

"我也担心是这样，"科恩中校意味深长地叹了口气说，一面把两只手的手指舒适地扣在一起，搁在他那光滑、宽阔、发亮而微带褐色的秃顶上。"凭良心讲，我们确实没有亏待过你，你说是吗？我们给你吃得饱饱的，按时给你发饷。我们给了你一枚勋章，还让你当了上尉。"

"我真不该提升他当上尉的，"卡思卡特上校十分怨恨地喊道。"他那次去弗拉拉执行任务把事情搞得乱七八糟，而且在目标上空还兜了两圈，我当时就应该把他交给军事法庭的。"

"我叫你不要提升他，"科恩中校说，"可你就是不听我的话。"

"没有，你没有这么说。相反，是你叫我提升他的，不是吗？"

"我叫你不要提升他，可你就是不肯听。"

"我当时听你的就好了。"

"你从来也没有听过我的话，"科恩中校很感兴趣地坚持说，"就因为这样，咱们才落到这个地步。"

"好吧，唉！不要再罗嗦了，成吗？"卡思卡特上校把两手深深地插进口袋，没精打彩地转过身去。"你别一个劲儿地指责我，干吗不动点脑筋考虑考虑咱们现在该拿他怎么办？"

"看来咱们只好把他送回国去。"科恩中校从卡思卡特上校这边转过身来对着尤索林，扬扬得意地格格笑了起来。"尤索林，对你来说战争已经结束了。我们准备送你回国。你知道，你实在不该受到这样的待遇，可这正是我愿意送你回国的原因之一。目前，既然我们没有什么别的可以冒险来处置你的办法，我们就决定送你回国去。这笔小交易我们已经计划好了。"

"什么样的交易？"尤索林猜疑不信地反问。

科恩中校把头往后一仰，哈哈大笑起来。"嘿，是一笔非常卑鄙的交易，这可一点不含糊。实在令人恶心啊！不过你会很快就接受这笔交易的。"

"你先别过分自信。"

"我毫不怀疑你会接受的，即使这样做会使你臭名昭著。唔，还有一件事得问你一下。你没有把你拒绝执行更多的任务这件事告诉弟兄们中的任何一个吧？"

"没有，长官，"尤索林连忙回答。

科恩中校赞许地点了点头。"这很好。我很欢喜你这种撒谎的本领。倘若你有一点雄心壮志，你在世界上一定会飞黄腾达、青云直上的。"

"他难道不知道现在是在打仗吗？"卡思卡特上校突然吼了一声，随后带着一种极不相信的神态对着他的烟嘴使劲吹了一下。

"我断定他是知道的，"科恩中校尖刻地回答，"因为你刚才已经提出过这一点要他注意了。"科恩中校站到尤索林的立场上厌倦地蹙起了眉头，乌黑的眼珠带着狡诈、大胆而轻蔑的神情闪动着。他两手握着卡思卡特上校桌子的边，抬起他那松蹋蹋的屁股，在桌角上朝里坐去，把两条短腿悬空晃荡着，鞋后跟轻轻地踢着黄色的橡木桌板，深褐色的袜子没有吊带，紧簇到一起滑落在白皙而细瘦得出奇的脚踝上。"你知道，尤索林，"他和蔼地沉思着，流露出一种似乎既嘲弄又诚恳的漫不经心的神气，"我确实有点儿佩服你。你是一个很讲道德的聪明人，采取了一个非常勇敢的立场。而我呢，我是一个根本不讲道德的聪明人，所以我也就成了赏识你这种勇敢行动的理想人物。"

"现在正是关键性的时刻，"卡思卡特上校在办公室的另一头气呼呼地说，丝毫没有理睬科恩中校所说的话。

"确实是关键性的时刻，"科恩中校平静地点点头表示同意。"我们的上级刚调换过。万一出现一种局面，使谢司科普夫将军或是佩克姆将军对我们有什么不好的看法，那我们可经受不起。你刚说的话是这意思吗，上校？"

"他难道没有一点爱国心吗？"

"难道你不愿意为你的祖国作战吗？"科恩中校模仿着卡思卡特上校的粗

暴、伪善的声调问。"难道你不愿意为卡思卡特上校和我献出你的生命吗？"

尤索林听到科恩中校最后这句话，顿时惊讶地紧张起来。"你说什么？"他喊道。"你和卡思卡特上校跟祖国又有什么关系？你们和祖国完全是两回事。"

"你怎么能把我们和祖国分开呢？"科恩中校冷言冷语地反问。

"对啦，"卡思卡特上校着力地喊着说。"你要么拥护我们，要么反对我们。除此之外，别无选择。"

"我想他已经讲得很明白了，"科恩中校补上一句。"你要么拥护我们，要么就是反对你的祖国。事情就是这样简单。"

"嗬，不，中校，我可不吃这一套。"

科恩中校并不动气。"说老实话，我也不这么想，可是其他的人都会这么想的。事情就是这样。"

"你简直不配穿这身军装！"卡思卡特上校大肆咆哮，象旋风似地转过身来，第一次面对着尤索林。"我倒很想知道你到底怎么当上上尉的。"

"是你提升他的，"科恩中校忍住笑，用轻快的语调提醒他。"你难道不记得了吗？"

"唉，我真不该提升他。"

"我对你说过别提升他，"科恩中校说，"可你就是不肯听。"

"哎呀，别老提这件事成不成？"卡思卡特上校喊道。他皱起眉头，怀疑地眯着两眼，恶狠狠地瞪着科恩中校，又在腰上的两只手全攥成了拳头。"你说，你到底站在哪一边？"

"我站在你这一边，上校。我还能站到别的什么人一边去吗？"

"那么不要老是找我的碴儿，成吗？不要再取笑我，成吗？"

"我站在你这一边，上校。我是充满了爱国心的。"

"好，就是记住不要忘了这一点。"卡思卡特上校还是没有完全放下心来，他过了一会儿才勉强转过身，两手搓着长长的烟嘴，重又踱起方步来。他用一个大拇指点着尤索林。"咱们把他处置掉吧。我知道我该怎样对付他。我真想把他拉到外面去枪毙掉。我就打算这样处置他。德里德尔将军就会这样处置他的。"

"但是德里德尔将军已经不再和我们在一起了，"科恩中校说，"所以我们不能把他拉到外面去枪毙掉。"这时，他和卡里卡特上校之间的紧张气氛已经消失，科恩中校于是又感到轻松起来，重新用脚轻轻地踢卡思卡特上校的桌子。他转向尤索林说："因此，我们打算不枪毙你而把你送回国。这事真叫人费脑筋，可我们最后还是商定了这个很糟糕的小计划：送你回国，而又不至于在你撇下来的那些朋友中引起太大的不满。这使你高兴吗？"

"是个什么样的计划？我还不能肯定我会不会喜欢。"

"我知道你不会喜欢的，"科恩中校笑着说，又心满意足地把两手扣在一起抱着头顶。"你会厌恶这计划的。这计划确实令人讨厌，而且肯定会使你的良心感到不安。不过你很快就会同意我们的计划的。你会同意我们的计划,因为按照这一计划,不出两星期你就可以平安无事地回国,而且你除了同意外,也没有别的选择。要么接受这项计划,要么就上军事法庭。何去何从,由你自己来决定。"

尤索林鼻子里哼了一声。"别吓唬人,中校。你们不能说我在敌人面前开小差,把我送上军事法庭去。那样你们面子也很不好看,而且你们大概也定不了我的罪。"

"但是我们现在可以说你擅离职守,把你送交军事法庭,因为你没有通行证就跑到罗马去了。这一点我们可以使它站得住脚。你只要稍微考虑一下就会明白,是你逼得我们不得不这么做。我们绝对不能让你到处乱跑,公然违抗上级的命令而不受到惩罚。这样一来,其他的弟兄也就全会拒绝执行飞行任务了。这可不成,这一点你可以相信我。如果你拒绝接受我们这笔交易,我们就把你送交军事法庭,即使这样会惹出许多问题,即使这样对卡思卡特上校是个奇耻大辱,我们也顾不得了。"

卡思卡特上校听到"耻辱"两字,吃了一惊,随即不加思索地把他那镶有玛瑙的细长象牙烟嘴恶狠狠地扔到了桌面上。"上帝!"他突然嚷了起来。"我恨透了这只倒霉的烟嘴!"烟嘴从桌上蹦了起来,撞到墙上,弹过窗台,滚到地上靠近卡思卡特上校脚边的地方才不动了。卡思卡特上校气冲冲地低下头瞪眼看着烟嘴。"我不知道它是否真会对我有什么好处。"

"在佩克姆将军看来是你的荣誉,在谢司科普夫将军看来却是你的耻辱,"科恩中校装出一副天真烂漫的样子对他说。

"那,我该讨哪方面的欢心呢?"

"应该讨两方面的欢心。"

"我怎么能使他们两方面都欢喜呢?他们两人是对头。我怎样才能既从谢司科普夫将军那里得到赞扬,又不至于在佩克姆将军那里遭到白眼呢?"

"靠检阅。"

"对,检阅。这是能博得谢司科普夫将军欢心的唯一方法。检阅,检阅。"卡思卡特上校愁眉不展地做了个鬼脸。"这些大将军们!他们简直是军人的耻辱。如果象他们那样的人可以当将军,我瞧不出为什么我就当不上。"

"你会高升的,"科恩中校毫无信心地安慰地说,说完转过脸去对着尤索林格格地笑笑。在他看到尤索林那怀疑、敌对的执拗表情时,他更加感到轻蔑好笑了。"现在,你该知道问题的症结所在了吧。卡思卡特上校想当将军,而我想当上校。我们为什么非把你送回国不可,就是这个道理。"

"他为什么想当将军呢?"

"为什么?那原因与我想当上校的原因完全一样。我们还有什么别的好干呢?每个人都教我们要往高处看。将军比上校高,上校又比中校高。因此我们两人都渴望高升。而且你该知道,尤索林,我们两人都渴望高升,这对你来说也是件幸运的事。你选择这样一个时机是最好不过的了。我想你大概把这一因素也考虑进去了吧。"

"我根本没有考虑什么,"尤索林反驳。

"是的,我确实很欣赏你这种撒谎的方式,"科恩中校对他说。"当你知道你的指挥官给提升为将军,你所在的大队每个人平均完成的战斗任务比随便哪个别的大队都多,你难道不为此感到骄傲吗?你难道不想得到更多的嘉奖令和更多的荣誉以赢得空军勋章吗?你的军人精神到哪里去了呢?你难道不想执行更多的飞行任务来对这个伟大的史册作出进一步的贡献吗?作个肯定的回答吧,这是你最后一次机会了。"

"不。"

"假如是这样,那就逼得我们非走这一步不可啦——"科恩中校毫无怨气地说。

"他应该自己感到羞愧!"

"——我们不得不送你回国。不过你得先为我们做几件小事,并且——"

"什么事情?"尤索林疑虑不安而又倔强好斗地打断了他的话。

"噢,无关紧要的小事情。真个的。我们这跟你做的是一笔十分慷慨的交易。我们就要发布命令送你回国——真个的,我们就要这样做——而作为报答,你得做的只不过是……"

"得做什么事?要我做什么事?"

科恩中校简慢地笑了笑说:"喜欢我们。"

尤索林惊愕地眨眨眼。"喜欢你们?"

"喜欢我们。"

"喜欢你们?"

"对,"科恩中校点点头说,他对尤索林这副坦率的不胜惊讶、不知所措的神态感到无比高兴。"喜欢我们,加入到我们里面来,做我们的伙伴。在这里也好,回国也好,要多讲我们的好话,成为我们的一个伙伴。你瞧,这样的要求不算过分吧,是吗?"

"你们只要我喜欢你们?就是这样吗?"

"就是这样。"

"就是这样吗?"

"只要你打心底里喜欢我们。"

尤索林惊讶地发现科恩中校讲的是实话,简直想放声大笑。"这也不十分容易,"他嘲笑地说。

"哦,它可比你想象的要容易得多,"科恩中校也嘲弄地回敬他这么一句。尤索林那句带刺的话并没使他感到沮丧。"等你一开始喜欢我们,你就会惊奇地发现喜欢我们是件多么容易的事。"科恩中校提了提他系得不紧的、宽大的裤腰。那把他的方下巴和两颊分开的深深的纹路,由于他那应该诅咒的嘲笑而再一次弯曲起来了。"你瞧,尤索林,我们准备让你过富裕的生活。我们准备提升你当少校,甚至还要给你另一枚勋章。弗卢姆上尉已经在准备几篇精采的新闻稿,打算描绘一下你在弗拉拉上空的英勇事迹,你对自己部队的深厚、持久的忠诚,以及你对职责的崇高献身精神。顺便提一下,这些话都是引用文稿里的原话。我们要赞美你,把你作为英雄送回国去,说五角大楼为了鼓舞士气和向外宣传而召你回国。你的生活会象个百万富翁的那样。人人都会捧你,把你当个大人物看待。他们将会为你举行检阅,请你发表演说募款购买战争公债。一旦你成为我们的伙伴,你就会有享受不尽的荣华富贵。这不是挺美妙吗?"

尤索林发觉自己正专心致志地听着这一番迷人的详细解释。"我可拿不准我想不想发表演说。"

"那咱们就不提演说得啦。重要的是,你对这儿的人所讲的话。"科恩中校诚挚地倾身向前,不再笑了。"我们不想让大队里的随便哪个弟兄知道我们送你回国,就因为你拒绝执行更多的飞行任务。我们也不想让佩克姆将军或是谢司科普夫将军听到风声,说我们之间有什么摩擦。正因为如此,我们才要跟你结成亲密无间的伙伴。"

"那么,如果有人问我为什么拒绝执行更多的任务,我对他们怎么说呢?"

"你就说有人私下向你透露你就要被遣送回国了,因此你不愿意为了一两次飞行任务再拿生命去冒险。只不过是伙伴之间的一点小小不和,仅此而已。"

"他们会相信吗?"

"等他们瞧见我们成了多么要好的朋友,等他们瞧见那些新闻稿,读到你对我和卡思卡特上校讲的那些奉承话时,他们当然会相信啰。对这些弟兄们你可以放心。你走了以后,他们也就容易管束和控制了。只是因为你还在这里,他们才有可能会找麻烦。你知道,一只好苹果会弄坏其余的苹果的,"科恩中校有意用讽刺的口吻结束了他的话。"你知道——这办法真是妙极了——你的离开还可能会鼓励他们执行更多的飞行任务。"

"那么,假如我回国以后谴责你们,又会怎么样呢?"

"在你接受了我们的勋章、提拔和吹捧以后吗?没有人会相信你的话,陆军部也不会让你这样做。再说,你倒说说看你为什么要这样干呢?记住,你将要成为我们的伙伴。你将会过富裕、奢华的生活,并不断得到酬劳和特权。如果仅仅为了仁义道德而抛弃这一切,那就是傻瓜,可你并不是傻瓜。这是一笔好交易吗?"

"我不知道。"

"你要么接受这笔交易,要么就上军事法庭。"

"这么一来,我就对中队里的弟兄们耍弄了一个十分卑劣的手段,是吗?"

"是卑劣,"科恩中校和蔼可亲地表示同意,一面以一种暗自高兴的眼光耐心地望着尤索林,等待他的反应。

"管他娘的!"尤索林大声嚷起来。"如果他们不想执行更多的飞行任务,让他们站起来,象我这样进行斗争,对吗?"

"当然啰,"科恩中校说。

"我不必为他们去冒生命危险,是吗?"

"当然不必。"

尤索林咧开嘴嘻嘻一笑,终于作出了决定。"这是一笔好交易,"他兴高采烈地说。

"好极了,"科恩中校说,并没有显出尤索林原来指望的那份热诚。他从卡思卡特上校的办公桌上滑下来,站到了地板上,先伸手把裤子和衬裤的裆部拉拉平,然后才伸出一只无力的手和尤索林握握手。"欢迎你加入。"

"很谢谢你,中校。我——"

"叫我布莱基·约翰。我们现在是伙伴了。"

"是呀,布莱基。我的朋友们管我叫尤—尤。布莱基,我——"

"他的朋友们管他叫尤—尤,"科恩中校大声地对卡思卡特上校说。"尤—尤跨出多么明智的一步,你为什么不向他祝贺呢?"

"你跨出的确实是很明智的一步,尤—尤,"卡思卡特上校说着,笨拙而热情地使劲握了一下尤索林的手。

"谢谢你,上校。我——"

"叫他查克,"科恩中校说。

"对,叫我查克,"卡思卡特上校亲切而尴尬地哈哈一笑说。"我们现在是伙伴了。"

"对,查克。"

"笑嘻嘻地退场吧,"科恩中校一边说,一边用两手搭在他们两人的肩膀上,三个人一起向门口走去。

"尤—尤,哪天晚上来和我们一起吃晚饭吧!"卡思卡特上校热情地发出邀请。"今天晚上怎么样?就在大队食堂里。"

"我非常乐意,长官。"

"叫查克,"科恩中校用责备的口气纠正他。

"对不起,布莱基。查克,我叫不惯呀。"

"那没关系,伙计。"

"是啊,伙计。"

"谢谢你,伙计。"

"不用客气,伙计。"

"再见,伙计。"

尤索林亲热地同他的新伙伴挥手告别后,走出了办公室,在楼厅走道上漫步起来。等到只剩下一个人的时候,他几乎高兴得要唱起来了。他可以自由地回国了:他赢得了胜利,他的反抗已获成功,他已安然无恙,而且他也没有干什么对不起人的事。他扬扬得意,趾高气扬地向楼梯走去。一个穿着绿色军装的士兵向他敬礼。尤索林愉快地回了他一个礼,好奇地盯着那个士兵。真怪,这个士兵看上去特别面熟。尤索林回礼时,穿绿色军装的士兵突然间变成了奈特雷的妓女,拿着一把骨柄的切菜刀拚命向他砍来,一刀正好砍在他举起的那只手臂下边的肋部。尤索林尖叫了一声,倒在地上。当他看到那女人举起切菜刀再一次向他砍下时,他惊恐万状地闭起了眼睛。等到科恩中校和卡思卡特上校从办公室里冲出来把那个女人吓跑,救出他的性命时他早已失去了知觉。

第四十一、四十二章

人们告诉尤索林说亨格利·乔死了,他是在睡梦中死去的。他们在他脸上找到了一只猫。尤索林又想起斯诺登,他躺在被击穿的机尾部,快要冻死了。急救箱里没有止痛药,他总呻吟道:"我冷。我冷。"尤索林低头看着从斯诺登躯体里滑落出来的一大摊可怕的内脏,不难领会它的寓意:人是物质。你把他从窗口扔下去,他就会摔下。你把他点着了,他就会燃烧。你埋了他,他就会腐烂,和其他垃圾一样。一旦失去了灵魂,人就成了废物。这就是斯诺登内脏的寓意。

尤索林不想再飞行了。战争胜利已成定局,现在死只是为卡思卡特和科恩去送死。"从现在起,我就只考虑我自己了。"丹比少校对尤索林说,要是人能够像植物,譬如黄瓜那样生活的话就好了。可尤索林告诉他,要是你做条好黄瓜,"那他们等你一长熟,就把你摘下来,切成碎块作色拉。"要是你想做条不好的黄瓜,"那他们就让你烂掉,好拿你做肥料让好黄瓜长得好。"随军牧师告诉尤索林奥尔没有淹死,他到瑞典去了,他说:"这总是个奇迹,这是人类智慧和毅力创造的奇迹。"

在随军牧师和丹比少校的帮助下,尤索林飞往瑞典。

(陈　慧、张　静)

把帽子传一传

作者亨利·劳森（1867—1922），是澳大利亚近代著名作家。他出生在新南威尔士州一个采金地的帐篷里，父亲是挪威移民。童年在采金地和丛林、牧场度过。1884年，他到悉尼当油漆工、码头工、印刷工，还在丛林放牧和剪羊毛，业余时间上夜校学习文化，阅读文学作品。与此同时，劳森积极投入当时澳大利亚争取民族独立的运动。1887年开始写作，陆续发表了《诗歌与散文短篇小说集》、《在海阔天空的日子里》、《在路上和在栅栏旁》、《丛林儿童》和《把帽子传一传》等14部诗集和短篇小说集。他的诗歌主要反映丛林劳动者的艰苦生活，表达澳大利亚人民要求独立自由的愿望。他的小说题材广阔，内容多样，着重反映城乡劳动者的艰难生活，讴歌穷苦人民的勤劳朴实、团结友爱和顽强意志；艺术上具有真情实感和民族风格，生活气息浓郁，语言朴实生动，有幽默感。劳森的短篇小说奠定了澳大利亚现实主义文学的基础。

《把帽子传一传》是劳森短篇小说中的名篇，塑造了剪羊毛工人绰号"长颈鹿"的鲍伯·布乐泽斯的形象，讴歌他勤劳正直、慷慨豪迈、急公好义、助人为乐的高贵品质。

译本：选自《澳大利亚短篇小说选》，刘寿康编选，人民文学出版社，1982年版。

"把你吵醒了，不要紧吧！"

早上九点来钟，虽说是星期天早晨，叫醒我倒也没有什么关系。不过那个剪羊毛工人认错了人，把我当作那个也住在这家小客栈里、长得和我有点儿象的、耳背的牧羊新手，竟高高兴兴地扯开嗓门大喊起来，把全屋子的人都吵醒了。昨天晚上，小客栈挤满了从大毕拉邦棚来的剪羊毛工人，他们前天刚剪完羊毛，到这儿来开怀畅饮。我同屋的小伙子们喝酒赌钱，闹了一个通宵，这会儿受到打扰，气得把这个闯进门来的人臭骂了一顿。

他身高六英尺三英寸左右，瘦瘦的、不大匀称的身材，黄中透红的脸，灰眼珠。我后来注意到，他脸上经常带着和蔼的微笑。他是我一向喜欢的那种丛林人，那种仿佛长得愈高、脾气愈好的人；不过他们的拳头也很硬，谁想打架，他们可以奉陪，或者不动肝火地把一个流氓揍上一顿。他也是那种喜欢抱着别人家的孩子到处转转，替过于劳累的丛林妇女挑挑水、砍砍柴和帮个小忙的人。

"啊，大高个，看在基督份上，有话就快吐出来吧！"独眼龙波根喊道。

"我要说的就是那个原来在大毕拉邦养病的牧羊新手,他来的头一个星期就不得不停工了。打那以后,他就一直呆在这里。他们打算让他乘火车到悉尼去住医院,他们马上就要把他抬上马车送到车站去了,我想我不妨拿着帽子,到处转转,给他凑几个钱,他在悉尼还有老婆孩子呢。"

那是一顶真正的"棕榈帽",是那种"可以用一辈子"的帽子,可是年代久了,经过风吹雨打,颜色深多了,事实上现在几乎全变黑了。帽子上缠了一条新带子。我朝帽子里看了看,看见里面有一张肮脏的一镑钞票和几个银币。我扔进去一个半克朗。"谢谢你!"他说,"现在轮到你们啦,伙伴们!"于是,杰克·木恩来特、潦倒先生、波根、巴库-罗特纷纷把钱投进帽子,连客栈老板也掏出一镑钱丢进帽子里。长颈鹿小心翼翼地在一辆轻便马车上铺设垫子和枕头。接着,他们把一个僵尸般的人抬了出来,放在车上。长颈鹿拉着马头,牵着它沿着最平坦的路朝火车站走去,旁边跟着两三个小伙子,准备帮他把病人抬上火车。

长颈鹿是从本迪戈来的维多利亚人。他在伯克很有点名气,许多从周围几百英里以外、穿过浩瀚干燥的大丛林到这里来的剪羊毛工人全都认识他。他是赌金的保管人,酒鬼的银行家;只要有可能,他准当和事佬;别人打架,他是裁判或副手;他也是镇上大多数孩子的大哥或大叔;学校举行野餐时,孩子们在赛跑途中发生纠纷,最后总是来找他判决;他们打架,也找他当裁判;同时,他又是异乡人的朋友。

"谁都知道,这个家伙是可以照顾他自己的,"他总是说,"不过我喜欢给一个手头困难的外乡人尽点力。我也当过牧羊新手,我尝过那种滋味。"

"你总是替别人操心,长颈鹿,"汤姆·霍尔说。他是剪羊毛工人工会秘书,个子只不过比长颈鹿矮两、三英寸。"这没有什么好处,你可以相信我的话——这一点,我总该知道。"

"那末,一个人活着干什么呢?"长颈鹿说,"在下一个剪羊毛季节到来之前,我只不过在这里闲荡,一个人总得做点事呀!除此之外,我并不象别人那样有老人或妻子儿女要我照顾,我没有负担。一个人不能一点事都不做。再说,只要我能,我总愿拉别人一把。"

"好吧,我要说的只有这么一句,"汤姆说道,他的大部分工资也是整镑、整镑地借给了别人的,"我要说的只有这么一句:别人不会感激你的。而且到头来,你他妈的说不定还会饿死。"

"只要我还有一双手,我就不怕饿死。我也不是要别人感激的那种人。"长颈鹿说。

他不是帮帮什么人,就是忙点什么事。今天他帮我们给姑娘们组织一个小小的舞会;明天他帮史密斯太太解决点困难,她丈夫在去年圣诞节波根河发大水时淹死了;要么就是帮住在毕拉邦附近的那个穷女人,她丈夫遗弃了她,给她留下一大堆孩子;要么就是帮一个名叫比尔什么的赶牛车的人,他喝醉了酒,被自己的牛车压断了一条腿。

有一次,独眼龙波根喝得烂醉,发起酒疯,把运货人客栈的窗户几乎全部打碎。第二天早晨,警察局罚了他一大笔罚金。大约在吃晚饭时,我遇见长颈鹿,他手里拿着帽子,里面装着两个半克朗,算是开个头。

"对不起,麻烦你啦,"他说,"独眼龙波根付不起罚金,我想我们可以给他想想办法。不喝酒的时候,他挺好的,只有喝多了他才闹事。"

剪羊毛季节一过,那顶帽子就开始传起来了。放在帽底用来开张的往往是长颈鹿的一张肮肮脏脏、皱皱巴巴的一镑钞票;过些时候,他的手头逐渐紧起来了,一镑钞票就变成半镑,甚至半个克朗,一个先令;最后,他只好向旁人借几个先令"来开个头",在下一次剪完羊毛之后,再如数归还。

关于他和他的帽子,流传着几个故事,他们说,他和他爹简直是一模一样,那顶帽子原是他爹的,帽子传了那么多年,里面扔进去过无数一镑、半镑、一凯塞、半凯塞、一先令、六便士的钱币,三便士的就更不用提了。多少年来,钱币在帽子里滚来滚去,已经把帽子顶磨得象纸一样薄了。

他们说,有一次,一位新州长到伯克访问,正好长颈鹿站在离出口不远的月台上,高高兴兴地微笑着。一个当地的马屁精焦急地用胳膊肘捅捅他,威严地低声说:"把帽子脱下来,你为什么不脱帽子?"

"怎么啦?"长颈鹿慢吞吞地说,"他又不缺钱用,他缺钱用吗?"

人们非常喜欢下面的一段轶事:当一人一票法案通过时(也许是国会议员支薪条例通过时,也许是工党第一次上台,我记不清是哪一次了),热烈的气氛使长颈鹿冲昏了头脑。他喝了几杯啤酒,把一镑钱丢进帽子传了起来。由于习惯使然,大家都捐了钱,而且捐得很多,因为庆祝胜利,也因为喝了啤酒。帽子回到长颈鹿手里时,他双手捧着帽子,呆呆地看着它,过了一会儿才明白过来。

"要是我干下蠢事,为自己捐了一大笔钱,那才该死呢!"他说。他差不多是一个滴酒不沾的人,但他通情达理地请大伙儿喝酒。他自己通常只喝点姜汁啤酒。

"我不是一个酒鬼,不过我不反对小伙子们享受享受,只要不过分就行。"

常常有人在喝得兴高采烈的时候对他说:"这是五镑,长颈鹿,替我保管一下行吗?等我不喝的时候再还给我。"

他的真姓名是鲍伯·布乐泽斯,丛林人却管他叫"大高个"、"长颈鹿"、"把帽子传一传"、"丢个先令进去"或"姜汁啤酒"。

几年前,伯克地区出现了骆驼和赶骆驼的阿富汗人。骆驼在干旱地带很起作用,它们越过原野,运来各种货物,从沙丁鱼到铺地的木板,应有尽有。当地的运货人热爱阿富汗人就象悉尼的家具工人热爱手工低廉的同行,甚至象剪羊毛工人工会会员热爱在罢工期间被带到内地来代替他们工作的工贼一样。

长颈鹿是一个优秀的、正直的工会会员,但遇到有人生病或遇到困难,他就很容易忘掉他的工会主义,就象所有的丛林人总是(而且是随时随刻地)容易忘掉他们的信条一样。因此,一天晚上,长颈鹿冒冒失失地闯进了运货人客栈(那么多地方不去,偏偏闯进那里),而且是住满了运货人的时候。他手里拿着帽子,帽子里放着几个小银币和小铜币。

"我说,伙计们,有一个穷困的阿富汗人病倒在帐篷里,他们住在沿……"

在没有闹出事来之前,一个赶牛的彪形大汉紧紧抓住长颈鹿的肩膀,或者不如说抓住他的胳膊肘,把他推了出去。长颈鹿就像对待许多事情那样一笑置之,但天黑之后,有人看见他悄悄地提着一罐汤到阿富汗人的帐篷那边去了。

"我相信,"汤姆·霍尔说,"长颈鹿上了天堂之后——我看,他是我们当中唯一有点儿希望上天堂的人——我相信他上了天堂之后,要做的第一件事,就是拿着他那顶鬼帽子在天使中间转来转去,替他已经离开的这个该死的世界捐一笔款。"

"不过我想,他毕竟还不值得大家这样称赞,"剪羊毛工人杰克·米契尔说,"你看,长颈鹿这个人是颇有野心的。他喜欢社会活动,这就是他总是挺身而出、到处募捐的原因。至于说他关心遇到困难的人,那也不过出于一般的好奇心罢了。有一种人专爱管别人的闲事,他就是其中的一个。至于照顾病人,唔!再没有比绕着病人转,对病人进行观察和研究,更能使长颈鹿开心的了。他对病人十分感兴趣,而我们这个地方却很少病人。我告诉你,再没有比这个更让他开心的了,也许,除了围着死人转。我相信他会骑上马,跑它四十英里去参加一个葬礼,在那里东转转、西转转,安慰安慰家属,帮帮忙。事实上,长颈鹿不过是借别人的灾难来寻寻开心——就是那么回事。这不过是一种庸俗的好奇心和自私心罢了。我认为这是由于他的无知,由于他从小所受的教育。"

在发生了阿富汗人事件以后没有几天,长颈鹿和他的帽子交了一连串的好运。有一个在大毕拉邦河上架新木桥的德国工人,在火车站从货车上往下卸梁木时,从垫板上滑下来一根大圆木,把他的腿砸伤了,而且伤势很重。他们把他抬到离车站最近的运货人客栈,抬到酒吧间后面的卧房里,给他请来了医生。长颈鹿当然是照例在场的。

他们问德国人查理是不是痛得厉害,他说:"问题不在那儿,问题不在那儿,我他妈的才不在乎痛不痛呢;不过今年是第三年了……我今年就要回家了……等合同期满以后……最后的一个合同才刚开始。"

除了呻吟,他就重复这几句话。

医生到达的时候,酒吧间和走廊里静悄悄地坐了许多人。长颈鹿坐在柜台的末端。他把帽子放在柜台上,用一条斑斑点点的大汗巾擦脸、脖子和额头,那天天气很热。

医生是一个年轻的、好心肠的澳大利亚人。他说了句什么,接着德国人查理用充满了痛苦的声音说:"大夫,把那条腿给我治好吧!快点儿!这是他妈的第三个年头了,我一定得回家了!"

医生问他是不是痛得厉害。

"大夫,您别管他妈的痛不痛!别管他妈的痛不痛!那没有什么关系。大夫,赶快把腿治好吧!这是最后的一个合同了,今年我就要回家了。"后来,肉体上的苦痛使他脱口而出:"那位姑娘已经等了我三年了,上帝啊!我一定得回家了!"

客栈老板瓦蒂·布莱斯怀特(许多人管他叫"大胖子瓦蒂",但更多的人管他叫"两面圆瓦蒂")满脸厌烦地、懒洋洋地把长颈鹿的帽子翻了过来,扔进去一镑钱,满不在乎地向长颈鹿点点头。

长颈鹿马上抓住这个暗示,立刻把帽子拿过来。可以这样说,帽子传遍了全镇。德国人查理等到他的腿长得足够结实、不至于在路上掉下来的时候,他就立刻回家去了。

到处兜售《呐喊报》的救世军的姑娘们,几乎每次都可以向长颈鹿推销三份。新来的牧师如果需要募捐来修建或扩建教堂什么的,也要利用长颈鹿对小伙子们的影响。长颈鹿帮助天主教堂义卖市场摆了几个摊子。他说:"我并不反对罗马天主教徒,欧多诺万神父是一个很正派的人。不管怎么说,罢工的时候,他支持了工会。"

有一天,我站在脚手架上给大西旅馆酒吧间油漆天花板。我迫切地想把活儿赶完。突然……"很对不起,打扰你啦,我好像老是给你添麻烦,可是那边有一个妇女和几个姑娘……"。我朝下一看,看见长颈鹿站在那儿,他的帽子倒放在脚手架上,里面装着两个"半克朗"。"噢,鲍伯,没有关系,"我说,往帽子里丢进去一个"半克朗"。有人劝他不要为这些被警察罚了款、被房东赶出去的妓女募捐,说她们是一群坏女人。可是鲍伯却严肃地说:"小伙子们,我不了解那些女人,也许她们不是好人,不过,不管她们多坏,也全是男人造成的。我只知道有四个女人被赶了出来,她们两手空空,伯克镇的警察、法律和每一个妇女都反对她们。你们总不能要她们背着背包走到悉尼去吧。你们看,她们就在那边有一个姑娘还哭着呢。"

大伙儿被长颈鹿说服了,纷纷把钱投入帽子。长颈鹿还给她们买了车票,送她们上了火车。这些妓女十分感激,想吻他,但是他长得太高,只好吻他的手。

有一天,我问他为什么不结婚成家。他说本迪戈地方有一个小姑娘真把他迷住了。但她不肯嫁给他,原因只是担心"让别人看见她和我这样一个烟囱似的人在一起走,怪可笑的。"他想这可能不是真话,问题是她不喜欢他,是给他个台阶下好让他不至太难堪。他说他真希望自己不是那么高得吓人。

在下一个剪羊毛季节到来之前,我从悉尼回到伯克。到达的当天晚上,我碰见了长颈鹿。看起来,好像有一件什么事使他非常激动。他从口袋里掏出一封信,把它打开,这时,他那双褐色的、有太阳晒斑的大手一直在发抖。他说:"是本迪戈那个小姑娘寄来的,看来我以前全误会了。我想请你看看这封信。"

这是一封很动人的信,是一个心地善良的小姑娘写的。这几个月她一直为这个大高个傻瓜伤心。看来,他离开本迪戈时并没有向她告别。一直到上个星期,她才打听到他的地址。她恳求他给她写信,并且回到她身边。长颈鹿表示今天晚上就给她写信,一剪完羊毛就动身去找她。

那一季,长颈鹿是大毕拉邦棚剪羊毛的"冠军",他平均每天剪一百二十只羊。在他离开伯克去本迪戈的前夕,汤姆偷出长颈鹿的帽子,得到了破记录的捐款。帽子里除了一包钱之外,还有一个带盒子的镶银的烟斗(这是在伯克能买到的最好的一种)、一个金胸针和几件小礼物。另外,还有一张圣瓦伦丁节送给情人的画片,上面画的是一个高个子男人,穿着衬衫,在屋子里走来走去,每只胳臂都抱着一对双生子。

我们全到车站给他送行。看起来他很激动。他对我说:"这个世界,真有……真有一些非常好的人。"突然,他又发起愁来了。"伙伴们,"他把手插在口袋里犹犹豫豫地说,"我不知道要这些钱干什么用。有一个可怜的洗衣妇,她从炉子上端起一盆衣服时烫伤了腿……。"

我们把他推上火车。他从车窗探出半个身子,拼命地挥动他的帽子,一直到火车消失在丛林中。

现在,当我处身在一个浅薄虚伪、愚昧自私、崇高行为遭到反对或冷遇的大城市中写作的时候,我仿佛觉得房间里突然射进了一线阳光,一个大高个子朝我的椅子弯下身子说:"很对不起,打扰你啦,我老是给你添麻烦,可是那边有个可怜的女人……"

但愿我能使他流芳百世!

(陈　挺)

诗 歌 总 集

作者巴勃罗·聂鲁达(1904—1973)是现代智利诗人和政治活动家、拉丁美洲诗坛的一代宗师。他原名内夫塔利·雷耶斯,出生于铁路员工家庭。13岁起开始发表诗文,15岁得诗歌节奖,19岁出版第一部诗集《霞光》,21岁任《驮马》杂志编辑,23岁任智利驻仰光领事。此后接连在东南亚、西班牙等地做外交工作。1936年他参加马德里保卫战。回拉美之后,全力反对法西斯。1945年,聂鲁达参加了智利共产党。1948年反动政府通缉他,他出国在欧美各国进行活动与写作。1951年代表世界和平理事会来中国给宋庆龄颁发和平奖金,写了歌颂新中国的诗篇。1952年智利大赦,方回国。1971年任驻法大使,同年接受诺贝尔文学奖金。回国后,1973年智利政变,他在动乱中病逝。

聂鲁达一生写了《大地的居所》、《诗歌总集》、《葡萄与风》、《元素的颂歌》、《英雄事业的赞歌》、《燃烧的剑》等四五十部诗歌及其他作品、文章。他早年学超现实主义和象征主义,诗较晦涩。30年代后,思想与诗风大变,开始关注社会生活,歌颂人民。艺术上意象丰富、气度恢宏、声调高亢。他的诗受到世界各国读者的欢迎,对拉美和世界当代诗歌产生了不小的影响。

《诗歌总集》(1950)是聂鲁达的代表作,有15章297首1.8万行,是拉丁美洲博大精深的史诗。

译本:王央乐译,上海文艺出版社,1984年版。

一、大地上的灯

在穿礼服和戴假发的欧洲人15世纪来这里以前,这里只有大河高山和人民。

> 人就是大地,就是颤动的泥浆的
> 容器和眼皮,粘土的形体;
> 就是加勒比的歌,奇布却的石头,
> 帝国的杯子,……
> 他柔软而多血,然而
> 在他那潮润的水晶的
> 武器的柄上,却铭刻着
> 大地的缩影。
>   后来
> 谁也不记得它们了:风

把它们遗忘,水的说话
被埋葬,密言暗语已经消失
或者沉没在寂静和血泪之中。

牧人兄弟们,生命不能失去,
而是要像一朵野玫瑰那样
在密林里落下一点红;
失去就是熄灭大地上的一盏灯。

我来到这里,是为了歌唱历史。
…………………[歌唱]
我的没有名字的不叫亚美利加的大地。……

　　这块无名的大地上生长着红木树、玉米等等植物,繁殖着大蜥蜴、食蚁兽、羊驼、骆马、鳄鱼、美洲豹等等动物,还有巨嘴鸟、蜂鸟、鹦鹉、兀鹰、椋鸟、火鹳……。水色殷红的奥里诺科河、水的老祖宗亚马逊河、还有特昆达马、比奥比奥河在流淌。这里有丰富的铜、锑、黄金、钨和硫矿。这里更住着古老的人类:马雅人会观察天象和炼黄金,契钦人把医学写在石板上,印加帝国的首都库斯科是世界思想的花朵。这里有大气、石头和树。

二、马克丘·毕克丘之巅

　　马克丘·毕克丘是秘鲁2400米高山上的古城遗址,它雄伟壮观,但光辉灿烂的文化消失了。古老的人民依然受着压迫和剥削,我同他们一样不幸,我来,是为沉默的嘴唇说话。

三、征　服　者

　　从1492年白人来到新大陆,他们宰割古巴,把腥风吹遍墨西哥,西班牙征服者给神庙填满死尸,巴尔博亚、克萨达带兵劫掠、杀戮。战争与挽歌布满了大地。

四、解　放　者

　　大地上的鲜血浇灌了人民的大树、风暴的大树、火焰的大树,反殖民主义的解放者走向斗争和死亡:夸特莫克、劳塔罗、女英雄贝尔特兰、智利的奥希金斯、阿根廷的圣马丁、墨西哥的米纳、还有著名的波利瓦尔、桑地诺、马蒂和智利共产党的创建者雷卡巴伦等等为夺取黎明而奋不顾身地流血。

五、背叛的沙子

　　拉丁美洲乌黑的腐植土上却横行着刽子手、毒蛇、豺狼。寡头政治在搜刮、屠杀。天上的纪德派诗人们这些欧化的尸体成了资本主义干酪上苍白的蛆。金元的律师、妓院、美孚油公司在帮助制造死亡。我控诉贡萨莱斯·魏地拉这支出卖智利的耗子。卖国贼的名字将留在智利的历史上。

六、亚美利加,我不是徒然地呼唤你的名字

亚美利加,你是没唱歌的钟,你是曙光,我在呼唤你!

七、智利的诗歌总集

我歌唱祖国的永恒的大地、海洋、人民、矿藏、动植物,怀念那些老同学、老朋友,让我们永远前进。

八、名叫胡安的土地

我歌唱农民、工人、渔夫、矿工和叫胡安这普通名字所代表的人民的土地。

九、伐木者醒来吧

北亚美利加是美丽而辽阔的,但那里也吊死黑人、传播性病、枪杀正义。我到过光明的苏联,她照亮了黑夜。而北亚美利加却武装军队,要是

冲破这道干净的国界,
派来芝加哥的屠夫,
来统治我们所爱的
音乐和秩序,
   我们就要从石头里空气里
冲出来咬你,
   从最后一扇窗户里
跳出来向你扔火,

因此,别把脚掌踩上法兰西、德国、希腊,别侵犯拉丁美洲的土地,别到中国登陆,那里等待你的是镰刀的丛林和火药的火山。但愿这事别发生,而让伐木者醒来吧!

让亚伯拉罕来,让他古老的酵母,
使伊利诺斯碧绿金黄的土地
发酵膨胀,
在他的村子里举起斧子
反对新的奴隶主
反对奴隶挨的鞭子,
反对新闻界的毒汁,
反对他们要出卖的

血腥的商品。……

伐木者醒来吧。

给和平予正在到来的黎明。
给和平予桥；给和平予酒。
给和平予寻找我的诗句，
它们在我的血里升起。
让古老的歌与土地、爱情纠缠。
给和平予早晨的城市，
这时候面包醒来了。
给和平予密西西比河，根子的河。
给和平予我兄弟的衬衫。
给和平予书籍，仿佛一个空气的印记。
给和平予基辅的巨大集体农庄。
给和平予这些死者的骨灰，
还有那些死者的骨灰。
给和平予布洛克林乌黑的钢铁。
给和平予邮差，象日子那样一家走一家。
给和平予芭蕾舞的导演，
他用喇叭向常春藤姑娘喊话。
给和平予我的右手
它只想写罗萨里奥。
给和平予那个秘密的玻利维亚人，
他好象一块锡的矿石。
给和平予你，让你结婚。
给和平予比奥比奥河所有的锯木厂。
给和平予西班牙游击战的
破碎的心。
给和平予怀俄明小小的博物馆，
那里面最甜蜜的东西
是一只绣着一颗心的枕头。
给和平予面包师和他的爱情，
给和平予面粉，给和平予
一切应该生长的小麦。
给和平予寻找树丛的爱情。

给和平予所有的活着的人,
所有的土地和流水。
……………

十、逃亡者

在深沉的夜晚,我这个被警察追捕的逃亡者,穿过森林、城市,从春到秋,从山野到海边。一对青年、水手的母亲,掩护着我。我就是无数的人民。

十一、布尼塔基的花朵

在多石的山谷里,被剥夺了土地的人,怀着愤怒和饥饿,来到布尼塔基的金矿。矿工的女儿给我一支布尼塔基的花,她们的父兄用血汗浮起黄金的道路。我这个诗人,穿过世界的死亡,也投入了他们的罢工。

人民举起他们的红旗游行,
我就在他们中间,在他们
触摸的石头上,在喧嚷的路程里,
在斗争的高歌中。
我看见他们一步一步地胜利。
只有他们的反抗是道路,
他们孤立无援,好似一颗星星的
碎片,没有嘴巴,没有光亮。
他们在沉默里形成的团结中集合,
他们是火,是不可摧毁的歌,
是人们在大地上缓慢的脚步,
踩向深度,踩向斗争。
他们就是尊严:它战斗,为被践踏的人,
它觉醒,仿佛一种制度。
他们是敲着大门的生命的命令,
他们举着旗帜坐在大厅的中央。
……………
进来吧,人民,到白天的岸边来。
团结起来,向前进,象一支军队,
用你们的脚步踩着大地,
发出共同一致的声音。
……………
在这样的光明之上,
将要诞生农场、城市、矿山;

在这样的团结,坚实的发芽的
象大地那样的团结之上,
已经布置下坚决的创造,
那为了生活的新城市的胚胎。

……………………

被放逐的和平回来了,大家
都享有面包和黎明,大地上
爱情的魔力,建立在
这个星球的四方熏风之中。

十二、歌 的 河 流

给加拉加斯的西尔瓦(古巴诗人尼古拉斯·纪廉带来一封你的信)、给西班牙诗人拉法埃尔·阿尔维蒂以及给阿根廷诗人、墨西哥作曲家的信。还有被杀害的西班牙夜莺米格尔·费尔南德斯,我和天上的星星不会忘记你。

十三、新年大合唱,献给我黑暗中的祖国

……

十四、大　　洋

……

十五、我　　是

边境的森林,我在铁轨和仓库间走过童年。后来我到了首都,在可怜的诗里找月亮,在火焰里歌唱。爱情,只给我们留下燃烧的角落。我走向港口,住过缅甸的金屋顶,看印度的千千万万穷人和爪哇的舞女。在战火的西班牙我醒了,她从我的血里举起一支歌。在墨西哥看到黑夜笼罩世界,只有俄罗斯的红星瞧着它。我回到智利沙漠,又被放逐。我歌唱战斗、钢铁、土地、欢乐、死亡。我热爱生活,但得立下遗嘱:把我的房子赠给工会,旧书赠给新的诗人。我不要死,我要走向群众、走向生活,要歌唱我的党。我这本愤怒中诞生的书就此结束,我留下我的《诗歌总集》。

(马家骏)

百 年 孤 独

作者加夫列尔·加西亚·马尔克斯(1928—)是当代哥伦比亚的著名小说家、拉丁美洲魔幻现实主义最杰出的代表。他18岁入波哥大大学法律系,曾加入自由党。中途辍学后,担任驻外国记者。1982年获得诺贝尔文学奖。他先后出版小说十余部,重要的有第一部短篇集《周末后的一天》(1954)、第一部长篇小说《败叶》(1955)、优秀的中篇《上校无人来信》(1961)、代表作《百年孤独》(1967)、讽刺小说《家长的没落》(1975)。近期有长篇小说《霍乱时期的爱情》(1985)、《迷宫中的将军》(1989)。

《百年孤独》以马孔多小镇(拉美的缩影)为背景、以布恩蒂亚家族七代人的兴衰为线索,用现实与幻象相结合的手法,反映了百年来拉美各方面的生活,揭露了它的封闭落后与孤独彷徨。小说中人物的第一代是霍塞·阿卡蒂奥(马孔多创建者,迷于炼金术,绑死在院中大树上)和妻子乌苏娜(活了120多岁,是家庭支柱)。他们的二子一女构成第二代:长子霍塞·阿卡蒂奥(与养妹雷贝卡结婚,后被暗杀)、次子奥雷连诺(小说前半部主人公,革命军上校,晚年也迷于炼金术)、幼女阿玛兰塔(曾与侄乱伦,终生未嫁,自知死期)。第三代是第二代弟兄俩分别与浪女人皮拉生的同母堂兄弟:上校的侄子阿卡蒂奥,统治马孔多,贪赃枉法被枪毙;上校的儿子奥雷连诺·霍塞,曾与姑姑乱伦,后与军人冲突被打死。第四代是被枪毙的阿卡蒂奥与妻子圣索菲娅生的一女和孪生遗腹子。女儿雷麦黛丝外号"俏姑娘",美而终身裸体,后被风吹上天。遗腹子阿卡蒂奥第二和奥雷连诺第二完全相象,被当作一人同卖彩票女人佩特娜·柯特私通。哥哥阿卡蒂奥第二后领导罢工,被大屠杀吓疯。弟弟奥雷连诺第二是小说后半部的主人公。他在狂欢节抢得扮女王的菲南达为妻,生二女一男,这是第五代。长子霍塞·阿卡蒂奥当神父,发现几麻袋金币,被人弄死。长女梅梅同学徒工巴比洛尼亚恋爱,恋人被打死后,在远处修道院生下私生子。幼女阿玛兰塔在国外结婚,后回故乡与姐姐私生子乱伦,生育时得血崩死去。第六代即梅梅的私生子奥雷连诺,他后来关在书房看预言书。第七代是他与姨妈乱伦生的长着猪尾巴的奥雷连诺,这个婴儿被蚂蚁吃掉了。

译本:高长荣译,载《长篇小说》总第3期。

第 一 章

多年以后,奥雷连诺上校站在行刑队面前,准会想起父亲带他去参观冰块的那个遥远的下午。当时,马孔多是个20户人家的村子。一群吉卜赛人来表演杂要,其中有个叫梅尔加德斯的,用磁铁、放大镜迷住了霍·阿·布恩蒂亚,给他留下了神秘的羊皮纸手稿和炼金试验室设备。霍·阿·布恩蒂亚把妻子乌苏娜的30个金币炼成锅底渣滓。妻子勤劳能干,丈夫则不象过去那样能干,象着了魔一般,要炼金,要探险。但荒原、丛林、沼泽之外是大海,马孔多是孤独的。他们的大儿子霍·阿卡蒂奥14岁,是来马孔多半路上出生的。小儿子奥雷连诺是到马孔多后出生的第一人,在母亲肚里时会哭,三岁时就能预言汤锅掉下来。霍·阿·布恩蒂亚教儿子搞炼金试验,带他们去新来的吉卜赛人中找老朋友梅尔加德斯,并花钱让儿子去摸冰块,还说这是本时代的伟大发明。

第 二 章

十六世纪,海盗弗兰西斯·德拉克围攻列奥阿察的时候,乌苏娜·伊古阿兰的曾祖母被啥啥的警钟声和隆隆的炮击声吓坏了,由于神经紧张,竟一屁股坐在生了火的炉子上。因此,曾祖母受了严重的灼伤,再也无法过夫妻生活。她只能用半个屁股坐着,而且只能坐在软垫子上,步态显然也是不雅观的;所以,她就不愿在旁人面前走路了。她认为自己身上有一股焦糊味儿,也就拒绝跟任何人交往。她经常在院子里过夜,一直呆到天亮,不敢走进卧室去睡觉:因为她老是梦见英国人带着恶狗爬进窗子,用烧红的铁器无耻地刑讯她。她给丈夫生了两个儿子;她的丈夫是亚拉冈①的商人,把自己的一半钱财都用来医治妻子,希望尽量减轻她的痛苦。最后,他盘掉自己的店铺,带着一家人远远地离开海滨,到了印第安人的一个村庄,村庄是在山脚下,他在那儿为妻子盖了一座没有窗子的住房,免得她梦中的海盗钻进屋子。

在这荒僻的村子里,早就有个西班牙人的后裔,叫做霍塞·阿卡蒂奥·布恩蒂亚,他是栽种烟草的;乌苏娜的曾祖父和他一起经营这桩有利可图的事业,短时期内两人都建立了很好的家业。多少年过去了,西班牙后裔的曾孙儿和亚拉冈人的曾孙女结了婚。每当丈夫的荒唐行为使乌苏娜生气的时候,她就一下子跳过世事纷繁的三百年,咒骂弗兰西斯·德拉克围攻列奥阿察的那个日子。不过,她这么做,只是为了减轻心中的痛苦,实际上,把她跟他终生连接在一起的,是比爱情更牢固的关系:共同的良心谴责。乌苏娜和丈夫是表兄妹。他俩是在古老的村子里一块儿长大的,由于祖祖辈辈的垦殖,这个村庄已经成了全省最好的一个。尽管他俩之间的婚姻是他俩刚刚出世就能预见到的,然而两个年轻人表示结婚愿望的时候,双方的家长都反对。几百年来,两族的人是杂配的,他们生怕这两个健全的后代可能丢脸地生出一只蜥蜴。这样可怕的事已经发生过一次。乌苏娜的姐姐嫁给霍·阿·布恩蒂亚的叔叔,生下了一个儿子:这个儿子一辈子都穿着肥大的灯笼裤,活到四十二岁还没结婚就流血而死,因为他生下来就

---

① 西班牙地名,从前为一王国。

长着一条尾巴——尖端有一撮毛的螺旋形软骨。这种名副其实的猪尾巴是他不愿让任何一个女人看见的,最终要了他的命,因为一个熟识的屠夫按照他的要求,用切肉刀把它割掉了。十九岁的霍·阿·布恩蒂亚无忧无虑地用一句话结束了争论:"我可不在乎生出猪崽子,只要它们会说话就行。"于是他俩在花炮声中举行了婚礼,铜管乐队一连闹腾了三个昼夜。在这以后,年轻夫妇本来可以幸福地生活,可是乌苏娜的母亲却对未来的后代作出不大吉利的预言,借以吓唬自己的女儿,甚至怂恿女儿拒绝按照章法跟他结合。她知道丈夫是个力大、刚强的人,担心他在她睡着时强迫她,所以,她在上床之前,都穿上母亲拿厚帆布给她缝成的一条衬裤:衬裤是用交叉的皮带系住的,前面用一个大铁扣扣紧。夫妇俩就这样过了若干月。白天,他照料自己的斗鸡,她就和母亲一块儿在刺绣架上绣花。夜晚,年轻夫妇却陷入了烦恼而激烈的斗争,这种斗争逐渐代替了爱情的安慰。只是,机灵的邻人立即觉得情况不妙,而且村中传说,乌苏娜出嫁一年以后依然是个处女,因为丈夫有点儿毛病。霍·阿·布恩蒂亚是最后听到这个谣言的。

"乌苏娜,你听人家在说什么啦,"他向妻子平静地说。

"让他们去嚼舌头吧,"她回答。"咱们知道那不是真的。"

他们的生活又这样过了半年,直到那个倒霉的星期天,霍·阿·布恩蒂亚的公鸡战胜了普鲁登希奥·阿吉廖尔的公鸡。输了的普鲁登希奥·阿吉廖尔,一见鸡血就气得发疯,故意离开霍·阿·布恩蒂亚远一点儿,想让斗鸡棚里的人都能听到他的话。

"恭喜你呀!"他叫道。"也许你的这只公鸡能够帮你老婆的忙。咱们瞧吧!"

霍·阿·布恩蒂亚不动声色地从地上拎起自己的公鸡。"我马上就来,"他对大家说,然后转向普鲁登希奥·阿吉廖尔:

"你回去拿武器吧,我准备杀死你。"

过了十分钟,他就拿着一枝粗大的标枪回来了,这标枪还是他祖父的。斗鸡棚门口拥聚了几乎半个村子的人,普鲁登希奥·阿吉廖尔正在那儿等候。他还来不及自卫,霍·阿·布恩蒂亚的标枪就击中了他的咽喉;标枪是猛力掷出的,非常准确;由于这种无可指摘的准确,霍塞·奥雷连诺·布恩蒂亚[①]从前曾消灭了全区所有的豹子。夜晚在斗鸡棚里,亲友们守在死者棺材旁边的时候,霍·阿·布恩蒂亚走进自己的卧室,看见妻子正在穿她的"贞节裤"。他拿标枪对准她,命令道:"脱掉!"乌苏娜并不怀疑丈夫的决心。"出了事,你负责,"她警告说。霍·阿·布恩蒂亚把标枪插入泥地。

"你生下蜥蜴,咱们就抚养蜥蜴,"他说。"可是村里再也不会有人由于你的过错而被杀死了。"

这是一个美妙的六月的夜晚,月光皎洁,凉爽宜人。他俩通宵未睡,在床上

---

① 霍·阿·布恩蒂亚的祖父。

折腾,根本没去理会穿过卧室的轻风,风儿带来了普鲁登希奥·阿吉廖尔亲人的哭声。

人们把这桩事情说成是光荣的决斗,可是夫妇俩却感到了良心的谴责。有一天夜里,乌苏娜还没睡觉,出去喝水,在院子里的大土罐旁边看见了普鲁登希奥·阿吉廖尔。他脸色死白、十分悲伤,试图用一块麻屑堵住喉部正在流血的伤口。看见死人,乌苏娜感到的不是恐惧,而是怜悯。她回到卧室里,把这件怪事告诉了丈夫,可是丈夫并不重视她的话。"死人是不会走出坟墓的,"他说。"这不过是咱们受到良心的责备。"过了两夜,乌苏娜在浴室里遇见普鲁登希奥·阿吉廖尔——他正在用麻屑擦洗脖子上的凝血。另一个夜晚,她发现他在雨下徘徊。霍·阿·布恩蒂亚讨厌妻子的幻象,就带着标枪到院子里去。死人照旧悲伤地立在那儿。

"滚开!"霍·阿·布恩蒂亚向他吆喝。"你回来多少次,我就要打死你多少次。"

普鲁登希奥没有离开,而霍·阿·布恩蒂亚却不敢拿标枪向他掷去。从那时起,他就无法安稳地睡觉了。他老是痛苦地想起死人穿过雨丝望着他的无限凄凉的眼神,想起死人眼里流露的对活人的深切怀念,想起普鲁登希奥·阿吉廖尔四处张望、寻找水来浸湿一块麻屑的不安神情。"大概,他很痛苦,"霍·阿·布恩蒂亚向妻子说。"看来,他很孤独。"乌苏娜那么怜悯死人,下一次遇见时,她发现他盯着炉灶上的铁锅,以为他在寻找什么,于是就在整个房子里到处都给他摆了一罐罐的水。那一夜,霍·阿·布恩蒂亚看见死人在他自己的卧室里洗伤口,于是就屈服了。

"好吧,普鲁登希奥,"他说。"我们尽量离开这个村子远一些,决不再回这儿来了。现在,你就安心走吧。"

就这样,他们打算翻过山岭到海边去。霍·阿·布恩蒂亚的几个朋友,他一样年轻,也想去冒险,离开自己的家,带着妻室儿女去寻找土地……渺茫的土地。在离开村子之前,霍·阿·布恩蒂亚把标枪埋在院子里,接二连三砍掉了自己所有斗鸡的脑袋,希望以这样的牺牲给普鲁登希奥·阿吉廖尔一些安慰。乌苏娜带走的只是一口放着嫁妆的箱子、一点儿家庭用具,以及藏放父亲遗产——金币——的一只盒子。谁也没有预先想好一定的路线。他们决定朝着与列奥阿察相反的方向前进,以免遇见任何熟人,从而无影无踪地消失。这是一次荒唐可笑的旅行。过了一年零两个月,乌苏娜虽然用猴肉和蛇汤毁坏了自己的肚子,却终于生下了一个儿子,婴儿身体各部完全没有牲畜的征状。因她脚肿,脚上的静脉胀得像囊似的,整整一半的路程,她都不得不躺在两个男人抬着的担架上面。孩子们比父母更容易忍受艰难困苦,他们大部分时间都鲜蹦活跳,尽管样儿可怜——两眼深陷、肚子瘪瘪的。有一天早晨,在几乎两年的流浪以后,他们成了第一批看见山岭西坡的人。从云雾遮蔽的山岭上,他们望见了一片河流纵横的辽阔地带——一直伸到天边的巨大沼泽。可是他们始终没有到达海边。在沼泽地里流浪了几个月，路上没有遇见一个人，有一天夜晚，他们就在一条多石的河岸上扎营，这里的河水很像凝固的液体玻璃。多年以后，在第二次国内战争时期，奥雷连诺打算循着这条路线突然占领列奥阿察，可是六天以后他才明白，他的打算纯粹是发疯。然而那天晚上，在河边扎营以后，他父亲的旅伴们虽然很像遇到船舶失事的人，但是旅途上他们的人数增多了，大伙儿都准备活到老（这一点他们做到了）。夜里，霍·阿·布恩蒂亚做了个梦，营地上仿佛矗立起一座热闹的城市，房屋的墙壁都用晶莹夺目的透明材料砌成。他打听这是什么城市，听到的回答是一个陌生的、毫无意义的名字，可是这个名字在梦里却异常响亮动听：马孔多。翌日，他就告诉自己的人，他们绝对找不到海了。他叫大伙儿砍倒树木，在河边最凉爽的地方开辟一块空地，在空地上建起了一座村庄。

看了冰块以后，霍·阿·布恩蒂亚想在火热的马孔多用冰块盖房，又想使锅底渣滓复原成金子。乌苏娜的大儿子已长成男子汉，她家来了个帮家务、会占卜的愉快女人皮拉·苔列娜，这个浪女人用纸牌戏勾引霍·阿卡蒂奥，两人私通。哥哥与女人的关系，引起弟弟奥雷连诺的好奇。乌苏娜这时生下女儿阿玛兰塔，没有发现长猪尾巴。她的大儿子霍·阿卡蒂奥得知皮拉怀了他的孩子，便同一个吉卜赛女郎跟着杂技团远走高飞了。乌苏娜为找失踪的大儿子，也失踪了，五个月后，她带回来一群人，扩大了马孔多。

第 三 章

皮拉生的儿子由祖母乌苏娜收养，给孩子起了和父亲、祖父一样的名字，为区别只叫阿卡蒂奥。这时马孔多发展成热闹市镇，政府派来了镇长和兵。突然，全镇传染上了失眠症，继而转成健忘症，都不知事物称谓，也不认识熟人了。一天，久失音信的老吉卜赛人梅尔加德斯不能忍受死后的寂寞又回来了，他让大家吃药水，治好了大家的健忘症，还带来令人惊奇的照相术。乌苏娜收留了11岁的嗜吃土的远房表侄女雷贝卡，她与阿玛兰塔、阿卡蒂奥一起长大。她们家扩建成全镇最大的住宅。奥雷连诺已成大人，仍然搞炼金术和做首饰，镇长摩斯柯特有7个女儿，他却爱上了最小的只有9岁的雷麦黛丝。

第 四 章

雷贝卡和阿玛兰塔已出落成标致的大姑娘了，她们都爱上修自动钢琴的意大利技师皮拉埃罗·克列斯比。雷贝卡又害了吃土病。阿玛兰塔单相思，十分妒忌，故意破坏姐姐雷贝卡同技师的婚姻。住在布恩蒂亚家的老吉卜赛人梅尔加德斯还在他的羊皮书上写神秘的符号，他又一次淹死了。奥雷连诺一次糊里糊涂地同已经和另外一些男人生过两个儿子的皮拉·苔列娜私通，使她又怀了孕。他父亲霍·阿·布恩蒂亚又患了失眠症，还见到被他杀死的阿吉廖尔（鬼也变老了)。霍·阿·布恩蒂亚不停地骂,疯了,乱砸东西。20个小伙子在奥雷连诺指挥下将其父绑在院内大栗树干上。

第 五 章

奥雷连诺同刚来月经但还在尿床的女孩雷麦黛丝结了婚。皮拉送来她给奥雷连诺生的儿子,在家庭仪式上命名奥雷连诺·霍塞,婴儿由新娘雷麦黛丝收养。但不久新娘被自己床上的屎尿浸泡得血液内脏中毒而死,孩子改由姑母阿玛兰塔收养。一天来了一个健壮的男人,原来是周游世界后回家的霍·阿卡蒂奥。母亲乌苏娜欢迎大儿子回家,而霍·阿卡蒂奥怎么也想不起面前这位小伙子阿卡蒂奥是自己和皮拉生的儿子。他看见了雷贝卡,二人很快结合。已同雷贝卡订婚的意大利技师反对,母亲乌苏娜也反对兄妹结合,神父却祝福异姓兄妹。新婚夫妇搬到离家很远的墓地的对面去住,只有弟弟奥雷连诺来照顾。技师又来向阿玛兰塔求婚。奥雷连诺则以战事将起而让妹妹延期结婚。当镇长的岳父让奥雷连诺从六个大女儿中挑一个续弦,他同持统治集团保守党观点的岳父在政治见解上有矛盾。上级政府派来了军队,架空了镇长,搞恐怖统治。奥雷连诺同持自由党观点的朋友格林列尔多·马克斯等人,举行了武装起义,铲除了驻军上尉及杀人的士兵,解放了全镇(包括镇长),把全镇军政大权交给了侄儿阿卡蒂奥,自己当了革命军上校,率队伍同革命将军麦丁纳的大部队会合去远征。

第 六 章

奥雷连诺上校发动了32次武装起义,32次都失败了。他跟17个女人生了17个都叫奥雷连诺的儿子,这些儿子中的16个都在一个晚上被杀。他自己遭过14次暗杀、73次埋伏和1次枪决。他升到革命军总司令,但拒绝共和国总统的授勋,不领终身养老金,仍回马孔多炼他的小金鱼。

当年他出征前将马孔多交给侄子管辖,但阿卡蒂奥随便杀人、不准进行宗教活动,还要枪毙镇长摩斯柯特先生。还是他祖母乌苏娜用鞭子打散了行刑队,并痛打了他一顿,接管了马孔多的大权,恢复星期日弥撒。乌苏娜孤独痛苦时就找绑在栗树下的疯丈夫诉说。阿玛兰塔同技师的婚期要到了,突然阿玛兰塔拒绝了婚姻,皮埃特罗·克列斯比便割断静脉自杀了。霍·阿卡蒂奥借着弟弟是上校、儿子是市镇军政长官,侵占别人土地,鱼肉乡里。他儿子阿卡蒂奥,原来想奸污皮拉·苔列娜(不知道是自己生母)。皮拉花钱买通食品店老板女儿圣索菲娅·德拉佩德,夜里替自己去同阿卡蒂奥幽会。后来他二人同居生了一个女儿,圣索菲娅又怀上了第二胎。阿卡蒂奥依然乱收税、盖新房聚赌。但自由党快失败了,他不听叔父带来的口信,坚持不撤退,拚死保卫马孔多。革命军失败,阿卡蒂奥被俘,被原政府军法院判处枪决,临死喊"自由党万岁!"也无济于事。

第 七 章

战争结束了,随奥雷连诺起义离开马孔多的21人,死得只剩下格林列尔多·马克斯上校。他们都被俘了,奥雷连诺被拉到马孔多,要将他枪毙。军事当局慑于马孔多人们的愤怒迟迟不敢行刑。一天拂晓,奥雷连诺被押到坟场枪毙,他想起小时候父亲带他去摸吉卜赛人的冰块。这时住在对面的霍·阿卡蒂奥救了弟弟,行刑队反过来随奥雷连诺又起义了。自由党领袖跟政府妥协,宣布奥雷连诺的部队是强盗。上校打进马孔多,救了好友马克斯上校。这时,乌苏娜收留了孙媳圣索菲娅和她的一个女儿(取名雷麦黛丝)和一对孪生遗腹子(叫霍·阿卡蒂奥第二和奥雷连诺第二)。阿玛兰塔这位老姑娘,办起了家庭幼儿园。马克斯上校向她求婚,她心里虽爱,但还是骄傲地拒绝嫁人。霍·阿卡蒂奥救下弟弟一年之后,与雷贝卡迁进儿子阿卡蒂奥的新房子,一天在家里被人暗杀了,血流过客厅,流到街上,沿着凹凸不平的人行道前进,爬上街沿,流向布恩蒂亚家,怕弄脏地毯,血贴着墙,流过客厅、长廊,穿过库房,流进厨房,乌苏娜一见血就惊呼她的大儿子死了。雷贝卡从此闭门隐居起来。老霍·阿·布恩蒂亚一生离不开大栗树,他也老死了,马孔多下了一整夜黄花雨。

第 八 章

保守党与自由党和解了,但战争没有停,奥雷连诺还在外打仗。保守党政府的蒙卡达将军当了马孔多的军政长官,但对乌苏娜及其他自由党军官家属态度和善。由阿玛兰塔抚育的奥雷连诺·霍塞长大成人。他自幼爱上了姑姑。后来当兵打仗时听人说可以和姑姑结婚,他跑回家来,和孤独的老姑妈乱伦通奸。姑姑怕生出长猪尾巴的孩子,经过几夜,姑姑拒绝了他。他回到母亲皮拉·苔列娜家。皮拉的五个女儿都在当妓女。皮拉给奥雷连诺·霍塞拉来了另外的姑娘,他却在剧院门口同检查的政府军争吵,被一个上尉开枪打死。他父亲奥雷连诺率领的革命军打回马孔多,没收了大哥霍·阿卡蒂奥强占别人的土地,不顾母亲乌苏娜劝阻,枪毙了蒙卡达将军。马克斯上校又当了马孔多的军政长官。

第 九 章

奥雷连诺从事战争,奔波20年,在内讧中干掉异己的将军而掌握总指挥权,但老了,他得了寒热病,更加孤独,决定放弃纲领(重审土地权、反教会势力、私生子与婚生子权利平等),同总统代表和谈。他再次回家来,既没带几个情妇,又无显赫的卫队。他签字妥协,不为权力而战,也不要72块大金砖。他为徒然奔波只获得孤独与恶名而自杀,但子弹穿过胸膛却未伤要害。自杀成了受人尊敬的英雄行为。妥协和谈后,他的追随者们不是死了就是被流放,他再也无力发动起义,只有钻进父亲试验室继续炼他的小金鱼以了此残生。

第 十 章

多年以后,在临终的床上,奥雷连诺第二将会想起六月间一个雨天的下午,他如何到卧室里去看自己的头生儿子。他妻子菲兰达·德卡皮奥同意丈夫给孩子取名霍·阿卡蒂奥。而乌苏娜觉得家族中名字总在重复,所有奥雷连诺都孤僻而敏锐,所有阿卡蒂奥都好冲动、有胆量。只有奥雷连诺第二和霍·阿卡蒂奥第二不同。这对孪生兄弟小时候却什么都相同,连母亲圣索菲娅也分不清。一个卖彩票的女人佩特娜·柯特轮流同弟兄俩睡觉,把他们当成一个人。奥雷连诺第二掌了家,他同情妇柯特的情欲刺激得禽畜繁殖兴旺。阿卡奥雷第二放弃了情妇,从外国带回一群法国女郎,学会了过狂欢节。在狂欢节上,有人喊"自由党万岁"、"奥雷连诺万岁",引起政府军开枪,广场上死伤很多。混乱中奥雷连诺第二抱回来一个扮女王的美人,就是他后来的妻子菲兰达·德卡皮奥。

第 十 一 章

菲兰达受过贵族教育,带着刻家徽的金便盆和各种禁忌日历嫁到布恩蒂亚家,她允许丈夫同卖彩票女人继续来往,她改变这家人的规矩,连所生的大女儿也叫雷纳塔而非雷麦黛丝,家里人只好简称女婴叫梅梅。政府要纪念停战一周年,老态龙钟的上校拒绝出席授勋礼。庆祝会同狂欢节定在一天,来了十七个叫奥雷连诺的男人,在他们父亲的庆祝会上闹翻了。老姑妈阿玛兰塔带他们受洗。他们整顿老伯母雷贝卡的住房,使工厂生产现代化,修起铁路,开来了火车,造出了冰淇淋,到处是通亮的电灯,马孔多变得令人惊奇万分。

第 十 二 章

马孔多居民被电灯、电影、留声机、电话弄糊涂了。这里来了工程师、农艺师、测绘员,来了各种外国人、妓女。外国佬要开辟香蕉园,人人为此奔忙。

俏姑娘雷麦黛丝是唯一没有染上"香蕉热"的人。她仿佛停留在美妙的青春期,越来越讨厌各种陈规,越来越不在乎别人的嫌厌和怀疑,只在自己简单的现实世界里寻求乐趣。她不明白娘儿们为什么要用乳罩和裙子把自己的生活搞得那么复杂,就拿粗麻布缝了一件肥大的衣服,直接从头上套下去,一劳永逸地解决了穿衣服的问题,这样既穿了衣服,又觉得自己是裸体的,因为她认为裸体状态在家庭环境里是唯一合适的。家里的人总是劝她把长及大腿的蓬松头发剪短一些,编成辫子,别上篦子,扎上红色丝带;她听了腻烦,干脆剃光了头,把自己的头发做成了圣像的假发。她下意识地喜欢简单化,但最奇怪的是,她越摆脱时髦、寻求舒服,越坚决反对陈规、顺从自由爱好,她那惊人之美就越动人,她对男人就越有吸引力。奥雷连诺上校的儿子们第一次来到马孔多的时候,乌苏娜想到他们的血管里流着跟曾孙女相同的血,就像从前那样害怕得发抖。"千万小心啊,"她警告俏姑娘雷麦黛丝。"跟他们当中的任何一个人瞎来,你的孩子都会有猪尾巴。"俏姑娘雷麦黛丝不太重视曾祖母的话,很快穿上男人的衣服,在沙地上打了打滚,想爬上抹了油脂的竿子,这几乎成了十二个亲戚之间发生悲剧的原因,因为他们都给这种忍受不了的景象弄疯了。正因为这一点,他们来到的时候,乌苏娜不让他们任何一个在家里过夜,而留居马孔多的那四个呢,按照她的吩咐,在旁边租了几个房间。如果有人向俏姑娘雷麦黛丝说起这些预防措施,她大概是会笑死的。直到她在世上的最后一刻,她始终都不知道命运使她成了一个扰乱男人安宁的女人,犹如寻常的天灾似的。每一次,她违背乌苏娜的禁令,出现在饭厅里的时候,外国人中间都会发生骚乱。一切都太显眼了,除了一件肥大的粗麻布衣服,俏姑娘雷麦黛丝是赤裸裸的,而且谁也不能相信,她那完美的光头不是一种挑衅,就像她露出大腿来乘凉的那种无耻样儿和饭后舔手指的快活劲儿不是罪恶的挑逗。布恩蒂亚家中没有一个人料到,外国人很快就已发觉:俏姑娘雷麦黛丝身上发出一种引起不安的气味,令人头晕的气味,在她离开之后,这些气味还会在空气中停留几个小时。在世界各地经历过情场痛苦的男人认为,俏姑娘雷麦黛丝的天生气味在他们身上激起的欲望,他们从前是不曾感到过的。在秋海棠长廊上,在客厅里,在房中的任何一个角落里,他们经常能够准确地指出俏姑娘雷麦黛丝呆过的地方,断定她离开之后过了多少时间。她在空气中留下了清楚的痕迹,这种痕迹跟任何东西都不会相混:家里的人谁也没有觉出它来,因为它早已成了家中日常气味中的一部分,可是外人立刻就把它嗅出来了。所以只有他们明白,那个年轻的军官为什么会死于爱情,而从远地来的那个绅士为什么会陷于绝望。俏姑娘雷麦黛丝由于不知道自己身上有一种引起不安的自然力量,她在场时就会激起男人心中难以忍受的慌乱感觉,所以她对待他们是没有一点虚假的,她的天真热情终于弄得他们神魂颠倒起来。乌苏娜为了不让外国人看见自己的曾孙女,要她跟阿玛兰塔一起在厨房里吃饭,这一点甚至使她感到高兴,因为她毕竟用不着服从什么规矩了。其实,什么时候在哪儿吃饭,她是不在乎的;她宁愿不按规定的时间吃饭,想吃就吃。有时,她会忽然在清晨三点起来吃点东西,然后一直睡到傍晚,连续几个月打乱作息时间表,直到最后某种意外的情况才使她重新遵守家中规定的制度。然而,即使情况有了好转,她也早上十一点起床,一丝不挂地在浴室里呆到下午两点,一面打蝎子,一面从深沉和长久的迷梦中逐渐清醒过来。然后,她才用水瓢从贮水器里舀起水来,开始冲洗身子。这种长时间的、细致的程序,夹了许多美妙的动作,不大了解俏姑娘雷麦黛丝的人可能以为她在理所当然地欣赏自己的身姿。然而,实际上,这些奇妙的动作没有任何意义,只是俏姑娘雷麦黛丝吃饭之前消磨时光的办法。有一次,她刚开始冲洗身子,就有个陌生人在屋顶上揭开一块瓦;他一瞥见俏姑娘雷麦黛丝赤身露体的惊人景象,连气都喘不过来了。她在瓦片之间发现了他那凄凉的眼睛,并不害臊,而是不安。

"当心，"她惊叫一声。"你会掉下来的。"

"我光想瞧瞧你，"陌生人咕噜说。

"哦，好吧，"她说。"可你得小心点儿，屋顶完全腐朽啦。"

陌生人脸上露出惊异和痛苦的表情，他似乎在闷不做声地跟原始本能搏斗，生怕奇妙的幻景消失。俏姑娘雷麦黛丝却以为他怕屋顶塌下，就尽量比平常洗得快些，不愿让这个人长久处在危险之中。姑娘一面冲洗身子，一面向他说，这屋顶的状况很糟，因为瓦上铺的树叶被雨水淋得腐烂了，蝎子也就钻进浴室来了。陌生人以为她嘀嘀咕咕是在掩饰她的青睐，所以她在身上擦肥皂时，他就耐不住想碰碰运气。

"让我给你擦肥皂吧，"他嘟囔说。

"谢谢你的好意，"她回答，"可我的两只手完全够啦。"

"嗨，哪怕光给你擦擦背也好，"陌生人恳求。

"为啥？"她觉得奇怪。"哪儿见过用肥皂擦背的？"

接着，当她擦干身子的时候，陌生人泪汪汪地央求她嫁给他。她坦率地回答他说，她决不嫁给一个憨头憨脑的人，因为他浪费了几乎一个小时，连饭都不吃，光是为了观看一个洗澡的女人。俏姑娘雷麦黛丝最后穿上肥大衣服时，陌生人亲眼看见，正像许多人的猜测，她的确是把衣服直接套在光身上的，他认为这个秘密完全得到了证实。他又挪开两块瓦，打算跳进浴室。

"这儿挺高，"姑娘惊骇地警告他，"你会摔死的！"

腐朽的屋顶像山崩一样轰然塌下，陌生人几乎来不及发出恐怖的叫声，就掉到洋灰地上，撞破脑袋，立即毙命。从饭厅里闻声跑来的一群外国人，连忙把尸体搬出去时，觉得他的皮肤发出俏姑娘雷麦黛丝令人窒息的气味。这种气味深深地钻进了死者的身体内部；从他的脑壳裂缝里渗出来的甚至也不是血，而是充满了这种神秘气味的琥珀色油；大家立即明白，一个男人即使死了，在他的骸骨化成灰之前，俏姑娘雷麦黛丝的气味仍在折磨他。然而，谁也没有把这件可怕的事跟另外两个为俏姑娘雷麦黛丝丧命的男人联系起来。在又一个人牺牲之后，外国人和马孔多的许多老居民才相信这么个传说：俏姑娘雷麦黛丝身上发出的不是爱情的气息，而是死亡的气息。几个月以后的一桩事情证实了这种说法。有一天下午，俏姑娘雷麦黛丝和女友们一起去参观新的香蕉园。马孔多居民有一种时髦的消遣，就是在一行行香蕉树之间的通道上蹓跶，通道没有尽头，满是潮气，宁静极了；这种宁静的空气是挺新奇的，仿佛是从什么地方原封不动移来的，那里的人似乎还没享受过它，它还不会清楚地传达声音，有时在半米的距离内，也听不清别人说些什么，可是从种植园另一头传来的声音却绝对清楚。马孔多的姑娘们利用这种奇怪的现象来做游戏，嬉闹呀，恐吓呀，说笑呀，晚上谈起这种旅游，仿佛在谈一场荒唐的梦。马孔多香蕉林的宁静是很有名气的，乌苏娜不忍心阻拦俏姑娘雷麦黛丝去玩玩，那天下午叫她戴上帽子、穿上体面的衣服，就让她去了。姑娘们刚刚走进香蕉园,空气中马上充满了致命的气味。正在挖灌溉渠的一伙男人,觉得自己被某种神奇的魔力控制住了,遇到了什么看不见的危险,其中许多人止不住想哭。俏姑娘和惊惶失措的女友们好不容易钻进最近的一座房子,躲避一群凶猛向她们扑来的男人。过了一阵,姑娘们才由四个奥雷连诺救了出来,他们额上的灰十字使人感到一种神秘的恐怖,好像它们是等级符号,是刀枪不入的标志。俏姑娘雷麦黛丝没告诉任何人,有个工人利用混乱伸手抓住她的肚子,犹如鹰爪抓住悬崖的边沿。瞬息间,仿佛有一道明亮的白光使她两眼发花,她朝这人转过身去,便看见了绝望的目光,这目光刺进她的心房,在那里点燃了怜悯的炭火。傍晚,在土耳其人街上,这个工人吹嘘自己的勇敢和运气,可是几分钟之后,马蹄就踩烂了他的胸膛;一群围观的外国人看见他在马路中间垂死挣扎,躺在自己吐出的一滩血里。

  俏姑娘雷麦黛丝拥有置人死地的能力,这种猜测现在已由四个不可辩驳的事例证实了。虽然有些喜欢吹牛的人说,跟这样迷人的娘儿睡上一夜,不要命也是值得的,但是谁也没有这么干。其实,要博得她的欢心,又不会受到她的致命伤害,只要有一种原始的、朴素的感情——爱情就够了,然而这一点正是谁也没有想到的。乌苏娜不再关心自己的曾孙女儿了。以前,她还想挽救这个姑娘的时候,曾让她对一些简单的家务发生兴趣。"男人需要的比你所想的多,"她神秘地说。"除了你所想的,还需要你没完没了地做饭啦,打扫啦,为鸡毛蒜皮的事伤脑筋啦。"乌苏娜心里明白,她竭力教导这个姑娘如何获得家庭幸福,是她在欺骗自己,因为她相信:世上没有那么一个男人,满足自己的情欲之后,还能忍受俏姑娘雷麦黛丝叫人无法理解的疏懒。最后一个霍·阿卡蒂奥刚刚出世,乌苏娜就拚命想使他成为一个教皇,也就不再关心曾孙女儿了。她让姑娘听天由命,相信无奇不有的世界总会出现奇迹,迟早能够找到一个很有耐性的男人来承受这个负担。在很长的时期里,阿玛兰塔已经放弃了使俏姑娘雷麦黛丝适应家务的一切打算。在很久以前的那些晚上,在阿玛兰塔的房间里,她养育的姑娘勉强同意转动缝纫机把手的时候,她就终于认为俏姑娘雷麦黛丝只是一个笨蛋。"我们得用抽彩的办法把你卖出去,"她担心姑娘对男人完全无动于衷,就向她说。后来俏姑娘雷麦黛丝去教堂时,乌苏娜嘱咐她蒙上面纱,阿玛兰塔以为这种神秘办法倒是很诱人的,也许很快就会出现一个十分好奇的男人,耐心地在她心中寻找薄弱的地方。但是,在这姑娘轻率地拒绝一个在各方面都比任何王子都迷人的追求者之后,阿玛兰塔失去了最后的希望,而菲兰达呢,她根本不想了解俏姑娘雷麦黛丝。她在血腥的狂欢节瞧见这个穿着女王衣服的姑娘时,本来以为这是一个非凡的人物。可是,当她发现雷麦黛丝用手吃饭,而且只能回答一两句蠢话时,她就慨叹布恩蒂亚家的白痴存在太久啦。尽管奥雷连诺上校仍然相信,并且说了又说,俏姑娘雷麦黛丝实际上是他见过的人当中头脑最清醒的人,她经常用她挖苦别人的惊人本领证明这一点,但家里的人还是让她走自己的路,于是，俏姑娘雷麦黛丝开始在孤独的沙漠里徘徊，但没感到任何痛苦，并且在没有梦魇的酣睡中，在没完没了的沐浴中，在不按时的膳食中，在长久的沉思中，逐渐成长起来。直到三月里的一天下午，菲兰达打算取下花园中绳子上的床单，想把它们折起来，呼唤家中的女人来帮忙。她们刚刚动手，阿玛兰塔发现俏姑娘雷麦黛丝突然变得异常紧张和苍白。

"你觉得不好吗？"她问。

俏姑娘雷麦黛丝双手抓住床单的另一头，惨然地微笑了一下。

"完全相反，我从来没有感到这么好。"

俏姑娘雷麦黛丝话刚落音，菲兰达突然发现一道闪光，她手里的床单被一阵轻风卷走，在空中全幅展开。俏姑娘雷麦黛丝抓住床单的一头，开始凌空升起的时候，阿玛兰塔感到裙子的花边神秘地拂动。乌苏娜几乎已经失明，只有她一个人十分镇定，能够识别风的性质——她让床单在闪光中随风而去，瞧见俏姑娘雷麦黛丝向她挥手告别；姑娘周围是跟她一起升空的、白得耀眼的、招展的床单，床单跟她一起离开了甲虫飞舞、天竺牡丹盛开的环境，下午四点钟就跟她飞过空中，永远消失在上层空间，甚至飞得最高的鸟儿也追不上她了。

在马孔多人相信飞天奇迹之际，香蕉公司外国佬布劳恩先生统治了马孔多，刽子手随便杀人，奥雷连诺上校愤怒已极但无当年力量。他的17个儿子，16个都在一夜间被人暗杀了，子弹全打中额上的灰十字架。上校四处奔走募捐积钱，他找衰老瘫痪的马克斯上校，想再发动战争赶走外国佬，但老兵无存，一切破灭。

第十三章

乌苏娜太老了，眼已瞎，但能在黑暗中穿针引线。阿玛兰塔也老了。她曾使意大利技师和马克斯上校绝望。她在教养曾孙霍·阿卡蒂奥和梅梅。这对小兄妹被送进教会学校学习。这时，阿玛兰塔不停地缝自己的殓衣。菲兰达代替乌苏娜在严格治家，也不管她丈夫奥雷连诺第二在情妇柯特家里自由享乐，他们的炽烈的情欲更刺激了禽畜的大量繁殖。梅梅回家来带了4个修女68个同学，母亲菲兰达得给她们买72个便盆。在香蕉园当监工的霍·阿卡蒂奥第二回到家里，他也关进作坊同一直做小金鱼的叔祖父奥雷连诺交谈。上校已老糊涂了，还在回想随父亲去看吉卜赛人冰块的那个下午。

第十四章

奥雷连诺上校死在院中的栗树下。他妹妹阿玛兰塔给自己缝好殓衣，同死神商量好，将定期死去。她让人按身长做好棺材，还答应全镇人给死人国各家早逝的亲属捎去一大堆家信。她安详地躺在棺材中，让瞎母亲乌苏娜在众人面前证明她一生是童贞。梅梅爱上了香蕉公司车库机修工巴比洛尼亚，只要一出现黄蝴蝶，梅梅就知道是他来了。她很苦恼，去找百岁女巫占卜（不知道皮拉·苔列娜是她曾祖母）。她不听高祖母乌苏娜让她夜里勿去家里浴室以免蝎子叮的劝告，在浴室与巴比洛尼亚幽会。某晚警卫开枪打死了正揭浴室房顶盖准备下去的这位机修工。

第十五章

梅梅被送到远处荒村修道院中（后来老死在医院里）。这时霍·阿卡蒂奥第二辞去监工，站在工人一边，鼓动香蕉园工人向美国资本家罢工，成为政府死敌。他逃脱过暗杀，也被关进过监狱。在马孔多混乱中，荒村来的老修女交给菲兰达一只篮子，里面却是梅梅的私生子，神父已给他取名奥雷连诺。菲兰达把他藏在上校的作坊里。梅梅的小妹妹阿玛兰塔·乌苏娜会到处跑了，只有她发现了这个秘密婴儿。军队在镇压罢工，混乱中也没有谁去关心他人的私事与丑事。政府把工人及家属骗到广场上，用14挺机枪扫射，之后，用一列火车装上3000多尸体扔进大海。受伤醒来的霍·阿卡蒂奥第二从死人堆里爬出火车逃回家。马孔多大屠杀被掩盖得一点痕迹也没有，宵禁的军队在搜查漏网分子。霍·阿卡蒂奥第二由母亲圣索菲娅藏在老吉卜赛人梅尔加德斯住过而现在放梅梅同学用过的72个便盆的房子里，搜查的官兵竟然对他视而不见。此后，他被反锁在屋里，在便盆气味中潜心研究老吉卜赛人留下的羊皮纸手稿，但念念不忘那3000被杀的人。

第十六章

雨下了4年12个月零2天。鱼可以游进门，游出窗子。雨把香蕉公司吓跑了。奥雷连诺第二回家等雨晴，结果几年没有回情妇柯特家。他喜欢上了掉了乳牙的小女儿阿玛兰塔·乌苏娜和会走路的外孙奥雷连诺。雨中，马克斯上校的送葬队伍过去了。雨中柯特的牲畜淹死了。奥雷连诺第二顶着油布跑回情妇家，他二人被雨浇熄了情欲，因此，禽畜不再兴旺。他最后搬回家里，在儿孙中找快乐。雨使菲兰达脾气变坏，整天数落丈夫。丈夫听信传说在后院挖财宝，一无所获。六月，雨停了，此后又十年没下雨，马孔多荒凉不堪，许多人死了或逃了，只剩下几家老住户。柯特认不出来看望她的情夫，她只是用衣物在喂最后一匹养在卧室中的瘦骡子。

第十七章

八月开始刮热风。一百多岁的乌苏娜给孩子们（玄孙女阿玛兰塔·乌苏娜和第六代外孙奥雷连诺）在雨天当了三年玩偶之后，不用人扶，下地干家务活，打扫各个房间。奥雷连诺第二又搬回情妇家，帮着办彩票公司。他女儿已上了小学，外孙由于是私生子，而由霍·阿卡蒂奥第二教他读书。乌苏娜总把小奥雷连诺当成上校小时候。老太婆瘦干了，活到115～122岁之间死了。那年雷贝卡也死了。马孔多成了一片废墟，吉卜赛人又带来了磁铁和放大镜。布恩蒂亚家也成了废墟，许多门窗钉死了。菲兰达得子宫下垂病，让在罗马读神学的儿子阿卡蒂奥寄来意大利"宫托"。奥雷连诺第二得了喉癌，叫卖了最后一次彩票，凑了钱送女儿阿玛兰塔·乌苏娜去布鲁塞尔上大学。小奥雷连诺在老吉卜赛人房子里随霍·阿卡蒂奥第二学习研究羊皮纸手稿上的神秘符号。阿卡蒂奥第二同他谈马孔多大屠杀，突然扑在羊皮纸手稿上死了。奥雷连诺第二搬回妻子身边也死了。埋葬时，人们竟把这对相似的孪生兄弟相互埋错了墓穴。

第十八章

梅梅的私生子奥雷连诺·布恩蒂亚长得最像上校，他在老吉卜赛人住过的房子里读了关于中世纪学问的大量书籍，学会了梵文等文字，要破译羊皮纸手稿。这所大房宅老朽了，地基被红蚂蚁破坏。照顾他生活的曾祖母圣索菲娅去远处表妹家，后来一直没再回马孔多。家里只剩菲兰达和外孙奥雷连诺。菲兰达不停地给在罗马的儿子和在比利时的小女儿写信。这个老太婆找到了当年扮女王的衣服和纸王冠，穿戴好躺在床上死了。奥雷连诺用上校留的小金鱼买书，潜心破译羊皮纸手稿，未出席葬礼。霍·阿卡蒂奥在母亲死后四个月回来了，他孤独地回想在罗马的生活、回想儿时受阿玛兰塔的爱护，回想高祖母乌苏娜讲的鬼怪故事。他找来一群少年在家里玩，特别钟爱其中四个，一次他在乌苏娜房间地下找到三口袋共7240块金币，改善了他同奥雷连诺的生活。一个疲惫老头，自称是上校17个儿子中幸存的一个，叫奥雷连诺·阿马多，要求收留。他二人把老流浪汉推到街上，警察开枪正打中老头额上划的十字。一天四个少年跑来，把正洗澡的霍·阿卡蒂奥按在水中让他淹死在浴室里，偷走了三口袋金币。

第十九章

时髦而快活的阿玛兰塔·乌苏娜带着丈夫加斯东和许多行李突然回来了。她叫木匠、泥水匠把破烂不堪的房宅整修一新，把奥雷连诺（她一直认为这位"弟弟"是母亲收养的野孩子）也打扮一番，准备永远在马孔多住下去。加斯东是飞行员，在马孔多二年，无聊得解剖昆虫，他想办机场、搞航空邮政。奥雷连诺一次好奇地到了红灯区（妓女街），认识了胖黑女人尼格罗曼塔。与她私通时，心里想的却是阿玛兰塔·乌苏娜。现在他同阿玛兰塔·乌苏娜像孩童时代那样亲近，更激起他的爱情。他找145岁的皮拉·苔列娜（不知是高祖母）占卜，她告诉他会达到目的。于是趁阿玛兰塔·乌苏娜洗澡，外甥和姨母二人乱伦私通了。

第二十章

皮拉·苔列娜坐在摇椅上死了。她胖得装不进棺材，只好连摇椅一起埋入墓坑。人们患了思乡病，许多人离开了马孔多。加斯东也回比利时了，他忙于事业,给妻子的信说二年内回不来。奥雷连诺与阿玛兰塔·乌苏娜沉缅于爱情,连除掉蚂蚁和破译羊皮纸手稿也顾不上。阿玛兰塔·乌苏娜怀孕了,他们研究奥雷连诺的身世,总之不是菲兰达生的,也不是十七个奥雷连诺之一,便以为"姐弟"二人没血缘关系。这对情人与外界断了联系,终于生出布恩蒂亚家族出自爱情的第一个儿子,但也取名奥雷连诺,这个婴儿竟然长着猪尾巴。阿玛兰塔·乌苏娜生产时大出血,微笑着死在血泊中。奥雷连诺非常痛苦。黑女人尼格罗曼塔的安慰也不顶事,他想起了新生的儿子,跑回家一看,婴儿已被蚂蚁吃了。他突然想到破译出的梅尔加德斯羊皮纸手稿的题辞:"家族中的第一个人将被绑在树上,家族中最后一个人将被蚂蚁吃掉。"于是懂得了,这部手稿写于一百年前,是在预言他们的家族史,从中他也查清了自己的身世。这时,刮来龙卷风,马孔多这个蜃景般的城市被从地面上一扫而光。遭受百年孤独的家族决不会在大地上第二次出现。

(马家骏)

郑 重 声 明

高等教育出版社依法对本书享有专有出版权。任何未经许可的复制、销售行为均违反《中华人民共和国著作权法》，其行为人将承担相应的民事责任和行政责任，构成犯罪的，将被依法追究刑事责任。为了维护市场秩序，保护读者的合法权益，避免读者误用盗版书造成不良后果，我社将配合行政执法部门和司法机关对违法犯罪的单位和个人给予严厉打击。社会各界人士如发现上述侵权行为，希望及时举报，本社将奖励举报有功人员。

反盗版举报电话：（010）58581897/58581896/58581879
传　　　真：（010）82086060
E - mail：dd@hep.com.cn
通信地址：北京市西城区德外大街4号
　　　　　高等教育出版社打击盗版办公室
邮　　编：100120

购书请拨打电话:(010)58581118

责任编辑　吴学先

封面设计　杨立新

版式设计　华立平

责任校对　王效珍

责任印制　耿　轩